BASTEI
LÜBBE

SUSAN SALLIS

VON ENGELN BERÜHRT

Roman

Aus dem Englischen
von Eva Malsch

BASTEI LÜBBE

BASTEI-LÜBBE-TASCHENBUCH
Band 14323

Deutsche Erstveröffentlichung
Titel der englischen Originalausgabe:
Touched by angels

Printed in Germany
Einbandgestaltung: QuadroGrafik, Bensberg
Titelillustration: © Gary Blythe
Satz: Druck & Grafik Siebel, Lindlar
Druck und Bindung: Elsnerdruck, Berlin
ISBN 3-404-14323-X

Für Jane und Mike

1

1941

Die Bluebell-Mädchenschule, in Gebäuden aus dem siebzehnten Jahrhundert oberhalb von Bristol untergebracht, wurde im Januar 1941 ins Gallenwick House im Exmoor evakuiert. Im Zentrum der Stadt hatten die Bombenangriffe bereits erheblichen Schaden angerichtet, und während der Weihnachtsferien traf die neue Schulleiterin Dr. Wilkie ihre Entscheidung, von Lehrern und Eltern gleichermaßen unterstützt.

Die meisten Fünftkläßlerinnen, um die siebzehn Jahre alt, standen vor der Zulassungsprüfung zum Universitätsstudium und ärgerten sich maßlos über die Verbannung ins Gallenwick House. Wie sie bald herausfanden, gab es im Umkreis von fünfzehn Meilen kein Kino, und die einzige männliche Gesellschaft würde aus der Lyn Abbey kommen, einem Kloster auf einer Landzunge. Sogar das lag zehn Meilen entfernt.

Am ersten Tag des Wintersemesters, kurz vor der Übersiedlung, wurde Mrs. Maitland, die langjährige Schulsekretärin, von drei Mädchen belagert. Belustigt musterte sie die Rebellinnen über ihre Olivetti-Schreibmaschine hinweg und wußte, was sie empfanden. Auch sie freute sich nicht auf die Isolation. Trotzdem erklärte sie energisch: »Als Bluebells müßtet ihr eure Pflicht kennen. Eure Eltern sollen doch stolz auf euch sein.«

»Wie können sie stolz auf uns sein, wenn wir am Ende der Welt leben?« jammerte Vallery McKinley, verdrehte die großen blauen Augen und rang die Hände.

»Übertreib nicht, Vallery«, mahnte Mrs. Maitland.

»Aber ich werde Teddys Geburtstag versäumen. Bald wird er einundzwanzig, und das ist sehr wichtig.«

»Eure Sicherheit ist wichtiger. Außerdem wird dein Bruder noch viele Geburtstage feiern.«

»Vielleicht nicht – wenn er nach Afrika geschickt wird ...« »Wie ich Teddy kenne«, fiel Morag Heyward ihr hastig ins Wort, »wird er ein Auto und Benzin klauen und uns oft besuchen. Wir dürfen doch Besuch empfangen, Mrs. Maitie? Dieses Recht wird sogar Häftlingen zugestanden.«

»Genau, Morrie!« rief Janice Mears, die bis jetzt schweigend geschmollt hatte. »Das sind wir! Häftlinge! Dr. Wilkie glaubt, wir wären zu faul. Deshalb hat sie uns in diese gottverlassene Gegend verfrachtet, damit wir keinen Spaß mehr haben und nur noch arbeiten. In diesem gräßlichen Gemäuer werden wir bei lebendigem Leib begraben.«

Seufzend betrachtete Mrs. Maitland die Stapel von Korrespondenz, die sie erledigen mußte. »Nach dem Krieg ging Dr. Wilkie hier zu Schule, und es gefiel ihr sehr gut. Als sie hörte, das Haus würde leer stehen, dachte sie, es wäre auch für euch das richtige. Natürlich meint sie es nur gut mit euch.« Die Mädchen senkten kleinlaut die Köpfe, und die Sekretärin nutzte ihre Chance. »Vor allem geht es ihr um eure Sicherheit. Und ihr wißt ja, welche Gefahr euch in Bristol drohen würde.«

»Eigentlich lebe ich in Clevedon, Maitie«, warf Vallery ein. »Und da wurden viele Evakuierte aus London hingebracht.«

»Wenn das Gallenwick bloß nicht so trostlos wie ein Nonnenkloster wäre!« stöhnte Janice. »Und außer diesen Mönchen gibt's keine Männer.«

»Wenn meinen Eltern was zustoßen sollte, wäre ich lieber bei ihnen«, sagte Morag leise.

Mrs. Maitland beantwortete nur eine dieser Bemerkungen. »Wie oberflächlich du bist, Janice!« Entschlossen spannte sie ein neues Blatt in die Olivetti, um zu bekunden, das Gespräch sei beendet. Aber auch sie würde Bristol vermissen, aus verschiedenen Gründen. Während sie automatisch zu tippen begann, überdachte sie die Möglichkeiten eines Attentats auf Hitler.

*

Der letzte Samstag, den die Schülerinnen daheim verbrachten, verging viel zu schnell. Am nächsten Tag sollte ein Sonderwaggon an den Cornishman angehängt, auf einem Rangiergleis in Exeter losgekuppelt und dann dem Barnstaple-Zug angeschlossen werden. Schließlich würden sie in Busse steigen, die eigens am Sonntag verkehrten, um sie zum Gallenwick zu bringen. Die Reise würde sechs Stunden dauern.

»Praktisch den ganzen Tag«, beschwerte sie sich bei ihrer Mutter, als sie im großen georgianischen Haus am Stadtrand von Clevedon Tee tranken und Toast aßen. »Nicht mal die Wochenenden können wir daheim verbringen! Verdammt!«

»Wenn Dr. Wilkie dich hören würde …«, murmelte Margaret McKinley halbherzig. Die siebzehnjährige Tochter war ihre beste Freundin, und sie sahen sich sehr ähnlich – mit dichten Locken, mädchenhaften runden Gesichtern und großen blauen Augen, die ihnen eine hilflose Aura verliehen. Doch sie waren nicht hilflos und wußten ihr Shirley Temple-Flair erfolgreich zu nutzen. Auch in ihrer Denkweise glichen sie sich. Beide waren freundlich und kontaktfreudig. Wann immer Val in die kleine Stadt am Bristol Channel kam, genoß ihre Mutter die Abwechslung. Sie gingen spazieren, machten Besuche, schauten sich Aufführungen des lokalen Theatervereins an. Ohne Val war das Leben öde und leer. Manchmal bekam Margaret sogar Platzangst zwischen ihren stillen vier Wänden. Aber sie bekämpfte ihre Panik, die sie den beginnenden Wechseljahren zuschrieb, und sagte tapfer: »Ich finde es wundervoll, wie besorgt Dr. Wilkie um ihre Mädchen ist.«

Vallery röstete ihren Toast über dem rotglühenden Kamingitter und drückte Tränen in ihre Augen. Bald würde auch die Mutter weinen. Und dann würden sie sich beide besser fühlen. »Ich bin nicht *ihr*, sondern dein und Daddys und Teddys Mädchen. Und wenn ich nächstes Mal heimkomme, wird's kein Zimmer mehr für mich geben, weil du all die Evakuierten aufnehmen mußt. Natürlich werden sie dich lieben, weil dich jeder liebt, und du wirst mit ihnen zur Samstagsmatinee ins Curzon gehen, und im Sommer sucht ihr Muscheln am Strand ...«

Verzweifelt schlug Margaret die Hände vors Gesicht. »O Val, wie kannst du nur so reden ... Wo du doch weißt ...«

Vallery warf die Röstgabel aufs Kamingitter. Schluchzend sanken sie einander in die Arme. In diesem Augenblick öffnete Eric McKinley, der an diesem dunklen Samstag nachmittag früher als sonst aus dem Golfclub zurückkehrte, die Tür und schloß sie wieder, diskret und lautlos. Fünf Minuten würde er den weinenden Frauen noch vergönnen und in der kalten Halle ausharren. Bekümmert überlegte er, was geschehen mochte, wenn beide Kinder das Haus verlassen hätten. Man würde es requirieren oder mit Evakuierten füllen. Ersteres würde er vorziehen, weil er noch ein Cottage oben am Hang besaß, mit schöner Aussicht aufs Meer. Da könnten sie hinziehen.

Auf der Straße dröhnte ein Motor, und Eric öffnete die Haustür. Teddy stieg aus einem Royal Air Force-Laster. »Hallo, Dad!« Auch er hatte das lockige Haar und die blauen Augen der Mutter geerbt. »Ich habe vierundzwanzig Stunden Urlaub, und der Truppentransporter nahm mich glücklicherweise mit. Sonst hätte ich mich nicht von unserer Kleinen verabschieden können.« Der Vater schlug ihm auf die Schulter und dankte dem Allmächtigen für seine Familie. Hoffentlich würden sie diesen elenden Krieg heil überstehen.

Die Tür flog auf, und Val warf sich in die Arme ihres Bruders. »O Teddy, ich wußte ja, du würdest kommen! Ist es nicht schrecklich? Ich werde deinen Geburtstag versäumen – und im Sommer können wir keine Pilze sammeln…« »Kopf hoch, altes Mädchen. Gegen den Krieg sind wir machtlos.«

»Warum dürfen wir nicht zusammenbleiben? An deiner Seite würde ich's mit Hitler, Goebbels und Göring aufnehmen, sogar mit diesem ekligen Himmler. Aber du wirst so weit weg sein… Und ich wette, Jannie Mears wird statt Morrie bei mir im Zimmer schlafen.«

»Magst du Jannie nicht mehr?«

»Sie ist so oberflächlich. Das hat Maitie gesagt.«

»Dann werde ich Dr. Wilkie anrufen und sie bitten, dich gemeinsam mit Morag Heyward einzuquartieren«, versprach Margaret.«

»Bloß nicht, Mummy! Dr. Wilkie würde glauben, ich

wäre verwöhnt, und mich in ein Verlies sperren. Und wenn's Jannie erfährt...«

»Ja, ich verstehe, was du meinst, Darling. Dann mußt du's eben nehmen, wie's kommt. Wir werden dir die Daumen drücken.«

»So schlimm wird's schon nicht werden, Val.« Teddy stellte seinen Kleidersack am Fuß der Treppe ab und ging ins Wohnzimmer. »Eher wie in diesen unsäglichen Internatsromanen, die du früher verschlungen hast. Mitternachtspartys und Kissenschlachten...«

Val warf ihm ein Sofakissen an den Kopf. »Etwa so? Hör mal, das ist *mein* Toast, und du streichst die Butterration für eine ganze Woche drauf.«

Lächelnd beobachtete Eric seine Kinder und hoffte, sie würden von allem Unheil verschont bleiben. Dann wandte er sich zu seiner Frau, die ebenfalls lächelte. Aber er las kalte Angst in ihren blauen Augen. »Komm, Margaret, setz dich und trink noch eine Tasse Tee.«

*

Henry Heyward mußte an diesem Samstag zwei Operationen durchführen. Wie üblich verließ er das Haus um neun und ging die Park Row entlang zur Klinik. In einen alten Morgenmantel ihrer Mutter gehüllt, saß Morag am offenen Erkerfenster über der Park Street und sah ihn an der Universität vorbeischlendern. Gleich würde er hinter dem Red Lodge verschwinden. Seit sie alt genug war, um eine gewisse Routine zu schätzen, schaute sie ihm morgens nach und beobachtete abends, wie er heimkam. Ihre Mutter hatte erzählt, als Baby habe Morag ihn zum erstenmal durch dieses Fenster gesehen und vor Vergnügen geschrien. Jedesmal, wenn er seine Tochter am Fenster sah, freute er sich. Das wußte sie, und deshalb behielt sie die Gewohnheit bei.

In seinem korrekten Anzug mit dem Zylinder war er eine distinguierte Erscheinung. Seine altmodische Kleidung störte Morag nicht. »Als ich in Edinburgh studierte, waren alle Ärzte so gekleidet«, hatte er die Frage seiner neunjährigen Tochter beantwortet, warum er sich feinmachen müsse, wenn er Leute aufschneiden würde. »Damals nahm ich mir vor, mich später genauso anzuziehen. Eine meiner kleinen Eigenheiten.« Ihre Mutter lachte Tränen über Vallery McKinleys Behauptung, Morags Vater würde in »häßlichem Plunder» zur Arbeit gehen. Der Scherz gehörte zum Familienvokabular und wurde nur von Tante Harriet mißbilligt, der Oberschwester einer Edinburgher Privatklinik.

Morag kniete auf der Fensterbank und beugte sich vor, weil sie wußte, der Vater würde sich umdrehen, bevor er aus ihrem Blickfeld verschwand. Natürlich enttäuschte er sie nicht, lüftete formvollendet seinen Zylinder, und sie winkte ihm. Mit der anderen Hand hielt sie den Kragen zusammen. Bisher war dies der kälteste Tag des Winters.

»Mach sofort das Fenster zu, Morrie!« rief Lucy Heyward. »Du wirst dir den Tod holen. Außerdem sollen dich die Leute nicht in diesem Fetzen sehen, den ich *1929* gekauft habe.« Sie besaß das sympathische Talent, jeden Tadel oder Befehl humorvoll zu verbrämen. Gehorsam schloß Morag das Fenster. »Fast könnte man meinen, du würdest ihn jahrelang nicht mehr zur Arbeit gehen sehen«, fuhr ihre Mutter fort und stellte klirrend das Frühstückstablett auf den Tisch.

»Immerhin werde ich erst zu Ostern wieder heimkommen – in drei endlos langen Monaten.«

»Die vergehen schneller, als du glaubst«, erwiderte Lucy, schenkte den Tee ein und war froh, weil ihre Hand nicht zitterte. »Hoffentlich kannst du Val und Jannie aufheitern. Den beiden wird's sicher schwerfallen.«

»Mir etwa nicht?« fragte Morag gekränkt. »Val ist mit ihrer Familie nicht so eng verbunden wie ich mit dir und Daddy. Und Jannie ...«

»Darling, das ist kein Wettbewerb.« Lucy stellte den Toastständer in die Reichweite ihrer Tochter. »Natürlich werdet ihr alle unter Heimweh leiden. Aber du bist stärker als die anderen.«

»Ob ich diese Art von Kraft haben will, weiß ich gar nicht, Mummy«, meinte Morag und seufzte. »Es ist einfacher, wie Val zu weinen und zu jammern – oder wie Jannie nach Jungs Ausschau zu halten.«

»Ja, sicher.« Lächelnd nahm sich ihre Mutter eine Toastscheibe. Wenn Morag auf einen kleinen Trost gewartet hatte, wurde sie enttäuscht. Entschlossen wechselte Lucy das Thema. »Heute hat Daddy eine Überraschung für dich. Du darfst bei einer Blinddarmoperation zuschauen. Punkt zwölf sollst du vor dem OP warten.«

»Oh!« Entzückt klatschte Morag in die Hände. Ob sie Ärztin oder Krankenschwester werden wollte, wußte sie noch nicht. Jedenfalls interessierte sie sich brennend für Operationen. »Wundervoll! Allein schon die grellen Lampen und der Äthergeruch ...« »Jetzt bist du wieder mein tapferes Mädchen.« Lucy lachte und bestrich ihren Toast mit Butter.

*

Um drei Uhr nachmittags verließ Henry Heyward mit seiner Tochter die Klinik. Ein paar Schneeflocken verschönerten sogar die Tonnen mit den Rauchschutzschleiern. Er zog den Zylinder tiefer in die Stirn. An diesem kalten Tag verhüllte ein Burberry seinen »häßlichen Plunder«. Er umfaßte den Arm seiner Tochter und ermahnte sie, auf ihre Schritte zu achten, damit sie nicht ausrutschte. »Ja, ich weiß, die winterliche Pracht verzaubert dich«, fügte er hinzu und hielt sich an einem Lampenpfahl fest, als seine Ledersohlen über das glatte Pflaster schlitterten. »Paß trotzdem auf. Sonst liegst du morgen mit einem Beinbruch im Bett und kannst nicht abreisen.«

»Was für eine großartige Idee!« Morag jubelte. Dann meinte sie in ernsterem Ton: »Vielleicht wird der Zug bei diesem Wetter gar nicht fahren.«

»Oh, doch. Aber die Busfahrt von Barnstaple zum Gallenwick macht mir Sorgen. Im Exmoor schneit's viel stärker.«

Kurzfristig erschien ihr das bleierne Gewicht ihrer »inneren Kraft« etwas leichter. »Wenn die Reise zu gefährlich ist, wird sie sicher verschoben. Dr. Wilkie will nichts riskieren.«

»Vor allem, weil der Schnee die deutsche Luftwaffe fernhält.« Verschwörerisch zwinkerten sie sich zu. »Wäre das nicht nett? Ein ganz normaler Sonntag …«

»Wollen wir auf den Downs Schlitten fahren?«

»Von Weihnachten sind noch ein paar Kastanien übrig. Die können wir rösten. Warten wir hier auf den Bus, mein Kind. Ich habe keine Lust die ganze Park Row entlangzurutschen.«

Während sie fröstelnd unter der Markise von Brown's Bootmakers standen, betrachtete er seine Tochter. Wie stolz er auf sie war… Sie besaß die Schönheit der Heyward-Frauen, vereint mit Lucys Charakter. Zweifellos würde sie im Verlauf ihres Lebens alle Schwierigkeiten meistern, und er wünschte, sie würde auch ihr Glück finden. »Morrie, warum steckst du deinen Zopf nicht in den Mantelkragen? Er ist schon ganz naß.«

Seufzend gehorchte sie. »Ich weiß nicht, warum du mir verbietest, mein Haar abschneiden zu lassen. Manchmal ist es wirklich eine Plage.«

»Sei nicht so selbstsüchtig! Dein schönes langes Haar gehört zu den wenigen Freuden meines Daseins.«

Morag lachte. »Nun, wenn's so ist…« Sie erinnerte sich an die letzten beiden Stunden, die reglose Gestalt auf dem OP-Tisch, die geschickten Hände ihres Vaters. Für sie war es immer wieder ein besonderes Erlebnis, ihm bei der Arbeit zuzuschauen, den Eifer zu beobachten, den er in seinem Team entfachte. Einmal hatte er ihr erklärt, eine Operation lasse sich mit der Arbeit eines Forschers vergleichen. »Wir wissen so wenig. Zum Beispiel über die Milz. Wir verstehen ihre Funktion nicht. Aber eines Tages werden wir's herausfinden. Und der Blinddarm? Wahrscheinlich hat sich seine Nützlichkeit längst überlebt. Doch das kann man nie wissen. Jedenfalls müssen wir die Augen stets offenhalten.«

An diesem Tag hatte er einem Studenten einen Teil der Arbeit überantwortet. »Nehmen Sie den Einschnitt bitte hier vor, Mr. Buckley. In absehbarer Zeit werden wir die Länge der Einschnitte reduzieren. Weniger Messer, mehr Leben… Jetzt üben Sie hier einen Druck aus, Mr. Buckley, dann hier, und der lästige Wurmfortsatz wird sich bald zeigen.«

Der geschwollene Blinddarm sah wie ein Furunkel aus, das jeden Moment zu platzen drohte.

»Wir haben genug Zeit«, versicherte Morags Vater. »Mal sehen, wie wir's schaffen, Mr. Buckley…Wunderbar, einfach wunderbar!« Strahlend lächelte er den jungen Mann an. »Hätten Sie sich für die Pädiatrie entschieden, würde das erste Baby, dem Sie ans Licht der Welt verhelfen, sicher Ihren Namen tragen.«

Ringsum war leises Gelächter erklungen. Alle Studenten mochten Mr. Heyward.

Morag sah den Bus im Schneegestöber auftauchen. »Danke, Daddy, das war ein wunderbarer Nachmittag.«

»Ja, ich dachte mir, es würde dir gefallen.« Impulsiv legte er einen Arm um ihre Schultern. »Wann immer du traurig bist – die Arbeit hilft dir über alles hinweg. Vergiß das nicht.«

»Nein.« Während sie in den Bus stiegen, nahm sie sich vor: An diesen Tag muß ich mich stets erinnern. Mein Gehirn muß ihn fotografieren – wie ich Daddy durchs Erkerfenster beobachtete; das Frühstück mit Mummy, ihr helles englisches Gesicht, die klugen Augen; der Schnee, die gedämpften Geräusche; das befriedigende Gefühl, einen Patienten zu sehen, der von seinen Schmerzen befreit wurde; Daddy und ich, zusammen – auf dem Weg zu Mummy.

*

Janice Mears bewohnte mit ihrer Mutter eine rote Ziegelsteinvilla oberhalb von Durdham Down. 1936 erbaut, war das Haus so konzipiert worden, daß es möglichst wenig Arbeit machte. Vielleicht wirkte es deshalb so uninteressant und charakterlos. Janice sah die Schneeflocken über dem Dach des Wintergartens dahinschweben und dachte an ihren Vater, der in Afrika unter General Wavell kämpfte. Auf diesem fernen Kontinent nahm der Krieg einen günstigen Verlauf. Daddys letzter Brief war stark zensiert worden. Aber wie sie der Wochenschau im Kino entnommen hatte, wurden die Italiener nach Libyen zurückgeschlagen und kapitulierten zu Hunderten. Auf der Leinwand sah man grinsende Tommys, die Mr. Churchills Siegeszeichen in die Kameras hielten, Zigaretten im Mund, mit nacktem Oberkörper. Jannie kniff die Augen zusammen und versuchte, ihren Vater auszumachen. Natürlich hätte er Offizier werden können. Doch er hatte die P.B.I. vorgezogen, die Poor Bloody Infantry, weil er wirklich und wahrhaftig kämpfen wollte. Ihre Mutter behauptete, dazu habe er sich nur entschlossen, weil er die Verantwortung scheute.

Aber Jannie wußte es besser. Sie verstand seine Einsamkeit, die er ihrer Mutter verdankte; sein Bedürfnis nach Anerkennung, die er nur in Pubs fand. Was in ihm vorging, konnte sie nachempfinden, wenn sie mit Morag und Vallery zusammen war. Sie war die Außenseiterin, das wußte sie. Und sie bildeten nur ein Trio, weil sie den beiden leid tat. Von den drei Freundinnen war sie die unscheinbarste. Morag glich einer Indianerprinzessin, und Vallery entsprach dem gängigen Ideal eines jungen Mädchens. Janices strohblondem Haar fehlte jeder goldene Glanz, und sie fand, ihre wasserblauen Augen würden wie Murmeln aussehen. Sie besaß keine hübsche Stupsnase wie Val, keine klassische Nase wie Morag – einfach nur eine Nase in einem kleinen verhärmten Gesicht mit viel zu hohen Wangenknochen, die ihre Murmelaugen irgendwie zusammendrückten. Dadurch erweckte sie den Eindruck, sie wäre ständig erkältet. Sie haßte ihr Gesicht und ihren mageren Körper. Keine Brüste, keine Hüften. Und sie sehnte sich nach Bewunderung. Die konnte sie nur gewissen Männern entlocken. Ihr Vater meinte, sie wäre in

Ordnung. Einmal hatte er sie eine Miniaturvenus genannt. Das gefiel ihr. Und eines Tages hatten sie ein paar Jungs vom Gymnasium nach Hause begleitet und gerufen: »He, Blondie mit den tollen Beinen!« Sie hatte ihnen kokett zugelächelt und war im Haus verschwunden.

Und dann ein oder zwei »Onkel« ... Der aktuelle Onkel hieß Marius. Manchmal durfte sie dabeisein, wenn ihre Mutter einen Onkel einlud. Vermutlich nur, weil sie neben Janices Blässe etwas vitaler wirkte.

Die Stirn gerunzelt, schaute sie ins Schneetreiben und dachte an die Mönche in der Lyn Abbey. Was für Männer mochten das sein?

»Jan!« rief die Mutter aus dem Oberstock herunter. »Wie viele Wäschegarnituren brauchst du?«

»Sechs!« Sie stieg die Treppe hinauf und inspizierte ihren Koffer. Solche Fragen mußten Mrs. Heyward und Mrs. McKinley sicher nicht stellen. Aber Eve war ein hoffnungsloser Fall. Nun stand sie mitten in Janices Schlafzimmer und starrte den offenen Koffer auf dem Bett irritiert an, die Zigarettenspitze aus Perlmutt zwischen den Zähnen, die Marius ihr am vergangenen Abend geschenkt hatte.

»Tut mir leid, Darling, so viele Garnituren hast du nicht.« Eve Mears musterte ihre Tochter und wünschte, das Mädchen würde sich öfter das Haar bürsten und zu lächeln versuchen. »Keine Ahnung, wo Dr. Wilkie ihre Kleider-Gutscheine hernimmt. Jedenfalls hast du keine mehr.«

»Oh, Eve, du hast meine Gutscheine für dein Abendkleid geklaut. Das weißt du doch. Um Himmels willen, gib mir ein paar von deinen Spitzenhemdhöschen. Marius wird auf dem Schwarzmarkt Gutscheine beschaffen, und du kannst dir neue kaufen.«

»Spitzenhemdhöschen!« Eve kicherte entzückt. »Damit wirst du Doc Wilkie ganz furchtbar schockieren.« Sie verschwand in ihrem Zimmer und kehrte mit einem großen Bündel glamouröser Unterwäsche zurück. »Am besten packst du gleich das ganze Zeug ein«, meinte sie und stopfte die Sachen in den Koffer. »Zum Teufel mit diesem Schnee! Hoffentlich kommt Marius mit dem Auto durch.«

»Holt er dich ab?« Gequält schnitt Jannie eine Grimasse. »Das ist mein letzter Abend!«

»O Darling, das stört dich doch nicht? Er hat was von einem fabelhaften unterirdischen Nachtclub gehört. Sicher hat er genug Benzin. Soll er dich zu Morrie bringen?«

»Eve! Sie will ihre Eltern für sich allein haben. Da kann ich nicht einfach reinplatzen.« Jannie trat ans Fenster und schaute in den Garten hinab. Was sollte sie den ganzen Abend anfangen? »Wenn Pops bloß hier wäre ...«, seufzte sie, ohne zu überlegen.

»Versuchst du mich zu ärgern, Darling? Und warum nennst du ihn Pops? Er heißt Ronald. Mich nennst du doch auch Eve.«

»Tut mir leid.«

»Schon gut, Baby.« Eve Mears zögerte. »Warum begleitest du uns nicht? Marius würde mit dir tanzen. Bitte! Das ist unser letzter Abend für – wie lange?«

»Bis Ostern, Ma.«

»Nenn mich nicht Ma! Wenn du dieses gräßliche Wort im Club aussprichst, schicke ich dich in einem Taxi nach Hause!«

»Tut mir leid, Eve. Wenn ich mitkäme, wäre Marius sowieso nicht begeistert.«

»Marius tut, was Eve will. So soll es auch sein.« Vielsagend hob Eve die Brauen. »Das ist eine wichtige Lektion, die du bei Dr. Wilkie niemals lernen würdest.«

Plötzlich haßte Jannie diesen Marius, und sie haßte ihre Mutter, weil sie mit ihm befreundet war, während Pops in Afrika kämpfte. Andererseits fragte sie sich, ob Marius zu jenen Onkeln gehörte, die ihr versicherten, sie sei »gar nicht so übel«. Und das interessierte sie, wenn sie auch nicht genau wußte, warum. »Also gut«, erwiderte sie unfreundlich. »Wenn du mir das rote Kleid leihst.«

»Certainement, chérie!« Eve rannte in ihr Zimmer und holte das Kleid. Wenn sie's selber trug, wirkte sie schrecklich blaß. Die Farbe stand ihr nicht. Das hatte sie schon vor einiger Zeit festgestellt. »Nimm's doch ins Exmoor mit, Schätzchen. Manchmal werdet ihr sicher ausgehen oder eine Party feiern, nicht wahr?«

Vor Erregung begann Janices Herz schneller zu schlagen.

*

Erstaunlicherweise protestierte Marius nicht gegen Eves Entschluß, ihre Tochter mitzunehmen. Der Nachtclub lag in einem alten Weinkeller am Hafen, einigermaßen geschützt vor Bombenangriffen. Aber der Schnee würde die Deutschen in dieser Nacht ohnehin fernhalten, was die Party-Atmosphäre anheizte und eine fast hysterische Stimmung heraufbeschwor. Eve tanzte sehr oft mit einem der Offiziere von den französischen Freiwilligen, die in Bristol stationiert waren, und Marius versuchte Jannies ungeschickte Foxtrott-Schritte zu ignorieren.

Nachdem sie sich zum drittenmal entschuldigt hatte, schlug er vor: »Steig auf meine Füße.« Das tat sie, und plötzlich schien er den Tanz zu genießen. Er umfing ihre

Hüften und preßte seine Schenkel fast schmerzhaft an ihre. Obwohl sie ein gewisses Machtgefühl genoß, war sie froh, als ihre beschwipste Mutter meinte, nun müßten sie nach Hause fahren.

»Morgen hat sie eine lange Reise vor sich«, erklärte sie und starrte Marius, der seinen Arm um Jannies Schultern gelegt hatte, ärgerlich an. »Sie ist erst sechzehn.«

»Nächsten Monat werde ich siebzehn«, betonte Jannie.

»Siebzehn, eh?« Marius musterte sie prüfend. »Obwohl sie wie ein halbverhungertes Waisenkind aussieht? Dann ist sie ja alt genug, um zu heiraten.«

»Nur mit meiner Erlaubnis!« fauchte Eve.

Jannie haßte es, wenn über sie gesprochen wurde, als wäre sie gar nicht da. Neben ihr hing der Schulmantel über einem Stuhl, und sie schlüpfte ungeschickt hinein. Marius und Eve stritten immer noch, während sie ihr zur Kellertreppe folgten.

*

So leidenschaftlich war Marius noch nie gewesen, und Eve versuchte zu protestieren. »Daran bist du selber schuld, wenn du das Kind mitschleppst!« stieß er hervor. Da schnappte sie nach Luft und kapitulierte.

Auf der anderen Seite der Wand preßte Jannie ihr Ohr an ein Becherglas aus dem Bad und lauschte. Dann ging sie zitternd ins Bett. Es war die kälteste Nacht dieses Winters. Inständig hoffte sie, das Wetter würde die Reise zum Gallenwick House nicht verhindern, sie könnte für immer dort bleiben und müßte Eve und Marius nie wiedersehen. Vielleicht würde sie dann aufhören, sich selber zu hassen.

2

1941

Das Exmoor erfüllte die Erwartungen der Mädchen. Während der Barnstaple-Zug von Exeter durch eine verlassene Landschaft zu den einsamen Höhen des Moors hinauffratterte, verwandelte sich der dünne weiße Flockenschleier von Bristol in mannshohe Schneewehen. Die Aussicht erinnerte an eine sibirische Einöde.

Erfreut schrien sie auf, als Rauchwolken ein Farmhaus ankündigten. Dr. Wilkie ging durch den Waggon und zeigte ihnen Fuchs- und kaum erkennbare Hasen- oder Dachsspuren, die sich über verschneite Wiesen zogen. »Auf dem Land ist die Beobachtungsgabe lebenswichtig, Mädchen«, erklärte sie den fröstelnden, aneinandergekuschelten Fünftkläßlerinnen. »In dieser Gegend kann man lesen wie in einem Buch.« Sie schaute Juliet Mortimer und Caroline Prosser an, die laut schnüffelten und ihre geröteten Lider mit nassen Taschentüchern abwischten. »Natürlich nur, wenn man Augen hat«, fügte sie eher hoffnungslos hinzu.

Jennifer Tewson, die stillschweigend anerkannte Anführerin der Streberinnen, die Griechisch lernten, bemerkte salbungsvoll: »Mein Vater sagt, die Bluebell School würde die Beobachtungsgabe schärfen.«

Eifrig nickte die Schulleiterin und setzte ihren Weg durch den Gang fort. Jubelnd verkündeten die anderen vier Mitglieder der griechischen Gruppe, soeben sei ein Reh vorbeigelaufen. Caroline Prosser meinte mit tränenerstickter Stimme, hier müsse der Weihnachtsmann irgendwo wohnen. Aber niemand lächelte. »Warum soll man Griechisch oder Latein lernen?« fragte Vallery unvermittelt. »Das verstehe ich nicht.«

»Wir interessieren uns für Theologie.« Jennifer seufzte. »Darauf habe ich dich schon oft genug hingewiesen, Vallery. Manchmal glaube ich, du stellst dich absichtlich dumm. Nicht, daß du dich sonderlich darum bemühen müßtest…«

»Für Theologie interessiert man sich nur, wenn man Priester werden will«, entgegnete Val erbost. »Und nicht einmal *ihr* dürft hoffen, eines Tages die Priesterweihe zu erhalten.«

»Allein schon die Kleidung!« warf Morag im Bühnenflüsterton ein. »Wer will denn diese steifen, hohen Kragen tragen?«

Während der Zug vor der Barnstaple Station das Tempo drosselte, beugte sich Jannie vor und zeigte auf Fußstapfen im Schnee. »So was lese ich gern. Hübsche große Stiefel. Der Typ muß über eins achtzig sein. Jung und markig.«

Val brachte ein Kichern zustande, obwohl ihr fast das Herz brach. Als der Bristol-Zug durch Yatton gefahren war, nur vier Meilen von Clevedon entfernt, hatten ihre Eltern auf dem Bahnsteig gestanden und ihr gewinkt. Danach war sie schluchzend in der winzigen Toilette verschwunden und bis Weston-Super-Mare dringeblieben. »Oh, du bist schrecklich, Jannie.«

Weil Morag froh war, Val endlich lächeln zu sehen, feuerte sie Jannie an. »Wie willst du das wissen? Jung und markig? Reines Wunschdenken.«

Entschieden schüttelte Jannie den Kopf. »Bei diesem Wetter wagen sich nur wenige alte Gentlemen ins Freie. Und wer's riskiert, muß ziemlich markig sein.«

Mrs. Maitland öffnete die Tür des Abteils. »Seid ihr

bereit, Mädchen? Stellt euer Gepäck in den Gang und wartet in geordneten Reihen. Die Junioren steigen zuerst aus.«

Im Gang war es noch kälter. Sie zogen ihre Mützen über die Ohren und steckten die Nasen in ihre Schals. Mit behandschuhten Fingern wischte Morag ein beschlagenes Fenster ab, und sie spähten hinaus. Etwa sechzig Junioren trippelten schwankend über den vereisten Bahnsteig zur Schalterhalle. Dahinter, durch große Fenster sichtbar, warteten Busse mit dampfenden Auspuffrohren. Die Lehrerinnen gingen neben den Mädchen her, hielten einige fest und rutschten selber aus. »Wie wundervoll der Schnee in der Sonne glänzt!« rief die französische Mademoiselle.

»Ja, das ist eine schöne Gegend«, bemerkte der Stationsvorsteher, zur Feier des Tages in einer Uniform mit Goldtressen.

»Willkommen in Devon, Ladies!«

Kichernd stolperten die Mädchen an ihm vorbei, in Gedanken bereits beim Abendessen im Gallenwick, das man ihnen versprochen hatte.

Die zwei Dutzend Fünftkläßlerinnen stiegen schweigend in den letzten Bus und verstauten ihre Sachen im Gepäcknetz. Schon seit einiger Zeit lief der antiquierte Motor, polterte rhythmisch fünfmal, verstummte und fing nach einem Schluckauf wieder von vorn an. Auch der Chauffeur, mit Apfelbacken und freundlichem Grinsen, war zu alt, um Interesse zu wecken. Bei der Abfahrt gab es einige Probleme. Verzweifelt drehten die Räder ohne Schneeketten durch, bis sie den Streusand unter dem Matsch erreichten. Dann kroch der Bus mit zehn Stundenmeilen dahin und verströmte eine gewaltige Auspuffwolke. »Wischen Sie die Fenster ab, meine Lieben!« rief der

Fahrer. »Diese prächtige Aussicht wollen Sie sicher nicht verpassen.« Zu beiden Seiten der Straße türmten sich drei Meter hohe Schneewehen. Morag hielt die Bemerkung für ironisch und lächelte sanft.

Aber Jennifer Tewson stöhnte: »Welche Aussicht?«

Der Fahrer war nicht beleidigt. »Bald wird's besser. Versuchen Sie möglichst wenig zu atmen. Sonst beschlagen die Fenster noch stärker, und falls es was zu sehen gibt, sehen wir nichts.« Höfliches Gelächter belohnte den Scherz, und Jannie, die direkt hinter dem alten Mann saß, beugte sich vor.

»Außerhalb der Stadt muß noch mehr Schnee liegen.«

»Ja, meine Liebe. Aber heute morgen haben wir Pflugscharen vor den großen Traktor der Reids gespannt und ihn als Schneepflug benutzt.«

»Die Reids?«

»Ihre Nachbarn. In den zwanziger Jahren hat Will Reid eine Farm gekauft, etwa zwanzig Meilen von Gallenwick entfernt. Ein Gentleman-Farmer. Von der Landwirtschaft verstand er nichts. Statt dessen machte er Tonfiguren. Aber die sind nicht gefragt. Zumindest seine nicht.«

»Also leben sie einfach nur auf der Farm?« erkundigte sich Jannie. »Sind sie reich...?« Morag und Vallery zerrten sie nach hinten.

»Wenn Doc Wilkie dich hören könnte, würde sie einen Anfall kriegen«, zischte Val.

»Beinahe haben sie Pleite gemacht, kleine Lady. Dann starb Will, und seine Frau und ihre Ma arbeiteten sich die Finger wund, um was aus der Farm zu machen. Die holten sogar die Jungs aus ihrem vornehmen Internat, damit sie mithelfen konnten. Für die Schule war ohnehin kein Geld mehr da.« Der Fahrer neigte sich vor und wischte mit einem Ärmel die Windschutzscheibe ab.

»Dann gibt's also Jungs auf der Farm?« fragte Jannie fasziniert. »In der Nähe von Gallenwick?«

»O ja. Früher war Gallenwick ein Nonnenkloster. Aber die Mönche fanden, es würde sie zu sehr ablenken, und so wurde es geschlossen.«

Morag und Val wechselten einen Blick, was ihrer Freundin eine Gelegenheit verschaffte, das Verhör fortzusetzen. »Wie viele Söhne haben die Reids?«

»Drei, nach Wills Familie getauft. Durston, Fitzhugh und Berwick. Komplizierte Namen, was? Wir nennen sie Dusty, Hugh und Berry. Tüchtige Burschen. Vielleicht könnte sich Dusty ein bißchen mehr anstrengen. Aber Hugh und Berry sind in Ordnung.«

Jannie wich Morags mißbilligendem Blick aus. »Arbeiten sie immer noch auf der Farm?«

»Jetzt nicht mehr. Hugh und Dusty sind seit über einem Jahr bei der Navy, und der junge Berry wartet gerade auf seinen Einberufungsbefehl.«

Endlich lehnte sich Jannie zurück. »Also ist er achtzehn.« Sie seufzte glücklich. »Das waren sicher *seine* Fußspuren am Bahnhof. Wahrscheinlich hat er mit seinem Schneepflug die Straße für die Busse geräumt.«

»Fast haben Sie's erraten, kleine Lady.« Der Chauffeur grinste und warf einen Blick über die Schulter. »Aber unser Berry ist schon zwanzig. Bis zur letzten Ernte hat ihn die Navy zurückgestellt. Nun wartet er auf sein Schiff, das in Devonport ausgerüstet wird.

»Zwanzig?« murmelte Jannie. »Noch besser.«

*

Gallenwick wurde von einem gigantischen steinernen Torbogen bewacht. »Wie ein Friedhofstor«, meinte Val grimmig. »Aber da gibt's niemanden, den man in einen Sarg legen könnte.«

»Vermutlich wurde der Friedhof planiert, als die Nonnen rausflogen«, bemerkte Morag. »Arme Mädchen – von liebestollen Mönchen aus ihrem Heim gejagt …«

Jannie nickte mitfühlend, und Val fauchte: »Tut mir leid, Mo, darüber kann ich nicht lachen.«

»Schon gut, ich weiß, es war nicht besonders komisch.«

»Hier kann ich über gar nichts lachen«, klagte Val. »Zwei Stunden lang wurden wir in diesem Bus durchgerüttelt, nur um in dieser sibirischen Wildnis zu landen.«

»Im Sommer dauert's nur eine knappe Stunde, meine Liebe«, beteuerte der Fahrer. »Und Barnstaple ist eine sehr hübsche Stadt. Lynton und Lynmouth …«

»Wie oft verkehren die Busse?«

»Einer am Mittwoch, zwei am Samstag«, verkündete er stolz.

Die Mädchen schwiegen. Nun fuhren sie durch eine Ulmenallee, die sich um einen verschneiten runden Platz herumwand. Dahinter sahen sie einen mysteriösen dunklen Streifen.

»Was ist das?« fragte Jannie.

»Der Gall – heutzutage nur mehr ein seichter Bach, der ums ganze Haus herumführt. Jetzt fahren wir durchs Brückentor. Sehr hübsch, wenn man's sieht.«

»Ist das die einzige Brücke?«

»Das glaube ich nicht. Hier und da haben die Gärtner Planken über den Bach gelegt, damit sie nicht ums Haus herumgehen müssen, wenn sie zu ihren Cottages wollen.«

»Wie ein Burggraben.«

»In den alten Zeiten hat er die Leute von den Nonnen ferngehalten.«

Nach einer Biegung kam das Haus in Sicht. Dr. Wilkie hatte recht – es war schön. Vom Schnee verziert, sah es sogar phantastisch aus, ein typisches E-förmiges elisabethanisches Gebäude mit Mittel- und Längspfosten an den Fenstern, steilem Dach und krenelierten Strebepfeilern am Ende.

»Da sehen Sie die Kapelle«, erklärte der freundliche Chauffeur. »Und das ist der Vordereingang. Nun fahren wir in den Stallhof.«

An der Seitenfront parkten die anderen Busse, und die Schülerinnen stiegen gerade aus. Ein Traktor stand vor den Stallungen. Am Steuer saß ein junger Mann in einem alten Mantel, eine Wollmütze tief über die Ohren gezogen, und dirigierte den letzten Bus in den Hof. Seine dunklen Augen funkelten fröhlich. Als das Vehikel über gefrorene Furchen an ihm vorbeiholperte, beugte er sich vor, spähte durch die Fenster und winkte den Mädchen. »Das muß Berry sein«, meinte Jannie zufrieden.

»Aye«, bestätigte der Fahrer. »Heute hat er gute Arbeit geleistet.«

Während die Mädchen ihre Koffer und Taschen aus dem Gepäcknetz nahmen, wandte sich Jannie an den Chauffeur. »Kommen Sie doch auf eine Tasse Tee rein, bevor Sie zurückfahren, und bringen Sie Mr. Reid mit.«

»Das geht nicht, Miss. Bevor es wieder zu schneien anfängt, müssen wir die Busse ins Depot bringen.«

»Schade ...« Morag grinste Val an, die nicht einmal ein schwaches Lächeln zustande brachte.

*

In diesem gräßlichen Semester stellte Morag eine Liste aller erfreulichen Ereignisse auf, um »die Dinge aus einer anderen Perspektive zu sehen«, wie sie es nannte. Manchmal notierte sie nur »Marmelade zum Tee« oder »Briefe angekommen«. Eine unvergeßliche Eintragung lautete: »Langsam rutschte Maities Pumphose herunter, während sie den Chor dirigierte.«

Der bemerkenswerteste Lichtblick jenes ersten Abends war zweifellos die Unterbringung der Fünft- und Sechstkläßlerinnen im Stallkomplex, in umgebauten Dachkammern, getrennt vom Haupthaus. Im Erdgeschoß lag eine kleine Küche neben einem hübschen Wohnzimmer mit Radio und Grammophon. Ein Teil der Stallungen war zur Schulbibliothek umfunktioniert worden, die andere Mädchen zwischen zehn Uhr morgens und sechs Uhr abends benutzen durften. Danach verfügten die älteren Schülerinnen allein über den ganzen Block, von Mrs. Maitland nachsichtig bewacht.

»Als hätten wir eine eigene Wohnung«, versuchte Morag eine untröstliche Val aufzumuntern. »Und wir sind alle drei zusammen. Wenn man uns getrennt hätte, wär's doch schrecklich gewesen.«

Jannies strahlendes Lächeln verwandelte sie kurzfristig in eine Schönheit. Aber Val ließ sich nicht aufheitern. Sie hatte gehofft, nur mit Morag ein Zimmer zu teilen. Sobald sie ins Bett ging, würde sie sich weinend nach Mummy sehnen. Morag würde zu ihr unter die Decke kriechen und sie in den Schlaf wiegen. Dann würde sie von ihren wunderbaren Nachkriegsplänen träumen. Morag würde Teddy heiraten und mit ihm im Redley Lodge wohnen. Mit diesem Traum wollte sie ihr Heimweh lindern. Jannie kannte kein Heimweh, weil sie so gefühllos war. Und oberflächlich.

Zum Dinner gab es Rühreier aus wasserlöslichem Konzentrat und Toast, mit einem köstlichen Chutney auf glühendheißen Tellern serviert. Trotzdem sprach Dr. Wilkie nur ein kurzes Tischgebet, damit das Essen nicht kalt wurde, und erklärte, Mrs. Reid von der benachbarten Farm habe das Chutney gespendet – alle zehn Gläser.

Jannies Augen leuchteten, und Morag wisperte: »Siehst du, Val? Wir sind nicht so allein und verlassen, wie du's befürchtet hast.«

»Um Himmels willen, schau nicht so trübsinnig drein, Val«, zischte Jannie. »Hier wird's uns sicher gefallen. Ich wette, in diesem Haus spukt's. Vielleicht wurde eine Nonne von einem Mönch geschwängert und eingemauert. In manchen Nächten wandert ihr Geist umher. Vor allem, wenn's schneit. Und sie kommt in unseren Stallblock, weil sie sich da heimlich mit ihrem Liebhaber getroffen hat.«

»Ich hasse dich, Jannie Mears«, sagte Val tonlos.

Später, als Jannie eingeschlafen war, flüsterte Morag ins kalte Dunkel: »Hör zu weinen auf, Val. Damit wirst du dich noch ganz krank machen.«

»Ich bin schon jetzt krank«, schluchzte Val. »Mein Kissen ist naß, ich friere, und ich fühle mich elend.«

»Komm in mein Bett.« Morgan hob die Decke, und als Val auf der harten Matratze lag, wischte ihr die Freundin das Gesicht mit einem sauberen Taschentuch ab. »Jetzt ist alles wieder gut. Mach die Augen zu und schlaf.«

»O Morrie, ich wünschte, Jannie wäre nicht hier. Sie versteht gar nichts ...«

Als wäre sie aus tiefem Schlaf erwacht, rief Jannie mit hoher, gepreßter Stimme: »Laß sie in Ruhe, Marius! Sie ist meine Mutter! Das erzähle ich Pops ...«

Zitternd verklangen die Worte. Morag und Val umarmten einander noch fester. Und Val starrte endlich ohne Tränenschleier in die Nacht.

*

Als der Schnee schmolz, unternahmen sie Querfeldeinläufe und Sonntagsspaziergänge. Jetzt fühlten sie sich nicht mehr ganz so unglücklich. Morag und Val wurden mit täglichen Briefen ihrer Eltern ermutigt, Jan bekam von ihrer Mutter nur einen pro Woche. »Offenbar vertraut sie dir, Jan«, meinte Val. »Da sind unsere Mütter viel argwöhnischer. Aber du warst ja schon immer etwas reifer als wir.«

Jannie schwieg und widmete sich ihrem Hobby – Berry Reid abzupassen, wenn er irgendwas von der Farm in die Schule brachte. Dazu benutzte er einen Pferdewagen, der klirrend über das Hofpflaster polterte. Meistens gelang es Jannie, im selben Augenblick den Stallkomplex zu verlassen. Sie lächelte ihn strahlend an, was er manchmal zur Kenntnis nahm, manchmal auch nicht. Vielleicht sah sie seit der Ankunft im Gallenwick noch unscheinbarer aus.

Im März schien öfter die Sonne. Die Tage wurden länger. Am ersten klaren Abend radelte der Luftschutzwart von Galford aufgeregt die Zufahrt entlang und teilte Dr. Wilkie mit, in Lynmouth sei die Sirene ertönt. Wenig später dröhnten Flugzeuge über der Schule. Die Mädchen versammelten sich im Stallhof, um die Silhouetten der deutschen Bomber auf dem Weg vom Meer zum Bristol Channel zu beobachten.

Am nächsten Morgen schlug Dr. Wilkie vor, sie sollten sich vor Mrs. Maitlands Büro anstellen und die Eltern anrufen. Bei der Morgenandacht betonte sie, harte Arbeit würde sie alle von der Angst ablenken. Das wußte Morag bereits. Die Studien für das Schlußexamen nahmen ihre ganze Zeit in Anspruch. Jeden Abend schrieben Val und Jannie die Notizen ihrer Freundin ab. Trotzdem kamen sie schlecht voran. Während sich die Luftangriffe häuften, vertieften sie sich selber in die Bücher und sehnten die morgendlichen Telefonate herbei.

Ein Dienstmädchen erzählte, Berwick Reids Einberufung sei erneut verschoben worden, damit er zu Ostern bei der Kartoffelsaat und im Juni bei der Heuernte mithelfen konnte. Während Bessie eines Sonntagmorgens den Haferbrei verteilte, erklärte sie Jannie: »Das gefällt ihm nicht. Aber so was gehört auch zum Kriegsdienst.«

»Klar«, stimmte Jannie entzückt zu. »Er kann nicht erwarten, daß seine Mutter und seine Großmutter die ganze Arbeit allein machen.« Dann wandte sie sich zu ihren Freundinnen, sobald das Dienstmädchen außer Hörweite war. »Wollen wir den Gottesdienst schwänzen und spazierengehen?«

Morag nickte. »Ins Doone Valley. Oder zu den Klippen. Oder Richtung Lyn Abbey.«

»Von diesen unheimlichen Mönchen will ich nichts wissen«, entgegnete Val und erschauerte. »Es würde mich nicht wundern, wenn Jannie recht hätte – ich meine, sie könnten diese Nonnen tatsächlich in Schwierigkeiten gebracht haben.«

»Besuchen wir lieber unsere Nachbarn«, sagte Jannie und lächelte unschuldig. »Mrs. Reid schickt uns immer so viele gute Sachen – die Damaszenerpflaumenmarmelade und das Chutney. Da müßten wir uns mal bedanken.« Die beiden starrten sie mißtrauisch an, und sie grinste. »Habt ihr's gehört? Bessie hat erzählt, daß Berwick Reid immer noch daheim ist.«

»Dann gehen wir *nicht* hin!« entschied Morag. Du bist einfach unmöglich, Jan!«

»Außerdem will ich den Gottesdienst nicht versäumen«, warf Val abergläubisch ein. »Stellt euch vor, daheim passiert was, weil wir nicht gebetet haben.«

»Schon gut.« Jannie gab sich geschlagen. »Aber steigen wir wenigstens nach dem Lunch den Hang hinauf. Von dort können wir zur Farm runterschauen. Obwohl wir schon fast drei Monate hier sind, haben wir sie nie gesehen.«

Beim Gottesdienst ließ Dr. Wilkie die Bombe platzen. »Das werdet ihr nicht gern hören. Und es tut mir wirklich leid. Wenn die Luftangriffe nachgelassen hätten, würde ich's nicht vorschlagen. Aber ich bin ebenso wie eure Eltern der Meinung …«

Entsetzt wandte sich Val zu Morag.

»Dadurch können sich die älteren Mädchen noch intensiver auf die Abschlußprüfung vorbereiten. Und die anderen werden in verschiedenen Arbeitsgruppen Kriegsdienst leisten.«

»Dürfen wir zu Ostern nicht nach Hause fahren?« flüsterte Val ungläubig.

»Aber ich muß heim!« stöhnte Jannie. »Weil ich mich – um jemanden kümmern will.«

Morag schluckte krampfhaft und dachte an das Erkerfenster, die distinguierte Gestalt auf der Park Row, den alten Morgenmantel ihrer Mutter. »Kommt, gehen wir spazieren. Reden wir drüber.«

Hinter der Brücke folgten sie dem Weg, der zur Straße nach Barnstaple führte. Dann überquerten sie die Felder. Das Erdreich war immer noch feucht. Aber auf trockenen Böschungen blühten Primeln, an den Bäumen sproß junges Laub. Aber davon nahmen sie nichts wahr. Sie fühlten sich elender denn je. Nicht einmal Morag fand Worte, um die beiden anderen zu trösten. Nachdem sie sich ausgiebig über die ungerechte Welt beklagt hatten, versanken sie in düsterem Schweigen. Schließlich blieben sie am Ufer eines Bachs stehen, den Weiden und Erlen säumten. Inzwischen hatte es zu nieseln begonnen.

»Das ist vielleicht John Ridds Bach«, meinte Morag lustlos. »Ihr wißt schon – wo er durch den Wasserfall hinaufgeklettert ist.«

»Mag sein«, erwiderte Jannie desinteressiert. »Diese Bäche sind alle gleich.«

Als ein Ruf zwischen Weidenzweigen erklang, zuckten die Mädchen zusammen. »O nein! Im Moorgebiet hat jeder Bach seinen eigenen Charakter.«

Die Weide zitterte, als jemand heruntersprang. Enttäuscht runzelte Jannie die Stirn. Sie hatte gehofft, Berwick Reid zu sehen. Aber der Mann, der die Uferböschung heraufstieg, sah längst nicht so gut aus wie Berry. Mit seinen sanften grauen Augen und dem braunen Haar wirkte er wie ein typischer Engländer.

»Hallo!« grüßte er lächelnd, mit leiser, etwas heiserer Stimme. Alle hatten gehört, wie Berry seine Pferde anschrie, wenn er die milden Gaben seiner Mutter im Stallhof ablieferte. Daß dieser Mann jemals schrie, war unvorstellbar. »Ich bin Hugh Reid, von der Farm. Meinen Bruder kennen Sie ja schon. Und Sie werden meine Mutter und meine Großmutter auch bald kennenlernen.«

Die Mädchen nickten. Undamenhaft traten sie von einem Fuß auf den anderen. »Weil er mich an Leslie Howard erinnert«, sollte Jannie später erklären. »Am liebsten hätte ich mich hingelegt, um zu sterben.«

»Zufällig habe ich Ihr Gespräch gehört.« Hugh Reids Lächeln vertiefte sich. »Mit diesen Bächen im Moor bin ich aufgewachsen. Jeder hat seine eigene faszinierende Persönlichkeit.«

»Ist das John Ridds Bach?« fragte Morag.

»Nein, der fließt weiter da drüben, in Richtung Doone Arms. Und Berry ist genauso durch den Wasserfall raufgeklettert wie John Ridd.«

Endlich fand Jannie ihre Sprache wieder. »Haben Sie das auch getan? Zeigen Sie uns den Bach?«

»Nein, das habe ich nie versucht. Dafür bin ich viel zu faul. Aber ich führe Sie sehr gern zu dem Bach. Wenn Sie auf der Farm arbeiten.«

»Arbeiten?« Entgeistert riß Jannie die Augen auf.

»Tut mir leid. Bin ich in ein Fettnäpfchen getreten? Ich dachte, Ihre Schulleiterin hätte es inzwischen erwähnt. Sie hat uns besucht und erklärt, zu Ostern würden Sie nicht nach Hause fahren. Und dann fragte sie, ob Sie uns bei der Kartoffelsaat helfen könnten. Sie wissen schon – der Kriegsdienst.«

»Natürlich wäre das sehr wichtig«, meinte Val.

»Da ich erst in drei oder vier Wochen an Bord meines Schiffs gehe, werde ich auch mitmachen. Jetzt ist meine Mittagspause vorbei. Ich muß wieder an die Arbeit. Bis nächste Woche – vielleicht…« Lächelnd winkte er den Mädchen zu, stieg zum Bach hinab, schwang sich an einem Weidenzweig hoch und verschwand. Sekunden später tauchte er am anderen Ufer auf.

»Scarlet Pimpernel*«, wisperte Val.

---

* »The Scarlet Pimpernel«, engl. Abenteuerfilm, 1934, mit Leslie Howard in der Hauptrolle.

»Wir arbeiten auf der Farm«, hauchte Jannie. »Mit *ihm*.«

Und Morag dachte wieder an das Erkerfenster. Vielleicht konnte sie alles, was damit zusammenhing, um ein paar Wochen verschieben.

3

Ostern 1941

Der Kartoffelacker lag am Rand des Tals. Neulich war er im Rahmen der *Dig for Victory*-Kampagne gepflügt worden, und die frisch umgegrabene Erde roch immer noch nach den Schafen, die hier jahrhundertelang gegrast hatten. Eine bleiche Aprilsonne schien auf die Rücken der Mädchen, die den Hang hinaufstapften und bei jedem Schritt eine Kartoffel ins Erdreich drückten. Dann strahlte ihnen das Sonnenlicht ins Gesicht, als sie sich nach links wandten und hinabstiegen. Alle fünfundzwanzig Fünftkläßlerinnen arbeiteten auf dem Feld, die Sechstkläßlerinnen erledigten den Frühjahrsputz im Gallenwick House, und die Junioren strickten für Jugoslawien. Diese Arbeit haßten sie. Aber Mademoiselle hatte hübsche Partisanen mit blaugefrorenen Fingern gemalt, die ein einsames Gebirge durchstreiften. Heimlich schoben die älteren Mädchen zusammengefaltete Briefe in die gestrickten Handschuhe. Die frühreife dreizehnjährige Marjorie White schrieb: »Wenn Sie nach England kommen, laden meine Eltern Sie sehr gern zum Tee ein.«

Inzwischen hatte Jannies, Vals und Morags anfänglicher Arbeitseifer nachgelassen. Zwei Tage vor der Kartoffelsaat war Hugh Reid einberufen worden.

»Das ist unfair«, klagte Jannie, während sie auf ihrem Bett saß und ihre Strümpfe für den Kirchgang am nächsten Tag stopfte. »Plötzlich ist der einzige Silberstreif vom Horizont verschwunden. Der liebe Gott behandelt uns viel zu schlecht.«

Sekundenlang überlegte Morag, ob sie protestieren sollte. Aber sie schwieg. Auch sie hatte sich auf ein Wiedersehen mit Hugh Reid gefreut. Seit zehn Tagen dachte sie unentwegt an seine sanften grauen Augen. Natürlich teilte sie Jannies begieriges Interesse an Männern nicht. Sie vermißte nur die Gespräche mit ihrem Daddy, Vals Vater und Teddy.

»So einen großen Unterschied hätte es gar nicht gemacht, Jan«, meinte Val seufzend. »Seien wir froh, daß wir *miteinander* reden können. Sonst brauchen wir niemanden.«

»Sicher hat er sich gern mit uns unterhalten.« Jannie zog den Strumpf über ihre Hand und inspizierte die geflickte Stelle.

»Unsinn!« rief Morag. »Wir haben doch nur ein paar Worte gewechselt. Und jetzt ist er bei diesem verdammten Konvoi ...«

»Wieso weißt du das?« Jannie vergaß ihren Strumpf. »Hat er's dir gesagt?«

»Natürlich nicht. Aber zum Zeitpunkt der Cape Matapan-Schlacht war er daheim. Offenbar dient er nicht auf einem Zerstörer oder Panzerkreuzer. Maitie erwähnte, beide Reids würden dem gleichen Verband angehören. Da will Berry auch hin, und er meint, er würde nur Kindermädchen spielen.« Beim Anblick von Jannies gekränkter

Miene lächelte Morag. »Das bedeutet, daß er andere, wichtigere Schiffe beschützen wird.«

»Wann hat er dir das erzählt?«

»Gar nicht. Er hat's Maitie erklärt, als sie ihn bat, unsere Arbeit auf der Farm zu beaufsichtigen.«

»Also werden alle drei Brüder zusammensein?« Zum erstenmal zeigte Val ein gewisses Interesse. »Dann ist die Familie nur in zwei Lager gespalten – die Farm und die Navy, während wir in alle Winde verstreut sind.«

»Vielleicht dienen sie im Konvoi auf verschiedenen Schiffen.« Morag griff nach ihrem Nähkorb. »Übrigens, Jannie – bist du nicht ein bißchen wankelmütig? Ich dachte, du schwärmst für Berry.«

Nachdenklich starrte Jannie vor sich hin. »Der würde ohnehin keine Notiz von mir nehmen. Aber Hugh – kümmert sich um *alle* Menschen. Versteht ihr, was ich meine?«

»Ja«, antworteten ihre Freundinnen wie aus einem Mund.

Da alle drei beschlossen hatten, den abwesenden Hugh anzuhimmeln, fiel ihnen der Kontakt mit Berry viel leichter. Der erste Arbeitstag auf dem Feld war sehr beschwerlich gewesen. Am oberen Ende des Hangs wartete ein mit Saatkartoffeln beladener Wagen. Auf dem Weg nach unten mußten sie die Säcke zur Hälfte leeren und auf dem Rückweg den zweiten Teil im Erdreich vergraben. Nach zwei Stunden keuchten sie vor Erschöpfung, und Berry ermunterte sie mit kleinen Spötteleien. »Um Himmels willen, Caroline, schüttle deine Füße! Du schleppst ja den halben Acker herauf. Nicht so große Schritte, Morag! Und du da, die kleine Blonde – drück die Kartoffeln richtig rein! Nur nicht so zaghaft!«

Zerknirscht senkte Jannie den Kopf. Aber Val wußte,

wie man mit autoritären jungen Männern umging, und rief: »Füll lieber unsere Säcke, statt uns wie Hitler anzubrüllen!«

Berry brach in schallendes Gelächter aus. »Okay, Miss Lockenkopf. Wie heißt du?«

»Das geht dich nichts an. Jedenfalls klingt mein Name nicht so albern wie deiner.«

Inzwischen waren die drei Mädchen am oberen Feldrand angekommen. Die leeren Säcke in den Händen, rangen sie nach Luft.

»Noch eine Doppelfurche, dann machen wir für heute Schluß«, entschied Berry, füllte die Säcke und grinste Val über die Schulter an. »Wenn ein Name zur Familientradition gehört, kann er gar nicht albern klingen. Mein Großonkel war ein bekannter Kunstmaler, und ich möchte in seine Fußstapfen treten.«

»*Du*?« fragte sie verächtlich. »Obwohl du nicht einmal das visionäre Talent eines Wurms besitzt?«

»Oh, ich habe meine Visionen«, erwiderte er belustigt. »Zum Beispiel sehe ich Morags Beine und Carolines – Figur. Und dein Haar, deine Lippen.«

In diesem Augenblick erreichte Caroline den Feldrand. Errötend schob sie die Schultern vor, um ihre üppigen Brüste zu kaschieren. Morag wandte sich ab und betrachtete die Nebelschwaden über dem Moor.

»Und wir haben deine große Klappe bemerkt«, konterte Val verärgert und riß ihren gefüllten Sack aus Berrys Hand. »Du hörst dich selber viel zu gern reden, was? Komm, Mo.«

Auf dem Weg nach unten steckten sie die Kartoffeln mit einer Energie ins Feld, die ihnen zuvor gefehlt hatte. Berry lächelte zufrieden. Hinter ihm ertönte eine dünne Stimme. »Ich bin Janice. Und ich werde Jannie genannt.«

Er drehte sich um und musterte die magere Gestalt, die viel zu zerbrechlich für diese harte Arbeit wirkte. »Gut, Jannie, tu dein Bestes«, ermunterte er sie und wandte sich an Caroline. »Tanzt du?«

»Ob ich tanze?« Sie starrte ihn an, als hätte er chinesisch gesprochen.

»Nächsten Samstag wird im Gemeindesaal von Lynmouth ein kleines Fest gefeiert, zu Unterstützung der französischen Freiwilligen, die hier stationiert sind. Kommst du mit?«

»Das dürfen wir nicht.« Als Caroline die Flucht ergriff, fielen ein paar Kartoffeln aus ihrem Sack.

»Ich würde gern mitkommen«, sagte die dünne Stimme, »und ich tanze sehr gut.«

»Mal sehen.« Wie hieß sie doch gleich? Ach ja, Jannie. »Wenn du ein bißchen älter bist.«

Ehe sie wütend erklären konnte, sie sei älter als Caroline, schlenderte er zu einer anderer Arbeitsgruppe.

An diesem Abend – erschöpft, aber zum erstenmal seit ihrer Ankunft einigermaßen gut gelaunt – äußerten die drei Mädchen ähnliche Meinungen über Berwick Reid.

»Er erinnert mich an Teddy«, sagte Vallery. »Offenbar muß man ihm einen Dämpfer aufsetzen.«

»Versuch's lieber nicht«, warnte Morag. »Er ist nicht wie Teddy – und anders als sein Bruder. Irgendwie gefährlich ...«

»Er hält mich für ein kleines Mädchen«, fauchte Jannie. »Dem werde ich's zeigen! Noch bevor ich mit ihm fertig bin, wird er mir aus der Hand fressen!«

»Sei bloß vorsichtig!« mahnte Morag.

»Gefährlich?« Valerie schüttelte geringschätzig den Kopf. »Sicher hat er uns nur herausgefordert, weil wir vor dem Dinner noch ein paar Furchen bepflanzen sollten.«

»Er hat Caro zu einem Tanzabend eingeladen«, verkündete Jannie mit Grabesstimme.

»Was?« kreischte Val.

»Sie wollte nicht. Da hab ich gesagt, ich würde gern mitkommen. Aber er war nicht interessiert.« Jannie ging zu dem kleinen Spiegel über der Kommode. »Vielleicht – wenn ich morgen ein paar Taschentücher unters Hemd stopfe... Verdammt, unter Eves glatter Satinwäsche würden sie sofort verrutschen.«

»Um Himmels willen, sei nicht so vulgär!« rief Morag ungeduldig.

»Du hast leicht reden, Morag Heyward!« In Jannies blassem Gesicht erschienen rote Flecken. »Weil ihm deine Beine gefallen, hat er sich deinen Namen gemerkt. Und Val findet er zum Schreien komisch. Aber mich sieht er gar nicht. Da ist er nicht der einzige. Niemand beachtet mich, Mo. Weder Ma noch du oder Val. Nur gewisse Männer... Seht euch mal mein Gesicht an! Mindestens drei Pickel! Und einer ist unterwegs... O Gott, ich hasse mich selber...«

Wortreich versuchten Morag und Val, ihre Freundin zu trösten. In der Nacht hörten sie Jannie schreien. »Bitte, Ma, laß ihn nicht...Ich will ihn nicht küssen... Und er soll mich nicht anfassen... Das sag ich Pops...«

Vallery streckte ihre Hand aus, und Morag griff danach. »Wie gut, daß ich eine alte Jungfer werden will, Mo!« wisperte Val. Wenn du Teddy heiratest, führe ich euch den Haushalt.«

Aber sie lachten nicht, blieben noch lange wach und wunderten sich über Eve Mears.

*

Mrs. Reid war klein, besaß aber Schultern wie ein Ochse, ihre Stimme glich einem Peitschenknall, und sie machte wunderbare Pasteten. In emaillierten Waschschüsseln bereitete sie sechs auf einmal zu. Regelmäßig stach sie in die oberen Teigplatten, damit der Dampf entwich. Und dann standen sie alle auf dem Tisch, brodelten wie aktive Vulkane und verströmten einen Duft, der Morag das Wasser im Mund zusammenlaufen ließ. Granny Thomas – winzig und verhutzelt, aber unverwüstlich wie ein Maulwurf – backte täglich frisches Brot, und die Scheiben wurden mit goldgelber Butter bestrichen. Zwischen halb eins und halb zwei wurde auf der Farm zu Mittag gegessen. Die Stunde der Schwelgerei, wie sich die Mädchen ausdrückten. Während Jannie von Ehebruch und mangelnder Zuwendung träumte, erschienen in den Träumen der anderen üppig gedeckte Tische. Und das allerbeste – Mrs. Reid sprach sie von der Todsünde der Völlerei frei und betonte, die Mahlzeiten seien der Lohn für die harte Feldarbeit. »Diese Doktorin – von weiblichen Docs halte ich nichts, aber sie scheint vernünftig zu sein – hat gesagt, ihr dürft nicht bezahlt werden. Aber wenn ihr euch auf meinem Grund und Boden abrackert, soll er euch auch ernähren …« Sie hielt inne, um Jannie zu mustern. »Vor allem du könntest ein bißchen Fett ansetzen. Was übrigbleibt, packt ihr ein. Nehmt's mit. Ihr Internatsschülerinnen feiert doch gern nächtliche Feste.«

»Jetzt wird's Zeit, die Stiefel wieder anzuziehen, Mo.« Berry wandte sich an Mo, weil er sie für die Anführerin der Mädchen hielt. »Um halb vier machen wir wieder Pause, und da kriegst du vielleicht noch ein Stück Kuchen. Immerhin bist du die Größte.«

Erst jetzt merkte sie, daß sie zwei Stück Apfelkuchen gegessen hatte, und starrte verlegen auf ihren Teller. Letztes Jahr hatte Mrs. Maitland gemeint, wegen ihrer Größe würde Morag wahrscheinlich zusätzliche Kleider-Gutscheine bekommen. Aber Lucy Heywards hatte Verständnis gezeigt, als ihre Tochter sie gebeten hatte, ihr die Demütigung einer öffentlichen Abmessung zu ersparen.

Und Berry hatte sie Mo genannt. Jetzt zog er sie vom Stuhl hoch, um sie mit seiner kleinen, emsigen Mutter zu vergleichen.

»Um Himmels willen, mein Junge!« schimpfte Mrs. Reid. Das Besteck, das sie in eine Spülschüssel warf, ratterte wie ein Maschinengewehrfeuer. »Bring das Mädchen nicht in Verlegenheit. Mit ihren langen Beinen arbeitet Morag wahrscheinlich viel schneller als die anderen.«

Damit brachte sie ihren Sohn auf eine Idee. »Wie wär's mit einen Wettbewerb, Mädchen?« Sie standen alle auf der Veranda, steckten angenehm erwärmte Füße in die Gummistiefel und stöhnten laut. »Wer die meisten Kartoffeln pflanzt, kriegt von Ma ein Extrastück Kuchen. Natürlich nehme ich auch am Wettkampf teil.«

Lebhaft redeten alle durcheinander. »Vorsicht!« warnte Val die anderen. »Er ist schon seit Jahren geübt. Natürlich wird er den Kuchen gewinnen.« Grinsend zerzauste er ihre Locken. Als sie sich auf ihn stürzte, bekam sie einen Klaps aufs Hinterteil. Nur Caroline sagte nichts, und Morag überlegte, ob das Mädchen vielleicht doch am Samstag mit Berry tanzen würde.

»Also gut, ich mache nicht mit und spiele den Schiedsrichter«, erbot er sich, und Morag bewunderte seine Taktik. Nach dem Essen hatten alle getrödelt. Und nun konnten sie die Rückkehr auf den Kartoffelacker kaum erwarten.

*

Erstaunlich, was die Feldarbeit bewirkte... Val schlief jede Nacht durch und griff nicht mehr nach Morags Hand, und Jannie konzentrierte ihr Interesse nach der kurzfristigen Begeisterung für Hugh Reid wieder auf Berry. Seine fortgesetzte Gleichgültigkeit bestärkte sie in ihrem Entschluß. Bald würde er ihr aus der Hand fressen. In Mrs. Reid hatte sie einen Menschen gefunden, den sie aufrichtig liebte. Und Mrs. Reid sah in ihr das Ideal eines jungen Mädchens, zart und unscheinbar, die Tochter, die ihr nie vergönnt worden war und die sie bemuttern konnte. Nach den Ferien schickte sie Berry wieder regelmäßig zur Schule und gab ihm Extrapäckchen für Jannie mit, die Reineclaudenmarmelade, frische Gänseeier und – nicht so willkommen – Lebertran enthielten. Bis zum Pfingstfest blühte Jannie tatsächlich auf. Das blonde Haar begann zu glänzen und fiel in weichen Wellen auf die Schultern. Damit die wasserblauen Augen nicht wie Murmeln, sondern mandelförmig aussahen, lernte sie die Lider zu senken, was Val »Schlafzimmerblick« nannte. Und Morag registrierte in durchwachten Nächten, daß Jannie nicht mehr in bösen Träumen redete.

Auch Morag hatte sich verändert, und das mißfiel ihr. Früher hatte ihr das Heimweh den Schlaf geraubt. Jetzt war sie liebeskrank. Ausgerechnet Morag Heyward, das vernünftigste Mädchen in der fünften Klasse, sehnte sich unentwegt nach Berry Reid. Und wenn sie ihn auf der

Farm traf, hatte sie nur Augen für ihn. Wegen dieser lächerlichen Besessenheit verachtete sie sich selbst. Er war so unverschämt, sie Mo zu nennen, was sie außerhalb der Familie nur Val und Jannie zugestand. Und er kommandierte die Mädchen dauernd herum. Aber wann immer er sie mit seinen dunklen Augen anschaute, wurde ihr heiß und kalt, und sie glaubte dahinzuschmelzen. Daß jemand soviel Macht über sie ausübte, erschien ihr schrecklich.

Und was noch schlimmer war – Jannie hegte offensichtlich die gleichen Gefühle. Sogar Caroline Prosser gab zu, sie sei »hingerissen«. Wenn sie etwas mutiger wäre, würde sie jeden Samstagabend mit ihm tanzen. Auch die anderen Mädchen schwärmten für ihn. Nur Val, an ihren dreisten Bruder gewöhnt, blieb immun. Manchmal, im Morgengrauen, betrachtete Morgan die schlafende Val und beschloß, dem Beispiel der Freundin zu folgen. Sie würde Berry vorwerfen, er sei ein Sklaventreiber, und behaupten, sie würde ungeduldig auf seinen Einberufungsbefehl warten. Aber dieser Gedanke war so schmerzlich, daß sie ihn immer wieder verwarf. Sie wollte sich gar nicht vorstellen, wie er an Deck eines Schnellboots stand, von hohen Atlantikbrechern durchnäßt, wartete und Wache hielt. Jedes Stück Treibgut konnte das Sehrohr eines deutschen U-Boots sein… Entschlossen kniff sie die Augen zusammen und bekämpfte diese Visionen.

Bei ihren Querfeldeinläufen beobachteten die Mädchen hin und wieder, wie er die Wiesen mähte. Dann nahm er seinen Hut ab, schwenkte die Sense durch die Luft und dachte zweifellos, sie würden wie Witzfiguren aussehen, die über sein geliebtes Exmoor trabten. Nur wenn er beim Mittagessen über das Moor sprach, wurde er ernst – was selten genug geschah. Er erklärte ihnen, wo sich Rehe und

Hirsche paarten, wo die Moor-Ponies frische junge Triebe unter verdorrtem Adlerfarn fanden und das Maul schürzten, um anmutig daran zu knabbern. Das alles beobachteten die Mädchen, während sie diese einsame Welt erforschten, sahen sie mit Berrys Augen und lernten sie lieben. Dr. Wilkie freute sich darüber und ahnte nicht, wem sie die unverhoffte Begeisterung ihrer Schülerinnen verdankte. Als sie zwei Wochen vor Pfingsten ihren Entschluß bekanntgab, hätte sie's erraten müssen.

Eines Abends klopfte sie an die Wohnzimmertür der Fünft- und Sechskläßlerinnen, wartete zwei Sekunden und trat ein. Sie hielt ein großes rotes Buch in der Hand, das Namensverzeichnis aller Schülerinnen. Da sie ausnahmsweise kein Häubchen trug, bemerkte Morag, daß sich wesentlich mehr graue Fäden durch die Haare der Direktorin zogen als bei ihrem Amtsantritt vor zwei Jahren. Dr. Wilkie wartete, bis Juliet Mortimer aus dem einzigen Lehnstuhl sprang und ihr den Platz anbot. Dann setzte sie sich und kreuzte die Fußknöchel.

»Mädchen, das ist kein formeller Besuch. Bei der Übersiedlung ins Gallenwick beschloß ich, nur hierherzukommen, wenn ihr mich einladet. Ihr sollt das Gefühl haben, dieser Raum wäre eure private Domäne. Aber da ihr euch nach dem Abendessen immer hier versammelt und ich euch etwas Besonderes sagen möchte, dachte ich ...« Ein lebhafter Chor hieß sie herzlich willkommen, und sie lächelte fast liebevoll. »Allmählich entwickelt sich die fünfte Klasse zu einem Team, auf das ich stolz bin.«

Bei diesen Worten nickte sie Jannie zu. Am Morgen hatte das Mädchen beschlossen, Nonne zu werden, und das Haar straff nach hinten gekämmt. Diese Frisur betonte schöne hohe Wangenknochen und ein wohlgeformtes Kinn.

»Als ihr den Verzicht auf eure Osterferien und die Feldarbeit so klaglos hingenommen habt, seid ihr den Junioren mit gutem Beispiel vorangegangen. Sogar den Sechstkläßlerinnen.«

Diesmal lächelte sie Morag zu, der einzigen Schülerin, die von der Landluft nicht zu profitieren schien.

»Und jetzt rückt die Abschlußprüfung immer näher«, fuhr die Schulleiterin fort. »Natürlich sollen eure Eltern mit euren Leistungen zufrieden sein.« In ihrer Stimme schwang eine kaum merkliche Drohung mit. »Um dieses Ziel zu erreichen, habe ich einige Mädchen für einen speziellen Nachhilfeunterricht ausgewählt.« Ringsum verschlossen sich die Mienen. »Für den Rest dieses Monats werden sich diese Schülerinnen nicht an den Stundenplan halten, sondern jeden Morgen um neun in meinem Arbeitszimmer erscheinen. Dort werden wir intensive Studien betreiben.« Ein leises Stöhnen erklang, und Dr. Wilkie hob die Brauen. »Glaubt mir, ich will euch helfen, und meine Kritik wird immer nur konstruktiv sein – niemals destruktiv.« Langsam wanderte ihr Blick von einem Gesicht zum anderen.

Nach einer halben Ewigkeit schlug sie das rote Buch auf, das auf ihren Knien lag und las die Namen der Auserwählten vor. Dazu gehörten Val, Jannie und etwa ein Dutzend andere Mädchen. Drückendes Schweigen erfüllte den Raum. »Meine Lieben, das ist ein Privileg«, beteuerte Dr. Wilkie, »und gewiß keine Strafe. Versteht ihr das?«

»Ja, Dr. Wilkie.« Seit der dritten Klasse hatten sie nicht mehr im Chor geantwortet. Verlegen senkten sie die Köpfe.

Die Direktorin nickte lachend, stand aber nicht auf. Also hatte sie noch etwas zu sagen. Sie schloß das Buch und wandte sich zu Morag und Juliet Mortimer. »Nun sind noch acht Namen übrig. Caroline, Morag, Juliet. Und die fünf Mädchen von der griechischen Gruppe.«

Unbehaglich spähte Morag über die Schulter. Die Janson-Zwillinge, Margaret Downend, Sibyl Porter und Jennifer Tewson grinsten selbstgefällig. Da sie sich für die Elite der fünften Klasse hielten, waren sie unerträglich.

Dr. Wilkie holte tief Atem. »Selbstverständlich wollte ich euch alle in den Nachhilfeunterricht einbeziehen. Aber gestern kam Mrs. Reid zu mir.« Plötzlich schien sich die Luft im Zimmer elektrisch zu laden, und die Mädchen richteten sich auf. »Vielleicht habt ihr's gehört.« Die Schulleiterin zeigte auf das Radio in der Ecke. »Für die nächsten beiden Wochen wurde ausgezeichnetes Wetter vorhergesagt. Und danach soll es regnen. Soeben hat die Heuernte begonnen, die rechtzeitig beendet werden soll. Bei der Kartoffelsaat habt ihr großartige Arbeit geleistet. Und nun hat Mrs. Reid gefragt, ob ihr wieder mithelfen würdet. Ich erklärte ihr die Situation. Dafür bringt sie natürlich Verständnis auf. Wegen der staatlichen Stipendien können wir die Sechstkläßlerinnen nicht abkommandieren, und Mrs. Reid meint, die Junioren wären nicht kräftig genug. Aber da diese Arbeit von nationaler Bedeutung ist, konnte ich sie nicht abweisen. Und so habe ich mich für diese acht Mädchen entschieden, weil ich sicher bin, daß sie die Prüfungen auch ohne Nachhilfeunterricht bestehen werden.« In der griechischen Gruppe erklang unterdrücktes Kichern, was ihr einen mißbilligenden Blick eintrug. »Ich habe Mrs. Reid mitgeteilt, diese Entscheidung müßtet ihr selbst treffen. Denkt darüber nach und gebt mir morgen Bescheid. Wenn ihr den Vorteil des Nachhilfeunterrichts nutzen wollt, wird euch das niemand verübeln.«

»Dr. Wilkie, ich arbeite sehr gern auf der Farm«, betonte Caroline hastig. »Und ich halte es für meine Pflicht, einen Beitrag zum Kriegsdienst zu leisten.«

»Darauf wette ich«, murmelte Jannie.

»So denke ich auch, Dr. Wilkie«, meldete sich Jennifer Tewson zu Wort. »Und da ich keine Angst vor der Prüfung habe ...«

»Wir auch nicht!« riefen die Janson-Zwillinge wie aus einem Mund.

»Zweifellos sind wir's den Reids schuldig«, begann Sibyl Porter salbungsvoll, »nachdem sie immer so nett zu uns waren ...«

»Hört, hört!« sagten die anderen.

»Wie ein griechischer Chor«, zischte Jannie.

»Schlaft erst mal drüber«, schlug Dr. Wilkie vor. »Wenn ihr euch gegen die Feldarbeit entscheidet, müßt ihr euch nicht unpatriotisch vorkommen.«

Entschlossen bekämpfte Morag ihre Verlegenheit. Mit erstaunlich klarer Stimme begann sie zu sprechen. »Dr. Wilkie, ich glaube, wir alle möchten den Reids helfen. Für uns ist das kein Opfer.« Nun entblößte sie ihre Seele vollends. »Wir haben sehr gern auf der Farm gearbeitet.«

»O ja!« bekräftigte Jannie.

Nun entstand eine kurze Pause. Dann nickte Dr. Wilkie und stand auf. »Also gut. Ich werde Mrs. Reid noch heute abend anrufen. Am Montagmorgen um sieben wartet ihr am Brückentor auf euren Transport.« Auf dem Weg zur Tür wirkte sie nicht mehr so freundlich. »Etwas sollte ich vielleicht noch betonen – ich erwarte, daß ihr euch auch außerhalb der Schule untadelig benehmt. Diese Arbeit ist sehr wichtig für die Nation, aber kein Freibrief für irgendwelche Dummheiten.« Mit Nachdruck schloß sie die

Tür hinter sich, und Jannie wandte sich entrüstet zu Morag.

»Warum hast du ihr nicht gesagt, wir würden uns alle Babies von Berry Reid wünschen?«

»Jannie Mears!« kreischte Val schockiert. »Du bist – du bist unmöglich!«

Aber da fingen die Zwillinge zu kichern an, Juliet japste in hilfloser Belustigung, und sogar Val mußte lachen. Morag versuchte sich am allgemeinen Heiterkeitsausbruch zu beteiligen. Aber dann merkte sie glücklicherweise, wie spät es war. »Neun Uhr, Mädchen!« überschrie sie das Gelächter. »Jetzt hat Alvar Liddell das Wort!« Sie schaltete das Radio ein, und als eine sonore Stimme verlauten ließ, Nazi-Deutschland habe Rußland angegriffen, verging ihnen das Lachen.

4

Juni 1941

Nur zwei Monate waren seit der Kartoffelsaat vergangen. Aber inzwischen hatte sich im Moor und auf der Reid-Farm alles verändert. Zuvor waren Grau und Braun die vorherrschenden Farben gewesen – ein grauer Himmel, schlammbraune Felder. Jetzt ließ die Sonne Tautropfen auf saftig grünen Grashalmen glitzern.

Als sich die acht Fünftkläßlerinnen am ersten Morgen beim Brückentor versammelten, freuten sich alle auf die unerwartete Chance, »eins mit der Natur zu werden«, wie Jennifer sich ausdrückte. »Wenn ich an die armen Würmer denke, die unter Willies Adleraugen schwitzen müssen«, meinte Juliet mitleidig, »dann habe ich das Gefühl, wir wären von Engeln berührt worden.«

»Von Engeln berührt?« wiederholte Morag. »Liest du schon wieder Ethel M. Dell, Ju?«

Juliet errötete. »Das sagte meine Mutter in meiner Kindheit.« Um die Situation ins Lächerliche zu ziehen, flötete sie mit hoher Stimme: »'Du bist so hübsch, kleine Juliet – die Engel müssen dich berührt haben.'«

Während die Janson-Zwillinge herablassend kicherten, holte Caroline tief Atem. »Ich würde mich lieber von Berry Reid berühren lassen.«

Angewidert verdrehte die griechische Gruppe ihre Augen, und Morag warf Caroline einen kurzen Blick zu.

Nun rollte der Pferdewagen die Zufahrt herauf, und sie rannten ihm entgegen, in der Hoffnung, Berry würde ihn lenken. Aber es war der alte Busfahrer, der den Ackergaul am Zügel führe. »Vorsicht, meine Damen, ich muß den Wagen wenden!« rief er. »Warten Sie da drüben, wo euch das Pferd sehen kann ... Gerade habe ich ihm erzählt, Sie würden auf der Farm aushelfen.«

»Wie süß!« jubelte Juliet. »Sollen wir uns vorstellen? Ich bin Juliet, und das sind Morag, Caro, Sibyl ...«

»Gehen Sie ein bißchen weiter weg, Miss ...«

»Nennen Sie mich doch Juliet, Mr ...«

»Einfach nur Cyril. So, jetzt haben wir's geschafft, mein Freund, und die jungen Damen können einsteigen.«

Sie kletterten über die Heckklappe auf den Wagen und setzten sich auf den staubigen Bretterboden. In der Ecke bewegte sich etwas. Caroline kreischte. Entsetzt klammerten sich die Zwillinge aneinander. Morag kroch hinüber und nahm eine winzige, zitternde Maus in die Hand. »Eine

Zwergmaus!« verkündete sie entzückt. »Keine Angst, die tut euch nichts. Nun begleitet sie uns zur Farm.«

»Bitte, Morag, wirf dieses gräßliche Ungeziefer aus dem Wagen!« flehte Caroline. Doch sie wurde nicht beachtet.

»Sollen wir ihr einen Namen geben?« Lächelnd musterte Juliet die vorquellenden Knopfaugen und die zuckenden Barthaare. »Mrs. Tiggy-Winkle? Aber wenn Granny oder Mrs. Reid dich mit dieser Maus erwischen... Zu Ostern sah ich, wie Granny einem Huhn den Hals umdrehte. Offensichtlich kennt sie keine Gnade.«

Morag steckte die Maus in die Tasche ihres Kleids, die sie mit einer Sicherheitsnadel verschloß. »Fleißiges Lieschen – so soll sie heißen. Und ich werde gut für sie sorgen.«

Nachdem sie den langgestreckten Hang ihres kleinen Gallenwick-Tals bewältigt hatten, fuhren sie auf der anderen Seite bergab. Immer wieder mußte der Ackergaul mit Cyrils Hilfe durch seichte Bäche waten, und die Mädchen hielten sich schreiend am schwankenden Wagen fest, als erwarteten sie, er würde jeden Moment umkippen. Schließlich überquerten sie den letzten Hügel, und die Farm lag vor ihnen. Aus dem Schornstein stieg eine dünne Rauchspirale. Schnatternde Gänse watschelten den Neuankömmlingen entgegen und wurden von Granny mit einer Schürze verscheucht. Inzwischen ließ Mrs. Reid die Heckklappe des Wagens herab und begrüßte jedes Mädchen mit Handschlag. »Welch ein Glück, daß wir euch haben! Aber wo ist denn die kleine Jannie?«

»Sie bekommt Nachhilfeunterricht für die Abschlußprüfung, Mrs. Reid«, erklärte Morag und hielt eine Hand über die Taschen ihres Rocks. »Vallery auch.«

»Also seid ihr die klugen Mädchen, die keine Nachhilfe brauchen. Aber wir dachten, du wärst ein Wildfang, Morag. Berry findet Caro zu hübsch, als daß sie klug sein könnte. Und du, Juliet, bist ziemlich albern.«

Empört protestierten alle Schülerinnen. Doch dann stimmten sie in Mrs. Reids Gelächter ein. Nur Juliet und Morag fühlten sich gekränkt. Juliet glaubte, sie wäre nicht albern, sondern emotional. Und Morag hatte sich noch nie für einen Wildfang gehalten. Daß Caroline nach Berrys Ansicht hübsch aussah, war keinem der Mädchen entgangen. Verstohlen musterten sie die Kameradin, während sie zu den Feldern eilten, das goldblonde Haar, den zarten Teint, die kirschroten Lippen, die vollen Brüste …

Am Feldrand stand der Heuwagen. Berry und ein Mann, der Cyrils Zwillingsbruder hätte sein können, verteilten das Heu mit langen Gabeln auf die Raufen. In der Luft flogen Staubkörner und winzige Halme umher, und Sibyl mußte niesen.

»Sicher werdet ihr euch bald an den Staub gewöhnen«, bemerkte Berry, ohne seine Tätigkeit zu unterbrechen. Nehmt euch Heugabeln und ahmt einfach nach, was wir Respektspersonen machen.« Seine Gabel emporgereckt, drehte er eine Pirouette. »Betrachtet die Arbeit als Ballettübung. Das Heu liegt zum Trocknen auf dem Wagen. Dann wird's auf die Raufen gehäuft. Alles klar?«

Cyril verteilte die Heugabeln und begann selber zu arbeiten, mit sparsamen, aber wirkungsvollen Bewegungen. In der ersten Stunde eiferten die Mädchen den Männern enthusiastisch nach. Um zehn, als es immer heißer wurde, schwanden ihre Kräfte. Dankbar krochen sie unter den Heuwagen und ließen eine Flasche Tee herumgehen.

»Hört mal, Mädchen«, begann Berry, der mit den beiden anderen Männern im Sonnenschein saß. »Wenn's euch zuviel wird, legt euch im Farmhaus hin.«

»Nein, danke, mir geht's gut«, stöhnte Sibyl, die Augen vom Heuschnupfen gerötet.

»Mach dich nicht lächerlich, Sibbie!« Morag goß etwas Tee auf ihr Taschentuch. »Da, drück's auf deine Lider. Das Tannin wird ihnen guttun. Und dann gehe ich mit dir zum Haus.«

»Brave Morag!« spöttelte Berry. »Nimm die leeren Flaschen mit und komm mit gefüllten zurück. Und sag Ma, zu Mittag machen wir Pause.«

Wütend über sein anmaßendes Verhalten, die Arme voll leerer Flaschen, stapfte sie neben der weinenden Sibyl her. Mit Caroline hätte er nicht so geredet.

Mrs. Reid fand den Anblick der beiden Mädchen nicht besonders erfreulich. Widerstrebend verfrachtete sie Sibyl auf eine harte Chaiselongue in einem spärlich möblierten Salon, der offensichtlich für Besucher reserviert war. »Die klügsten Schülerinnen sind nicht immer die besten Arbeiterinnen«, meinte sie und zog die Vorhänge zu. »Und da du frischen Tee holst, vergeuden wir nur ein Paar Hände.«

Während sie in der Küche die Flaschen füllte, saß Granny auf der Veranda und rupfte ein Huhn. Morag war froh, daß sie die Erdrosselung des Vogels nicht miterlebt hatte. Plötzlich dachte sie wieder an die Zwergmaus in ihrer Tasche und fürchtete, das Tier wäre inzwischen gestorben. »Fleißiges Lieschen!« rief sie unbedacht.

»Ja, diese Blumen wachsen hier überall.« Mrs. Reid steckte ein halbes Dutzend Flaschen in einen Sack, den sie Morag übergab. »Ein bißchen erinnern sie mich an dich, meine Liebe. Kräftig und fröhlich. Jetzt muß ich mich ums Essen kümmern. Zu Mittag sehen wir uns wieder.«

Morag schleppte den Sack an Granny vorbei, die unvermittelt zu sprechen begann. »Billig. Nicht kräftig.«

»Wie, bitte?«

»Nicht kräftig und fröhlich, wie unsere Peggy gerade sagte. Die Fleißigen Lieschen sind billig und fröhlich.«

Was das bedeutete, verstand Morag nur zu gut. Vielleicht sollte sie lachen. Aber es war wohl kein Scherz. Und so murmelte sie nur »Oh«, durchquerte den Hof und warf den Sack mühsam über ihre Schulter. Als Arbeitskräfte waren sie zweifellos alle billig. Aber sie mußten auch stark sein, wenn sie sich nicht so blamieren wollten wie Sibyl.

Sie wartete, bis sie vom Haus aus nicht mehr beobachtet werden konnte. Dann stellte sie den Sack am Wegrand ab, stieg in eine kleine Senke hinunter und setzte sich ans Ufer eines Bachs. Vorsichtig zog sie die Sicherheitsnadel aus ihrer Tasche. Der Mausekopf lugte sofort heraus und musterte sie mit fragenden Augen. »Armes Fleißiges Lieschen.« Morag lachte erleichtert. »Bist du halb erstickt? Weil du so still warst, habe ich dich ganz vergessen.« Die Barthaare zuckten, und das Mäuschen hatte offenbar nicht vor, aus der Tasche zu hüpfen. Sollte sie das winzige Geschöpf als Haustier behalten? Damit wären Val und Jannie sicher nicht einverstanden. »Leider müssen wir uns trennen. Ich will ein hübsches Plätzchen für dich suchen …«

»Hier nicht«, fiel ihr Berry ins Wort. »Beim ersten Gewitterregen würde sie ertrinken. Sie muß höher hinauf gebracht werden.«

Irgendwie gelang es Morag, ihre Verwirrung zu verbergen. Berry durfte nicht glauben, seine Anwesenheit würde sie beeindrucken. Eine Hand über dem Mausekopf, erhob sie sich vorsichtig. »Also gut, höher hinauf.«

Er führte sie aus der Senke zum Rand eines Stoppelfelds und bückte sich. »Da – Mausdreck. Offenbar treiben sich auf diesem Acker einige Mäuse herum.«

Im Januar hatte Dr. Wilkie erklärt, man müsse in der Landschaft lesen wie in einem Buch. Diese Kunst schien Berry zu beherrschen. Morag kauerte sich neben ihn und spähte zwischen die Stoppeln, konnte aber nichts entdecken. »Machst du dich lustig über mich? Da ist nichts.«

»Siehst du das winzige Kügelchen an diesem gelben Halm?«

Sie kniff die Augen zusammen. Tatsächlich – ein Staubkörnchen schien an dem dünnen Halm zu kleben. Berrys Nähe beschleunigte ihren Puls, und sie wollte ihm möglichst schnell entrinnen. »Dann kann mein Lieschen hierbleiben.« Hastig richtete sie sich auf und griff in ihre Tasche.

»Weißt du, wie gering die Lebenserwartung der Zwergmäuse ist?« Er hockte sich auf die Fersen und beobachtete, wie sie die Maus in die Stoppeln setzte.

»Lohnt sich die Mühe nicht?« fragte Morag und beging den Fehler, ihn anzulächeln. Ausnahmsweise wirkten die dunklen Augen sehr ernst.

»Jedes Leben lohnt die Mühe.« Endlich erwiderte er das Lächeln. Fast entschuldigend. »Ist sie nicht ein Symbol für alles, wofür wir kämpfen?«

»Lieschen?« Erstaunt runzelte sie die Stirn. War das immer noch Berry Reid?

»Das würde mein Bruder Hugh auch tun – eine Maus retten. Irgendwie bist du ihm sehr ähnlich.«

Sie erinnerte sich an Hugh Reid. Sanftmütig und sehr englisch. Jannie hatte ihn mit Leslie Howard verglichen. Kein bißchen wie Morag Heyward.

Nach einer kleinen Weile räusperte sich Berry. »Wir sollten uns wieder an die Arbeit machen.«

»Da vorn steht der Sack mit den Flaschen.«

»Ich weiß. Deshalb habe ich dich gefunden.«

»Hast du mich gesucht?«

»Ja. Nein. Nicht wirklich. Ich dachte nur, wir könnten zusammen zurückgehen.«

»Oh ...« Während sie dem Weg folgten, begann er plötzlich zu lachen. Nun war er wieder der alte Berry Reid, autoritär und voller Spott und unerträglich. »Weißt du, wie die Leute euch nennen? Die Nonnen.«

»Wieso?«

»Hast du nicht gehört, daß Gallenwick früher ein Kloster war?«

»Ja, das hat Cyril mal erwähnt.«

»Wer nennt uns so?«

»Die Leute in dieser Gegend.«

»Außer deiner Familie lebt niemand zwischen dem Gallenwick und Lynmouth.«

»Wir sind nicht die einzigen Farmer. Manchmal treffen wir die anderen im Doone Arms.«

»Oh – das wußte ich nicht ...« »Du kannst dir doch denken, daß die Ankunft einer ganzen Mädchenschule in einer so einsamen Gegend gewisse Spekulationen heraufbeschwört.«

»Spekulationen?«

»Nun ja ...« Er lachte wieder. Diesmal klang es etwas unbehaglich. »Die Leute fragen sich, wie ihr seid ...«

Inzwischen waren sie neben dem Flaschensack stehengeblieben. Aber weder Morag noch Berry bückten sich, um ihn aufzuheben. Nach einer langen Pause fragte sie: »Und du willst es herausfinden?«

»Nein – nicht so wie du vielleicht glaubst…« Abrupt wechselte er das Thema. »Ich habe mir immer vorgestellt, eines Tages würde ich in der Lyn Abbey wohnen. Da ist das Licht einfach perfekt. Und die Türme sind wie geschaffen für einen Maler. Schau's dir mal an. Aber wahrscheinlich wird's dir Dr. Wilkie verbieten, nach allem, was dort passiert ist.«

Bisher war sie seinem Blick ausgewichen. Aber nun beobachtete sie ihn, weil sein jungenhafter Enthusiasmus so rührend wirkte. »Was ist denn geschehen? Und wann?«

»So genau weiß ich das nicht. Irgendein Skandal. Eine Nonne hat sich schlecht benommen.«

»Kann's nicht ein Mönch gewesen sein?« protestierte sie.

»Klar, das wäre möglich. Andererseits, nach einer weitverbreiteten Meinung…« Als er ihr Gesicht sah, unterbrach er sich. »Heutzutage gibt's kaum noch Postulanten. Die jungen Männer wollen in den Krieg ziehen, statt herumzusitzen und drüber nachzudenken. In zehn Jahren steht das Kloster sicher zum Verkauf.«

»Und du willst es kaufen?«

»Wenn ich's irgendwie schaffe…« »Und inzwischen werden dich die Leute, die uns als Nonnen bezeichnen, für einen Mönch halten?«

Er spürte, daß sie ihn herausforderte, und das Blut stieg ihm in die Wangen. »Tut mir leid, Mo, es ist so albern. Aber weil ich immer wieder Vorräte ins Gallenwick bringe, glauben die Leute, ich müßte was über euch Mädchen rausfinden.«

Aufmerksam beobachtete sie ihn und genoß sein Unbehagen. Doch sie ärgerte sich über die Klatschgeschichten. Bildeten sich die Leute ein, in der Bluebell School würden seltsame Dinge vorgehen? Während sie sein Gesicht betrachtete, fielen ihr die schwarzen Augen auf – fast ohne Pupillen, die Adlernase, der breite Mund, die strahlend weißen Zähne und das markante Kinn.

Wie ein kleiner Junge trat er von einem Fuß auf den anderen und platzte heraus: »Zum Beispiel bist du die Indianerprinzessin.«

»Was?« fragte sie verwirrt.

»Schwarzes Haar mit Mittelscheitel, ein lockerer Zopf, ein perfekt geformtes ovales Gesicht, lange Beine …«

»Und Caroline?« fauchte sie.

»Das Milchmädchen. Mit Grübchen in den Wangen. Sehr scheu …«

»Solche Vergleiche finde ich beleidigend«, erwiderte sie in arrogantem Ton. »Und die einheimischen Klatschmäuler langweilen mich. Richte ihnen bitte aus, daß sie uns ebenso wenig interessieren wie ihr – Informant.«

Glücklicherweise waren ihr gerade noch rechtzeitig die passenden Worte eingefallen. Von heißem Zorn erfaßt, eilte sie den Weg entlang und überließ es Berry, den schweren Sack zu schleppen. Als sie den Heuwagen erreichte, sah sie die Mädchen langsam und lustlos unter Cyrils Aufsicht arbeiten. Bei Berrys Anblick beschleunigten sie sofort ihr Tempo, und Morag verachtete sie alle.

*

Während der restlichen Heuernte wußte sie nicht, ob Berry ihr aus dem Weg ging oder sie ihm. In der Mittagspause aß er mit den beiden anderen Männern auf der Veranda. Sie beobachteten das Wetter und stritten mit Granny Thomas über verschiedene Anzeichen und Omen. Aber nichts wies auf Regen hin, jeden Morgen ging die Sonne auf, und jeden Abend versanken ihre glühenden Farben im unsichtbaren Meer.

Val und Jannie bereiteten sich inzwischen auf die Prüfung vor und saßen im Schatten der Ulmen, die den kreisrunden Rasen vor dem Haus säumten. Einerseits beneideten sie Morag um Berry Reids Gesellschaft, andererseits glaubten sie richtig zu handeln – angesichts der acht Mädchen, die jeden Abend mit hochroten Köpfen zurückkehrten und an ihren Mückenstichen kratzten. »Wir müssen doch gute Noten bekommen«, sagte Val fast entschuldigend und bestrich Morags Rücken mit Hamamelis. »Das zusätzliche Geld fürs Internat …«

»Ja, natürlich«, stimmte Jannie zu, die neben Morag saß und Kletten aus ihrem langen schwarzen Haar zupfte. Aber sie vermutete, Marius würde die doppelte Summe zahlen, um sie aus dem Haus zu kriegen.

»So schlimm ist es gar nicht.« Das Kissen, in das Morag ihr Gesicht drückte, dämpfte ihre Stimme. »Eine wunderbare Thomas Hardy-Atmosphäre – mit dem Fleißigen Lieschen und Granny Thomas … Wenn's diesen selbstgefälligen Kerl nicht gäbe, wäre alles vollkommen.«

Die beiden Mädchen wechselten einen Blick. »Hast du mit Berry gestritten?« fragte Jannie.

»Nicht direkt – der ist es gar nicht wert, daß man mit ihm streitet.« Morag drehte das Gesicht zur Seite, um Luft zu holen. »Aber wie er uns alle herumkommandiert – und was er von uns hält … Offenbar glaubt er, wir sind so wie die alten Nonnen und ganz versessen auf Sex.«

»Nun ja...« Diese Gespräche über Berry Reid langweilten Val. »Morgen ist ohnehin dein letzter Tag.«

Seltsamerweise ließ Morag sich nicht trösten. »Und dann muß ich für die Prüfung lernen. Da werde ich durchfallen – oder schlechte Noten kriegen, und ich bekomme kein Stipendium... Mein Leben ist ruiniert!«

Val seufzte. Offensichtlich würde Morags Periode demnächst beginnen. »Laß uns spazieren gehen. Und danach schlendern wir die Allee runter für die Nachtschwalben.«

Diesen Spaziergang unternahmen sie jeden Abend, wenn die Sonne sank. Mit abergläubischer Beharrlichkeit hielten sie an ihrer Routine fest. Kurz bevor der Luftschutzwart eintraf und ferne Sirenen vor den deutschen Bombern warnten, folgten sie der Allee und lauschten den Nachtschwalben. Mrs. Maitland hatte sie auf das ungewöhnliche abendliche Zwitschern hingewiesen. »Wenn's auch nicht wie die Lieder der Nachtigallen klingt – es ist was ganz Besonderes. Die Nonnen glaubten, die Vögel würden sie vor Eindringlingen warnen.«

»Und uns warnen sie vor den Bombern«, hatte Val erwidert. »Solange sie zwitschern, kann uns nichts passieren.«

Unter den Ulmen war es fast schon dunkel, und die Hitze staute sich unter den Schirmen aus dichtem Laub, so daß man kaum atmen konnte. Die drei Freundinnen saßen im Gras und beobachteten die winzigen Vögel, die zwischen den Zweigen nach Insekten jagten.

»Heute vor sechs Monaten sind wir hier angekommen«, sagte Jannie. »Wißt ihr das? Auf den Tag genau.«

»So lange war ich noch nie von zu Hause weg.« Val seufzte.

»War's nicht eine schöne Zeit?« fragte Morag. »Ich meine, im großen und ganzen.«

»Die beste meines Lebens«, erwiderte Jannie.

»Für mich nicht!« erklärte Val entschieden.

»Doch, für dich auch«, widersprach Morag. »Jetzt wissen wir, daß wir allein zurechtkommen.«

»Wer will das schon? Ich nicht!«

»Nun ja, ganz allein sind wir nicht, wir drei.«

»Klar, wir gehören zusammen«, stimmte Jannie glücklich zu. »Was immer auch geschehen mag ...«

»Klar, das weiß ich.« Val wollte die Gefühle der beiden Mädchen nicht verletzen.

»Aber wenn Mummy oder Daddy etwas zustieße, würde ich sterben. Oder Teddy.«

»O nein«, erwiderte Morag. »Das Problem ist, das Leben geht weiter. Und diese sechs Monate haben dir gezeigt, daß du's schaffen würdest.«

»Behauptest du etwa, du könntest auf deine Eltern verzichten?« fragte Val erbost.

Ein paar Sekunden lang sah Morag das Erkerfenster vor sich, das Gesicht der Mutter, die den Toastständer auf den Tisch stellte, die hochgewachsene, distinguierte Gestalt des Vaters auf der Park Row. Trotzdem antwortete sie nachdenklich: »Ja, ich glaube, das wollte ich damit sagen.«

»Oh, ich weiß, was du meinst!« Jannie beugte sich eifrig vor. »Dieses Gefühl der Unabhängigkeit, der Selbständigkeit ...«

Während Val angewidert stöhnte, erklang Mrs. Maitlands Stimme. »Seid ihr da unten? Val? Morag?«

»Hier, Maitie!« rief Morag und atmete erleichtert auf, weil das Gespräch beendet war.

»Gute Neuigkeiten!« Lächelnd gesellte sich Mrs. Maitland zu den Mädchen. »Val, morgen fährt dein Bruder einen Offizier nach Exeter ...«

»Was?« jubelte Val. »Und ich darf ihn sehen?«

»Noch besser! Er hat die Erlaubnis bekommen, Morags Mutter mitzunehmen. Wenn er seinen Oberstleutnant abgesetzt hat, fahren sie über Gallenwick nach Hause.«

»Wie wundervoll!« Morag machte einen Luftsprung und vergaß alle Mückenstiche und Berry Reid. »O Maitie, irgendwie muß ich mich vor der Heuernte drücken!«

»Nicht nötig, sie kommen erst gegen Abend. Dr. Wilkie meint, ihr vier solltet in eurem Wohnzimmer Sandwiches essen und Kakao trinken. Wahrscheinlich wollen sie weiterfahren, bevor es dunkel wird. Aber zwei oder drei Stunden könnt ihr sicher beisammen sein.«

»O Maitie, ich liebe Sie!« rief Val.

»Damit habe *ich* nichts zu tun. Aber ich freue mich für euch. Geht jetzt zurück. Gleich wird's finster, und mit eurem Geschrei habt ihr die Nachtschwalben zu Tode erschreckt.«

»Da kommt der Luftschutzwart«, verkündete Val.

Während er die Zufahrt heraufradelte, tief über die Lenkstange gebeugt, begannen die Bomber wie Hornissen zu dröhnen. Die Mädchen eilten die Zufahrt hinauf. Tröstend legte Mrs. Maitland einen Arm um Jannies Schultern. Mrs. Mears hätte Mrs. Heyward und Teddy begleiten können. Aber offensichtlich war sie zu beschäftigt.

Nun gingen die Mädchen nicht mehr in den Keller hinunter, denn Dr. Wilkie hatte entschieden, das würde sie vor der Prüfung zu sehr aufregen. »Entspannt euch – und wenn ihr nicht schlafen könnt, solltet ihr die Zeit nutzen und lernen. Der Geist besiegt den Körper – und dadurch erringen wir einen kleinen Sieg über die Hunnen.« Zur Zeit des Ersten Weltkriegs war sie hier zur Schule gegangen, und damals hatte man die Deutschen als Hunnen bezeichnet.

Keuchend durchquerten sie den Hof, rannten in den alten Stallkomplex und öffneten die Tür des Wohnzimmers. Dort saßen die anderen im Dämmerlicht, spähten durch die Fenster und hielten nach der feindlichen Armada Ausschau.

Jannie begann plötzlich zu lachen. »Die Hunnen! Was für ein gräßliches Wort! Hunnen! Hunnen! Hunnen! Hunnen!«

»Um Himmels willen, Jannie!« protestierte Val.

»Irgendwie erinnert's mich an jemanden, den ich kenne – an meinen Beutejäger und Vergewaltiger ...« Hastig verstummte Jannie und küßte Mrs. Maitlands gerunzelte Stirn. »Schon gut, Maitie, es macht mir nichts aus.« Und dann huschte sie wie ein Schatten durch den halbdunklen Raum zu den anderen, die sich am Fenster drängten.

*

Den ganzen nächsten Tag freute sich Morag unbändig auf das Wiedersehen mit ihrer Mutter. Die harte Arbeit, die Mückenstiche, die drückende Hitze, Berry Reids beklemmende Nähe – das alles trat in den Hintergrund.

Zu Mittag gab es eingelegte Makrelen mit Unmengen von grünem Salat.

»Ein Festmahl, an eurem letzten Tag!« Als Mrs. Reid die Begeisterung der Mädchen sah, lächelte sie zufrieden. »Gestern abend kam unser Hugh mit einer Kiste Makrelen nach Hause. Da machte ich mich sofort an die Arbeit und legte sie alle ein. Nehmt ein paar mit, damit auch die kleine Jannie ihren Anteil kriegt.«

Freudestrahlend beschloß Morag, den Fisch als Geschenk

von Hugh auszugeben. Die drei Freundinnen waren die einzigen Mädchen, die ihn je gesehen hatten, und Jannie fand, er würde Leslie Howard gleichen.

»Ist Hugh ihr zweitältester Sohn, Mrs. Reid?« fragte Juliet.

»Aye, der freundlichste und sanftmütigste. Durston strotzt vor Tatendrang und Ehrgeiz. Und Berry …« Sie musterte ihren Jüngsten, der gerade drei Teller aus dem »Straßencafé« hereinbrachte, wie er die Veranda nannte. »Zweifellos gerät er nach seinem Vater. Er will in der Abbey wohnen und Bilder malen. Nicht wahr, Berry?«

»Ma …«, protestierte er, und Morag beobachtete, wie dunkle Röte in seine Wangen stieg.

»Bist du ein Maler, Berry?« fragte Caroline eifrig. »Das hast du mir nie erzählt!«

»Da siehst du, was du angerichtet hast, Ma!«

Juliet wandte sich wieder zu Mrs. Reid. »Werden wir Hugh kennenlernen?«

»Wahrscheinlich wird er euch heute nachmittag helfen. Er hat achtundvierzig Stunden Urlaub.«

Schweigend erkannten sie, was das bedeutete. Am übernächsten Tag würde er wieder an Bord eines Konvoischiffs gehen.

»Kommt Ihr ältester Sohn nicht nach Hause, Mrs. Reid?« fragte Sibyl, angeblich desinteressiert an »lokalen Klatschgeschichten«. »Dient er nicht im selben Verband?«

Mrs. Reid schaute Berry an, der eine Grimasse schnitt. »Vermutlich hat Dusty was anderes vor, Sibyl«, entgegnete er und betrachtete wohlgefällig die Teller, die seine Mutter wieder gefüllt hatte. »Nichts läßt sich mit frisch eingelegten Makrelen vergleichen, Ma«, konstatierte er und küßte ihre Nasenspitze.

»Das soll wohl heißen – vielen Dank für das gute Essen«, bemerkte sie trocken, ging zur Spüle und schüttete Soda auf schmutziges Geschirr.

Sofort bedankten sich die Mädchen überschwenglich. Granny stellte eine Schüssel mit Stachelbeerkompott auf den Tisch. »Und ich dachte immer, nur die *Jungs* wären dauernd hungrig«, murmelte die alte Dame und verteilte großzügige Portionen.

»Nun, diese Mädchen arbeiten ja auch wie Kerle«, betonte Morag und warf Berry einen kurzen Blick zu, den er mit kohlschwarzen Augen erwiderte.

»Und das machen sie besser als so manche Männer.«

Krampfhaft schluckte sie. Das behauptete er sicher nur, damit sie sich an diesem Nachmittag noch mehr anstrengte. Aber sie fragte sich, ob sie je wieder so glücklich sein würde wie in diesem Augenblick.

Und tatsächlich – als der halbe Nachmittag vorbei war, erschien Hugh Reid in einer alten grauen Flanellhose und einem Krickethemd, das am Kragen offenstand. Lachend schlugen die beiden Brüder einander auf die Schultern. Hugh wirkte fast schmächtig. Aber als er sich zu Morags Gruppe gesellte, sah sie die ausgeprägten Muskeln an seinem Hals und an den Unterarmen.

Lächelnd wandte er sich zu ihr. »Ich glaube, wir sind uns schon einmal begegnet. Im Regen. Erinnern Sie sich?«

Juliet riß die Augen auf. Was für ein faszinierender Mann …

»O ja.« Wie einfach es war, ganz unbefangen mit ihm zu reden … »Kurz vor der Kartoffelsaat.«

Er wirbelte die Heugabel herum, als würde er Spaghetti darum wickeln, und schwang die Ladung zur Raufe hinauf, wo Cyril und die Janson-Zwillinge standen.

»Stimmt. Damals sollte ich mithelfen. Doch dann wurde ich zu meiner Einheit zurückgerufen.« Nun musterte er Juliet. »Und Sie sind …?«

»Juliet Mortimer«, stellte Morag ihre Mitschülerin förmlich vor. Kichernd schüttelte Juliet seine Hand.

Wieder zu Morag gewandt, fuhr er fort: »An jenem Tag waren Sie mit zwei anderen jungen Damen zusammen – die eine sah aus wie ein Wassergeist, die andere wie Shirley Temple.«

Morag lachte. Wie würde seine lebhafte Erinnerung ihren beiden Freundinnen schmeicheln... Und wie lieb er war, ganz anders als sein Bruder … »Diesmal können sie nicht mitarbeiten, weil sie fürs Examen lernen müssen. Nächste Woche werden wir geprüft.« Mitfühlend schaute er sie an, und plötzlich mußte sie ihr Glück mit ihm teilen. »Heute abend besuchen uns Vals Bruder und meine Mutter.«

»Wunderbar!« Für eine kleine Weile stützte er sich auf die Heugabel und schenkte Morag seine ungeteilte Aufmerksamkeit. »Zu Ostern habt ihr eure Familien nicht gesehen, nicht wahr?«

Sie schüttelte den Kopf.

»Nur noch vier oder fünf Wochen, dann dürft ihr alle nach Hause fahren.« Aufmunternd wandte er sich zu Juliet, die an diesem Abend keinen Besuch erwartete und anbetend zu ihm aufschaute.

»Ja, endlich …«

In diesem Moment rief Berry von der anderen Seite des Felds herüber: »Kann mir jemand helfen? Ein Mädchen ist umgekippt!«

Morag schaute Juliet an, die Hugh immer noch bewunderte. »Schon gut, ich gehe.« Während sie über das Stoppelfeld rannte, fühlte sie sich selbstlos und sehr edel, weil sie Hugh der schmachtenden Juliet überließ. Außerdem bewies sie dem Schicksal, daß sie Berrys Nähe nicht fürchtete. Aber dann erreichte sie seine Raufe und war sich nicht mehr so sicher, als sie beobachtete, wie er die schwankende Caro stützte und in den Schatten des Heuwagens führte. »Hallo!« rief er grinsend und zog Morag an seine Seite. »Diesmal entkommst du mir nicht – und du bist sicher nicht der Typ, der in der Nachmittagssonne die Besinnung verliert.«

Entschlossen dachte sie an den abendlichen Besuch und redete sich ein, sie wäre kein bißchen an Berry Reid und seinem widerwärtigen Charme interessiert. Sie ergriff Caros Heugabel und verdrängte alle Visionen – insbesondere jenes Phantasiebild, das Berry in einem Malerkittel an einem Fenster über dem Meer zeigte.

»Nicht so hastig, Mo!« mahnte er. »Sonst strengst du dich zu sehr an und wirst bald müde.« Er legte eine Hand auf ihren Arm. »Am besten steigst du auf die Gabel und setzt dein ganzes Gewicht ein …«

»Soll das heißen, daß ich dick bin?« Ihre Stimme nahm einen eigenartigen schrillen Klang an.

»O Gott, hör auf!« Er legte einen Finger unter ihr Kinn und drehte ihr rundes Gesicht zu sich herum. »Jetzt benimmst du dich wie Caroline Prosser.«

In diesem Zusammenhang war das die schlimmste Beleidigung, die er sich ausdenken konnte. Sie starrte ihn an und hätte ihn am liebsten geohrfeigt. Doch sie wußte genau, wie köstlich er sich darüber amüsieren würde.

»Du bist sehr schön, Mo. Obwohl dein Zopf ganz zerzaust und dein Gesicht ziegelrot ist.«

Sofort verflog ihr Zorn. Sie hielt den Atem an, in

einem magischen Augenblick gefangen, und glaubte, in eine neue Welt zu fliegen. Vielleicht war sie ein Molekül in der sonnenhellen Luft geworden, ein Teil des Universums, und doch imstande, alles zu erblicken und zu verstehen. Sie war ganz allein mit Berry. Irgendwo in der Ferne häuften die anderen das Heu auf die Raufen. Alles schien in dichten Staubwolken zu schweben, in goldener Glut. Und sie beobachtete das Geschehen wie die Szene eines Theaterstücks, getrennt von sich selbst, wenn sie auch eine Rolle spielte. Berry sah es auch. Darin lag der Zauber. Ihre Wahrnehmungen flossen ineinander. Langsam, unaufhaltsam fanden sich ihre Lippen. Er ließ seine Heugabel fallen und umfaßte Morags Schultern. Für eine Ewigkeit, die nur ein paar Sekunden dauerte, fühlte sie sich eins mit ihm. Sie war schon oft geküßt worden, von ihren Eltern und ihrer Tante. Und einmal von Teddy McKinley unter dem Mistelzweig. Aber dieser Kuß erschien ihr unvergleichlich.

*

Zusammengesunken saß Caroline in einer Ecke des Wagens und sah elend aus. Juliet und Hugh Reid gingen neben dem Ackergaul her, und die griechische Gruppe lachte über einen intellektuellen Scherz, den die Außenseiterinnen nicht verstanden. Verwundert fragte sich Morag, ob die Ereignisse dieses Nachmittags wirklich geschehen waren. »Wenn's dich tröstet – mir macht die Hitze auch zu schaffen.«

Caroline begann lautlos zu weinen.

»Was bedrückt dich denn, Caro?«

Als Caroline eine unverständliche Antwort murmelte, legte Morag besorgt einen Arm um ihre Schultern. »Wie, bitte? Willst du dich übergeben?«

»Nein – ja! O Gott, Morrie, ich habe mich so lächerlich gemacht! Er hat gesagt, ich soll mich zusammenreißen. Nur weil er mit mir tanzen war, würde er mich noch lange nicht heiraten.« Stöhnend legte sie den Kopf auf ihre Knie. »Und ich dachte, wir wären verlobt. Am liebsten würde ich sterben.«

Morag starrte ihre schluchzende Schulkameradin an, die zweifellos von Berry Reid sprach. »Schon gut«, flüsterte sie. »Er nimmt uns alle auf den Arm. Mit dieser Taktik zwingt er uns, wie Trojanerinnen zu arbeiten. Aber jetzt haben wir's überstanden. Er wird einberufen, und du mußt ihn nie wiedersehen.«

Das Gesicht gerötet, blickte Caroline auf. »Es war meine Schuld, Morrie – weil ich mich an seinen Hals geworfen und seine Hand hierhergelegt habe«, erklärte sie und berührte ihren runden Busen. »Da hat er sooft hingeschaut, und ich fragte ihn, ob er gern spüren würde, wie mein Herz schlägt.« Verzweifelt ließ sie den Kopf wieder sinken, und beim Anblick ihres entblößten, verletzlichen Nackens kämpfte auch Morag mit den Tränen. Sie strich über Carolines Haar und sah die Szene neben der Heuraufe wie in einem Zerrspiegel. So dumm war sie gewesen – so albern wie Caro. Und Berry würde sich über alle beide lustig machen.

Nach einer Weile richtete sich Caroline entschlossen auf. »Ich muß das alles vergessen. Natürlich hast du recht – unser letzter Tag, die Hitze. Und er sagte…«, mühsam schluckte sie. »Ohne uns hätten sie's nie geschafft, und wir wären einfach fabelhaft.«

»Damit wollte er uns nur schmeicheln, um uns anzuspornen«, bemerkte Morag trocken. »Sehr clever.«

»Ja, und in meiner Naivität nahm ich's ernst. Er sah

mich dauernd an – und lud mich immer wieder zum Tanzen ein. Schließlich ging ich mit. Ich kann nicht gut tanzen. Aber er drückte mich ganz fest an sich. Da dachte ich, er würde mich mögen. Und dann küßte er mich. Es war – Jannie würde es einen Zungenkuß kennen, und ich hatte das Gefühl, er wäre in meinen Körper eingedrungen und würde von mir Besitz ergreifen. O Mo, das hätte ich ihm nicht erlauben dürfen!«

»Es bedeutet gar nichts«, erwiderte Morag. »Nur ein Kuß.«

»Nein, viel mehr. Daran bin ich selber schuld. Ich legte seine Hand auf…« Caro fing wieder zu weinen an, und Morag umarmte sie und versuchte krampfhaft, sich nicht auszumalen, was zwischen den beiden geschehen war. Ein paar Minuten später versiegten die Tränen. »Morrie«, sagte Caroline mit ihrer hohen Kleinmädchenstimme, »die Männer sind anders als wir und verstehen nicht, was wir empfinden.«

Morag schaute über den Wagenrand zu Juliet hinüber, die an Hugh Reids Seite ging und sich sichtlich in ihn verliebte. »Nein«, stimmte sie zu.

5

Ihre Mutter sah älter aus als in Morags Erinnerung. Das Haar unter einem Leinenhut war flachgedrückt, das diskrete Make-up nach der langen Fahrt verwischt. Deutlich zeigten sich die Fältchen um die Augen. Aber wenn sie lachte, war alles wieder in Ordnung. Und sie lachte sehr oft. Beinahe wirkte sie nervös.

»Geht's Daddy gut?« fragte Morag zum zweitenmal, während sie im Wohnzimmer saßen und von einer entzückten Mrs. Maitland mit Tee und Biscuitkuchen bewirtet wurden.

»Natürlich, Darling.« Lucy Heyward lächelte beruhigend. »Wenn er auch viel zu hart arbeitet...« Sie schaute auf ihre Uhr. »Und er vermißt dich. Wir beide vermissen dich.«

»O Mummy...« Morag wünschte, sie könnte ihr von Berry und jenem Kuß erzählen. Dafür fehlte die Zeit. Doch sie hätte auch geschwiegen, wenn sie länger beisammen gewesen wären.

»Nur eine Stunde bleibt uns noch, Darling. Deshalb dürfen wir nicht traurig sein – machen wir das Beste draus. Teddy und ich wollen daheim sein, bevor die Sirenen heulen.« Lucy lachte wieder und umarmte Morag. »Mein liebes Mädchen, ich freue mich so. Endlich sind wir wieder vereint. Und wie gut ihr alle ausseht! Als ich Jannie begrüßte, traute ich meinen Augen nicht – das Mädchen ist richtig aufgeblüht.«

Teddy schenkte den Tee ein und nickte. »Und Val hat zugenommen. Wenigstens hast du deine schlanke Figur behalten, Mo.«

Mechanisch stieß Val ihren Ellbogen zwischen seine Rippen und erkundigte sich bei Lucy Heyward nach ihrer Mutter.

»Mir glaubt sie nicht, Mo«, bemerkte Teddy grinsend, »obwohl ich ihr versichert habe, daß unsere Eltern okay sind.« Seine Augen verengten sich. »Du siehst ziemlich verhärmt aus. Fehlt dir was? Kriegst du genug Eier und Butter et cetera von dieser Farm?«

»O ja. Aber ich arbeite härter als die anderen.« Mit

gedämpfter Stimme fügte Morag hinzu: »Mummy sollte mehr essen. Wahrscheinlich gibt sie Daddy was von ihren Rationen ab.«

»An der Ernährung liegt's nicht. Eher am Schlafmangel. Und dein Vater schuftet manchmal rund um die Uhr. Die vielen Verletzten …« Als er Morags angstvolle Miene sah, unterbrach er sich. »Das sollte ich dir nicht erzählen. Man kann ohnehin nichts dagegen tun. Also ist es sinnlos, sich Sorgen zu machen.«

Lucy hörte die letzten Worte. »Wer sorgt sich denn? Doch nicht ihr beiden!« Sie ergriff Morags und Vals Hände. »Vor der Prüfung dürft ihr euch nicht aufregen.«

Während Val dramatisch stöhnte, fragte Morag: »Müssen wir die Ferien wieder hier verbringen?«

Da stöhnte Val noch lauter.

»Einige werden hierbleiben«, entgegnete Lucy. »Aber Vals Mutter hat sich bereit erklärt, Mo und Jannie in Cleveland aufzunehmen. Ist das nicht wunderbar?« Bei dieser Frage drückte sie die Finger ihrer Tochter und schaute sie bedeutungsvoll an.

»Ja«, würgte Morag hervor, »Mrs. McKinley ist sehr freundlich …«

»O Morrie, wir könnten in Norton's Woods kampieren!« rief Val. »Erinnerst du dich, Teddy, wie wir Daddys altes Pfadfinderzelt aufschlugen, für unser Überlebenstraining?«

»Mit einem ganzen Karren voller Proviant«, ergänzte er.

»Aber Mummy hatte vergessen, einen Dosenöffner einzupacken.«

»Darf ich tagsüber heimkommen, Mutter?« fragte Morag leise. »Vielleicht wär's nützlich, wenn ich Daddy wieder mal im OP zuschauen würde.«

»Natürlich.« Lucy setzte ihren Hut auf und suchte in ihrer Tasche nach den Handschuhen. »Und Mrs. McKinley hat gesagt, ich kann jederzeit ins Redley Lodge kommen. Das sind ja nur fünfzehn Meilen. Zum Glück verkehren immer noch viele Züge.«

»Gott sei Dank.«

»Jetzt müssen wir gehen.« Lucy stand auf. »Am Montag werden wir an euch denken. Die mündliche Französischprüfung, nicht wahr? Begleit' mich zum Tor, Val, durch diese herrliche Allee … Mo soll mit Teddy im Wagen fahren.«

Ist das Mutters Methode, den Abschied zu erleichtern, fragte sich Morag. Teddy führte sie zum Auto, das im Stallhof neben der Pumpe parkte, öffnete die Beifahrertür und verbeugte sich, als sie einstieg. Pflichtbewußt lachte sie, und wünschte, sie würde sich nicht so – entwurzelt fühlen. Im Wagen roch es nach warmem Leder und Zigaretten.

Teddy setzte sich ans Steuer. Mit einiger Mühe startete er den Motor. »Dieses miserable Benzin!« schimpfte er und lenkte das Vehikel aus dem Hof zur Kieszufahrt. Die Allee war fast menschenleer. Um diese Zeit saßen die Mädchen beim Essen. In der Ferne sahen sie Val und Lucy unter einem Baum stehen. Vielleicht wollten sie den Nachtschwalben lauschen.

»So früh kommen sie nicht«, sagte Morag.

Teddy mißverstand sie. »Bevor's dunkel wird, suchen sie den Bristol Channel.« Offenbar meinte er die Heinkel-Bomber. Sie biß in ihre Lippen. Ohne den Motor abzustellen, hielt er am Straßenrand, lehnte sich zurück und schloß die Augen. »Ich habe deine Mutter gebeten, uns ein paar Minuten zu vergönnen. Lange wird's nicht dauern.«

»Ist sie krank?« fragte Morag scharf. »Oder mein Vater?«

»Weder noch. Ich wollte dir nur von meiner Versetzung nach Afrika erzählen.«

»Oh ...« Sie starrte seine gesenkten Lider mit den blonden Wimpern an. Auf dem feinen Haarflaum seiner Wangen schimmerte das letzte Sonnenlicht. Obwohl er älter war als Berry, sah er viel jünger aus. »Willst du, daß ich auf Val aufpasse?«

Nun öffnete er seine leuchtendblauen Augen. »Du sollst es einfach nur wissen. Natürlich werde ich dir schreiben, aber – ich hab's dir gesagt, damit du verstehst, warum ich dir diese Frage stelle. Willst du mich heiraten?«

»Wie kann ich das?« erwiderte sie verwirrt. »Ich gehe zur Schule. Und dann werde ich studieren ...«

»Jetzt nicht – später. Denk drüber nach, wenn ich – fortgehe. Ich war noch nie weg von zu Hause.«

»O Teddy, das ist schrecklich – und ich bin so selbstsüchtig. So wie du dachte ich, man könnte auch ohne die Eltern leben. Darüber haben wir erst neulich geredet.«

»Du und Val und Jannie – ihr seid wenigstens zusammen.«

»Auch du wirst Freunde finden. Aber – ich habe dich immer wie einen Bruder geliebt, und es wäre unmöglich ...«

»Verstehst du denn nicht? Ich brauche etwas, woran ich mich klammern kann – einen Zukunftstraum.«

»Sicher, das verstehe ich. Trotzdem geht's nicht ...«

»Gewöhn dich erst mal an den Gedanken. Wenn du im Sommer ins Redley Lodge kommst, siehst du mich vielleicht mit anderen Augen – und sagst mir, ob es eine Hoffnung gibt.«

»Also gut, Teddy.«

»Überleg dir, was du für mich empfindest. Und sei ganz ehrlich. Mach dir meinetwegen keine Sorgen.«

»O Teddy …«

»Bitte, reg dich nicht auf.«

Mit zitternden Fingern wischte sie ein Träne von ihrer Wange. »Hast du meine Mutter eingeweiht?«

Er nickte. »Nachdem wir den Oberstleutnant in Exeter abgesetzt hatten, sprach ich mit ihr.«

»Ist sie dafür?«

»Ich glaube schon. Vermutlich findet sie, eine Verbindung zwischen unseren Familien …«

»Ja, ich weiß, was du meinst. Im August reden wir noch mal drüber.«

»Okay.« Teddy zwang sich zu einem Lächeln. »Du möchtest Ärztin werden, und wenn du meine Frau bist, helfe ich dir dabei. Das verspreche ich. Was mich betrifft – ich will einfach nur ins Geschäft meines Vaters einsteigen. Größere Ambitionen habe ich nicht. Stört dich das?«

»Kein bißchen. Wenn ich mit Val zu den Auktionen ging, war ich immer ganz begeistert.«

»Bei den Versteigerungen geht's oft um – ein Zuhause.« Sie spürte daß er beinahe weinte, und wich seinem Blick aus. Unten beim Torbogen winkten Lucy und Val. Langsam fuhr Teddy zwischen den Ulmen auf sie zu.

*

In den nächsten beiden Wochen konzentrierte sich Morag ausschließlich auf ihre Studien und dachte weder an Berry noch an ihre Mutter. Sogar Val und Jannie traten in den Hintergrund.

Die einzige Person, mit der sie in Kontakt blieb, war

Caroline Prosser – ein bleicher Schatten des einst so lebensfrohen Mädchens. Nach der schriftlichen Englischprüfung seufzte Caro: »Ich habe mich nicht sonderlich bemüht und die Farm einfach nur *à la* Hardy beschrieben.«

Zunächst hatte Morag geplant, die Heuernte zu schildern. Doch dann beschrieb sie Gallenwick und berichtete über die frühere Verbindung des Hauses zur Lyn Abbey. Dabei schlug sie einen satirischen Ton an. Neuerdings fiel es ihr leicht, die Dinge des Lebens mit zynischen Augen zu betrachten – alle Dinge.

Val und Jannie waren angenehm überrascht, weil sie die meisten schriftlichen Aufgaben bewältigten.

»Also hat sich der Nachhilfeunterricht gelohnt«, triumphierte Jannie. »Wie gut, daß wir damals nicht auf der Farm geschuftet haben!«

»Allerdings«, stimmte Val zu. »Unsere Feldarbeiterinnen scheinen immer noch im Stil von Keats* zu schmachten.« Mit schmalen Augen beobachtete sie Morag und Caroline, die im Hof an der Pumpe lehnten.

Auch Jannie spähte aus dem Fenster. »Die hören nur den Nachtschwalben zu.«

»Am Nachmittag?« Val sah sie beiden Mädchen davonschlendern.

»Daran ist dieser Hugh Reid schuld. Am schlimmsten hat's die arme Juliet getroffen. Das wundert mich nicht. Hat Mo dir erzählt, wie er mich nannte? Einen Wassergeist.«

»An jenem Tag müssen wir alle ziemlich wäßrig ausgesehen haben. Es hat geregnet.«

---

* John Keats, Dichter, 1795-1821, Vertreter der engl. Hochromantik

»Ja – aber ein Geist …«

»Großer Gott!« Val klemmte ein paar Bücher unter ihren Arm und ging zur Tür. »Jetzt trinke ich Tee im Wohnzimmer. Am besten setze ich mich zu dieser ekligen Sibyl Porter. Der fällt wenigstens ein anderes Gesprächsthema ein, als die verdammten Reids!«

»Liebe Vallery, du solltest auf deine Ausdrucksweise achten«, erwiderte Jannie grinsend. »Übrigens, dich hat er Shirley Temple genannt.« Sie sank aufs Bett und lauschte Vals polternden Schritten auf der Treppe. Bis jetzt hatte der angedrohte Regen nicht begonnen. Aber der Himmel war stahlgrau, die Hitze drückend. Was mochte ihre Mutter in diesem Augenblick tun? Besuchte Marius immer noch regelmäßig das häßliche moderne Haus mit der Aussicht aufs Observatorium? Begleitete er ihre Mutter manchmal ins Schlafzimmer und entlockte ihr ein schrilles Geschrei, so wie in jener verschneiten Nacht im letzten Januar? Und warum hatte die Mutter nie geschrien, wenn sie mit Pops im Bett gewesen war? Sie dachte an Hugh Reid, der so sanft aussah wie der Filmstar Lesley Howard. Niemals würde er jemanden zum Schreien bringen. Vielleicht glich sie ihrer Mutter und würde jemanden anderen brauchen – einen Mann wie Berry Reid. Ja, in Berrys Armen würde sie schreien.

Langsam sank sie aufs Kissen und schob eine Hand in Eves Spitzenhemdhöschen. Danach weinte sie vor Scham und flüsterte: »Mummy, warum besuchst du mich nicht? In diesem verdammten Auto war genug Platz!«

Die »schicksalhaften vierzehn Tage«, wie Val sie nannte, gingen zu Ende. Um Spezialprüfungen abzulegen, fuhr die griechische Gruppe per Bahn nach Oxford. Inzwischen hatten die Sechstkläßlerinnen ihre Examen für die Stipendien abgelegt, und die Schule kehrte zur Normalität zurück. Die Junioren, während der letzten beiden Wochen praktisch eingesperrt, stürmten auf den Rasen vor dem Haus und tanzten wie die Derwische. Und die Absolventinnen der sechsten Klasse wurden heimgeschickt, zum Kriegsdienst. Vor ihrer Abreise fand eine Dinnerparty statt, und Dr. Wilkie hielt eine Rede, die alle Mädchen zu Tränen rührte.

Später wanderten sie die Allee hinab und lauschten pflichtbewußt den Nachtschwalben.

»Nun ...« Val warf sich ins Gras und starrte durch das dichte Laub zum bewölkten Himmel hinauf. »Was jetzt?«

»In zehn Tagen verschwinden wir. Die Sechstkläßlerinnen durften schon nach Hause fahren. Glaubt ihr, sie lassen uns früher weg?«

»Oh, das wäre wundervoll.« Val stützte sich auf einen Ellbogen. »Mo, du verstehst dich doch so gut mit Doc Willie. Frag sie, ob wir morgen packen und in den Zug steigen dürfen ... Morrie! Hörst du nicht zu? Ich sagte ...«

»Ja, ich weiß«, murmelte Morag. »Eine gute Idee.«

»Warum bist du so schlecht gelaunt? Das müssen Jannie und ich schon seit zwei Wochen ertragen.«

»Genau genommen seit siebzehn Tagen.«

»Also gibst du zu, daß du dich unmöglich benimmst?«

»Tut mir leid.« Morag lächelte schwach. »Ich rede mit Doc Willie. Und wenn sie nicht einverstanden ist – ich hab mir überlegt, was wir tun könnten.«

»Was?« fragte Val mißtrauisch.

»Wir erforschen das Geheimnis der Lyn Abbey!« verkündete Morag dramatisch.

»Wie aufregend«, meinte Val unbeeindruckt.

»Komm schon, Val!« mahnte Jannie. »Wenn wir noch

anderthalb Wochen hier festsitzen, wäre das eine nette Abwechslung. All diese Männer, praktisch Eunuchen – freiwillig Eunuchen … Über die sollten wir uns ein bißchen genauer informieren.«

Val stöhnte gequält, und Morag erklärte kategorisch: »Für die Gegenwart interessieren wir uns nicht, Jannie. Nur für die Vergangenheit. Da ist irgendwas passiert – etwas, das mit Gallenwick zusammenhängt. Und deshalb betrifft es uns gewissermaßen.«

»Wahrscheinlich weiß in dieser Gegend jeder Bescheid«, meinte Val prosaisch. »Fragen wir doch Mrs. Reid.«

»O ja!« Eifrig sprang Jannie auf. »Gehen wir zur Farm und fragen wir Mrs. Reid.«

»Nie wieder setze ich einen Fuß auf diese Farm«, fauchte Morag.

»Warum nicht?« fragte Val. »Die Jungs sind längst weg, falls du dich deshalb sorgst …« »Sei nicht albern! Wenn Mrs. Reid unsere Frage beantwortet, ist's kein Geheimnis mehr. Außerdem wird sie nur die Fakten kennen. Und wir müssen mehr herausfinden.«

»Das verstehe ich nicht«, sagte Jannie, und Morag seufzte.

»Wir müssen die Atmosphäre des Klosters spüren und feststellen, wie sie sich auf eine unserer Nonnen ausgewirkt hat – auf welchem Weg sie hinging …«

»Diese Geschichte kann ich dir erzählen, ohne jemanden zu fragen«, fiel Jannie ihr ins Wort. »Sie verliebte sich in einen Mönch, ließ sich schwängern und wurde exkommuniziert.«

Lachend rissen Val und Morag ein paar Grashalme aus und warfen sie auf Jannie. Dann eilte Morag zu Dr. Wilkies Büro. Ihre Freundinnen begleiteten sie und vergewisserten sich, daß sie auch wirklich hineinging und um die Erlaubnis bat, früher abreisen zu dürfen.

Wie erwartet, wurde der Wunsch nicht erfüllt.

*

Am nächsten Morgen teilten sie Mrs. Maitland mit, sie würden einen Tagesausflug unternehmen.

»Also gut. Aber zum Tee müßt ihr wieder dasein, Mädchen. Zumindest vor Einbruch der Dunkelheit. Sonst schicken wir einen Suchtrupp los.«

Vor kurzem waren zwei Junioren vermißt worden. Die einheimischen Freiwilligen hatten sie in einer Schäferhütte gefunden und gedroht, die Polizei zu verständigen, wenn das noch einmal passieren sollte. »Immerhin wurden wir von wichtigen Kriegspflichten abgehalten«, hatte sich einer der Männer beschwert.

»Keine Bange, wir kommen pünktlich zurück«, versicherte Morag der Sekretärin. »Um vier sitzen wir im Wohnzimmer beim Tee.«

»Warum wandert ihr nicht zur Abbey?« schlug Mrs. Maitland unschuldig vor. »Sicher ist sie sehenswert.«

Statt zu antworten, lächelte Morag nur. Später wandte sie sich zu ihren Freundinnen: »Maitie ist viel schlauer, als sie aussieht.«

Zunächst folgten sie der Straße nach Lynmouth, dann einem Schafspfad. Bei ihren Querfeldeinläufen hatten sie die Umgebung vom Gallenwick House genau kennengelernt. Sie wußten, daß sie die Richtung zum Atlantik einschlugen, und hofften, den Turm der Abbey bald zu erblicken.

Um zehn Uhr sahen sie den Horizont des Meeres, über

hohe Klippen hinweg, die ihnen die Sicht auf die Küste versperrten.

»Da ist eine Straße«, sagte Morag, »und die muß irgendwohin führen.«

»Wahrscheinlich sind wir längst an der Abbey vorbeigegangen«, klagte Jannie. »Wir werden sie nicht finden. Und wenn wir um vier Tee trinken wollen, müssen wir um eins den Rückweg antreten.«

»Sei keine Spielverderberin!« schimpfte Val. »Genießen wir unsere Freiheit! Vielleicht nimmt uns jemand in seinem Auto mit.«

»Klar, in einem Rolls Royce!«

»Um Himmels willen, komm schon!«

Während sie die schmale Straße hinabgingen, verstrich eine weitere Stunde. Plötzlich erreichten sie einen Weg, der zum Meer führte.

»Das muß es sein«, behauptete Morag. »Gibt's irgendwo ein Schild?«

»Es wurde entfernt – falls ein deutscher Fallschirmspringer hier landet«, meinte Jannie. »Natürlich darf der nicht wissen, wo er ist ...«

»Wen interessiert die Abbey!« Entschlossen bog Val in den Weg. »Jedenfalls geht's hier zum Meer, und wir können schwimmen – die drei Nixen, die Sirenen von North Devon! Beeilt euch!«

Von neuem Tatendrang erfaßt, folgten sie ihr und rannten den steilen Pfad hinab zu einer schmalen Landzunge. Darauf erhob sich ein steinernes Gebäude, das auf natürliche Weise aus dem Boden zu wachsen schien – zweistöckig, mit einem Turm am äußeren Ende, einem primitiven Leuchtturm. In zahlreichen vergitterten Fenstern spiegelte sich die Morgensonne, und der graugoldene Stein sah aus wie Kristall. Rings um das Haus wucherten Heidekraut, Farn und Rhododendron.

In Haarnadelkurven wand sich der Weg den fast senkrechten Hang hinab. Hier konnte kein Wagen fahren. Wie man das Baumaterial hinabgeschafft hatte, um ein so schönes, seltsam schlichtes Haus zu errichten, war rätselhaft.

»Großer Gott, trügen mich meine Augen?« hauchte Val.

»Kein Wunder, daß diese Mönche die Nonnen nicht fernhalten konnten …«, meinte Jannie, die sich weigerte, Ehrfurcht zu empfinden.

Morag schwieg. Berry Reids Haus. Ganz sicher würde er eines Tages hier leben und malen. Ein berühmter Künstler. Nur um zu sehen, wo er arbeitete, würden die Leute diesen schmalen Weg hinabklettern. Sie kniff die Augen zusammen, um den Rahmen ihrer Vision zu begrenzen und ihren ersten Eindruck von der Abbey in ihrer Erinnerung zu speichern, und dieses Bild fügte sie den anderen hinzu, die das Erkerfenster zeigten, die Mutter mit dem Toastständer in der Hand, den Vater im »häßlichen Plunder«. Dann begann sie zu sprechen. »Gehen wir runter, Mädchen. Klopfen wir höflich an die Tür, und fragen wir, ob wir uns umschauen dürfen.«

»Haben wir noch genug Zeit dafür?« gab Jannie zu bedenken. »Bis wir da unten sind, dauert's eine Ewigkeit. Und ich glaube, sie lassen uns gar nicht rein. Wahrscheinlich sind's Trappisten, die nicht einmal mit uns reden …«

»Um Himmels willen, Jannie«, rief Val erbost, »wir müssen es wenigstens versuchen! Was für ein wundervolles Haus! Seit sieben Monaten leben wir hier, und wir sehen es zum ersten Mal. Nun kommt schon!« Entschlossen stieg sie den Weg hinab, und die anderen folgten ihr – Morag voller Enthusiasmus, Jannie nur widerstrebend. Plötzlich fand sie den Gedanken an ein altes Gemäuer voller Männer nicht mehr so interessant. Womöglich besaßen die Mönche das Zweite Gesicht und würden sie sofort als Sünderin entlarven. Sie durfte nicht lächeln und mußte stets den Blick senken.

Schließlich erreichten sie die Veranda und sahen eine weit geöffnete Tür. Dahinter lag eine Halle, in der ein großer Refektoriumstisch stand, von Stühlen umgeben. Offenbar gab es keine Fenster. Nur durch die Tür strömte Licht in den Raum. Obwohl er menschenleer war, wirkte er nicht verlassen – eine angenehme goldene Stille erfüllte ihn. Val klopfte an das Eichenholz, ein fast unhörbares Geräusch. Und die Halle schien die Frage »Hallo? Ist da jemand?« sofort zu verschlucken.

Und dann erklang hinter ihnen eine Stimme. »Kann ich den jungen Damen helfen?« Die Mädchen drehten sich verblüfft zu einem älteren Mann um, der eine braune Kutte und Sandalen trug. Seltsamerweise sah er wie der Busfahrer Cyril aus, und er sprach auch genauso.

Morag war die erste, die sich von ihrer Überraschung erholte. »Verzeihen Sie die Störung. Wir kommen vom Gallenwick House. Die Bluebell School … Heute wanderten wir hierher, und plötzlich – sahen wir dieses Haus. Es ist so wunderschön …«

»Wo sind denn die anderen?« platzte Val heraus. »Sind Sie allein? Die Tür steht sperrangelweit offen …«

»Nun, wir bekommen nur selten Besuch«, erwiderte der Mönch lächelnd, »und niemand ist uns unwillkommen. Unsere Tür ist immer geöffnet, es sei denn, der Wind peitscht den Regen in die falsche Richtung.« Der Reihe nach ergriffen sie die Hand, die er ihnen reichte, und schüttelten sie unbehaglich. »Wie üblich arbeiten meine Brüder im Garten. Wir sind Selbstversorger. Heute habe ich Küchendienst, und ich wollte gerade ein paar Erbsen ernten.«

Val strahlte ihn an. »Dürfen wir Ihnen helfen? Mit Gemüse können wir sehr gut umgehen. Zu Ostern haben wir auf der Reid Farm Kartoffeln gepflanzt. Und Morag hat bei der Heuernte mitgemacht.«

»Wie nett!« Das gütige Lächeln vertiefte sich. »Folgen Sie mir.«

Von der Abbey zweigten drei Wege ab – auf einem waren die Mädchen hierhergelangt, der zweite führte nach rechts zum Meer, der dritte nach links. Sie folgten dem Mönch die Küste entlang und zwischen Büschen hindurch zu einem terrassenförmig angelegten Garten. Hier und da sahen die Mädchen braune Kutten. Niemand schien sich für sie zu interessieren.

Während sie zu den Erbsenstauden gingen, erklärte der Mönch: »Ich bin Bruder Michael. Und da oben sehen Sie Bruder Andrew. Ich würde Sie gern dem Abt vorstellen. Aber er erledigt heute in Barnstaple unsere Geschäfte.«

»Geschäfte?« wiederholte Val. »Wie seltsam.«

Bruder Michael schleifte einen riesigen Korb heran, der zur Hälfte mit Erbsenschoten gefüllt war. »Auch Mönche müssen sich in der säkularen Welt zurechtfinden.«

Eifrig gingen die Mädchen ans Werk, und eine halbe Stunde später war der Korb randvoll. Inzwischen hatte Bruder Michael von seinem Orden erzählt. »Wir sind Franziskaner, also kein geschlossener Orden. Aber unsere Lebensweise trennt uns von der Außenwelt. Wir beten sehr viel. Manchmal auch im Freien.«

»Oh, das muß – ergreifend sein«, meinte Val.

»Jedes Gebet ergreift das Herz. Und die Gartenarbeit ist unsere Spezialität. Wir legen unsere Terrassen an, wo immer es möglich ist, schützen sie vor den Westwinden, nutzen die Sonne und das fruchtbare Erdreich.«

Während er sie zu anderen Terrassen führte, erinnerte er Morag an Berry Reid. Auch dieser Mönch kannte und liebte sein Land. Sekundenlang schloß sie die Augen, um den Gedanken zu verdrängen, und beschwor Teddy McKinleys Bild herauf.

»Dürfen wir uns in der Abbey umsehen?« fragte Val, als sie den Erbsenkorb zu dritt hochhoben und den Rückweg antraten. »Soviel wir wissen, war Gallenwick früher ein Nonnenkloster, und das Kommen und Gehen zwischen diesen beiden Häusern ...«

»Nein«, fiel Bruder Michael ihr ins Wort, »da gab es kein Kommen und Gehen, wie Sie es ausdrücken. Nicht bis zum letzten Krieg. Gallenwick war eine Klosterschule, und eines der Mädchen kam regelmäßig in die Abbey, um Harfenunterricht zu nehmen – weil wir ein besonders schönes Instrument besitzen. Zu jener Zeit wohnte ein junger Laie bei uns, der auf seine Einberufung wartete. Er spielte sehr gut Harfe, und er unterrichtete das Mädchen. Ansonsten gab es keinen Kontakt zwischen den Orden.«

»Also war es eine Schülerin«, sagte Morag erstaunt. »Keine Nonne. Deshalb interessieren sich die Einheimischen für uns. Sie glauben, die Geschichte würde sich wiederholen.«

Die Mädchen lachten, aber Bruder Michael blieb ernst. Plötzlich stolperte Val über einen Stein und stellte den Korb ab. »Ist der Harfinist im Krieg gefallen?«

»Ja.« Der Mönch hob den Korb hoch und trug ihn auf

die Veranda. »In Frankreich. Noch bevor der Sommer zu Ende ging.«

Die Mädchen standen vor ihm. In diesem Augenblick kamen sie sich klein und unwichtig und viel zu neugierig vor.

»Meine lieben Kinder, so etwas geschieht sehr oft.« Jetzt lächelte er wieder. »Die Geschichte wiederholt sich. Jetzt muß ich die Erbsen in die Küche bringen. Würden Sie mich entschuldigen?«

»Aber – wir dachten...«, stotterte Val, »wir würden uns die Abbey gern anschauen.«

»Das ist keine gute Idee. Seit – damals war niemand aus dem Gallenwick House hier.«

»Also gibt es tatsächlich ein Geheimnis!« rief Jannie triumphierend. »Ich wette, die Klosterschülerin wurde schwanger. Natürlich hat man alles vertuscht, und niemand will drüber reden ...«

»Halt den Mund, Jannie!« mahnte Morag.

Langsam wandte sich Bruder Michael wieder zu den Mädchen, und sie standen reglos da – so wie in Dr. Wilkies Büro, wenn sie auf einen Tadel warteten. »Ja, Sie haben recht – der Zwischenfall wurde vertuscht. Wahrscheinlich war das falsch«, fügte er zögernd hinzu und schaute zu den Klippen hinüber. »Ich glaube nicht, daß die Schülerin schwanger war. Nur verliebt. Ein siebzehnjähriges Mädchen – und ein einundzwanzigjähriger Bursche. Sicher hätten sie geheiratet, wenn er aus dem Krieg zurückgekehrt wäre.«

Nun richtete er seinen Blick wieder auf die Mädchen, und Jannie glaubte, er würde nur sie anschauen. Brennend stieg ihr das Blut in die Wangen.

»Weil es hier geschah, fühlten wir uns verantwortlich«,

fuhr er fort. »Seither empfangen wir keinen weiblichen Besuch mehr. Sie müssen sich mit der Besichtigung des Gartens begnügen.«

»Was ist denn passiert?« fragte Morag mit heiserer Stimme. Sie war siebzehn – und Berry Reid einundzwanzig. Nur zu gut konnte sie sich jene Ereignisse vorstellen.

»Sie war so unglücklich«, erklärte der Mönch. »Eines Nachmittags kam sie hierher. Die Sonne schien. So wie heute. Wir dachten, sie würde in diesen Mauern Trost finden. Wie üblich ging sie ins Musikzimmer. Ein Mönch sah sie am Fenster stehen. Doch es war zu spät. Sie sprang hinab und starb sofort. Ehe wir die Leiche erreichten, wurde sie von den Wellen davongespült, und wir fanden sie nicht. Darin liegt das ganze Geheimnis. Aber vielleicht sollten Sie daraus lernen.«

»Daß man sich nicht verlieben soll?« flüsterte Val.

»Waren Sie dieser Mönch, der sie am Fenster sah?« fragte Morag.

»Ja. Und ich habe es nie vergessen.«

»Wie hieß sie?«

»Winifred. Wir kannten sie nur als Winifred.«

»Wie schrecklich!« Jannie erschauerte. »Jetzt will ich das Haus nicht mehr von Innen sehen.«

Wortlos neigte der Mönch den Kopf, ergriff den Erbsenkorb und verschwand im goldenen Dunkel des Refektoriums.

Während die Mädchen den Klippenpfad hinaufstiegen, fehlte ihnen der Atem, um ihr Erlebnis zu erörtern. Oben angekommen, rangen sie nach Luft, hielten sich die Seiten, und Val seufzte: »Was für eine Geschichte! Wie ein Roman ...«

»Das alles kann ich mir gut vorstellen«, sagte Jannie.

»Erinnert ihr euch, wie wir im letzten Winter hierherkamen? Es ist doch verständlich, daß einen das Gallenwick House deprimieren kann.«

»Und deshalb wolltest du dich an Berry Reid ranmachen.« Val verdrehte die Augen. »Um deine Depressionen zu überwinden.«

»Aber ich würde mich niemals auf einen einzigen Mann konzentrieren. Nachdem Berry mich so bitter enttäuscht hatte, lenkte ich mein Augenmerk auf Hugh Reid.«

»O Jannie, du bist unverbesserlich!« rief Val lachend. »Hast du das gehört, Morrie?«

Nachdenklich schaute Morag zum Lundy Island hinüber, über dem ein Dunstschleier hing. »Jannie hat recht. In so eine Situation dürfen wir uns niemals bringen. Kein Mensch ist so wichtig, daß ein Leben ohne ihn sinnlos wäre.«

»Genau das meine ich«, stimmte Jannie zu. »Und Val glaubt, ich bin wieder einmal oberflächlich.«

»Jedenfalls haben wir nichts zu befürchten«, erklärte Val. »Wir sind zu dritt. Offensichtlich hatte Winifred keine Freundinnen.«

»Das wissen wir nicht.« Morag straffte die Schultern. »Wie auch immer, wenn wir rechtzeitig Tee trinken wollen, müssen wir uns beeilen.«

Arm in Arm folgten sie der Straße und beschleunigten ihre Schritte.

»Eine für alle, alle für eine!« sang Jannie glücklich.

*

Diesmal schlenderten sie nach dem Abendessen nicht die Ulmenallee hinab, um den Nachtschwalben zu lauschen. Statt dessen gingen sie sofort ins Bett, müde von der langen Wanderung, mit wunden Füßen. Jede hing ihren eigenen Gedanken nach. Bald schliefen sie ein und hörten das vertraute Dröhnen der Heinkel-Bomber nicht, die dem silbrig schimmernden Band des Channel nach Bristol folgten.

6

Am nächsten Morgen wurde Morag ins Büro der Schulleiterin gerufen und erfuhr, eine Bombe habe das Haus in der Park Street getroffen und ihre Eltern seien drinnen gewesen. Stöhnend neigte sie sich im Besuchersessel vor, die Arme auf den Schreibtisch gelegt. Nun wurde sie von Gott oder dem Schicksal grausam bestraft für ihr Streben nach Unabhängigkeit. Dr. Wilkie, auf eine solche Reaktion vorbereitet, kniete neben ihr nieder und zog sie an sich. »Meine Liebe, sie mußten nicht lange leiden. Und sie haben dich nicht verlassen. In deinem Herzen bleiben sie bei dir.«

Morag spürte etwas Feuchtes auf ihrer Wange und glaubte, sie würde weinen wie alle Menschen in solchen Situationen. Aber als sie über ihre Auge wischte, fand sie keine Tränen. Es war Dr. Wilkie, die für sie weinte.

»Wenn du schluchzen oder schreien willst, Morag – es ist dein gutes Recht …«

Plötzlich fürchtete Morag, die Direktorin würde zusammenbrechen, und das war unvorstellbar. »Danke, Dr. Wilkie, ich habe mich unter Kontrolle«, sagte sie mit klarer Stimme. »Jetzt sollte ich nach Hause fahren – und mich um alles kümmern.«

»Mrs. Maitland telefoniert gerade mit deiner Tante. Dann wird sie uns Tee servieren.«

»Vielen Dank, das wäre nett«, erwiderte Morag höflich.

Offenbar wußte Dr. Wilkie nicht, was sie tun sollte, und hielt sie einfach nur in den Armen – unfähig, sich zu rühren. Zu Morags Erleichterung klopfte es an der Tür, und die Schulleiterin stand notgedrungen auf. »Kommen Sie herein, Mrs. Maitland.« Sie trat ans Fenster und spielte mit ihrem Taschentuch. »Ah, der Tee ... Bitte, stellten Sie das Tablett hierher.« Als sie sich zum Schreibtisch wandte und das Telefon beiseite schob, kam das gelbe Telegramm mit der traurigen Nachricht zum Vorschein. »Morag ist so tapfer. Vielleicht liegt es am Schock ...« Von ihrem Kummer überwältigt, gab sie es auf, ihr Taschentuch diskret zu verbergen, und putzte sich die Nase.

Mitfühlend legte Mrs. Maitland eine Hand auf Morags Schulter. »Es tut mir so leid. Aber du bist nicht allein. Wir alle sind deine Familie, Darling.«

Als Morag dieses Kosewort hörte, löste sich ihre innere Lähmung. Sie schlang beide Arme um Mrs. Maitlands Taille und schrie qualvoll auf. Nun war das Erkerfenster für immer verschwunden.

Dr. Wilkie ließ Val und Jannie holen, und die drei Mädchen blieben allein im Büro, um zu telefonieren. Leichenblaß, die azurblauen Augen grau verfärbt, kauerte Val vor dem Besuchersessel und hielt Morags Hände fest. »O Mo, ich ertrage es nicht ... Bitte, komm zu uns.«

Bedrückt lehnte Jannie am Schreibtisch und starrte ins Leere.

Morags verkrampfte Kehle schmerzte. Der Gefühlsausbruch an Maties Brust hatte ihr nicht wirklich geholfen.

Trotzdem zwang sie sich zu sprechen. »Schon gut, ich bin okay. Weine nicht, Val. Komm her, Jannie.« Val hatte ihr Gesicht in Morags Baumwollrock vergraben und ihn mit Tränen getränkt. An ihrer anderen Seite kniete Jannie nieder. Da sie vergessen hatte, die Lider zu senken, sahen ihre Augen wieder wie Murmeln aus. »Eine für alle – erinnert ihr euch?« War es erst gestern gewesen? »Wir haben einander«, fügte Morag tonlos hinzu und schaute sich im Büro um, sah die frischen Blumen in der Kristallvase, Dr. Wilkies akademische Tracht an einem Wandhaken. Bisher hatten solche Dinge ein System gebildet, und jetzt gab es keines mehr. Neue Eindrücke mußten ein neues System bilden und das Erkerfenster verdrängen. »Ein hübscher Raum, nicht wahr?« meinte sie im Konversationston.

»Bitte – nicht, Mo!« wisperte Jannie, und Val schluchzte laut auf.

»Beruhigt euch. Meine Eltern haben mich geliebt, und diese Gewißheit wird mich stets begleiten. Deshalb darf ich mich glücklich schätzen.«

In diesem Moment kehrte Dr. Wilkie zurück. »Vielleicht solltest du dich hinlegen, Morag. In Mrs. Maitlands Zimmer. Dort steht ein Telefon, und du kannst deine Tante anrufen. Wir haben schon mit Miss Heyward gesprochen. Heute vormittag steigt sie in den Zug, und abends wird sie in Bristol eintreffen. Mrs. Maitland bucht gerade ein Doppelzimmer im Royal Hotel. Komm mit, meine Liebe …«

»Danke, ich kenne den Weg«, fiel Morag ihr lächelnd ins Wort. »Jetzt wäre ich gern ein bißchen allein.«

Sie verließ das Haus und durchquerte den Stallhof. Von üppiger Kapuzinerkresse umgeben, war die Pumpe zu sehen. Wie grausam, daß die Pflanzen so hemmungslos wuchern durften … Im Sonnenschein funkelte ein Glassplitter, und Morag hob ihn auf, weil die Junioren manchmal barfuß umherrannten. Gedankenlos und unbeschwert. So war sie gestern auch noch gewesen, auf dem Weg zur Lyn Abbey, eifrig bestrebt, ein Schulmädchengeheimnis zu enträtseln. Da hatten ihre Eltern noch gelebt. Zweifellos war der Vater den ganzen Tag im OP gewesen. Dann hatten sie gemeinsam zu Abend gegessen und die Sirenen gehört. Morag erinnerte sich an die Nervosität der Mutter bei jenem Besuch vor zwei Wochen. Wegen schlafloser Nächte, hatte Teddy behauptet. Vielleicht hatten die Eltern geahnt, daß eine dieser Nächte ihre letzte sein würde. Sie stieg die schmale Treppe zum Dachboden des Stallblocks hinauf und ging zum Ende des Korridors, wo Maities Zimmer lag. Fenster an drei Seiten, grüne Vorhänge und eine farblich passende Tagesdecke. Morag sank aufs Bett, zog das Kissen über ihren Kopf und betete um barmherziges Vergessen.

*

Irgendwie verstrich die nächste Woche. Teddy McKinley kam ins Gallenwick House und brachte sie nach Bristol. Während der dreistündigen Autofahrt wechselten sie kaum ein Wort. Morag kurbelte das Fenster herunter, schloß die Augen und versuchte Gerüche zu identifizieren. Allmählich ging der trockene Schafgeruch des Hochlands in etwas Erdhafteres über, als sie die Molkereien im tiefer gelegenen Somerset erreichten. Sie öffnete die Augen, sah Obstgärten mit abgeernteten Apfelbäumen, die dünnen weißen Kondensstreifen der Kampfflieger am wolkenlosen Himmel.

Auf der schmalen Hotwells Road weigerte sie sich, zur Park Street hinüberzuschauen. Die Luft roch nach Schutt,

Metall und Schwefel. Wie eine schwere Decke lag Dunst über der Stadt.

Teddy räusperte sich. »Mo – deine Tante erwartet dich schon. Bist du okay?«

»Natürlich.« Sie warf ihm einen kurzen Blick zu und erinnerte sich an jenes letzte Gespräch. »Und du?«

Er lächelte sekundenlang und steuerte das Auto an einer Panzerkolonne vorbei. »Wenn ich dich im Redley Lodge sehe, wird's mir gutgehen.«

Plötzlich faßte sie einen Entschluß. »Teddy, ich werde die Sommerferien in der Schule verbringen. Versuch mich zu verstehen. In der nächsten Zeit muß ich allein sein.« Als sie sein unglückliches Gesicht sah, legte sie eine Hand auf seinen Arm. »Kümmere dich um Val und Jannie. Mir zuliebe.«

»Nach allem, was geschehen ist, kannst du wohl nicht über meinen – Vorschlag nachdenken.«

»Doch, ich denke daran – und ich weiß, wir sollten in deinem Urlaub zusammensein, bevor du nach Afrika aufbrichst. Aber ich bin nun mal selbstsüchtig und bitte dich – laß mich ins Gallenwick zurückkehren.«

»Sicher, Morrie. Alles, was du willst... Du denkst daran? Was bedeutet das?«

»Daß du mein Rettungsring bist.«

»O Morrie«, erwiderte er mit belegter Stimme, »das will ich immer sein.«

»Danke.«

»Sind wir jetzt – verlobt?«

Sie zögerte kurz, während er um die Neptunstatue herum zum Hoteleingang fuhr. »Das nehme ich an.« Sein Freudenschrei gellte in ihren Ohren. »Vorerst müssen wir's geheimhalten, Teddy. Unter diesen Umständen ...«

»Ja. Okay. Obwohl ich's in alle Welt hinausposaunen möchte.« Als er vor dem Hotel hielt, eilte Tante Harriet die Stufen herunter. Hastig fügte er hinzu, bevor sie das Auto erreichte: »Morrie, ich liebe dich, und ich werde dich glücklich machen.«

Mit einiger Mühe brachte sie ein Lächeln zustande. Dann stieg sie aus und wurde von den langen, wundervoll vertrauten Armen ihre Tante umschlungen.

Das Begräbnis war ein vager Alptraum. Um so lebhafter sollte sie sich später an den nächsten Tag erinnern, wo sie im Schutt des Hauses wühlte und einen Fetzen vom Morgenmantel ihrer Mutter fand. Flüchtig berührte sie den zerborstenen Rahmen des Erkerfensters. Sonst war nichts übrig. Doch das störte sie nicht. Die Bilder in ihrer Erinnerung würden sie stets begleiten.

Danach kehrte sie ins Gallenwick zurück, gerade noch rechtzeitig, um Jannie und Val beim Packen zu helfen. Beide respektierten ihren Wunsch, in der Schule zu bleiben. Aber das fiel Val sehr schwer. »Nie zuvor habe ich die Ferien gehaßt.« Verzweifelt klammerte sie sich an Morag, als der Bus in den Stallhof bog.

»Beruhige dich. Wenn du zurückkommst, bin ich wieder die alte Morrie.«

»Geh doch noch mal zur Abbey, Mo.« Jannie versuchte fröhlich zu grinsen. »Nimm Matie und ihre Schwester mit. Da gibt's noch viel zu erforschen.«

»Gut, das werde ich tun«, versprach Morag. Und dann winkte sie dem Bus nach, bis er den Torbogen passierte. Sie erschauerte und straffte die Schultern. Nun mußte sie sich ans Weiterleben gewöhnen.

*

Eine Woche lang unternahmen Mrs. Maitland und ihre Schwester täglich Ausflüge mit den Junioren, die den Sommer in der Schule verbrachten, und Morag hatte den Gallenwick-Garten für sich allein. Sie verließ das Anwesen nicht. Einmal kletterte sie auf eine Weide am Ufer des schmalen Gall. Hier fühlte sie sich sicher. Niemand fragte nach ihrem Befinden oder bot ihr ein Glas Limonade an. Von ihrem Beobachtungsposten aus sah sie, wie die beiden Frauen ein halbes Dutzend vierzehnjährige Mädchen zum Brückentor führten und auf den Bus nach Lynmouth warteten. Morag zog ein Buch aus ihrer Tasche und versuchte zu lesen. Dann dachte sie an Teddy und weinte.

Während der zweiten Woche schlug das Wetter um. Eines Tages saß sie im Wohnzimmer und starrte in den grauen Regen. Dr. Wilkie kam mit einem Kaffeetablett herein und begann die diversen Vorzüge von Oxford, Cambridge und Edinburgh zu erörtern. »In Edinburgh könntest du bei deiner Tante wohnen.«

»Ich möchte mich zur Krankenschwester ausbilden lassen, und Tante Harriet würde ...«

»Wirst du nicht studieren?« fragte Dr. Wilkie ungläubig.

»Ursprünglich wollte ich Ärztin werden. Aber ich habe mich anders besonnen. Darüber habe ich bereits mit meiner Tante gesprochen.«

»Oh ... Wie ich gestehen muß, bin ich ein bißchen enttäuscht. Du gehörst zu unseren besten Schülerinnen. Reden wir noch einmal drüber. Vielleicht vor Weihnachten.« Die Direktorin stand auf. »Nun muß ich meinen Papierkram erledigen. Würdest du mir helfen?« Morag zögerte etwas zu lange, und Dr. Wilkie lächelte. »Schon gut. Falls du Bewegung brauchst – Mrs. Maitland übt gerade einen Kontertanz in der Halle.«

»Danke.« Morag trug das Kaffeetablett in die Küche, und beide wußten, daß sie danach ins Wohnzimmer zurückkehren würde.

Seufzend schüttelte Dr. Wilkie den Kopf und spannte ihren Regenschirm auf, um den Stallhof zu durchqueren.

*

Zwei Tage lang regnete es ununterbrochen. Am dritten Tag nieselte es nur noch. Über dem Moor hing grauer Nebel. Morag zog ihren Regenmantel und Gummistiefel an und ging über eine der schmalen Brücken, die von den Gärtnern benutzt wurden. In ihrer Einsamkeit fühlte sie sich völlig isoliert. Sogar der Schlamm schien unter anderen Füßen zu glucksen. Wenn jemand in der Nähe wäre, würde sie ihn nicht wahrnehmen. Genau das will ich, redete sie sich ein. Aber eine beharrliche innere Stimme fragte, ob sie die kleine Welt ihres Ichs jemals verlassen würde.

Ziellos wanderte sie bergauf, durchwatete einen seichten Bach und spürte den dünnen Regen im Gesicht. Als sie den Kopf hob, rannen die Tropfen in ihren Mund und weckten seltsame sinnliche Emotionen, die sie keineswegs unangenehm fand.

Sie erreichte ein Plateau im Hochmoor und schaute auf ihre Uhr. Schon drei ... Seit sechs Stunden war sie unterwegs, und sie hatte keine Ahnung, wo sie sich befand. Auf keinen Fall wollte sie von einem Suchtrupp aufgespürt und aus ihrem Kokon gerissen werden. Eine Zeitlang blieb sie stehen, schaute sich um und lauschte. Doch sie sah nur den nebelhaften Regen, hörte nur ihre eigenen Herzschläge. Erschöpft hockte sie sich auf ihre Fersen. Und plötzlich geschah, was sie befürchtet hatte – jemand rief ihren Namen.

»Verdammt«, wisperte sie und kniff die Augen zusammen.

»Morag, wo bist du?«

»Hier!« Müde stand sie auf.

»Rühr dich nicht von der Stelle!« Die Stimme näherte sich. »Sag was – gleich finde dich!«

»Hier!« wiederholte sie.

»Braves Mädchen.« Und dann tauchte Berry Reid aus den grauen Schwaden auf, im selben Mantel, den er im Winter auf seinem Schneepflug getragen hatte.

»Ich dachte – du wärst längst auf deinem Schiff.«

»Da war ich auch. Jetzt habe ich Urlaub.«

»Ich wollte allein sein. Und – Gallenwick ist nun gewissermaßen mein Zuhause.«

»Hier würde ich auch herkommen, wenn ich genesen müßte, von diesem oder jenem.« Als er näher trat, sah sie sein gebräuntes Gesicht, die Regentropfen auf seinen schwarzen Brauen. »Du solltest nach Lyn gehen. Setz dich einfach nur in ein Zimmer und schau aufs Meer. Ein wunderbarer Ort.«

»Ja, wir waren dort. Aber wir durften nicht hineingehen. Irgendwelche Schwierigkeiten mit einer Klosterschülerin, vor langer Zeit …«

»Morgen muß ich wieder an Bord gehen, sonst würde ich dich in die Abbey führen.«

»Morgen?« Wenn sie zusammen im Musikzimmer sitzen könnten, wäre sicher wieder alles in Ordnung.

»Seit neun Tagen bin ich daheim. Hätte ich bloß gewußt, daß du hier bist …«

»Schon gut.« Nun stand er dicht vor ihr. Sie sah nichts anderes mehr und ahnte, wie es wäre, von diesem Mann beschützt zu werden. »Nein, gar nichts ist gut. Ich weiß nicht mehr, was ich fühlen soll – oder wie man überhaupt etwas empfindet.«

»Darf ich dich wieder küssen, Mo?«

Die unerwartete Frage schockierte Morag. Sie müßte einfach nur ihr Gesicht heben ... Ein paar Sekunden lang dachte sie nach, erinnerte sich an die plötzliche Vereinnahmung ihrer physischen Existenz. Wollte sie das? »Ich glaube nicht ... Nachdem Caroline ...«

»Ah, sie hat's dir erzählt.« Er lachte leise. »Dafür kann ich mich nicht entschuldigen. Ihr wart so schön, und ich glaube, ich habe mich in euch alle verliebt. Soll ich's bereuen?«

»Nein«, gab sie zu. »In deinen Augen waren wir alle gleich. Und wir? Du und Hugh – die Farm ...«

»O Morag!« Endlich ergriff er ihre Hände. »Für dich ist's vorbei, eine ferne Vergangenheit, beiseite geräumt wie alte Fotos.«

Wie recht er hatte ... Beinahe mußte sie weinen.

»Deine Hände sind erstaunlich warm«, meinte er. »Soll ich dir meinen Mantel geben?«

»Nicht nötig. Ich bin nur durchnäßt.«

»Hör mal, im Doone Arms-Schuppen steht Hugh altes Auto. Übers Moor ist's ein weiter Weg – und in diesem verdammten Nebel verirrt man sich leicht. Würdest du John Ridds Wasserfall schaffen, wenn ich dir helfe?«

Eine seltsame Erregung erfaßte ihr Herz. »Meinst du die Felsenstufen, die er in *Lorna Doone* hinaufgestiegen ist?«

»So genau weiß ich's nicht. Im Moor gibt's viele Wasserfälle. Aber den Bach, der zum Gasthaus führt, bin ich schon oft hinaufgestiegen. Statt zwei Stunden würden wir nur eine halbe brauchen. Und du bist ohnehin schon naß.«

Ja, genau das wollte sie, trotz ihrer Erschöpfung – ihre Kraft mit seiner messen, einen der berühmtesten rauschenden Bäche des Moors bekämpfen. Sie nickte, und er führte sie den Weg entlang, auf dem er zu ihr gekommen war.

Nach fünf Minuten hörte sie das unheimliche Echo plätschernden Wassers, und sie kletterten in eine Felsenschlucht hinab, zum Ufer des Bachs. Berry watete durch die Wellen, die bis zu seiner Taille reichten, zu einem flachen Stein inmitten eines Strudels. Ohne Zögern beugte sich Morag vor und sank in seine ausgebreiteten Arme. Im dichten Nebel sahen sie das Ufer nicht. Heller Schaum umwirbelte ihre Füße. Doch sie empfand keine Angst – nicht weil ihre Gefühle betäubt waren wie in den letzten Wochen. Wachsende Erregung hatte die Furcht verdrängt.

Von lautem Rauschen umgeben, konnten sie kein normales Gespräch führen. Schweigend öffnete Berry die Gürtel seines und ihres Mantels, band sie zusammen und befestigte das eine Ende an ihrem Handgelenk, das andere an seinem. Dann legte er seine Lippen an ihr Ohr. »Wir stehen auf der ersten Stufe. Zwischen den nächsten ist das Wasser ziemlich tief, und auf manchen schrägen Felsen verliert man leicht den Halt. Verlaß die einzelnen Stufen erst, wenn ich an den Gürteln ziehe.«

Daß es so schwierig wäre, hatte sie nicht erwartet. Vielleicht konnte man den Wasserfall mühelos erklimmen, wenn der Bach im Regen nicht anschwoll, wenn man nicht von schwerer, nasser Kleidung behindert wurde. Unter diesen ungünstigen Umständen kostete es fast übermenschliche Kräfte, von Stufe zu Stufe zu klettern. Berry würde sie nicht ertrinken lassen, das wußte sie. Aber er respektierte sie, und wann immer es möglich war, erlaubte er ihr, eigene Wege zu gehen. Jedesmal, wenn er auf den nächsten Felsbrocken stieg, fühlte sie sich verlassen. Beinahe verschwand er im Nebel. Den Arm ausgestreckt, starrte sie den marineblauen Gürtel an, der ihr Handgelenk umschlang, und wartete, bis Berry daran zog. Immer wieder verspürte sie die lächerliche Angst, er würde ihr davonlaufen. Als er sich einmal herabbeugte und ihr auf eine der höheren Stufen half, klammerte sie sich sekundenlang an ihn – glücklich und dankbar, weil er noch da war.

Die Klettertour dauerte doppelt so lange, wie er's prophezeit hatte. Schließlich saßen sie auf einem Felsblock am oberen Rand des Wasserfalls, rangen nach Luft und lachten triumphierend. Als er sie küßte, war es zunächst nur ein Ausdruck der Erleichterung. Dann schwangen Glück und Freude in der zärtlichen Liebkosung mit. Hand in Hand stiegen sie die Uferböschung zu einem Feld hinauf.

Bald zeigte sich die schwarze Silhouette des Gasthofs Doone Arms im Nebel. Berry ging mit Morag in den Schuppen und zündete eine Sturmlaterne an, die ihr Licht auf einen alten Morris warf.

»Oh, Hughs Auto!« rief sie. »Vor einer halben Ewigkeit hast du gesagt, es würde hier stehen.«

Er hängte die Laterne an einen Wandhaken, und sie küßten sich wieder.

»Zieh das nasse Zeug aus«, murmelte er und zerrte an seinem Mantel.

»Ich liebe dich, ich liebe dich, ich liebe dich«, flüsterte sie und gehorchte. Zuerst ließ sie sich passiv und widerstandslos küssen, und plötzlich erwachte ihre Leidenschaft – so als hätte in den stillen Wochen seit dem Tod ihrer Eltern ein erstaunliches Feuer zu schwelen begonnen, das jetzt in wilden Flammen emporloderte. Ihre Sinnlichkeit, so lange sorgsam und emotionslos kultiviert, erreichte einen explosionsartigen Höhepunkt. In Berry Reid konzentrierte sich das ganze Universum. Sein Geruch, sein Geschmack, sein Anblick und insbesondere seine Berührung erfüllten ihr ganzes Wesen.

Nachdem die Glut erloschen war, strich Morag mit einem Finger über sein Gesicht, um das Bild in ihrer Erinnerung dreidimensional zu gestalten. »Ich liebe dich, ich liebe dich ...«, wisperte sie unentwegt.

»Oh, mein Gott, ich liebe dich auch, Mo – so sehr.«

Die Tür des Pubs öffnete sich, und das Geräusch riß beide in die Realität zurück. Hastig sprang er auf und löschte die Laterne.

»Bist du das, Berry?« rief jemand.

Ohne zu antworten, wartete er, bis die Tür geschlossen wurde. Dann legte er sich wieder zu Morag, und sie schlang ihre Arme um seinen Hals.

Aber nun begann er sich zu sorgen. »Bald werden sie einen Suchtrupp losschicken, Liebste ...«

»O Berry ...« Lachend schüttelte sie den Kopf.

»Im Ernst, Mo. Deine Dr. Wilkie rief Ma an und fragte, ob ich dich suchen würde. Wahrscheinlich haben sie mir drei oder vier Stunden Zeit gegeben. Und jetzt sind sie sicher ganz krank vor Angst. Das dürfen wir ihnen nicht antun.«

»Nein, auch sie sollen glücklich sein.« Seufzend umfaßte sie sein Gesicht. »Könntest du doch hierbleiben, Berry ...«

»Bevor du weißt, wie dir geschieht, bin ich wieder da. Allzu lange wird der Krieg nicht mehr dauern. Danach heiraten wir und kriegen zehn Kinder, die sich um die Hausarbeit kümmern werden, und ich male, und du – bist einfach nur schön.«

»Bitte, sei vorsichtig«, flehte sie und schmiegte sich an ihn.

»Natürlich. Und wie wirst du dich zurechtfinden?«

»Mein Vater sagte, harte Arbeit sei die Lösung aller Probleme. Deshalb werde ich von der Schule abgehen und mich zur Krankenschwester ausbilden lassen.«

»Aber ich möchte mir vorstellen, du würdest im Gallenwick House leben. Im Moor.«

»Bis Weihnachten bleibe ich hier.«

»Also gut. Und wenn ich nach Hause komme – werden wir uns treffen?«

»O ja.« Sie wußten, daß es ein feierliches Versprechen war, und küßten sich wieder.

*

Einen Monat später kam Tante Harriet ins Gallenwick, um die letzte Ferienwoche, bei ihrer Nicht zu verbringen. Morag hatte befürchtet, sie wäre schwanger. Wie sich inzwischen herausgestellt hatte, war ihre Sorge unbegründet gewesen. Ihr sichtliches Wohlbefinden überraschte und entzückte die Tante. Eines Tages wanderten sie zur Farm, wo sie mit Mrs. Reid und Granny Thomas Tee tranken.

»Hoffentlich helft ihr mir wieder bei der Kartoffelsaat«, bemerkte Mrs. Reid lächelnd. »Ich weiß, das würdest du nur Berrys wegen tun, Morag.«

Dunkle Röte stieg in Morags Wangen.

»Warum auch nicht?« entgegnete Tante Harriet. »In diesem großen alten Haus leben die Mädchen wie Nonnen.«

Morag lächelte sie dankbar an. Am Ende der Ferienwoche beschlossen sie, zu picknicken und schwimmen zu gehen. Cyril fuhr den Bus in den Stallhof und sprang heraus, um Tante Harriet die beiden hohen Stufen hinaufzuhelfen. »Was für ein schöner Tag, Miss Heyward! In letzter Zeit hatten wir genug Regen und Nebel.« Als er wieder am Steuer Platz nahm, grinste er Morag an. »Freut mich, daß Sie endlich wieder was unternehmen, Missy. Immer nur rumzusitzen und nachzugrübeln – das schadet der Seele.«

»Jetzt geht's mir wieder gut, Cyril«, versicherte sie und wünschte, sie könnte allen von ihrem Liebesglück erzählen, damit sie sich nicht mehr um sie sorgen würden. Vielleicht würde sie Val einweihen, wenn der Unterricht wieder anfing. Sonst niemanden.

»Ist etwas passiert, Mr. Miller?« fragte Tante Harriet beunruhigt.

Später erinnerte sich Morag, daß sie erstaunt gewesen war, weil ihre Tante den Nachnamen des Fahrers kannte. Aber dann erwiderte er: »Haben Sie's nicht gehört? Gestern bekam die arme Mrs. Reid ein Telegramm. Alle drei Söhne sind gefallen. Unglaublich. So jung, so lebensfroh ...«

»O Gott!« rief Tante Harriet bestürzt. »Nun müssen wir unseren Ausflug absagen, Mr. Miller, und Mrs. Reid besuchen. Würden Sie uns bitte zum Tor bringen?«

Morag starrte durch die Windschutzscheibe und weigerte sich, die Wahrheit zu registrieren. Das wollte sie einfach nicht glauben. »Wenn's dir nichts ausmacht, Tante, bleibe ich hier. Mrs. Reid redet sicher lieber mit dir allein.«

Verwundert musterte Harriet ihre Nichte und fragte sich, ob sie von Pflichtgefühl und Verantwortung sprechen sollte. Aber dann nickte sie. »Gut. So ist's vielleicht besser.«

Sie trennten sich am Brückentor. Während Tante Harriet zur Farm ging, wanderte Morag mit dem Picknickkorb zwischen den Ulmen zurück und erinnerte sich an jenen Abend, an dem sie das Lied der Nachtschwalben nicht gehört hatte.

7

1945

Einen Tag nach dem Sieg der Alliierten gegen Japan erfuhr Vallery, Lyn Abbey sollte verkauft werden. Sie saß an ihrem Schreibtisch im Redley Lodge und blickte zur Bellevue Road hinaus. Während sie ihren Nachmittagstee trank, wünschte sie, ihre Mutter würde das Geschäft ausnahmsweise früher schließen, und weil sie nichts Besseres zu tun hatte, blätterte sie im *Auctioneer's Weekly*. Sie fühlte sich todmüde. Am vergangenen Abend hatte in der Clevedon Hall eine Tanzparty stattgefunden, zur Feier des Sieges. Sie war mit Teddys Schulfreund Leonard Oates hingegangen, der ihr eifrig den Hof machte. In der Schule hatten ihn seine Kameraden Titus genannt. Diesen Spitznamen fand er lächerlich, und er schlug Val vor, sie solle ihn Leo nennen. Als sie ihn auslachte, packte er sie und küßte sie auf den Mund. Das mißfiel ihr. Energisch stieß sie ihn weg. Danach hatte er den ganzen Abend geschmollt.

Sie seufzte tief auf. Seit Teddy im November 1941 bei der Offensive gegen Rommel gefallen war, hatte sich alles verändert. Morag war völlig zusammengebrochen. Im

Herbst nach den Ferien schien es ihr etwas besser zu gehen. Wenn sie auch immer noch still und traurig wirkte, kehrte sie ins Reich der Lebenden zurück. Nachdem die Nachricht von Teddys Tod eingetroffen war, hatte sie beschlossen, sofort von der Schule abzugehen und im Bristol Royal Infirmary, in der einstigen Wirkungsstätte ihres Vaters, ihre Ausbildung zu beginnen. Inzwischen hatte sie sich gegen das ursprünglich geplante Medizinstudium und für den Schwesternberuf entschieden. Am Tag, an dem die Japaner Pearl Harbor bombardierten, verließ sie das Gallenwick House. Val und Jannie blieben bis zur Hochschulreife im Internat. Aber keine der beiden wollte studieren. Val arbeitete im Auktionshaus ihres Vaters, Jannie in London als Sekretärin eines gewissen Marius Copping.

Zu Vals und Morags gemeinsamer Geburtstagsparty – beide wurden in derselben Woche einundzwanzig – kam Jannie nach Clevedon. Seidenweiches blondes Haar hing bis zu ihrer Taille hinab, so auffällig, daß niemand ihr immer noch unscheinbares Gesicht bemerkte. Unablässig spielte sie mit ihrem Haar, zog es über eine Schulter nach vorn oder warf es in den Nacken. Morag, die sich in ihrer Freizeit mit Psychologie befaßte, glaubte felsenfest, ihre Freundin stünde kurz vor einem Nervenzusammenbruch. Aber Val hatte beobachtet, wie Jannie ihrer Mutter einen Navy-Offizier vor der Nase wegschnappte, und einen anderen Eindruck gewonnen.

Lächelnd nippte Val an ihrem Tee. Ihre Mutter nannte das Mädchen einen »hoffnungslosen Fall«. Wie man Jannie beurteilen sollte, wußte Val nicht genau. Jedenfalls war ihre Freundin einen weiten Weg gegangen, seit sie in so vielen Nächten nach ihrer Ma geschrien hatte.

Und dann erlosch ihr Lächeln. Ungläubig starrte sie

eine kleine Anzeige an. »Die Lyn Abbey aus dem frühen neunzehnten Jahrhundert, bis vor kurzem ein Franziskanerkloster, ist zur Versteigerung ausgeschrieben, falls der Rufpreis vorher nicht überboten wird.« Die Lyn Abbey – und jene traurige Liebesgeschichte... War nur sie unfähig gewesen, sich den verstorbenen Harfinisten vorzustellen? Vielleicht hatte Jannie an ihren Schwarm Hugh Reid gedacht. Und Morag war Berrys wegen gehänselt worden – sicher grundlos. Sie mußte Teddy geliebt haben. Jedenfalls war ihr sein Tod sehr nahegegangen. Val hatte jahrelang gehofft, die beiden würden heiraten und in Clevedon leben. Vor vier Jahren war er gefallen, und er würde es hassen, wenn sie immer noch um ihn weinte.

Sie trank die Teetasse leer, dann griff sie zum Telefon und wählte Moragʼs Nummer.

»Heyward«, meldete sich eine klare Stimme.

»Hallo, Mo, hier ist Val. Gerade habe ich in Daddys langweiliger Zeitung eine erstaunliche Anzeige entdeckt. Erinnerst du dich an die Lyn Abbey?«

Am anderen Ende der Leitung entstand eine kurze Pause. »Natürlich.«

»Stell dir vor, das Haus soll versteigert werden. Wollen wir am Sonntag hinfahren und uns umsehen?«

»Dafür habe ich keine Zeit. Ich muß mich auf meine Prüfung vorbereiten.«

»Geht's nächste Woche? Ich nehme mir einen Tag frei. Bitte, sag ja! Wir essen im Doone Arms und besuchen Mrs. Reid...«

»Nein!« Plötzlich nahm Morags Stimme einen scharfen Klang an. »Tut mir mit leid, altes Mädchen – ich will das Exmoor nie wiedersehen.«

»Mo!« rief Val erschrocken. »Mein Gott, ich wußte nicht, daß du's haßt.«

»Ich hasse es nicht. Aber da sind so schreckliche Dinge geschehen, und ich werde nie wieder einen Fuß in diese Gegend setzen.«

»Dann fahre ich eben allein hin.«

»Klar, warum nicht? Nimm Titus mit.«

»Nein. Gestern abend haben wir gestritten, und ich will nichts mehr von ihm wissen.«

»Aber er vergöttert dich, Val. Sei nicht so unfreundlich.«

»Ich mag's nicht, wenn mir ein Mann zu nahetritt. Vielleicht bin ich frigide.«

»Unsinn!« erwiderte Morag lachend. »Doch nicht unsere Shirley Temple!«

Nun mußte auch Val lachen. »So hat mich Hugh Reid genannt, nicht wahr? Wie auch immer – mir wär's egal, wenn ich niemals heiraten würde.«

»Vermutlich werde ich auch nicht heiraten – nein, ganz sicher nicht.«

*

Val erklärte ihrem Vater, es würde sich lohnen, die Abbey zu besichtigen. Also lieh er ihr sein Auto, gab ihr Benzingutscheine, und die Mutter stellte einen Picknickkorb auf den Rücksitz. Val wollte sie mitnehmen. Aber Margaret schüttelte den Kopf. »Bei dieser Hitze bleibe ich lieber daheim, Darling. Du weißt ja, wie's ist.«

Das wußte Val nicht. Sie strotzte vor Energie. Manchmal fragte sie sich, was sie damit anfangen sollte.

Sie entschied sich für die längere Strecke. In Bridgewater bog sie von der Hauptstraße ab und folgte der Küste.

Bald verließ sie die zivilisierte Welt der Urlaubsorte und erreichte die Wildnis des Exmoors. Aufgeregt beugte sie sich über das Lenkrad. In dieser Landschaft fühlte sie sich anders – so als würde sie hierhergehören, ausgerechnet sie, die im Gallenwick vor Heimweh ganz krank gewesen war …

In Minehead hatte sie einige ihrer kostbaren Benzingutscheine eingelöst, und jetzt, auf dem Gipfel des Countisbury Hill, hielt sie an, damit der Motor abkühlen konnte, bevor er die schwierige Porlock-Straße in Angriff nahm. Die Aussicht auf die gewaltigen Klippen und rötlichen Sandstrände war phantastisch. Tief unten stellte eine Familie Liegestühle und Sonnenschirme auf, schreiende Kinder rannten ins Wasser.

Val fuhr nach Lynmouth hinab, dann durch das Tal nach Lynton und schließlich die schmale Küstenstraße entlang, die sie zur Abbey führte. Steifbeinig stieg sie aus und trug ihren Picknickkorb den steilen Zickzackweg hinab. Sie wollte sich im Haus umsehen und notieren, was sie eventuell kaufen würde, und danach im Garten ihren Lunch verspeisen.

Zum erstenmal seit Teddys Tod freute sie sich wieder ihres Lebens. Das Haus sah genauso aus wie in ihrer Erinnerung, mit der weit geöffneten Tür, die den Sonnenschein einließ, und der halbdunklen Halle. Damals war der Eindruck stiller Leere eine Illusion gewesen, jetzt entsprach er vielleicht der Wirklichkeit, obwohl sich irgendwo ein Verwalter aufhalten mußte. Aber niemand war zu sehen, und so trat sie ein. Am Refektoriumstisch klebte eine Nummer.

»Eichentisch, 16 Stühle mit leiterförmigen Rückenlehnen und Binsensitzflächen«, notierte sie. Dann ging sie in die Küche, wo sie keine Geräte fand, nur einen Herd und eine riesige steinerne Spüle. Auf der anderen Seite der Halle lag ein Wohnzimmer mit bleiverglasten Fenstern, die zum Meer hinausgingen. In seiner Leere wirkte der Raum seltsam würdevoll. Val drehte eine Pirouette auf den polierten Bodenbrettern, setzte sich auf die Fensterbank und fragte sich, ob dies das schicksalhafte Musikzimmer war. Aber als sie hinausschaute, sah sie einen kleinen Rosengarten. Wenn man hier hinuntersprang, würde man sich nicht einmal ein Bein brechen. Das galt auch für den angrenzenden Raum. Darin stand nur eine schlichte Holzbank, die möglicherweise ein Altar gewesen war. Erleichtert stieg Val die Treppe hinauf. Dahinter hatte sie einen alten Lift entdeckt, der nicht funktionierte.

Im ersten Stock besichtigte sie die Mönchszellen, und im zweiten betrat sie den Raum direkt neben dem Treppenabsatz. Ihr Atem stockte. Hier war es geschehen. An drei Seiten Fenster, Notenständer in einer Ecke… »Das Musikzimmer«, flüsterte sie. »O Mo, wärst du doch mitkommen! Du würdest wissen, wie sich das Mädchen fühlte. Wenn ich dir etwas über diesen Raum erzähle, wird's – albern klingen.«

Trotzdem machte sie sich Notizen, um das Zimmer später beschreiben zu können. »Sehr groß und hell. Keine Morgensonne. Die Fenster gehen nach Norden, Süden und Westen hinaus.« In den Bodenbrettern fand sie kleine Dellen an der Stelle, wo die Harfe gestanden haben mußte. »Worüber haben die beiden gesprochen?« wisperte sie, trat ans Fenster und starrte in die schreckliche Tiefe hinab. »Aber sie verspürte keine Angst – sie ging zu *ihm.*« Plötzlich konnte sie sich vorstellen, was das Mädchen empfunden hatte – obwohl sie phantasielos war und Moragş Einbildungskraft für einen Fluch hielt.

Sie floh die Treppe hinab, hinaus in den Sonnenschein. Auf dem Küstenweg sah sie den Mönch – wie hieß er doch gleich? Bruder Michael. Sie rief seinen Namen, und er drehte sich verwundert um. Natürlich erkannte er sie nicht. Mit ausgestreckter Hand eilte sie zu ihm. »Vor langer Zeit sind wir uns begegnet, als ich die Schule im Gallenwick House besucht habe.«

»Die Schule?« Er starrte sie an und ignorierte ihre Hand. »Winifred? Nein, Sie können nicht Winifred sein.«

Sie lachte unbehaglich. War er verrückt geworden? »Ich bin Vallery McKinley. *1941* kam ich mit zwei Freundinnen hierher.«

Erleichtert atmete er auf. »Ach ja, ich erinnere mich. Es war ein schöner Nachmittag, so wie dieser, und ich verwehrte Ihnen den Zutritt zur Abbey. Wie unhöflich von mir… Verzeihen Sie, meine Augen werden immer schlechter.«

Sie sah den grauen Star über seinen Pupillen. Offenbar war er fast blind. »Tut mir leid. Leben Sie jetzt allein in der Abbey?«

»Nein, wir sind zu dritt, und wir sollen die Interessenten herumführen. Sie sind unsere erste Kundschaft, Miss.«

»Oh, ich habe das Haus schon inspiziert. Ich arbeite für meinen Vater, einen Auktionator in Cleveland bei Bristol, und ich hatte gehofft, ein paar Antiquitäten zu finden. Aber sie haben wahrscheinlich alles in Ihr – neues Kloster gebracht.«

Er nickte. »Nur das Haus steht zum Verkauf. Wie Sie vielleicht wissen, hatten wir's gemietet. Es gehört einer Familie, die woanders wohnt, und es dürfte sich niemand finden, der in diese Einöde ziehen will. Wahrscheinlich wird die Abbey allmählich verfallen.«

»Das will ich nicht hoffen. Wenn sich ein exzentrischer Einsiedler dafür begeistert ...«

»Oder jemand, der mit Winifred in Verbindung stand.«

»Winifred?«

»Die Schülerin aus dem Gallenwick House.« Verwirrt runzelte er die Stirn. »Sagten Sie nicht, Sie würden von dort kommen?«

»Ja.« Sie schluckte mühsam. Also war er tatsächlich verrückt.

»Dann müßten sie Winifred Wilkies Geschichte kennen. Ich glaube, die Schule wird jetzt von ihrer Schwester geleitet.«

»Nicht mehr – wir sind alle nach Bristol zurückgekehrt.« Über Vals blauen Augen lag ein Schatten. »Ich wußte nicht, daß es Dr. Wilkies Schwester war, die – die ...«

»... die aus Liebe in den Tod ging«, ergänzte Bruder Michael. »Ja, auch Winifreds Schwester Amelia war eine Klosterschülerin, und das schreckliche Ereignis erschütterte sie tief. Aber letzten Endes fand sie sich damit ab. In jenem Sommer kam sie zu uns, kurz nach Ihrem Besuch. Sie sagte, für Winifred sei es ein Privileg gewesen, so leidenschaftlich zu lieben.«

»Oh, mein Gott«, hauchte Val.

»Ja, der Allmächtige steht uns immer bei.«

Mühsam bekämpfte Val den Impuls, in Tränen auszubrechen, zu schreien oder sich einfach nur in den Sand zu werfen.

»Darf ich Ihnen eine Mahlzeit anbieten?« fragte Bruder Michael. »Wir bewohnen jetzt das Kellergeschoß. Heute gibt es eine Suppe mit Brot.«

»Nein, vielen Dank«, würgte sie hervor. »Jetzt muß ich

gehen. Bevor ich nach Haus fahre, will ich Mrs. Reid guten Tag sagen.«

»Hat mich gefreut, Sie wiederzusehen«, sagte der Mönch und reichte ihr die Hand. »Und wer weiß, vielleicht werden Sie eines Tages hier leben.«

»Wohl kaum. Ich glaube, ich werde keinen Mann so heiß und innig lieben ...« Welchen Sinn ergaben diese Worte? Hastig schüttelte sie die trockene, erdige Hand und rannte beinahe zur Abbey zurück, den steilen Klippenpfad hinauf. Atemlos und verschwitzt setzte sie sich neben ihrem Auto ins Gras, packte die Sandwiches aus und versuchte, ihre Tränen zu ignorieren. Aber dann gab sie's auf, schlug die Hände vors Gesicht und schluchzte unkontrolliert. »Was ist nur los mit mir?« fragte sie sich wütend. »So *will* ich niemanden lieben! Lieber bin ich wie Dr. Wilkie – fröhlich und zufrieden. Wer möchte denn von der Liebe in den Wahnsinn getrieben werden, so wie ihre arme Schwester? Reiß dich zusammen, Vallery McKinley, und iß deinen Lunch!« Schließlich versiegten die Tränen, und sie konzentrierte sich auf ihre Mahlzeit.

Am Nachmittag fuhr sie langsam in den Stallhof von Gallenwick und um die Pumpe herum. Niemand ließ sich blicken. Seufzend schaute sie zum Fenster ihres einstigen Zimmers hinauf und schüttelte den Kopf. Morag hatte recht – sie hätte nicht zurückkommen dürfen.

Auf der Rückfahrt durch die Ulmenallee entschied sie sich beinahe gegen den Besuch bei Mrs. Reid. Doch dann bog sie nach rechts. Seit vier Jahren betrieb die arme Frau ihre Farm allein. Es wäre herzlos, sie nicht zu begrüßen. In jenem traurigen Herbst war sie mit Jannie zu ihr gegangen, um ihr Beileid zu bekunden. Und später hatte sie den neuen Fünftkläßlerinnen gezeigt, wie man Kartoffeln pflanzte. Es war eine Zeit voller Wehmut gewesen. Aber Mrs. Reid hatte immer noch riesige Pasteten gebacken – und Granny den Hühnern die Hälse umgedreht.

Als Val aus dem Auto stieg und über das geschlossene Hoftor kletterte, watschelten ihr schnatternde Gänse entgegen. So wie bei jenem ersten Mal. Plötzlich fürchtete sie das Wiedersehen mit Mrs. Reid. Was mochten die Jahre ihr angetan haben? Lebte Granny noch? Zögernd ging sie um den Kuhstall herum. Und vor dem offenen Hintertor saß Granny Thomas und rupfte ein Huhn mit schlaffem Hals.

Von heißer Freude erfaßt, vergaß Val alle Bedenken und lief zu ihr. Unglaublich – Granny erkannte sie. »Wenn das nicht eine unserer ersten Feldarbeiterinnen vom Gallenwick ist…« Sie ließ sich umarmen, mitsamt dem Huhn und fliegenden Federn. »Natürlich, das Mädchen, das unseren Berry in die Schranken gewiesen hat! Und dein Kopf ist immer noch voller Locken.«

»Dachten Sie etwa, die Haare würden mir ausfallen?« fragte Val lachend und wischte die Federn von ihrer Bluse. »Oh, ich freue mich so, Sie wiederzusehen, Granny! Alles ist tot und leer – die Abbey und Gallenwick – und da sitzen Sie, so wie eh und je.«

»Na, bis ich unter der Erde liege, wird's noch eine Weile dauern«, erwiderte die alte Frau grinsend. Dann spähte sie über die Schulter, als ihre Tochter aus dem Haus kam und sich die Hände an der üblichen voluminösen Schürze abwischte. »Da ist der kleine Lockenkopf!« rief sie. »Stell dir vor, sie dachte, wir wären alle tot!«

»Oh, Mrs. Reid!« Val nahm die kleine Frau in die Arme. »Beinahe wäre ich nicht hergekommen, weil ich annahm – Sie – würden nicht mehr hier leben. Und jetzt ist alles genauso wie früher.« Lächelnd trat sie zurück und betrachtete das gebräunte Gesicht. »Sie sehen sogar noch jünger aus.«

»Hör auf mit dem Unsinn, geh rein und setz dich. Hast du die kleine Jannie mitgebracht? Oder dieses große Mädchen – Maureen, nicht wahr?«

»Morag. Nein, leider konnten mich die beiden nicht begleiten. Jetzt arbeiten wir alle drei. Aber ich habe mir einen Tag frei genommen.« Val folgte Mrs. Reid in die vertraute Küche und setzte sich an den großen Tisch. In Töpfen und Pfannen spiegelte sich Sonnenlicht.

Das gerupfte Huhn in der Hand, kam Granny herein. »Ohne die Schule hätten wir's nicht geschafft. Wann immer wir Hilfe brauchten, waren die Mädchen für uns da.« Sie ging in die Speisekammer und rief: »Aber die erste Brigade werden wir niemals vergessen – weil sie mit unserem Berry zusammengearbeitet hat.«

Krampfhaft schluckte Val und beobachtete, wie Mrs. Reid kochendes Wasser in die Teekanne aus braunem Emaille goß, mit einer starken Hand, die kein bißchen zitterte. »Was für ein schrecklicher Verlust – alle drei Jungs … Ich kann Ihnen gar nicht sagen, wie traurig wir waren. Kurz danach fiel mein Bruder in Afrika. Eine grauenhafte Zeit …«

»Aye.« Mitfühlend erwiderte Mrs. Reid ihren Blick. »In jenem Frühling hast du uns wieder bei der Kartoffelsaat geholfen. Wie eine verlorene Seele bist du mir vorgekommen. So fühlten wir uns alle – wie verlorene Seelen. Aber ein Jahr später erfuhren wir, daß unsere Jungs aus der Kriegsgefangenschaft in Singapur entlassen worden waren …«

»Was?« Vals Freudenschrei unterbrach Mrs. Reid. »Das wußten wir nicht. Also sind alle am Leben? Oh, mein Gott, wenn Mo und Jannie das hören!«

»Ja, sie leben alle«, bestätigte Mrs. Reid und stellte zwei gefüllte Teetassen auf den Tisch. Ausnahmsweise setzte sie sich. »Hugh und Dusty haben's ganz gut überstanden – sie sollen mit einem Schiff nach Hause fahren. Aber unserem Berry mußte im Kriegsgefangenenlager ein Bein amputiert werden, weil seine Wunde vorher auf einem Rettungsfloß zu eitern angefangen hatte. Deshalb flog er sofort nach England.«

»O Gott, der arme Berry ...« Bedrückt erinnerte sich Val, wie aktiv und vital er gewesen war.

»Jetzt ist er in Dorset, in einem Rehabilitationszentrum, und gewöhnt sich an seine Prothese. Er will uns nicht sehen. Noch nicht.«

»Das verstehe ich.« Val schaute sich in der Küche um und musterte die Stufen, die zum Salon und zur Veranda führten. »Wird er hier zurechtkommen?«

»Warum nicht? Das ist sein Zuhause. Und woanders als im Moor kann er gar nicht leben.«

»Ja, das stimmt.«

Am frühen Abend verließ Val die Farm. Plötzlich erinnerte sie sich an das künstlerische Talent, das Berry von seinem Vater geerbt hatte. Wollte er nicht Maler werden und in der Abbey arbeiten?

Als die Sonne im Meer versank, kam sie in Clevedon an. Ihre Mutter saß im Wohnzimmer, ein Glas Stout neben sich. »Ist es nicht wundervoll, keine Sirenen mehr zu hören? Nun, wie war's?«

Val schilderte ihren Besuch in der Abbey. Die Reid-Brüder erwähnte sie noch nicht. Zuerst wollte sie Morag davon erzählen, wenn sie ihre Pläne geschmiedet hatte.

*

»Unmöglich, Darling!« rief Eric McKinley entsetzt. »Du kannst doch dieses alte Gemäuer nicht für einen Kriegsverletzten kaufen, den du kaum kennst …«

»Aber das Musikzimmer, wo sich Doc Willies Schwester aus dem Fenster auf die Klippen gestürzt hat, wäre ein wundervolles Atelier. Habe ich schon erwähnt, daß er ein Maler ist?«

»Ja«, bestätigte Margaret lächelnd. »Und du hat uns auch erzählt, er würde dich irgendwie an Teddy erinnern. Möchtest du das Haus deshalb kaufen? Teddy zuliebe?«

Nachdenklich runzelte Val die Stirn. Bisher hatte sie die wahren Beweggründe für diesen verrückten Plan noch nicht erkannt. »Eigentlich kann man ihn nicht mit Teddy vergleichen. Mein Bruder war sanft und scheu, Berry übermütig – und kein bißchen scheu.« Wehmütig erinnerte sie sich, wie alle Mädchen für ihn geschwärmt hatten. Sogar die griechische Gruppe. Sogar die reservierte Morag. »Nein, er war anders als Teddy. Und doch …« Verwirrt schüttelte sie den Kopf. »Ich habe ihn so wie Teddy behandelt, und das gefiel ihm.«

»Für Teddy kannst du nichts mehr tun«, betonte Margaret. »Aber für diesen Jungen, in dem du einen anderen Bruder siehst. Er ist schwer verletzt. Und du versuchst, ihn zusammenzuflicken.«

»Vielleicht … Bitte, Daddy – wir schwimmen doch im Geld, wenn wir auch eher bescheiden leben. Und die Reids besitzen gar nichts, außer ihrem Land und ihrem Vieh. Jetzt kann Berry nicht mehr auf der Farm arbeiten. Und er würde so gern in der Abbey leben und malen.« Hilflos breitete sie die Arme aus. »Wir hätten genug Geld, um das Haus zu kaufen …«

»Darauf kommt es nicht an, Schätzchen«, erwiderte

Eric ernsthaft. »Wie stellst du dir das alles vor? Du würdest dich nur lächerlich machen. Willst du diesen Burschen besuchen, der eben erst aus einer Hölle im Fernen Osten zurückgekehrt ist, und erklären, du willst ihm ein Haus schenken?«

»Außerdem würde er eine Krankenschwester brauchen, Darling«, warf Margaret ein. »Versuch's doch zu verstehen – es ist unmöglich.«

Val holte tief Atem. »Also gut. Wahrscheinlich ist's eine dumme Idee, und ich werde vorerst nicht mehr drüber reden. Aber ich muß mich um ihn kümmern. Seine Brüder sind noch nicht daheim – sie fahren mit einem Schiff nach England. Und er weigert sich, seine Mutter zu sehen.«

»Wieso glaubst du, daß er *dich* sehen will?« Eric setzte sich und begann, seine Pfeife zu stopfen.

»Weil wir uns mochten. Wie Geschwister. Aber ohne tiefere Bindung.« Auch Val sank in einen Sessel. Sie wußte, daß sie diesen Kampf so gut wie gewonnen hatte. Zuversichtlich fügte sie hinzu: »Er wird mich sicher empfangen.«

»Frag doch Morag, ob sie mitfahren würde«, schlug Margaret vor.

»Lieber nicht. Wir haben sie Berrys wegen gehänselt. Aber ich glaube, sie mochte ihn nicht besonders. Und sie hätte auch gar keine Zeit, weil sie für ihre Prüfung lernen muß.«

»Also willst du allein nach Dorset fahren? Das gefällt mir gar nicht. Soviel ich weiß, gibt es keine direkte Zugverbindungen. Die Reise würde stundenlang dauern. Und du weißt nicht einmal, wo dieses Krankenhaus liegt.«

»Ich werde mich erkundigen«, versprach Eric widerstrebend. »Vermutlich ist es ein Navy-Hospital …«

»O Daddy!« Val sprang auf und kniete vor ihm nieder.

Bedächtig legte er seine Pfeife beiseite. »Je eher du diese verrückte Idee aus dem Kopf kriegst, desto besser. Und das wird am schnellsten passieren, wenn dir dieser junge Mann erklärt, was er von deinen philanthropischen Plänen hält.«

Nach fünf Stunden in diversen heißen, schmutzigen, ständig verspäteten Zügen traf sie in Weymouth ein und mußte ihren skeptischen Eltern recht geben. Er wollte sie nicht sehen. Plötzlich fühlte sie sich einsam und hilfsbedürftig, und sie wünschte, ihr Vater wäre hier und würde mit ihr in irgendein Dorf fahren, zu einem hübschen ländlichen Gasthaus.

Bevor sie ins Gallenwick House übersiedelt war, hatte sie immer alles bekommen, was ihr Herz begehrte, und nach der Schulzeit auch. Jetzt bemühte sie sich um einen anderen Menschen – aber es funktionierte nicht. Voller Zuversicht war sie aus dem Taxi gestiegen und hatte das viktorianische Gebäude betreten, in der Erwartung, lauter Rollstuhlfahrern zu begegnen, die ihr optimistisches Lächeln freundlich erwidern würden. Statt dessen wurde sie von einer entnervten, überlasteten jungen Schwester, die keine Zeit für ein Gespräch hatte, zum Büro der Oberschwester geführt.

»Wo sind denn die Patienten?« fragte Val.

»Drüben im Hauptgebäude«, erwiderte die Oberschwester. Als wären sie Tiere, die man von der Öffentlichkeit fernhalten mußte. Dieser Gedanke bestärkte Val in ihrem Entschluß, Berry aus der Klinik zu holen und für ihn zu sorgen. Plötzlich schmiedete sie neue Pläne. Ihr ganzes Leben würde sie ihm weihen. Ja, wenn es ein mußte, war sie dazu bereit. Das würde sie auch für Teddy tun, wenn er schwerverletzt nach Hause gekommen wäre.

Als die Schwester zurückkehrte und ihr entschuldigend mitteilte, der Vollmatrose Reid würde keinen Besuch empfangen, blinzelte Vallery entgeistert. »Aber – nun habe ich diese lange Fahrt auf mich genommen …« Sie haßte den schrillen Klang ihrer Stimme und räusperte sich. »Ist er zu krank für einen Besuch? Meinen Sie das?«

»Nicht im physischen Sinn«, betonte die Oberschwester. »Er lernt sein neues Bein zu gebrauchen, und er macht ausgezeichnete Fortschritte.«

»Und warum …?«

»Bis jetzt hat er sich geweigert, irgend jemanden zu empfangen. Nur seine Brüder will er sehen, die hoffentlich in einer Woche eintreffen werden. Mit ihnen kann er teilen, was er im Kriegsgefangenenlager erlebt hat – ohne Worte, ohne Erklärungen. Und dann wird er wieder zu leben anfangen. Sind Sie mit ihm verwandt, Miss?«

»Nein, ich bin nur eine Freundin …«, antwortete Val. Waren sie befreundet gewesen? Sie hatten einander kaum gekannt. O Gott, warum saß sie in diesem Büro?

Die Oberschwester zögerte. »Wenn sie heute nachmittag noch einmal hierherkommen, wird er im Garten sein, und sie könnten ihn durch ein Fenster beobachten. Wäre das ein kleiner Trost?«

Verlegen zuckte Val die Achseln. Sie hatte sich wie ein impulsives Kind benommen. Wie konnte sie hoffen, Berry Reid zu helfen, der unvorstellbare Dinge gesehen und erlitten hatte? »Ich weiß nicht … Plötzlich komme ich mir so – unnütz vor.«

»Das verstehe ich«, sagte die junge Schwester. »So fühle ich mich die ganze Zeit.«

Die Oberschwester stand auf. »Jetzt muß ich mich verabschieden. Falls Sie heute nachmittag noch einmal kommen wollen – setzen Sie sich einfach in mein Büro. Irgendwann werde ich nach Ihnen sehen.«

»Danke.« Langsam folgte Val dem weißen Korridor. Nun war sie froh, daß sie den Patienten nicht begegnet war und nicht gesehen hatte – was es zu sehen gab. Sie wäre unfähig gewesen, aufmunternd zu lächeln. Wie hatte sie sich auch nur eine Sekunde lang einbilden können, sie, Vallery McKinley, könnte diesen Männern neuen Lebensmut geben?

Trotzdem kehrte sie ins Hospital zurück, nachdem sie im Bay View Hotel fettigen Fisch gegessen hatte. Erstens ging ihr Zug erst am späteren Nachmittag, und zweitens wollte sie nicht heimfahren, ohne Berry wenigstens aus der Ferne beobachtet zu haben.

Sie betrat das Büro der Oberschwester und rückte einen Stuhl ans Fenster. Am metallisch grauen Himmel ballte sich ein Gewittersturm zusammen. Ein paar Schwestern schoben Patienten in Rollstühlen über den holprigen Rasen. Nur Berry bewegte die Räder selbst. Deshalb entdeckte sie ihn sofort. Weit nach vorn gebeugt, fuhr er den Schwestern davon, als wollte er ihnen entfliehen. Val konnte sein Gesicht nicht sehen. Aber er hatte immer noch dichtes schwarzes Haar und breite Schultern – ein kräftiger vierundzwanzigjähriger Mann, der nur zufällig in einem Rollstuhl saß.

Vor der Baumreihe am Ende des Rasens schwenkte er das Vehikel in die Richtung der Klinikgebäude herum und nahm zwei Krücken aus einer Halterung an der Rückenlehne. Dann bückte er sich, ließ die Handbremse einrasten und stand mühsam auf.

Unwillkürlich erhob sich auch Val und stieß einen leisen Schrei aus. Während er auf Krücken und zwei Beinen umherhinkte, ballte sie die Hände, als könnte sie ihm dadurch Kraft geben. In grimmiger Entschlossenheit humpelte er über den Rasen. Scheinbar beiläufig schlenderte eine der Krankenschwestern zu ihm – dieselbe, die Val am Vormittage ins Büro geführt hatte. Sie schaute zum Fenster herauf und winkte ihr. Unsicher erwiderte Val den Gruß.

Die Schwester blieb an Berrys Seite. Nach einer Weile sprach sie ihn an. Sichtlich ungehalten, antwortete er und wandte sich in die Richtung seines Rollstuhls. Aber sie hielt ihn zurück und zeigte auf das Fenster. Val zwang sich, stehenzubleiben, und spürte, wie ihr brennende Röte in die Wangen stieg.

Würde er sie durch die Glasscheibe erkennen? Nichts wies darauf hin. Er kehrte zu seinem Rollstuhl zurück und sank schwerfällig hinein. Mit einer heftigen Geste lehnte er die Hilfe der Schwester ab, befestigte die Krücken an der Rückenlehne und löste die Handbremse. Dann sagte er etwas, und die Schwester eilte davon.

Wenig später kam sie ins Büro. Als sie erklärte, er sei bereit, die Besucherin zu empfangen, wurde Val von kaltem Entsetzen erfaßt. Bestürzt starrte sie das freundliche Mädchen an, das etwa so alt war wie sie selbst.

»Kommen Sie, er wird sie schon nicht beißen. Und wenn er unhöflich ist, können Sie ihm zweifellos verzeihen.«

»Natürlich – tut mir leid …«, stammelte Val hilflos.

Aber er war nicht unhöflich. Grinsend streckte er seine Hand aus, und obwohl sein Gesicht die Spuren seiner jahrelangen Qual zeigte, erinnerte er sie an jenen fröhlichen Berry auf dem Kartoffelacker. »Ich wußte nicht, daß *du* mich sehen wolltest, Lockenköpfchen. Mein Gott, du hast dich kein bißchen verändert.«

»O Berry …« Nun durfte sie auf keinen Fall weinen. Aber in ihren Augen brannten Tränen. Beschämt senkte sie den Kopf.

»Hör sofort zu heulen auf!« befahl er und drückte ihre Hand. »Sonst gehe ich. Okay?«

Sie zwang sich zu einem Lächeln. »Auch du hast dich nicht verändert. Autoritär und arrogant wie eh und je.«

»Doch, ich habe mich verändert.« Seufzend blickte er auf seine zusammengepreßten Knie hinab. »Tu nicht so, als hättest du keine Ahnung, Val.«

»Tut mir leid … Ich kam hierher, den Kopf voll alberner Ideen …«

»Jedenfalls freue ich mich, dich zu sehen – ganz egal, ob du dumm bist oder nicht. Wenn Ma oder Granny auftauchen würden, könnte ich's nicht ertragen. Und als die Schwester einen Besuch aus Bristol erwähnte, hatte ich Angst, es wäre – jemand anderer.«

»Wer?« Nun fühlte sie sich etwas besser. Sie kauerte sich neben dem Rollstuhl ins Gras und hielt Berrys Hand fest.

»Nicht so wichtig. Erzähl mir, was mit euch dreien passiert ist seit – damals.«

»Eigentlich nichts Besonderes. Morag ist Krankenschwester, Jannie Sekretärin, und ich arbeite in Daddys Auktionshaus.«

»Klingt interessant.«

»Ja, aber es ist kein richtiger Beruf – nicht so wie Morags Job in der Klinik.«

Nach einer kurzen Pause ließ er ihre Hand los und fragte: »Wie geht's ihr?«

»Ganz gut. Sie redet nicht viel. Wußtest du, daß sie sich mit Teddy verlobt hat, bevor er in Afrika gefallen ist?«

»Nein. Tut mir leid.«

»Natürlich, du konntest es nicht wissen. Das geschah erst, nachdem deine Brüder und du – als vermißt gemeldet wurdet. Was für ein Jahr… Im Januar zogen wir ins Gallenwick, und im Dezember war unser Leben auf den Kopf gestellt. Morag ging früher von der Schule ab und begann ihre Ausbildung zur Krankenschwester, Hitler griff Rußland an, der Kriegseintritt Amerikas – alles im Jahr *1941*…«

»Ja«, flüsterte er und starrte wieder auf seine Knie hinab.

Sie folgte seinem Blick. »Berry«, sagte sie unvermittelt, »für dich muß es nicht das Ende bedeuten.«

»Jetzt redest du wie unsere Seelenklempner. Die haben uns Filme von Männern gezeigt, die ohne Beine tanzen und Tennis spielen. Nur den Schmerz erwähnen sie nicht.« Er lächelte spöttisch. »Offenbar gibt es ein ungeschriebenes Gesetz, das allen Leuten verbietet, das Wort 'Schmerz' auszusprechen. Statt dessen plaudern wir über unsere 'Unannehmlichkeiten'.«

»O Berry, es tut mir so leid…«

»Nicht nötig. Ich finde es tröstlicher, die Dinge beim Namen zu nennen. Wie ich mich entsinne, konntest du das immer sehr gut.«

»Aber ist es auch richtig? Da bin ich mir nicht so sicher. Teddy und ich sagten uns immer alles. Er erzählte mir von seiner Verlobung mit Morag. Und vor seiner Abreise gestand er, wie schrecklich er unter seinem Heimweh leiden würde…« Lautlos begann sie zu weinen und ließ den Kopf sinken, um ihre Tränen zu verbergen. »Diese Vertrautheit fehlt mir, und ich versuche immer noch, Morag in alles einzuweihen. Aber sie verschweigt mir ihre Gedanken und Gefühle.«

»Ja, sie ist sehr zurückhaltend.«

»Nun, da du's für besser hältst, die Dinge auszusprechen – ich kam hierher, um dir einen Vorschlag zu machen. Wenn du willst, kannst du mich auslachen. Dann hätte ich dich wenigstens aufgeheitert. Also, letzte Woche fuhr ich zur Farm und hörte, du wärst am Leben – und verwundet. Danach mußte ich unentwegt an dich denken und beschloß, dir zu helfen. Vielleicht hört sich das albern an, aber ich glaubte an eine zweite Chance, nachdem ich Teddy verloren hatte und du zurückgekehrt warst.« Jetzt versteckte sie ihre Tränen nicht mehr, und Berry strich über ihr Haar. Sein Schweigen mußte irgend etwas bedeuten. »Deshalb wollte ich für dich sorgen. Wie dumm von mir … Ich dachte, ich könnte dich einfach aus der Klinik holen und Daddy bitten, die Abbey zu kaufen. Dann würdest du in diesem schönen Zimmer im zweiten Stock malen, und ich würde dich betreuen – und …« Schluchzend preßte sie die Stirn auf ihre Knie.

Es dauerte sehr lange, bis er antwortete. »Danke, Val. Daran werde ich immer denken – daß du für mich sorgen wolltest.«

Durch einen Tränenschleier sah sie ihn an. »Verzeih mir, Berry, wenn's herablassend geklungen hat …«

»Keineswegs. Ich fühle mich geehrt. Unter diesen Umständen würden mir nur wenige hübsche Mädchen so ein Angebot unterbreiten, nicht wahr?« Sie lächelte mit zitternden Lippen, und er grinste. »Wie schrecklich du aussiehst! Du solltest keine Wimperntusche verwenden.

Deine Augen müssen nicht betont werden.« Hastig zog sie ein Taschentuch hervor und wischte ihr Gesicht ab. »Wechseln wir das Thema, Val. Erzähl mir von der Farm, von Ma und Granny. Sind die Gänse noch da? Und Morag – steht ihr die Schwesterntracht gut? Wie geht's der kleinen Jannie, die dauernd den Eindruck machte, sie würde kurz vor einem Nervenzusammenbruch stehen?«

Val ließ sich bereitwillig auf andere Gedanken bringen. »Jannie? Vor einem Nervenzusammenbruch? Ich dachte nie ... Jedenfalls geht's ihr ausgezeichnet. Sie arbeitet für einen Liebhaber ihrer Mutter – wahrscheinlich nur, um Eve Mears zu ärgern. Aber du könntest recht haben. Manchmal war sie ein bißchen durcheinander. Wieso hast du's gewußt?«

»Weil sie die Gluckeninstinkte meiner Ma weckte, und das ist immer ein schlechtes Zeichen.«

Val lachte, dann erzählte sie von der Farm und ihrem Besuch in der Abbey, von Bruder Michael und Dr. Wilkies Schwester.

»Mein Gott, was für ein Drama!« Berry seufzte. »Kein Wunder, daß eine seltsame Aura über diesem Haus liegt ...«

»Aber es ist so schön!« Vals Enthusiasmus erwachte zu neuem Leben. »Für dich wär's ideal. Da gibt es einen komischen antiquierten Lift, den man modernisieren könnte. Das Licht, das Meer ... Oh, tut mir leid, ich wollte nicht mehr drüber sprechen.«

»Schon gut. Ich erinnere mich an dieses besondere Licht ...« Nachdenklich schaute er sie an. »Und du sagst, die Abbey steht zum Verkauf.«

»Ja.« Sie holte tief Atem. »Ist meine Idee wirklich so idiotisch? Klar, es ist geschmacklos, über Geld zu reden.

Aber ich würde die Abbey so gern für dich kaufen und dich betreuen. Ich bin eine gute Köchin, und Morag würde mir beibringen, dich fachkundig zu pflegen …«

»Sei still, Val!« stieß er wütend hervor, und sie fürchtete, er würde in seinem Rollstuhl davonfahren und sie einfach im Gras sitzen lassen. Dann nahm sein Gesicht sanftere Züge an. »Schau nicht so entsetzt drein. Bald wirst du merken, welchem Schicksal du entronnen bist. Du wirst heiraten und Kinder kriegen und eine perfekte Mutter sein. Wenn ich dir erlaube, dich lächerlich zu machen …«

»Ich werde niemals heiraten, Berry!« protestierte sie vehement. »Das habe ich Mo auch schon gesagt. Aber sie nimmt mich nicht ernst. Ich bin nun mal anders … Als alle Mädchen in der Schule für Hugh und dich schwärmten, war ich die Außenseiterin. Daran hat sich nichts geändert. Wahrscheinlich war Teddy der einzige Mann in meinem Leben. Ich – ich bin frigide.«

Mit unergründlichen Augen starrte er sie an. »Auch ich werde niemals heiraten.«

Seine Worte überraschten sie nicht. Immerhin war er ein stolzer Mann, und er würde niemals eine Familie ernähren können. Sie fragte trotzdem: »Warum nicht?«

»Weil …« Er zögerte und starrte ins Leere. »Weil ich impotent bin, Val. Ein Krüppel, von Schmerzen geplagt.«

Plötzlich wußte sie, daß dies alles in den Sternen geschrieben stand. Sie interessierte sich nicht für Männer, aber sie brauchte einen Bruder. Und Berry, der nie mehr eine Frau lieben konnte, wäre bei einer Schwester gut aufgehoben. Entschlossen ergriff sie seine Hand, die vor Erschöpfung bebte. »Du bist müde. Reden wir morgen noch einmal darüber. Ich quartiere mich in einem Hotel ein …«

»Fahr nach Hause, Val. Such dir einen netten jungen Mann, dann wirst du vergessen, was …«

»Ich mag keine netten jungen Männer, nur die bärbeißigen.« Lächelnd stand sie auf. »Jetzt bringe ich dich ins Haus. Ich weiß, du willst mir zeigen, daß du deinen Rollstuhl ohne Hilfe fahren kannst. Das verschieben wir auf morgen.«

»Aus dir werde ich einfach nicht schlau, Val.«

»Nun, was siehst du?« Sie trat zurück und breitete die Arme aus.

»Ein sehr hübsches Mädchen mit wirren Locken, großen blauen Augen und einer wohlgeformten Figur.«

»Mehr mußt du gar nicht sehen«, erwiderte sie und begann den Rollstuhl über den Rasen zu schieben. Bevor die ersten Regentropfen vom grauen Himmel herabfielen, erreichten sie die Eingangshalle, und wenige Sekunden später krachten Donnerschläge.

»Was für ein Omen!« stöhnte Berry. Aber seine dunklen Augen strahlten.

8

Am nächsten Morgen frühstückte sie sehr zeitig. Bevor sie das Hotel um neun Uhr verließ, buchte sie das Zimmer für eine weitere Nacht. Das Gewitter hatte die kleine Stadt am Meer reingewaschen, und die Fenster funkelten in der Augustsonne. Zielstrebig wanderte Val durch die Geschäftsstraßen und kaufte einen kleinen Rosenstrauß. Dann inspizierte sie die Restaurants, zu deren Eingängen nur eine einzige Stufe führte, wählte ein Lokal mit Aussicht auf Portland Bill und ließ einen Zwei-Personen-Tisch für den Lunch reservieren. Schließlich ging sie zur Taxireihe vor dem Bahnhof und wandte sich an einen älteren Fahrer, der sie an Cyril erinnerte. Voller Stolz trug er eine Chauffeursuniform aus der Vorkriegszeit und lüftete seine Mütze. Er sah ziemlich kräftig aus, so daß er's sicher schaffen würde, einen Rollstuhl im Kofferraum zu verstauen.

Nachdem sie eingestiegen war, erklärte sie, was sie beabsichtigte. »Ich habe genug Geld.« Wie üblich nahm sie kein Blatt vor den Mund. »Und ich werde Sie im voraus bezahlen, weil dieser Mann ein bißchen empfindlich ist. Heute soll er einen Tag erleben, den er sich vielleicht vor seiner Kriegsverletzung gewünscht hatte. Für eine Frau ist es etwas schwierig, das alles zu arrangieren. Wollen Sie mir helfen?«

»Sehr gern, Madam. Ist der junge Mann im Navy-Hospital?«

»Im Rehabilitationszentrum«, erwiderte sie und nahm einen Notizblock aus ihrer Handtasche. »Ich habe die Adressen verschiedener Läden notiert, die ich mit meinem Freund aufsuchen möchte. Zuerst essen wir in diesem Restaurant – hier. Für halb zwei habe ich einen Tisch bestellt.« Sie riß den Zettel ab und gab ihn dem Chauffeur.

»Vielleicht besitzt der junge Mann Kleidungsgutscheine?«

»Oh, daran habe ich gar nicht gedacht. Ich werde die Oberschwester fragen.«

»Falls er Gutscheine hat – dürfte ich Ihnen vorschlagen, ein Hemd und ein Sportjackett zu kaufen? Noch vor dem Lunch?«

»Eine gute Idee! Mal sehen, was sich machen läßt.«

Um halb zwölf erreichten sie die Klinik Val ging zum Büro der Oberschwester. Verlegen preßte sie den Strauß an sich. War es schicklich, einem Mann Blumen zu bringen? Die dunkelroten Rosen dufteten viel zu schwül.

Im Büro traf sie niemanden an. Sie sank in den Besuchersessel und musterte ihre abgewetzten weißen Sandalen. Für alle Fälle hatte sie eine Reisetasche mit dem Nötigsten mitgenommen, aber keine Kleidung zum Wechseln. Nun fühlte sie sich in dem Rock und der Bluse, die sie am Vortag getragen hatte, etwas schäbig. Am Telefon hatte ihre Mutter besorgt gerufen: »O Darling, deine Unterwäsche!« Val hatte lachend erwidert, während sie ihre wichtige Mission erfülle, interessiere sie sich nicht für Unterwäsche. Jetzt war sie nicht mehr so sicher.

Eine Schwester trat ein und hob erstaunt die Brauen.

»Tut mir leid«, entschuldigte sich Val und stand auf. »Gestern wurde ich in diesen Raum geführt, und ich dachte …«

»Die Besuchszeit beginnt erst um zwei. Wenn Sie dann wiederkommen würden …«

»Nein, Sie verstehen nicht – ich möchte jemanden abholen und zum Lunch ausführen.«

Die Schwester lächelte nachsichtig und entblößte ein Pferdegebiß. »Leider ist keiner unserer Patienten imstande, auszugehen. Wer wieder bei Kräften ist, wird sofort entlassen, weil wir die Betten dringend brauchen.«

»Natürlich. Aber draußen wartet ein Taxi, und der Fahrer hat nichts gegen einen Rollstuhl einzuwenden.

»Sind Sie eine Verwandte, Miss …?«

»McKinley, aus Clevedon bei Bristol.« Aus unerfindlichen Gründen errötete Val. »Ich bin eine Kusine – zweiten Grades.«

»Leider dürfen nur die engsten Angehörigen zu unseren Patienten.«

Val nahm ihren ganzen Mut zusammen. »Genaugenommen bin ich mit dem jungen Mann verlobt. Und Berry Reid wird sich sicher freuen, mich zu sehen. Am besten gehe ich sofort zu ihm.« Ohne eine Antwort abzuwarten, rauschte sie an der Schwester vorbei und streifte die gestärkte weiße Schürze mit ihrem Blumenstrauß.

Zu ihrer Bestürzung saß Berry vor der Tür in seinem Rollstuhl. Offenbar hatte er das Gespräch mitangehört, und seine Miene verhieß nichts Gutes.

»Das wird nicht möglich sein, Miss McKinley«, verkündete die Schwester triumphierend.

So leicht gab sich Val nicht geschlagen. »Hallo, Darling!« rief sie und warf die Rosen in seinen Schoß. »Heute wirst du ausnahmsweise einmal tun, was *ich* sage.« Mit einem strahlenden Lächeln wandte sie sich zu der Schwester. »Wahrscheinlich sind Sie an seinen Starrsinn gewöhnt. Aber ich nehme das nicht hin. Wenn wir heiraten, muß er lernen, meine Wünsche zu erfüllen – wenigstens manchmal.« Entschlossen schob sie den Rollstuhl durch den Flur und redete in einem fort, damit weder Berry noch diese gräßliche Person zu Wort kamen. »Ich erklärte ihm, heute würden wie die Ringe kaufen«, sagte sie der Schwester, die an ihrer Seite blieb. »Da kann er sich nicht rauslavieren.« Erfolglos versuchte er, die Räder festzuhalten. »Weißt du nicht, daß es immer noch verboten ist, eine Braut sitzenzulassen … O Schwester, es tut mir so leid, Ihre Schürze ist voller Flecken – von Berrys Rosen …«

Während die Frau an sich hinabschaute, beschleunigte Val ihre Schritte und erreichte die Halle, wo der Taxifahrer wartete. Beflissen tippte er an seine Mütze, schob den Rollstuhl die Rampe hinab und öffnete schwungvoll die Autotür. Grimmig packte Berry seine Krücken und ließ sich nicht beim Einsteigen helfen. Aber sie merkte, wie sehr ihn das anstrengte, und sie streckte eine Hand aus, um ihn zu stützen. »Laß das!« fauchte er. Immerhin schien ihn ihr Kampf gegen die Krankenschwester zu amüsieren. »Arme alte Murchison!« seufzte er grinsend, als sie im Fond saßen. »Die wurde noch nie so ausgebootet. Und du hast auch noch behauptet, du seist mit mir verlobt! Um das zu verwinden, wird sie lange brauchen.«

»Daran muß sie sich gewöhnen«, entgegnete Val im Vollgefühl ihres Siegs. »Diese andere Schwester ...«

»Miss Darwent.«

»Sie war viel netter, und sie hätte sich sicher nicht so eifrig bemüht, mich aufzuhalten.«

»Doch, Val. Mein Trainingsprogramm ist ziemlich umfangreich, und nun gerate ich ins Hintertreffen.«

»O Gott ...«, flüsterte sie zerknirscht.

»Keine Bange, eine kleine Meuterei kann nicht schaden.«

»Aber ich habe dich gezwungen ...«

»Unsinn! Glaubst du, ich wäre mitgekommen, wenn ich's nicht wollte?«

»Du hast versucht, die Räder festzuhalten.«

»Nur damit du nicht den Eindruck gewinnst, ich wäre einer dieser Männer, die mit jeder Frau gehen.« Beide brachen in Gelächter aus. »O Val!« Er küßte ihre Wange. »So herzhaft habe ich schon jahrelang nicht mehr gelacht. Vielen Dank.«

»War mir ein Vergnügen.« Ernst fügte sie hinzu: »Aber du mußt mir's sagen, wenn's dir zuviel wird. Du darfst keinen Rückfall erleiden.«

»Abgemacht.«

Während sie die Wymouth-Bucht entlangfuhren, zeigte er ihr verschiedene Schiffe. Da sie keine Gelegenheit gefunden hatte, nach Kleidungs-Gutscheinen zu fragen, mochte sie ihm kein Hemd oder Jackett aufdrängen. Aber sie kaufte eine Krawatte, die sie um den Kragen seines Navy-Pullovers band.

Wie in diesen Zeiten üblich, fiel der Lunch eher karg aus. Das graue Brot war in hauchdünne Scheiben geschnitten, und die Leberpastete wurde mit Unmengen von grünem Salat serviert. Danach gab es anständige Fischfilets und einen guten Kabinettpudding*.

»Nicht schlecht«, meinte Berry und lehnte sich gesättigt zurück.

»Deine Mutter kocht besser. Darf ich über sie reden? Und über Granny?«

»Klar, schieß los.«

Offensichtlich hörte er gern zu, während sie berichtete, Mrs. Reid habe auch im zweiten Jahr ihre kulinarischen Köstlichkeiten in die Schule geschickt. »Und Granny brachte uns bei, Hasenfallen aufzustellen. Dann zeigte sie uns, wie man die Tiere häutet und ausnimmt. Aber darum hat sie sich vergeblich bemüht. Wäre Morag noch dagewesen …« Hastig fiel er ihr ins Wort. »Nicht einmal, um ihr Leben zu retten, könnte Morag einem Hasen das Fell abziehen.«

»Da irrst du dich, Berry. Sie würde es als notwendige Operation betrachten. Im OP ist sie kein einziges Mal in Ohnmacht gefallen, und ihr Vater war sehr stolz auf sie.«

* Mehlspeise aus Biscuitteig und Rosinen

Eine Zeitlang schob er schweigend den Pfefferstreuer um den Salzstreuer herum und schien nach Worten zu suchen. »Gestern hast du mir etwas über Morag und deinen Bruder erzählt.«

»Ja, sie waren heimlich verlobt. So kurz nach dem Tod ihrer Eltern wollte sie's nicht bekanntgeben. Sie brauchte erst mal Zeit für sich selbst. Deshalb kam sie ins Gallenwick zurück. Sie hatte Teddy gebeten, für Jannie und mich zu sorgen. Und das tat er.« In ihren Augen glänzten Tränen, die sie rasch wegwischte. »Er erzählte mir von der Verlobung. Darüber habe ich mich sehr gefreut.«

»Sicher wird sie einen anderen finden.«

»Eines Tages wird sie wahrscheinlich einen Arzt heiraten. Sie wünscht sich viele Kinder.«

»Hat sie das gesagt?«

Val nickte. »Niemals würde sie einem Kind die Einsamkeit zumuten, unter der sie selbst gelitten hat.«

Nach einer kleinen Pause fragte er: »Gibt's auf Gallenwick immer noch Nachtschwalben?«

»Als ich neulich hinfuhr, schwiegen sie. Es war noch zu früh.«

»Und wie klang das Gezwitscher?«

Aufmerksam hörte er zu, während sie die eigenartigen Laute beschrieb und erklärte, ihre Freundinnen und sie selbst hätten geglaubt, der Vogelgesang würde sie alle beschützen, so wie früher die Nonnen. »Am Abend vor dem Luftangriff, bei dem Morags Eltern starben, versäumten wir das Lied der Nachtschwalben. Wir waren zur Lyn Abbey gewandert – und danach viel zu müde. Und am nächsten Morgen …«

»Reiner Aberglaube!« unterbrach er sie. »Haben diese verdammten Vögel etwa die Nonnen beschützt? Nachdem sich das alberne Mädchen aus dem Fenster stürzte, wurde das Kloster geschlossen. Und Moraghs Verlust hat nichts mit den Nachtschwalben zu tun.«

»Das weiß ich. Und ich hoffe, Morrie hat's auch verstanden. Sie gehört zu den Menschen, die sich dauernd schuldig fühlen.«

»Ja.« Er starrte durch das Fenster auf das Standbild von George III., das die Promenade dominierte und seinen Blick zu erwidern schien. »Nun, wir alle sind füreinander verantwortlich. Bis zu einem gewissen Grad.« Er versank wieder in Schweigen. Verstohlen musterte Val sein markantes Profil, das sich vor dem Sonnenlicht abzeichnete.

»Hast du über meinen Vorschlag nachgedacht, Berry?«

»Du meinst – daß ich in der Abbey wohnen soll? Verdammt, Val, das ist unmöglich!«

»Nicht unmöglich – nur ein bißchen schwierig. Doch die Probleme lassen sich meistern.« Zögernd fügte sie hinzu: »Als ich Schwester Murchison erklärte, wir seien verlobt, war's nur eine halbe Lüge. Die ganze Nacht habe ich darüber nachgedacht. Wir könnten heiraten ...« Ohne ihn anzuschauen oder auf eine Antwort zu warten, sprach sie hastig weiter: »Dann wäre es ganz natürlich, daß wir ein passendes Haus suchen.« Jetzt wagte sie, ihn anzusehen, und bemerkte seine Verblüffung. Immerhin besser als Zorn oder eisige Ablehnung. »Verstehst du nicht, Berry? Du müßtest dir nichts von einer Frau schenken lassen, die Abbey wäre meine Mitgift, und niemand würde es unschicklich finden, wenn ich für dich sorge.«

Zunächst geschah gar nichts. Eine halbe Ewigkeit schien zu verstreichen. Plötzlich begann er zu lachen. Das war's also. Erbost packte sie ihre Handtasche. »Sei still!«

Mühsam bezähmte er seinen Lachkrampf. »Das war doch ein Witz, oder?«

»Nein!« Nun erkannte sie, daß sein Gelächter kein Heiterkeitsausbruch war. »Was haben wir beide schon zu verlieren, Berry? Ich will keine Kinder, ich mag keine Männer. Und du kannst keine Kinder zeugen.« Obwohl er zusammenzuckte, fuhr sie entschlossen fort: »Es wäre für uns beide ein ideales Arrangement. Einen anderen Sinn sehe ich nicht in meinem Leben.«

»Halt den Mund, Val! Offenbar weißt du nicht, wovon du redest. Du bist ein albernes, verwöhntes Kind. Bring mich ins Hospital zurück, und vergessen wir das alles.«

Unglücklich starrte sie ihn an. Als sich sein Gesicht verzerrte, ergriff sie seine Hand.

»Schon gut«, keuchte er, »das geht vorbei.« Schmerzhaft umklammerte er ihre Finger, und sie versuchte, ihm die Qualen mit reiner Willenskraft zu erleichtern. Nach langen Minuten lockerte sich sein Griff. »Tut mir leid – danke.«

»Passiert das oft? Nimmst du Medikamente?«

»Nein – das gilt für beide Fragen.« Er lächelte schwach. »Vermutlich hab ich's verdient, weil ich so ein widerlicher Flegel bin. Wollen wir einfach wieder da anfangen, wo wir vor ein paar Minuten aufgehört haben?«

»Einverstanden«, erwiderte sie erleichtert.

»Was hat du sonst noch mit mir vor?«

Sie verließen das Lokal, und sie brachte ihn in einen Friseursalon. Mit einem gepflegten Haarschnitt sah er wieder wie der alte Berry aus. Inzwischen hatte Val bei einem Juwelier in der Nähe eine Uhr gekauft, die sie ihm überreichte, als sie wieder im Taxi saßen.

»Das kann ich nicht annehmen!« protestierte er heftig. »Eine Omega!«

Val klopfte an die Glasscheibe, die sie vom Chauffeur trennte. »Fahren Sie uns noch ein bißchen herum. Vielleicht zum Schwanenteich. Und dann bringen Sie uns bitte ins Hospital.« Sie lehnte sich zurück, die verschmähte Uhr in der Hand.

»Bist du mir böse?« fragte Berry unbehaglich. »Hör mal, es war wundervoll, dir zuzuhören. Du hast mir einen Teil meines alten Lebens zurückgegeben. Aber du darfst dieses Spiel nicht übertreiben. Und es ist doch ein Spiel, nicht wahr? Du meinst es nicht ernst? Schau mich an, Val! Weinst du?«

»Nein«, erwiderte sie und wandte sich zu ihm, »ich blicke den Tatsachen ins Auge. Jetzt sind wir schon drei Stunden unterwegs, und du bist müde. Widersprich mir nicht, das sehe ich dir an.« Plötzlich lächelte sie. »Für morgen hatte ich ein aufregendes Abenteuer geplant. Ich wollte dich nach Gretna Green entführen und heiraten. Aber das lassen wir lieber bleiben.«

Während das Taxi am Abbotsbury-Teich hielt, starrte er sie unglücklich an. »Val, ich kann nicht heiraten – das habe ich dir bereits gesagt. Und es wäre dir gegenüber unfair …«

»Schau dir die beiden an!« unterbrach sie ihn. »Ein Pärchen, nicht wahr?« Zwei Schwäne verscheuchten andere Vögel vom Ufer, wo ein paar Kinder angstvoll zurückwichen. »Ist das nicht wunderbar? Sie beschützen die Kinder.«

»Wenn die Kinder weglaufen, gibt's keine Brotkrümel mehr«, bemerkte Berry trocken. »Nur darauf kommt's den Schwänen an.«

»Jedenfalls gehören die beiden zusammen, und sie verteidigen ihren Lebensraum.«

Sie beobachteten, wie die anderen Schwäne hastig ins Wasser watschelten.

»Willst du mir damit etwas sagen?« fragte Berry. Voller Sehnsucht beobachtete er die großen weißen Vögel.

»Das weiß ich nicht genau«, entgegnete sie lächelnd. »Von solchen Gleichnissen verstehe ich nicht viel. Aber ich finde es schrecklich im hellen Sonnenschein an düstere Dinge zu denken. Du hast mir erklärt, warum du nicht heiraten willst. Das interessiert mich nicht. Mir geht's um dein künstlerisches Talent. Du brauchst ein Atelier, und wenn Daddy die Abbey kauft ...«

»Was muß ich noch alles sagen, um dich zu überzeugen? Okay – die Lyn Abbey würde mich schon reizen. Aber ich kriege sie nur, wenn ich dich auch in Kauf nehme, nicht wahr?«

Dunkle Röte stieg ihr in die Wangen. Wütend klopfte sie an das Glas, und als es heruntergekurbelt wurde, sagte sie gebieterisch. »Bringen sie uns bitte zum Hospital.«

Bis der Wagen vor dem Eingang der Klinik hielt, schwiegen sie. Auf seine Krücken gestützt, stieg Berry aus, und der Chauffeur half ihm in den Rollstuhl. Sekundenlang schloß Berry die Augen. Dann schaute er in den Fond des Taxis. »Also gut. Ich nehme die Uhr.«

Automatisch hielt sie ihm die Omega hin. Als er den linken Ärmel seines Pullovers hochschob, sah sie, wie dünn sein Handgelenk war. Vorsichtig zog sie das elastische Metallband über seinen Knöchel und rückte es zurecht.

»Verstehst du's jetzt, Val? Es wäre die reine Hölle, mich zu betreuen.«

Während sie seinen Blick erwiderte, empfand sie eine sonderbare Zärtlichkeit – und dieses Gefühl war weit entfernt von jenem Mitleid, das er so sehr haßte. Ehe er's verhindern konnte, zog sie seine knochige Hand an die Lippen. »Verdammt!« flüsterte er und entriß ihr seine Finger.

»Kommst du zurecht?« fragte sie lächelnd. »Bis morgen.«

»Nein … Schwester Murchison läßt dich sicher nicht in meine Nähe.«

»Oh, mit der werde ich schon fertig. Laß mich sehen, wie du hineinfährst. Und ruh dich aus.«

Plötzlich lachte er. »*Touché*, Vallery McKinley.« Sie beobachtete, wie er den Rollstuhl die Rampe hinauflenkte, und der Chauffeur hielt ihm die Schwingtür auf.

*

Sie blieb eine Woche in Weymouth – die schwierigste Woche ihres Lebens, physisch ebenso wie emotional. Jeden Morgen mußte sie die richtige Mischung aus Taktgefühl und Kampfgeist finden, um Berry aus dem Hospital zu locken. Und jeden Abend schmerzten ihre Arme, die sie immer wieder krampfhaft an sich preßte, um ihm nicht zu helfen. Er mochte ihr »Geschwätz«, wie er es nannte. Wenn sie nach dem Dinner in ihrem Hotelzimmer saß, stellte sie eine Liste der Geschichten auf, die sie ihm erzählen wollte – ihre Camping-Ausflüge mit Daddy, das beschauliche Leben in Clevedon, ihre Begegnungen mit dem armen alten Titus Oates, der sie liebte und den sie nur um Daddys willen ertrug.

Am frühen Morgen, bevor sie Berry abholte, und am späten Nachmittag, nachdem sie ihn in die Klinik zurückgebracht hatte, erwarb sie Luxusartikel, die nicht rationiert waren. Schokolade aus Paris, amerikanische Zigaretten, Vitamintabletten. Das Zimmermädchen des Hotels vermittelte ihr die Bekanntschaft eines Cockneys, der auf dem schwarzen Markt Geschäfte machte. Diesem Mann kaufte sie Unterwäsche und eine modische ärmellose Bluse für sich selbst ab, außerdem ein paar weiße Krickethemden aus der Vorkriegszeit und Unterhemden, die nicht juckten. Berry behauptete, von den Navy-Unterhemden würde er Ekzeme kriegen.

Ihr Vater rief im Hotel an und sagte, die Mutter würde sich sorgen. »Wie lange bleibst du noch in Weymouth? Muß ich eine neue Sekretärin einstellen? Soviel ich mich entsinne, hast du nicht um einen Urlaub angesucht – und auch nicht gekündigt.«

»Bitte, liebster Daddy, sei nicht böse und hör mir zu! Es ist schwieriger, als ich dachte. Aber ich glaube, ich habe Berry einen – Vorschlag gemacht, den er letzten Endes akzeptieren wird. Laß nicht zu, daß jemand anderer die Abbey kauft, okay? Die spielt bei meinen – eh – Verhandlungen eine sehr große Rolle.«

»Also soll *ich* die Abbey kaufen, was? Leg deine Karten auf den Tisch, Mädchen.«

Unter normalen Umständen hätte sie über seinen mürrischen Ton gelacht. Aber sie blieb ernst. Jetzt ging es um ihre Zukunft. »Ja, Daddy, darum bitte ich dich. Warum und wozu – das kann ich dir am Telefon nicht erklären. Aber wenn du mich nur ein kleines bißchen lieb hast, verhinderst du, daß die Abbey von einem anderen Interessenten ersteigert wird. Du weißt ja, wie man so was macht. Sicher kriegst du das Haus zu einem Spottpreis. Bruder Michael sagte doch, niemand will es haben, und das alte

Gemäuer wird bald zerbröckeln. Wäre das nicht schrecklich?«

»Also gut, Val, du hast immer bekommen, was du wolltest, und wirst mich auch jetzt um den Finger wickeln.«

»Bin ich wirklich ein so verwöhntes Balg, Daddy? Das tue ich doch nicht für mich selbst…«

»Das weiß ich. Aber so ist es nun einmal – wenn du dir etwas in den Kopf gesetzt hast, erreichst du dein Ziel.«

»Hoffentlich! In diesem Fall bin ich mir nicht so sicher. Berry Reid war immer selbstbewußt und autoritär – und jetzt ist er ein Invalide.«

Nach einer kurzen Pause fragte Eric langsam: »Soll ich die Abbey nur kaufen, um sie an Berry Reid zu vermieten? Das wäre sinnlos. Mein liebes Mädchen, er braucht jemanden, der ihn betreut. Deshalb muß er nach Hause zurückkehren, zu seiner Mutter und seiner Großmutter.« In schärferem Tonfall fügte er hinzu: »Falls du dir einbildest, du könntest für diesen Mann sorgen…«

»Daddy – ich will ihn heiraten.« Am anderen Ende der Leitung herrschte eisiges Schweigen. »Mutter wird's sicher verstehen. Sprich mit ihr.« Tränen rannen über Vals kleine Stupsnase. »Sag ihr, das ist mein Schicksal – der Grund, warum ich geboren wurde. Berry Reid hat meinem Leben einen Sinn gegeben.«

»Bitte, mein liebes Mädchen«, flehte Eric mit schwacher Stimme, »du darfst nichts überstürzen. Komm nach Hause, und wir reden drüber. Jetzt läßt du dich von deinen Gefühlen hinreißen…«

»Keineswegs«, unterbrach sie ihn energisch. »Ich weiß sehr genau, was ich tue. Und so schwer es mir in dieser letzten Woche auch fiel, das alles zu verkraften – seit Teddys Tod war ich nicht mehr so glücklich.« Diesmal dauerte die Pause sehr lang. »Bist du noch da, Daddy?«

»Ja. Ich versuche zu verstehen, was du gerade gesagt hast – und warum du weinst.«

Zu ihrer eigenen Verblüffung schluchzte sie laut auf. »O Daddy, er erinnert mich an meinen Bruder. Obwohl er im Moor aufgewachsen ist und Teddy in Clevedon ...«

»Vorsicht, Val!« mahnte ihr Vater. »Nur um Teddys willen darfst du ihn nicht lieben. Das würde schiefgehen.«

»Natürlich.« Mühsam schluckte sie ihre Tränen hinunter. »Was ich empfinde, weiß ich nicht genau. Jedenfalls ist's kein Mitleid. Davor hat er Angst, und deshalb ist er manchmal so aggressiv. Aber – ich fühle eine gewisse Zärtlichkeit. Ein anderes Wort fällt mir nicht ein. Und diese Emotion füllt mich völlig aus. Ich wünsche mir nichts anderes, als bei ihm zu sein und für ihn zu sorgen. Verstehst du das?«

»O ja, sogar sehr gut. Mal sehen, was ich bezüglich der Abbey tun kann. Paß gut auf dich auf – und richte deinem jungen Mann herzliche Grüße von mir aus.«

»Danke, Daddy, vielen Dank.«

»Noch ist nichts geregelt, Val. Mach dir keine allzu großen Hoffnungen. Du solltest auch mit deiner Mutter reden. Oder mit Morag.«

»Mit Morag? Über Berry?« Nachdenklich kaute sie an ihrer Unterlippe. »Ich glaube, sie wäre schockiert. Da sie mit Leib und Seele Krankenschwester ist – und zweifellos sehr tüchtig, könnte sie befürchten, Berry würde nur das Zweitbeste bekommen.«

»Mag sein«, seufzte Eric McKinley. »Also behalten wir's erst mal für uns, okay?«

»Danke, Daddy«, wiederholte sie und legte ganz behutsam den Hörer auf die Gabel.

9

Unbehaglich schaute sie sich in Moragss schlichtem, spärlich eingerichtetem Apartment um, während ihre Freundin »was Bequemeres« anzog, und wünschte, sie hätte schon vor ein paar Wochen einige Andeutungen gemacht. Sie warf einen Shilling in den Gaszähler und entzündete ein Feuer.

»Wie eine Mönchszelle«, murmelte sie und betrachtete die kahlen Wände. Vor einiger Zeit hatte sie Morag vorgeschlagen, Bilder aufzuhängen.

Da hatte Morag erwidert, sie würde alle Bilder, die ihr etwas bedeuteten, in ihrem Gedächtnis bewahren.

Val trat ans Fenster und blickte über die zerstörte Stadt hinweg. In der Nähe wurde bereits ein neues Kaufhaus gebaut. Seit dem Kriegsende in Japan waren nur fünf Wochen verstrichen, aber alle Leute strebten eifrig einer neuen Ära entgegen. So wie sie selbst ihre Hochzeit herbeisehnte, so engagiert bemühten sich die Sozialisten um ein besseres Gesundheitswesen für die ganze Bevölkerung. In Nürnberg standen die Kriegsverbrecher vor Gericht, der alte Völkerbund wurde vergrößert und in die neuen Vereinten Nationen umgewandelt. Tränen stiegen in Vals Augen, und sie fühlte sich mit einer grandiosen, idealistischen Bewegung verbunden. Widerstrebend wandte sie sich vom Fenster ab. Das sterile Zimmer schien alles zu verleugnen, was da draußen geschah.

»Hast du Zeit für eine Tasse Tee?« Morag zündete den Gasherd in ihrer winzigen Küchenecke an und stellte den Wasserkessel auf die Flammen. »Übrigens, du siehst fabelhaft aus. Du strahlst übers ganze Gesicht.«

»Mit gutem Grund. Ich muß dir so viel erzählen. Aber machen wir's uns erst mal gemütlich.« Val nahm Kissen vom Bett und stopfte sie in zwei hölzerne Lehnstühle. »Oder versuchen wir's.« Dann legte sie ein Päckchen auf den Tisch. »Kuchen. Von Mummy gebacken. Dafür hat sie genug Zeit, seit sie eine Haushaltshilfe beschäftigt.«

»Wunderbar!« Morag schenkte den Tee ein und holte Kuchenteller. Irgendwie wirkte ihr Lächeln gekünstelt. Auf natürliche Weise konnte sie keine Begeisterung mehr zeigen. »Also, schieß los«, bat sie, nachdem sie sich gesetzt hatten. »Aber nur, wenn du dich nicht über den armen Titus lustig machen willst! Das wäre unerträglich.«

»Nein, nein, nichts dergleichen …« Plötzlich flatterten Vals Nerven. »Erzähl zuerst, was *du* erlebt hast.«

»Das übliche. Ich habe mein Examen bestanden. Und ich glaube, ich werde bald zur OP-Schwester befördert.«

»Schon nach vier Jahren? Dann mußt du verdammt gut sein.«

»Val! Du hast früher nie geflucht.«

»Inzwischen hab ich's gelernt. Damit kann man innere Spannungen abbauen.« Val schob den letzten Bissen ihres Kuchens in den Mund, wischte sich die Finger an ihrem Taschentuch ab und beschloß, den großen Augenblick nicht länger hinauszuzögern. Als sie ihre linke Hand ausstreckte, funkelte ein Diamant im Septembersonnenschein.

Morag stieß den leisen Schrei aus, der von ihr erwartet wurde. »Oh, du bist verlobt! Obwohl du behauptet hast, du würdest dich nicht für Männer interessieren …«

»Da wußte ich noch nicht, daß dieser besondere Mann am Leben ist.« Val ergriff Moragss rauhe Hand mit den kurzgeschnittenen Nägeln. »O Morrie, du errätst es nie – in tausend Jahren nicht! Es ist Berry Reid!« Sobald sie den Namen ausgesprochen hatte, füllten sich ihre Augen mit Tränen. »Stell dir vor, alle Reid-Jungs haben den Krieg überlebt! Berry verlor ein Bein. Deshalb wurde er nach England geflogen. Die anderen werden demnächst auf einem Schiff ankommen. O Mo! Wenn Berry und ich verheiratet sind, werden wir in der Lyn Abbey wohnen. Ich kann dir gar nicht sagen, wie glücklich ich bin …« Unbewegt lag Morags Hand in ihrer, und Val wich dem Blick der glanzlosen dunklen Augen aus. »Ich weiß, was jetzt in dir vorgeht, Mo. Für mich war's auch ein Schock, als Mrs. Reid ganz beiläufig erwähnte, ihre Söhne würden noch leben. Zuvor hatte ich die Abbey besichtigt, weil sie versteigert werden sollte, und ich wollte die Möbel für Daddy katalogisieren. Außer dem Refektoriumstisch und den Stühlen gab's nicht viel. Aber Bruder Michael war noch da. Jetzt ist er fast blind. Er erzählte mir, das Mädchen, das aus Liebe in den Tod gesprungen ist, sei Doc Willies Schwester gewesen. Unglaublich, nicht wahr? Dann fuhr ich zum Gallenwick und schaute zu unserem Fenster hinauf, und danach besuchte ich die Farm …«

Endlich erwachte Morag aus ihrer Erstarrung und strich mit ihrer freien Hand über Vals Locken. »Was für ein Wunder.«

Vor lauter Dankbarkeit für diese Reaktion begann Val laut zu schluchzen. »Tut mir leid. Vor Berry darf ich nicht weinen. Sonst glaubt er, ich würde ihn bemitleiden.« Jetzt schaute sie Morag an und sah das geliebte Gesicht hinter einem Tränenschleier verschwimmen, während sie ihre

Erlebnisse im Hospital schilderte. »Manchmal ist Berry sehr schwierig – vor allem, wenn er Schmerzen hat. Ich kaufe ihm dauernd irgendwelche Sachen, und er sagt, ich würde ihn ›aushalten‹. Darüber müssen wir oft lachen.«

»Ja, er hat schon immer gern Witze gemacht.«

»Letzte Woche hat Daddy die Abbey gekauft. Ganz billig. Weit unter dem Rufpreis.«

»Wirst du Berry das Haus schenken?«

»Das gehört zu unserer Abmachung. Wenn er in der Lyn Abbey wohnen will, muß er mich heiraten.«

»Meinst du das ernst?«

»Mehr oder weniger. Jedenfalls haben wir uns darauf geeinigt.« Val wünschte, sie könnte ihrer Freundin von Berrys Impotenz erzählen. Als Krankenschwester würde Morag Verständnis dafür aufbringen. Aber er hatte sie zum Stillschweigen verpflichtet. »Weißt du, Mo, er soll den Eindruck gewinnen, ich würde alles tun, um ihn zu heiraten. Im Augenblick befindet sich sein Selbstwertgefühl auf einem absoluten Tiefpunkt, und er muß glauben, daß er für jemanden wichtig ist.«

»Bedeutet er dir wirklich so viel?« fragte Morag langsam.

»O ja.«

»Dann ist alles in Ordnung.« Morags Lächeln löste einen neuen Tränenstrom aus, und Val warf sich über den kleinen Tisch hinweg in ihre Arme.

*

Berry protestierte energisch gegen eine große Hochzeit. »Nur deine Eltern, Ma und Granny – Abbey hin, Abbey her.«

»Was heißt das?« fragte Val, um Zeit zu gewinnen. »Abbey hin, Abbey her?«

Seine Miene verdüsterte sich. Seit einer Woche wohnte er wieder auf der Farm, und Val wußte, wie sehr er darunter litt, daß er sich nicht nützlich machen konnte. »Ständig erpreßt du mich mit diesem Haus. Wenn wir nicht in aller Stille heiraten können, verzichte ich auf die verdammte Abbey.«

Krampfhaft schluckte sie. Nachdem er aus dem Rehabilitationszentrum entlassen worden war, hatte sie ihn nur selten gesehen. Daheim gab es viel zu tun, und sie hatte drei Tage mit ihrem Vater in der Abbey verbracht, um die Einrichtung zu besprechen. Inzwischen war ihr Glaube an die schicksalhafte Fügung ins Wanken geraten. Harte Arbeit und hohe Kosten kamen auf sie zu. Anfangs hatte sie angenommen, Berry würde mit seinen Gemälden sofort Geld verdienen. Diese Illusion hatte ihr der Vater schonend und vorsichtig geraubt. »In der Nachkriegszeit wird's lange dauern, bis sich der Kunstmarkt wiederbelebt. Und vorerst kann Berry in diesem kalten, feuchten Haus nicht arbeiten. Das würde seinem Beinstumpf schaden. Tut mit leid, Darling.«

»Schon gut, Daddy.« Sie sah den Regen an den Fenstern des Musikzimmers herabrinnen. »Vielleicht können wir hier drin wohnen – und im Nebenraum eine Küche einrichten.«

»Eine gute Idee.« Eric McKinley biß sich auf die Lippe. Wenn er den Entschluß seiner Tochter auch akzeptierte – er haßte die Probleme, die sie sich aufhalste. »Vergiß nicht, du wirst mit Berry zusammensein. Dafür lohnt sich alle Mühe.« Er sprach aus Erfahrung. Und Val hatte geschwiegen.

Nun musterte sie Berrys schmerzverzerrtes Gesicht. Von den Jahren im Kriegsgefangenenlager hatte er noch immer nichts erzählt. Manchmal wollte sie die Fäuste heben und den Himmel anklagen, der diese Qualen zugelassen hatte. »Wenn's mit der Abbey nicht klappt«, sagte sie leise, »haben wir immer noch einander.«

Er warf ihr einen scharfen Blick zu. »Gibt's irgendwelche Zweifel?«

»Nein. Aber da du eine klammheimliche Hochzeit vorziehst und keinen Wert auf die Abbey legst, frage ich mich, ob du's vielleicht bereust, daß du dich von mir zu dieser Heirat hast überreden lassen.«

»Niemand kann mich zu irgendwas überreden, das mir widerstrebt. Das habe ich oft genug betont.« Plötzlich nahmen seine Augen einen sanfteren Ausdruck an. »Du hast mir das Leben gerettet, Val.«

Ein lächerliches Glücksgefühl erfüllte ihr Herz. »Unsinn.«

»O nein. Und ich kann dir gar nichts geben. Keine Familie ... Du bist eine junge schöne Frau, die unter zahlreichen Bewerbern wählen könnte. Trotzdem willst du ausgerechnet mich heiraten.«

»Weil du mein Investment für die Zukunft bist. Eines Tages wirst du ein berühmter Künstler sein, und ich weiß, welche Geschäfte sich lohnen.«

Lachend zog er sie auf seinen Schoß. Sein Atem stockte, als ihr Gewicht auf seinem Beinstumpf landete. Aber er hielt sie fest und küßte sie.

»Berry!« protestierte sie, löste ihre Lippen von seinen und rang nach Luft. Ein neuer Kuß verschloß ihr den Mund. Allmählich entspannte sie sich. Sie haßte es, wenn Titus Oates sie so intensiv küßte. Einmal hatte sie ihn geohrfeigt. Natürlich durfte sie Berry nicht schlagen. Und das wollte sie auch gar nicht.

Nach einer Weile beendete er den Kuß, und sie richtete sich leicht benommen auf. Seine Hand glitt über ihre kleinen, von Seide verhüllten Brüste. »Wie schön du bist, Val…«, flüsterte er heiser, und sie starrte völlig entnervt in seine dunklen Augen. »Irgendwie werden wir's schon schaffen, nicht wahr?«

»Ja, ganz sicher«, würgte sie hervor.

»Würdest du jetzt aufstehen?« bat er. »Mein Beinstumpf bringt mich um.«

Sofort erhob sie sich und kniete neben ihm nieder. Die Lider zusammengekniffen, umklammerte er die Armstützen seines Sessels. »O Berry, warum hast du mich nicht weggestoßen? Tut mir so leid…«

»Das ist schon okay, Baby, ich muß mich dran gewöhnen.«

Wie er das meinte, wußte sie nicht. Aber sie bewunderte seine innere Kraft. Dieser Held war jedes Opfer wert, das sie für ihn brachte. »Selbst wenn niemand zu unserer Hochzeit kommt – mir ist's egal. Wenn wir nur heiraten…«

»Selbstverständlich heiraten wir. Versuch bloß nicht, dich davor zu drücken. Sonst verklage ich dich.« Nun sah sie wieder sein normales Grinsen. »Wie gesagt, nur deine Eltern, Ma und Granny. Danach ziehen wir sofort in die Abbey und bleiben für immer dort.«

»Vielleicht Morrie und Jannie – und deine Brüder…«

»Mein Gott, Val, haben wir uns nicht soeben geeinigt?« unterbrach er sie ärgerlich. »Stellst du dich so dumm, oder bist du's wirklich?«

Warum sie gekränkt war, konnte sie sich nicht erklären. Er beleidigte sie nicht zum erstenmal. Bisher hatte sie's klaglos hingenommen. »Aber dann werden Hugh und Durston wieder daheim sein. Was werden sie denken? Und Morrie und Jannie sind meine besten Freundinnen …«

»Muß ich dich noch einmal küssen, um dir klarzumachen, daß ich bei dieser Farce nicht noch mehr Zeugen sehen will?«

Langsam stand sie auf. »Du – du Schwein!« fauchte sie und rannte aus dem Zimmer.

*

Kurz vor Weihnachten heirateten sie in der kleinsten Kapelle des Exmoors. In diesem winzigen Raum hätten weder Berrys Brüder noch Vals Freundinnen Platz gefunden, und sie bereute nicht, daß sie seinen Wunsch erfüllte. Das Miniatur-Gotteshaus und die vier Hochzeitsgäste erschienen ihr so rührend, daß sie wieder einmal weinen mußte.

Kerzengerade, ohne sich auf seinen Stock zu stützen, stand Berry neben seiner Mutter vor dem Altar und erwartete die Braut. Der Priester, ein Riese von einem Mann, betreute vier große Gemeinden im Moor. Unter seiner Soutane lugten Fahrradklammern hervor. Auch das bewegte Vals Herz, und sie schenkte ihm ein strahlendes Lächeln.

Margaret McKinley weigerte sich zu weinen. In ihrem apfelgrünen Seidenkleid aus der Vorkriegszeit und einem alten, aber eleganten Chinchillamantel wirkte sie zerbrechlich, fast ätherisch. Ihre dünnen Fußknöchel kaschierte sie mit Stiefeln, die viel zu schmalen Handgelenke mit langen Handschuhen. Plötzlich wußte Eric, daß sie nicht mehr lange bei ihm bleiben würde. Unter dem Pelzmantel legte er einen Arm um ihre Taille, und sie flüsterte ihm zu: »In unseren Enkelkindern werden wir weiterleben, Liebster.« Wehmütig nickte er ihr zu.

In dem schwarzen Mantel, den Peggy Reid für die Beerdigung ihres Ehemanns gekauft hatte, sah sie erstaunlich chic aus. Berry war mit Val nach Barnstaple gefahren, um seiner Mutter einen scharlachroten Hut mit passendem Seidenschal und Handschuhen zu kaufen. Nun stand sie neben ihm, stets bereit, ihm notfalls zu helfen. Jannie war ihr Liebling gewesen. Doch sie wußte, daß Vallery McKinley viel besser zu Berry paßte.

Grannys Pelzmantel war so alt, daß man nicht mehr feststellen konnte, welche Tiere ihr Leben dafür gelassen hatten. Und Berry trug einen gutsitzenden Anzug. Unter der Bügelfalte war die Prothese nicht zu erkennen. Vals Kostüm mit dem langen Rock in der Farbe blühenden Heidekrauts, ließ ihre Augen violett schimmern. Wie ein Vogelnest saß eine passende Pillbox auf ihren Locken. Sie umklammerte Christrosen, die sie nach der Zeremonie sofort ihrem Vater überreichte, um Berry zu stützen. Diesmal schob er sie nicht beiseite, lächelte sie an, und ihr Herz schmolz dahin.

Nach der Trauung dankte sie dem Priester. »Sie kommen doch zum Tee in die Abbey?« Als er die Einladung ablehnte, seufzte sie dankbar, denn sie fürchtete, Berry würde die Anwesenheit des Priesters für eine Mißachtung seiner Wünsche halten. Vor der Kirche stiegen sie in zwei Autos. Val fuhr mit Berry und Granny Thomas in Hughs altem Morris, der nach fünf Jahren im Schuppen immer noch ausgezeichnet funktionierte. Die drei anderen benutzten Eric McKinleys Wagen. Wie sie inzwischen herausgefunden hatten, konnte man den steilen Klippenweg mit den vielen Haarnadelkurven tatsächlich mit einem Auto bewältigen.

Obwohl Berry bei jeder Biegung stöhnend die Augen

schloß, parkten sie eine knappe Stunde nach der Hochzeit vor der Veranda ihrer Abbey.

»Was habe ich gesagt?« rief Val triumphierend. »Die Zivilisation bleibt in unserer Reichweite!«

»Und wie ist's, wenn man nach oben fährt?« fragte Berry und kletterte aus dem Morris.

»Genauso schrecklich«, erwiderte Val lachend und wollte seinen Arm ergreifen. Aber diesmal schüttelte er den Kopf. So ließ sie ihn allein die Tür öffnen und in die Halle vorausgehen.

Mit Peggy Reids Hilfe hatte sie im alten Musikzimmer ein schlichtes Buffet aufgebaut. Kurz vor der Hochzeit hatten Margaret und Eric den riesigen Refektoriumstisch weihnachtlich geschmückt. In der Mitte stand ein großer Weihnachtsbaum.

Entzückt musterte Val die Glöckchen und Glaskugeln, die sie seit ihrer Kindheit kannte. »O Mummy – Daddy! Wie schön! Wann habt ihr das gemacht?«

»Nachdem wir dich zur Farm gebracht hatten, wo du dich umziehen mußtest.« Lächelnd wandte sich Margaret zu Berry. »So schlimm ist's gar nicht, den Klippenweg hinaufzufahren. Gestern brachten wir die Sachen hierher und versteckten sie in der Anrichtekammer. Also haben wir den Trip schon dreimal geschafft. Man gewöhnt sich dran.«

»Danke für alles, Margaret«, erwiderte er, legte einen Arm um ihre schmalen Schultern und küßte ihre Wange.

Wohlgefällig schaute er sich im Musikzimmer um und trat ans Fenster, um das stürmische Meer zu betrachten. Val hatte auf dem Trödelmarkt in Barnstaple einen alten Spieltisch gekauft, der ihm später als Arbeitstisch dienen sollte. Drumherum standen verschiedene Stühle. Über das

Bett in der Ecke hatte sie einen großen indischen Schal gebreitet, auf den Bodenbrettern lagen ein paar Teppiche. Eine ruhige, friedliche, sogar tröstliche Atmosphäre erfüllte den Raum. Als Eric Feuer im Kamin machte, eilte Val zu ihm und flüsterte: »Ich hab's doch richtig gemacht. Nicht wahr, Daddy?«

»O ja, mein Liebes«, stimmte er lächelnd zu, und Margaret umarmte ihre Tochter.

»Das wußte ich von Anfang an.«

*

Um halb fünf, kurz vor Einbruch der Dunkelheit, verließen die Hochzeitsgäste das Haus. Val kniete in der Küche auf der Fensterbank und beobachtete, wie die Rücklichter im Zickzack zum Klippenrand hinaufglitten. Entschlossen bekämpfte sie ein Gefühl der Einsamkeit. Jetzt war sie am Ziel ihrer Wünsche, ihr wahres Leben würde beginnen.

Als sie ins Musikzimmer zurückkehrte, sah sie entsetzt, wie Berry sich aus einem offenen Fenster beugte. »Darling!« rief sie und packte einen Zipfel seines aufgeknöpften Hemds, das beinahe von seinen Schultern glitt. »Um Himmels willen, was machst du? Warum hast du dein Jackett ausgezogen? Du wirst dir eine Lungenentzündung holen.« Langsam drehte er sich zu ihr um. Sie erwartete, Gelächter zu hören oder eine ärgerlich gerunzelte Stirn zu sehen.

Doch er wirkte ruhig und gelassen. Lächelnd zog er sie an sich. »Schau doch – diese wunderbare Nacht ... Die Welt entfernt sich von der Sonne und verschmilzt mit der Finsternis. Und morgen wird sie dem Tag entgegenfiebern. Deshalb wurde das Haus an dieser Stelle gebaut – damit es eins wird mit der Erde und dem Meer und dem Himmel. Spürst du's?«

Sie schwieg und bemühte sich, ihre Angst zu bezähmen, seine höhere Ebene zu erreichen. Draußen war es bitterkalt. Kristallklar funkelten die ersten Sterne am Firmament.

»Von alldem sind wir ein Teil«, fuhr er leise fort. »Das mußt du dir stets vor Augen führen. Im Kriegsgefangenenlager habe ich's manchmal versucht. Ich ging zum Stacheldraht, beobachtete die Soldaten und tat mein Bestes, um mich wie ein Teil des Universums zu fühlen. Hier ist's viel leichter.«

Val schloß die Augen. Zum erstenmal hatte er das Lager erwähnt.

Nun schien er mit sich selbst zu sprechen. »Von allein passiert's nicht. Man muß dran arbeiten – Wurzeln schlagen ... Leider hat uns die Zivilisation verdorben, unsere Wahrnehmung ist verkümmert. Als wir noch im Meer lebten, gehörten wir dem Wasser an. Und hier wird's genauso sein.«

»Dem Wasser?« wisperte sie.

Lächelnd küßte er ihre Nasenspitze. »Tut mir leid, Darling, ich habe nur laut gedacht.«

»O Berry!« stöhnte sie.

»Was ist denn los?«

»Es ist dasselbe Fenster, wo dieses arme Mädchen – Winifred ...«

»Ja, ich weiß. Verstehst du's jetzt? Ebenso wie ihr Liebster wurde sie ein Teil von alldem.«

»Bitte, Berry, sprich nicht vom Tod!«

Während er ihre Bluse aufknöpfte, küßte er sie wieder. Wie Eis streifte die Luft ihre Schultern und ihre Brüste. Er zog sie an sich, und sie fühlte die Hitze seines Körpers. »Nicht, Berry – das ist nicht gut für dich – du sagtest doch …« Zwischen seinen leidenschaftlichen Küssen kam sie kaum zu Wort.

»Nun mußt du mir helfen, Val«, erklärte er heiser.

Zunächst wußte sie nicht, was er von ihr verlangte. Aber er zeigte es ihr, und sie war nicht schockiert. Was immer er wünschte, wollte sie ihm geben. Mit den plötzlichen Emotionen, die er entfachte, hatte sie nicht gerechnet – und niemals von einer solchen Ekstase geträumt. Sie hatte geglaubt, sie wäre frigid, würde ihr Leben lang jungfräulich bleiben und sich damit begnügen und ihre Erfüllung in der Rolle einer hingebungsvollen Krankenschwester und Beschützerin finden. Jetzt lösten sich alle ihre Theorien und Ideale in Nichts auf. Immer wieder stützte sie Berrys Körper, ohne an seinen Schmerz oder seine Erschöpfung zu denken.

Als er endlich einschlief, hielt sie seinen Kopf umfangen, starrte ins Dunkel und lächelte wie eine Närrin.

Im grauen Dezemberlicht erwachte sie und begegnete Berrys Blick. Zärtlich wanderten seine Finger über ihr Gesicht. »Ich werde dich malen. Nicht heute. Erst muß ich herausfinden, was sich hinter diesen babyblauen Augen verbirgt.«

Freudestrahlend erwiderte sie sein Lächeln. »O Berry Reid! Obwohl du mir erzählt hast, du seist impotent, hast du die erste Gelegenheit genutzt, um mich zu verführen!«

»Hast du geglaubt, wir würden wirklich wie Bruder und Schwester zusammenleben?« fragte er grinsend.

»Nein, im Ernst – du sagtest doch …«

»Darling, ich dachte, du würdest Bescheid wissen. Es ist nur …« Jetzt wich er ihrem Blick aus. »Ich kann keine Kinder zeugen.«

Mit beiden Händen umfaßte sie sein Gesicht und

zwang ihn, sie anzuschauen. »Das ist mir egal. Und du darfst dir deshalb auch keine Sorgen machen.« Voller Hingabe küßte sie ihn. »Ich liebe dich«, flüsterte sie und staunte über ihre eigenen Worte. »Oh, wie sehr ich dich liebe!«

»Wundert dich das? Warum hättest du mich denn sonst geheiratet?«

Ihre Beweggründe konnte sie nicht erklären. Und so wiederholte sie nur: »Ich liebe dich. Und ich bin so glücklich…«

10

1951

Morag nahm an einem Seminar in der Birmingham University teil. Automatisch machte sie sich Notizen, sie war mit ihren Gedanken ganz woanders. Ihr Tutor war nicht viel älter als sie, ein ehemaliger Royal Airforce-Offizier. Früher hatte er im Auftrag der Regierung an geheimen wissenschaftlichen Projekten gearbeitet und sich dann auf Psychologie spezialisiert. Sein unvergeßlicher Name lautete Matthew Arnold.

Obwohl sie sich bei diesem Kurs zum erstenmal begegnet waren, hatte er sie letzte Woche gebeten, seine Frau zu werden, und beide in Verlegenheit gebracht. Seither mischte sie sich nicht mehr in die Seminar-Diskussionen ein, und ihr Schweigen fiel den anderen Kursteilnehmern auf.

Matthew kam zum Ende seines Vortrags. »Wenn wir auch jeden Fall individuell behandeln, dürfen wir unsere

Patienten zwei Kategorien zuordnen. Die einen können nicht über ihre Erfahrungen sprechen und sind völlig isoliert, die anderen reden unentwegt und wirken geradezu besessen.«

»Bei der nächsten Sitzung sollten wir uns mit der ersten Kategorie befassen, Matthew«, schlug ein älterer Arzt vor, der im Zweiten Weltkrieg gedient hatte. »Ich glaube, die Besessenheit gleicht der Kriegsneurose. In der ersten Kategorie ist sie nicht so offensichtlich, aber meinen Forschungsergebnissen zufolge durchaus vorhanden.«

»Ist Berry besessen?« notierte Morag. »Von seiner Malerei – ja. Und ansonsten?«

Matthew nickte strahlend, und sie stellte verblüfft fest, wie gut er aussah. An wen erinnerte er sie? O Gott, an Teddy McKinley.

Während alle ihre Bücher zusammenpackten, bat Jessica White, eine Hebamme: »Würdest du mir deine chirurgischen Notizen leihen, Morag? Gestern abend mußte ich mich um meine Jüngsten kümmern und hatte keine Zeit dafür.«

Morag nahm ein paar Papiere aus ihrer Tasche. Wie die meisten Medizinstudentinnen war Jessica eine Ehefrau und Mutter. Sie wohnte in Selly Oak und konnte vom Bourneville Campus zu ihrer kleinen Doppelhaushälfte radeln, die alle Luftangriffe unbeschadet überstanden hatte. Nun wollte sie Ärztin werden, und ihr Stipendium entsprach dem Gehalt, das sie als Hebamme verdienen würde. Die Regierung gestand dem Klinikpersonal, das Kriegsdienst geleistet hatte und akademische Würden anstrebte, eine großzügige finanzielle Unterstützung zu. Darum hatte sich Morag, von Tante Harriet gedrängt, nur halbherzig beworben, und sie fand es unfair, daß sie den Studienplatz so mühelos bekommen hatte.

»Allzu weit ist Birmingham nicht von deinem Zuhause entfernt.« Harriet hatte sich flüchtig im Apartment ihrer Nichte umgesehen, das zweifellos kein Heim darstellte, sondern nur eine Unterkunft. »Natürlich verstehe ich, daß du nicht bei mir wohnen willst«, fügte sie hinzu und hob eine Hand, um Moragis pflichtschuldigen Protest abzuwehren. »Ich bin über sechzig und in meinen Gewohnheiten festgefahren, genauso wie du mit deinen siebenundzwanzig Jahren. Also würde es nicht klappen.«

Morag lächelte voller Zuneigung. Mit der Zeit hatte sie ihre Tante liebgewonnen. Sie respektierten einander, zogen aber emotionale Grenzen, die sie niemals überschritten. »Mir geht's nicht nur um mein Zuhause und meinen Job in Bristol. Ich verbringe meine Freizeit immer bei den McKinleys in Clevedon.«

»Wie ich höre, erledigst du den Haushalt und kümmerst dich um Margaret McKinley. Ihr Mann hat mir erzählt, du seist ein Lichtblick in seinem und ihrem Leben.«

»Davon weiß ich nichts.« Morag starrte durch das Fenster zur Park Street hinüber, wo neue Häuser standen. Ohne Erkerfenster. »Sie vermissen Val. Vielleicht fülle ich diese Lücke.«

»Mag sein. Trotzdem solltest du dich um einen Studienplatz in Birmingham bemühen, weil man stets versuchen muß, voranzukommen.«

Morag hätte erwähnen können, sie sei die jüngste OP-Schwester im Bristol Royal. Aber das hatte sie sich verkniffen.

Im Flur vor dem Seminarraum ging sie Matthew geflissentlich aus dem Weg. Hastig verabschiedete sie sich von Jessica, bevor sie zur Bourneville Station rannte, um ihren Zug zu erreichen. Ein stürmischer Märztag zwang sie, ihren Regenmantel unter den Knien festzuhalten, Staub wehte ihr in die Augen. Atemlos stieg sie in einen fast vollbesetzten Waggon, zwängte sich neben einen Mann, der die *Birmingham Post* las, und dachte voller Sehnsucht an ihr Apartment in Bristol, nahe der Klinik. Zum Glück war dies ihr letztes Studienjahr, und die Doktorarbeit war zur Hälfte fertig. Mitte Juni mußte sie abgegeben werden. Danach konnte Morag einen ganzen Monat bei Margaret und Eric bleiben und überlegen, was sie tun würde.

Ruckartig hielt der Zug in Selly Oak, dann in King's Norton und schließlich in Longbridge. Dort befand sich eine Autofabrik, so daß fast alle Fahrgäste ausstiegen. Um sechs begann die Abendschicht. Morag ging zu ihrem kleinen Reihenhaus und tastete in ihrer Manteltasche nach dem Schlüssel. In diesem kleinen Bungalow wohnte sie nur zur Untermiete. Der Hauptmieter hielt sich aus beruflichen Gründen für längere Zeit in Nigeria auf. Da er sein Heim nicht verlieren wollte, hatte er Morag als Himmelsgeschenk betrachtet. Sie pflegte sogar den winzigen Garten, und sie genoß die dörfliche Atmosphäre der Siedlung, die Buchen, den schmalen Bach. Hinter den Häusern erhoben sich die Lickey Hills.

Sie sperrte die Tür auf und wollte sie gerade hinter sich schließen, als sie ein Geräusch im Werkzeugschuppen hörte. Wenige Sekunden später stürmte Val heraus. »Gott sei Dank – ich dachte schon, du würdest niemals kommen!« rief sie und warf sich in Morags Arme. »Wie schön, dich wiederzusehen... Ich ließ das Auto beim Redley Lodge stehen und fuhr mit der Bahn hierher...« Hilflos begann sie zu weinen und klammerte sich an ihre Freundin, die zwischen der Tür und dem Pfosten stand, den bebenden Rücken tätschelte und wartete. Es dauerte nicht lange, bis Val sich einigermaßen faßte. »Tut mir leid. Ich dachte, dein Seminar wäre um halb vier beendet. Kurz vor drei kam ich hier an, und seit vier habe ich befürchtet, du würdest den Abend woanders verbringen …«

»Gehen wir erst mal rein und trinken Tee. Hast du eine Reisetasche bei dir?«

»Im Schuppen. Aber ich muß es dir sofort erzählen. Gestern ist Mummy gestorben, und plötzlich ist die Welt eiskalt … O Mo, wie hast du das damals ertragen! Sag's mir! Hilf mir!«

Mittlerweile hatten sie das Wohnzimmer erreicht. Morag stöhnte gequält. Dann sanken sie aufs Sofa und hielten sich in den Armen.

Mit trockenen Augen starrte Morag über die Schulter ihrer weinenden Freundin in das kleine Zimmer, das nicht ihr gehörte. Sie hatte ihre Eltern vor zehn Jahren verloren. Und sie war immer noch heimatlos, ohne Wurzeln. »Jetzt mußt du stark sein, Val, und deinem Vater beistehen. O Gott, er wird sie so schmerzlich vermissen.« Aus ihren Worten sprach die Erkenntnis, die sie im Lauf der Jahre während ihrer Ferien im Redley Lodge gewonnen hatte.

»Ja, ich weiß, Mo. Und das ist am schlimmsten. Was wird er tun?«

»Er wird weiterleben«, erwiderte Morag und seufzte resignierend. »Tag für Tag.«

»O Morrie, wie hast du's geschafft?« Val richtete sich auf und schaute in die dunklen Augen, die ihren so nahe waren.«

»Inzwischen fällt's mir leichter, Val. So wie dein Vater habe ich einen Job, der mir Freude macht. Und die Bilder in meiner Erinnerung.«

»Daddy hat gesagt, ich soll dich zu uns holen.«

»Erwartet er uns noch heute abend?« Morag zog ein Taschentuch hervor und betupfte Vals Wangen. »Haben wir noch Zeit für eine Tasse Tee?«

»Ja, natürlich.« Val erschauerte. »Wie kalt es hier ist… Ich war noch nie in Birmingham. Aber ich hörte die Leute sagen, in dieser Stadt sei es eiskalt.«

Morag kniete nieder und entzündete das Gasfeuer. Dann setzte sie das Teewasser auf. »Weil du zwei Stunden im Schuppen gewartet hast…« Sie betrachtete das bleiche Gesicht, die zerzausten Locken, die Tränenspuren. »O Val, es tut mir so leid. Was soll ich sagen? Auch ich habe sie geliebt. Sie ist sanft – und gütig…« Weil die Worte so unzulänglich klangen, erstarb Morags Stimme. Hilflos breitete sie die Arme aus.

»O ja.« Val kauerte sich vor das Feuer. »Und es gefällt mir, daß du im Präsens sprichst. Mummy ist immer noch bei uns, nicht wahr?«

»Natürlich.« Morag hockte sich neben ihre Freundin, und beide hielten die Hände vor die Gasflammen. »Einmal sagte Doc Willie, alle lieben Verstorbenen werden ein Teil von uns. Und sie müßte es wissen.«

»Arme Winifred – ich denke oft an sie.« Val schaute durch das Fenster auf die Bäume, die sich in einem plötzlichen Windstoß beugten. »Gibt es hier irgendwo eine Telefonzelle, Mo? Soll ich Daddy anrufen und ihm sagen, wir kommen erst morgen? Kann ich heute nacht bei dir schlafen? Es gibt so viel zu besprechen.«

»Ja. Trinken wir erst mal Tee und essen was. Dann

gehen wir zur Telefonzelle.« Liebevoll griff Morag nach Vals Hand. »Vergiß nicht – wir sind zusammen.«

Beim Dinner erzählte sie von ihrem Studium, Jessica White, dem Arzt, der im Zweiten Weltkrieg gedient hatte, sogar von Matthew Arnold. Erst viel später, als sie schon im Bett lagen, wurde ihr bewußt, daß sie Berry kein einziges Mal erwähnt hatten. Soviel sie wußte, verließ er die Abbey fast nie. Und er arbeitete wie ein Besessener. Vor einiger Zeit hatte er seine ersten Bilder verkauft. Wenn sie ihrer Freundin im Redley Lodge begegnet war, hatte Val nie von ihrem häuslichen Leben gesprochen.

Morag würde ihn beim Begräbnis wiedersehen. Mit diesem Gedanken befaßte sie sich erst am Abend vor dem traurigen Tag. Sie stand mit Val in der Küche des Redley Lodge, und die Freundin erklärte: »Wegen seiner Arbeit wollte er bis zum letzten Moment in der Abbey bleiben. Das ist alles, woran er denkt – seine Malerei. Nun ja, fast alles …« Grimmig schnitt sie einen Brotlaib in Scheiben. »Dusty und Hugh holen ihn ab und bringen ihn hierher.«

»Seltsam – ich kenne Dusty noch immer nicht. Und Hugh habe ich nur einmal gesehen. Oder zweimal?«

»Dusty ist ein zwielichtiger Bursche. Das hat Peggy zumindest behauptet. Offenbar verfolgt er verschiedene geschäftliche Interessen in London. Aber niemand weiß genau, was er macht. Und Hugh ist so wundervoll. Er betreibt jetzt die Farm. Manchmal besucht er uns in der Abbey, und die beiden Brüder unterhalten sich. Das heitert Berry auf, wenn er deprimiert ist.«

»Kommt das oft vor?«

»Nein. Er hat doch alles, was er will. Und noch viel mehr.«

»Noch mehr?« Erstaunt hob Morag die Brauen.

»Nun ja, er braucht sehr viel Zuwendung – und Aufmerksamkeit. Berry muß geliebt werden. Von allen.«

Vor MoragAugen geistigem Augen tauchte plötzlich eine Vision auf – Berry, der die Mädchen bei der Heuernte herumkommandierte und mit ihnen flirtete – und die schluchzende Caroline Prosser in der Ecke des Pferdewagens ... »Alles in Ordnung, Val? Mit Berry und dir?«

»Danach hast du noch nie gefragt«, sagte Val lächelnd und belegte die Brotscheiben mit Schinken. »Wie langweilig muß ich in meinem übermäßigen Glück gewesen sein! Diese Art von Glück ist nicht von Dauer. Aber wir kennen uns sehr gut – und wir sind okay.«

*

Die Kirche war »gerammelt voll«, wie Val sich später ausdrückte. Vor einigen Jahren hatte Margaret sich aus dem Gesellschaftsleben der Stadt zurückgezogen. Aber sie wurde immer noch vermißt. Wehmütig wandte sich die Sekretärin des Tennisclubs an Val. »Ihr beide habt euch immer köstlich amüsiert – ganz egal, ob ihr eure Damendoppel gewonnen oder verloren habt.

»Ja, mit Mummy hat alles Spaß gemacht«, erwiderte Val leise. »Muschelsuchen, wilde Blumen pflücken – sogar Unkraut jäten ...«

»Val, ich glaube, der Pfarrer will mit dir reden«, fiel Morag ihr ins Wort und führte sie zu einer anderen der kleinen Gruppen, die sich im Wohnzimmer und in der Eingangshalle verteilt hatten. Seit dem Begräbnis wich sie nur selten von der Seite ihrer Freundin und versuchte, sie vor übertriebenem Mitleid zu schützen. Eric stand in einer Ecke, mit leerem Blick, schüttelte Hände und lächelte mechanisch. Während Morag an seine Seite trat und überlegte, wie sie ihm helfen sollte, kam ein hochgewachsener, unverwechselbarer Mann auf sie zu, und sie lächelte erfreut. »Hugh Reid!« rief sie und reichte ihm ihre Hand. »Sicher werden Sie sich nicht an mich erinnern. Ich bin mit Val befreundet.«

Inzwischen war sein Haar fast grau geworden. Eine lange Narbe zog sich vom linken Augenwinkel bis zum Kinn. Aber er sah immer noch wie Leslie Howard aus.

»Morag Heyward.« Sein Lächeln führte sie aufs Heufeld zurück – Sonnenschein – Sommer … »Natürlich erinnere ich mich. Wir müßten miteinander reden. Aber jetzt sollte Eric mir vielleicht das Nailsea-Glas zeigen.« Als jemand näher kam, trat er ein wenig zur Seite, um Eric abzuschirmen. »Bei deinem letzten Besuch auf der Farm sagtest du, dieses Glas hättest du eben erst in Gloucestershire erworben.« Morag sah die beiden davongehen.

In den letzten Jahren hatten die McKinleys immer sehr freundlich von Hugh Reid gesprochen. Mit ihm waren sie viel besser zurechtgekommen als mit ihrem talentierten Schwiegersohn. Offenbar hatte Hugh sich kein bißchen verändert. Genauso einfühlsam wie in jenem Sommer, dachte Morag. Nun führte er Eric ins Speisezimmer, um ihm ein paar Minuten Ruhe zu verschaffen.

»Hallo, Morrie.«

Zögernd wandte sie sich zu Berry. In der Kirche hatte sie seinen dunklen Kopf gesehen, und nach dem Trauergottesdienst war er der langen Prozession zum Grab nicht gefolgt. Sie hatte gehofft, eine Begegnung vermeiden zu können. Offenbar war die Zeit spurlos an ihm vorübergegangen. Seine schwarzen Locken glänzten dicht und üppig wie eh und je. Aber er wirkte etwas kleiner. Natürlich, wegen seines Aluminiumbeins, dachte Morag. Er benutzte keinen Stock. Lässig legte er eine Hand auf den Treppenpfosten und trat noch etwas näher zu ihr, so als wäre das Wiedersehen eine Konfrontation.

»Hallo, Berry. Wie geht's dir?«

»Das weißt du sicher.« Er grinste schief. »Und du? Wie ich höre, willst du deinem Vater nacheifern und in unserer neuen tapferen Welt als Ärztin fungieren.«

Sie erinnerte sich noch gut an seine bissige Ironie. »Vielleicht... Aber du wirst ganz sicher zu Ruhm und Ehren gelangen. Val hat mir erzählt, du würdest unentwegt arbeiten.«

»Was soll ich denn sonst tun? Um zu malen, braucht man keine zwei Beine.«

Darauf ging sie nicht ein. Sie erinnerte sich an Matthews Vortrag. War Berry von seiner Kunst besessen – oder einfach nur ein Mann, der seine Arbeit liebte? »Also hat sich dein Jugendtraum erfüllt – du lebst in der Abbey, und du malst.«

»Und deshalb müßte ich glücklich sein?«

»Ah, das ist etwas anderes.« Sie schenkte ihm ein Lächeln. Dann kehrte sie ihm den Rücken und wollte zu einer anderen Gruppe gehen.

Blitzschnell packte er ihren Arm. »Lauf bloß nicht weg. Nur weil ich dir nicht folgen ...«

»Bitte, Berry ...«

»Und spiel nicht die kühle, gelassene Schwester Morag! Wir beide wissen, was Glück ist. Die Taufe des Wassers, der Furcht, der Liebe. Eins mit dem Wasser zu werden – und miteinander ...«

»Halt den Mund, Berry!«

»O ja, wir beide wissen, wie man das Glück findet – und daß wir es jetzt nicht besitzen.«

»Um Himmels willen, sei still! Wenn dich jemand hört…«

»Oh, zeigen sich ein paar Risse in Schwester Morags Panzer? Versteckt sich dahinter immer noch die alte Mo?« Er zog sie zu sich heran. »Weißt du noch, wie ich den Panzer damals zerbrochen habe? Denkst du manchmal daran?«

»Nein. Nie.«

»Das glaube ich dir nicht. Val sagt, du hättest ein Haus neben einem Bach gemietet. Wann immer du das Wasser siehst – erinnerst du dich…«

»Alles in Ordnung, Berry, alter Junge? Warum klammerst du dich wie ein Ertrinkender an Morag?«

Erleichtert wandte sie sich zum ältesten der drei Reid-Brüder. Vor dem Begräbnis war er ihr vorgestellt worden, und nun freute sie sich, ihn wiederzusehen. »Hallo, Durston. Gerade wollte ich ein paar Sandwiches holen…«

»Für mich nicht. Ich würde gern mit Berry ins Pub an der Ecke gehen, auf einen schnellen Drink. Einverstanden, alter Junge?«

»Eine gute Idee«, erwiderte Berry. Endlich ließ er Morag los. »Lassen wir die Frauen allein heulen und jammern.«

Morag war schockiert. Dann erkannte sie, daß er genau das beabsichtigt hatte. »Ja, Durston, es wird ihm guttun, wenn er für eine Weile hier rauskommt – und sich in männlicher Gesellschaft entspannen kann.«

»Oh, das wäre ganz was Neues!« meinte Durston belustigt. »Wie Sie zweifellos gehört haben, mögen Berry und ich das schöne Geschlecht sehr gern.« Er nahm den Arm seines Bruders und führte ihn zum Ausgang. Während Morag den beiden nachstarrte, versuchte sie ihre Enttäuschung zu überwinden. Sie war entschlossen gewesen, Berry als psychologischen Fall zu betrachten. Das hatte er vereitelt, Erinnerungen an jenen fernen Sommer in Kriegszeiten geweckt – und neue Gefühle rigoros zerstört. Natürlich mit Durstons Hilfe.

»Weißt du, wer soeben angekommen ist?« Vals Stimme riß sie aus ihren Gedanken. In ihren blauen Augen funkelte heller Zorn. »Jannie! Heute morgen erfuhr sie von Mummys Tod, und Marius brachte sie sofort hierher.«

»Marius?«

»Ihr Boß oder Freund, oder was auch immer! Als sie aus dem Auto stiegen, verließen Berry und Durston gerade das Haus. Ich machte sie miteinander bekannt, und dann gingen sie ins Pub. Alle vier! Kannst du dir das vorstellen?«

Beinahe wäre Morag in Gelächter ausgebrochen, von einem übermächtigen Gefühl der Freiheit erfaßt. In all den Jahren hatte sie an Berry Reid gedacht, auf eine ganz bestimmte Weise. Jetzt nicht mehr...» Beruhige dich. Bald ist Sperrstunde, dann kommen sie zurück. Um zwei Uhr, nicht wahr? In absehbarer Zeit werden sich die Besucher verabschieden, und dann setzen wir uns ans Kaminfeuer, trinken Tee und rösten Toastbrot. So wie früher. Das wird deinem Vater gefallen.«

Kraftlos lehnte sich Val an ihre Freundin. »Falls ich's später vergesse, Mo – ohne dich würde ich's nicht schaffen. Wir werden doch immer Freundinnen bleiben?«

»Immer«, beteuerte Morag.

*

Es war erstaunlich, Jannie in der Gesellschaft von drei Männern zu beobachten, die um ihre Gunst wetteiferten.

Wie eine bleiche Blume war sie erblüht. Seidiges Haar, ihr wichtigster Pluspunkt, umrahmte das schmale, kleine Gesicht, das seltsam zuversichtlich wirkte. An Marius Knie gelehnt, saß sie auf dem Teppich und schaute träge ins Kaminfeuer. Obwohl sie nur wenig zur Konversation beitrug, schien sie irgendwie im Mittelpunkt der Aufmerksamkeit zu stehen. Marius, zwanzig Jahre älter als Jannie, schwatzte scheinbar unbefangen mit Morag und Val. Aber als Durston sein Notizbuch hervorzog und sich Jannies Londoner Adresse notierte, ergriff Marius eine blonde Strähne und drapierte sie über seinem Knie. Mit dieser Geste bekundete er unmißverständlich, daß Jannie nur ihm und sonst niemandem gehörte.

Als Eric mit Hugh aus dem Speisezimmer zurückkehrte, sprachen sie immer noch über seine Gläsersammlung. Grinsend wandte sich Hugh zu Jannie. »Ah, der Wassergeist!«

Ihr Blick fiel auf das graue Haar und die Narbe. Für ein paar Sekunden änderte sich ihre selbstzufriedene Miene. Aber dann lächelte sie und zog ihn auf den Teppich hinab. »Setzen Sie sich, erzählen Sie mir von der Farm und Ihrer Mutter. Ich habe Mrs. Reid sehr geliebt.«

»Ja, Sie waren ihr ganz besonderer Liebling, Jannie.« Statt sich zu setzen, hockte er nur auf seinen Fersen. »Immer wieder sagte sie, dieses kleine Mädchen müßte man aufpäppeln.« Er berührte ihre Hand. »Unterhalten wir uns ein andermal. Ich muß was mit Eric besprechen. Und Sie haben genug Gesellschaft.«

Wie unkritisch er ist, dachte Morag und schenkte den Tee ein. Er nimmt die Menschen einfach so, wie sie sind … Lächelnd wandte sie sich zu ihm. »Trinken Sie erst einmal eine Tasse, Hugh. Und Eric würde sicher gern ein paar Toastscheiben rösten.«

Die Röstgabeln in den Händen, saßen sie zu beiden Seiten des Kamins. Eric nippte an seinem Tee, hielt Vals Hand und dachte bedrückt an ähnliche Szenen. Früher war Margaret dabeigewesen.

*

In diesem Frühling und Sommer arbeitete Morag härter denn je. Dabei erkannte sie den therapeutischen Wert der Arbeit, auf den ihr Vater sie sooft hingewiesen hatte. Sie verkraftete Margarets Verlust und konnte Briefe an Eric schreiben. Manchmal telefonierte sie sogar mit ihm und versicherte, im Juli würde sie nach Clevedon kommen.

Im Rückblick fand sie Jannies Verhalten amüsant. Val hatte ihr später gestanden, sie sorge sich um die Freundin. Dieser Marius war während des Kriegs Mrs. Mears Freund gewesen. Wahrscheinlich kam sie seinetwegen nicht ins Gallenwick House, als deine Mutter und Teddy uns besuchten. Ist Jannie genauso wie ihre Mutter? Ich meine – ein bißchen zu sexy?«

Morag hatte gelacht und Val nicht ernst genommen. Nach ihrer Ansicht wollte sich Jannie einfach nur ein bißchen wichtig machen.

Viel schwerer fiel es ihr, die kleine Szene mit Berry Reid in der Halle vom Redley Lodge zu verkraften. Sie gestand sich nicht ein, wie bestürzt sie über seine Aggressivität gewesen war. Aber manchmal, kurz bevor sie einschlief, sah sie den Schmerz und den Zorn in seinen dunklen Augen. Nach der Rückkehr von Margarets Begräbnis hatte sie ihr Notizbuch geöffnet, die Eintragung über Berrys potentielle Besessenheit von seiner Malerei angestarrt und ein Wort hinzugefügt: Sex.

Das Sommersemester begann. Irgendwo, wie auf einem anderen Planten, fand das Festival of Britain statt. Aber die Medizinstudenten kannten nur ein einziges Gesprächsthema – ihre Dissertationen und die mündlichen Prüfungen.

Im Juli, nach dem Abschlußexamen, trafen sie sich im Auditorium, um ihre Arbeiten abzuliefern, und grinsten erleichtert, weil sie ihre gesammelten Forschungsergebnisse nach so langer Zeit endlich loswurden.

»Als das alles anfing, war ich eine relativ unbeschwerte fünfunddreißigjährige Frau.« Jessica White verdrehte die Augen. »Und schaut mich jetzt an! Fast vierzig, mit grauen Strähnen im Haar. Nie habe ich Zeit für die Kinder, die dauernd verrückt spielen, das Haus fällt auseinander ...«

»Jetzt hast du's geschafft, Jess«, erwiderte Morag lachend. »Nur das zählt. Du wirst einen Job im Hospital kriegen, viel mehr verdienen und das Haus renovieren.«

»O nein, ich habe was viel Besseres vor. Mein alter Hausarzt wird bald in den Ruhestand treten, und er hat mir seine Praxis angeboten. In diesem Winter führt er mich in alles ein, und in einem Jahr läßt er mich allein schalten und walten. Wie findest du das?«

»Wundervoll, Jess. Zweifellos wirst du dich zu einer grandiosen Hausärztin entwickeln. Du spezialisierst dich auf Kinderkrankheiten und schwangere Frauen, und die jungen Mütter werden an deinen Lippen hängen ... Wie sieht das Haus aus?«

»Ziemlich runtergekommen. Aber daran sind wir ja gewöhnt. Wirst du mich besuchen? Es wäre schrecklich, wenn wir uns nie wiedersehen würden.«

»Allerdings. Aber ich weiß noch gar nicht, was ich tun werde. Ich schreibe dir.«

Nun erschien Matthew Arnold und lud die frischgebackenen Doktoren zu einer kleinen Party in seinem Arbeitszimmer ein. Bei Sherry und Biscuits wurden sie alle ein bißchen sentimental.

»Was wirst du nach dem Examen machen?« fragte er Morag. »Gehst du nach Bristol zurück?«

Sie zwang sich, seinem Blick standzuhalten. Wie ähnlich er Teddy sah... Und er war ein sehr interessanter Mann. Seufzend erzählte sie ihm von Clevedon.

»Dann hast du immerhin eine Atempause. Nimm dir Zeit und überleg dir sehr genau, was du mit deinem Leben anfangen willst.«

Sie beobachtete Jessica, die ungeduldig von einem Fuß auf den anderen trat, weil es sie nach Hause zu ihren Kindern zog. »Zum Glück bin ich ungebunden.«

»Hör mal, tut mir leid, daß ich im letzten Winter alles vermasselt habe. Ich glaube, wir hätten Freunde werden können. Wollen wir noch einmal von vorn beginnen? Gehst du heute abend mit mir essen?«

»Lieber nicht, Matthew. Es wäre dir gegenüber unfair.«

»Gibt's jemand anderen?«

Er war so direkt, so verletzlich. Und verdiente mehr als eine schlichte Abfuhr. »Ja. Vor langer Zeit. Jetzt ist es vorbei. Aber es verfolgt mich immer noch. Verstehst du das?«

»Natürlich.« Er lächelte gequält. »Danke, daß du's mir gesagt hast. Aber – wahrscheinlich hast du's schon oft genug gehört – du bist so schön.«

Verwundert hob sie die Brauen. Sie hatte geglaubt, nur ein einziger Mann würde sie schön finden.

*

In Longbridge stieg sie aus dem Zug, wahrscheinlich zum letzten Mal, und eilte zu ihrem Reihenhaus. Zwischen den

Buchenzweigen schien die Sonne hindurch und spiegelte sich im Bach. Sie blieb am Ufer stehen und gab Berry recht. Wann immer sie Wellen glitzern sah, dachte sie an jenen Sommer im Jahr 1941, an die Klettertour durch den Wasserfall. »So etwas werde ich nie wieder erleben«, flüsterte sie. »Diese Gefühle waren fast zu intensiv. So etwas will ich nie mehr empfinden.«

Dann wandte sie sich zu ihrer Tür und sah Hugh Reid auf den Eingangsstufen sitzen.

11

Val ist etwas zugestoßen, war ihr erster Gedanke. Warum sollte Hugh sonst hierherkommen? Wie festgewurzelt blieb sie auf dem Gartenweg stehen, starrte ihn an und wünschte, er wäre eine Vision und würde verschwinden.

Nicht zum erstenmal schien er zu erraten, was sie bewegte. Er stand auf und streckte ihr die Hände entgegen. »Alles okay. Nichts Schlimmes. Ich wollte nur mit Ihnen reden, über zwei Dinge. Da Dusty gerade auf der Farm ist und die Heuernte in vollen Zügen genießt, nehme ich mir ein oder zwei Wochen frei. In den letzten vier Tagen war ich bei Eric im Redley Lodge. Er schlug mir vor, mit Ihnen zu sprechen. Und da bin ich.«

Erfreut und erleichtert führte sie ihn in den Bungalow, verfrachtete ihn in den besten Lehnstuhl und setzte Teewasser auf. »Ich habe gerade in den Bach gestarrt und mich gefragt, was ich mit dem Rest meines Lebens anfangen soll.« Mit theatralischer Grabesstimme fuhr sie fort: »Oder was ich mit diesem restlichen Tag tun werde. Jetzt weiß ich's.« Wie konnten zwei Brüder so verschieden sein? Hugh wirkte kein bißchen bedrohlich. Sie setzte sich ihm gegenüber. »Erzählen Sie mir alles. Wie geht's Ihrer Mutter? Wieso ist Dusty auf der Farm? Was machen Val und Berry? Und wie fühlt sich Eric?«

»Meine Mutter, eine geborene Kupplerin, ist ganz in ihrem Element. Und sie mag Jannie wirklich sehr gern.«

»Jannie?«

»Hab ich's nicht erwähnt? Jannie und Dusty sind zusammen auf die Farm gekommen.«

»Heiliger Himmel!« Morag preßte eine Hand auf ihren Mund. »Vor drei Monaten haben sie sich kennengelernt. Und nun ...«

»Dustys Ruf ist ihm zweifellos vorausgeeilt«, meinte er lachend. »Und Jannie, der Wassergeist, hat sich in eine Hexe verwandelt.«

»So ist sie wahrscheinlich schon immer gewesen. Aber Marius – er war so besitzergreifend. Übrigens, Val hat mal erwähnt, er sei früher mit Jannies Mutter liiert gewesen.«

»Oh, die Romanhandlung wird immer komplizierter.«

Morag stand auf, um das kochende Wasser in die Teekanne zu gießen. »Und Ihre Mutter ist einverstanden?«

»Nicht mit der gegenwärtigen Situation. Sie will die beiden zum Traualtar scheuchen.«

»Falls ich ihr dabei helfen soll, fürchte ich ...«

»Nein, deshalb bin ich nicht gekommen.« Er schnitt eine Grimasse und half ihr, das Teegeschirr auf den Tisch zu stellen. »Um die Wahrheit zu gestehen – ich hab's einfach nicht mehr ausgehalten. Dauernd kleben die zwei aufeinander. Das scheint Ma nicht zu stören. Vermutlich hat sie die Hoffnung aufgegeben, Val und Berry würden eine Familie gründen. Und jetzt sieht sie den Silberstreif potentieller Enkelkinder am Horizont. Auf so was legen Ma und Granny großen Wert. Ich nehme an, das hängt mit dem naturverbundenen Landleben zusammen.«

»Und Dusty will neuerdings Farmer werden?«

Hugh nickte. »Offensichtlich. Ich glaube, in London ist ihm der Boden unter den Füßen zu heiß geworden. Und er wollte Jannie von Marius loseisen.« Anerkennend nippte er an seinem Tee. »Schmeckt gut. Mein Auto steht vor dem Bahnhof, weil ich dachte, wenn Sie's erkennen, wären Sie vorgewarnt. Später könnten wir ein bißchen rumfahren und irgendwo essen. Barnt Green sieht sehr hübsch aus.

»Das ist es auch. O ja, fahren wir hin. Bleiben Sie hier? Ich habe ein Gästezimmer.«

»Vielen Dank, aber ich habe mich schon im George in Longbridge einquartiert. Nur für eine Nacht. Ich hatte gehofft, Sie würden mich morgen nach Clevedon begleiten.«

»Sehr gern.«

Nach dem Tee wanderten sie durch die Siedlung zum Bach, und Morag berichtete von ihrer Dissertation. »Mein Vater sagte, ein Arzt sei ein Forscher, der immer wieder neue Grenzen überschreiten würde. Außerdem ist er nach meiner Ansicht ein Detektiv. Die Symptome sind seine Anhaltspunkte. Aber er darf nicht nur die Symptome behandeln, er muß die Hintergründe erkennen, die manchmal gar nichts mit den Symptomen zu tun haben.«

»Und wenn sich bei einem Patienten, der sich krank fühlt, keine Symptome zeigen?«

»Sprechen Sie von seelischen Störungen?«

»So genau weiß ich das nicht.« Hugh starrte aufs Wasser, als könnte er darin eine Antwort finden. »Angenommen, ein Mann verliert ein Bein und neigt seither zu Aggressionen. Zweifellos wäre es die beste Therapie, man würde ihm ein neues Bein wachsen lassen. Wie würden Sie in einem solchen Fall vorgehen?«

Morag runzelte die Stirn. Seltsam – Val hatte Berrys Aggressionen nie erwähnt. »Ich denke, damit muß er selbst zurechtkommen«, erwiderte sie zögernd, »und andere Kräfte nutzen, um den Verlust zu kompensieren. Von diesen Kräften könnte er besessen werden.«

»Ja – und deshalb malt er von morgens bis abends, manchmal bis in die Nacht hinein, ignoriert seine Frau und seine Familie … Gehört das zu seiner Heilkur?«

»Da bin ich mir nicht sicher, Hugh. Ich müßte mehr über den Patienten wissen.«

»Haben Sie noch nicht gemerkt, daß ich von Berry rede?«

»Doch. Aber den jetzigen Berry kenne ich nicht. Val erzählt mir nichts über ihn.«

»Eine wunderbare, loyale Frau … Was sie für ihn tut, wäre keiner anderen gelungen.«

»Ist das eines der Themen, die Sie mit mir erörtern möchten, Hugh? Mehr kann ich Ihnen nicht sagen.«

Seufzend wandte er sich vom Ufer ab. »Ich wollte nur Ihre Meinung hören. Wann immer ich ein Gewässer sehe, denke ich an ihn. Vor dem Krieg ging er oft schwimm. Und er stieg John Ridds Wasserfall hinauf. Wußten Sie das?«

»Ja«, antwortete sie nach einer kurzen Pause.

»Wenn er mit seinen Bildern Erfolg hat, wird die Besessenheit vielleicht nachlassen.«

Nun war es an der Zeit, nach Barnt Green zu fahren, und sie gingen zum Bungalow. Nachdem Morag sich umgekleidet hatte, kehrte sie ins Wohnzimmer zurück. »Wissen Sie, Hugh, Ihr Bruder wird wohl nie mehr einen Wasserfall hinaufklettern. Aber er könnte schwimmen. Während des Studiums besuchten wir eine Klinik in den West Midlands, wo querschnittsgelähmte Patienten schwammen.«

»Unglücklicherweise wird Berry sich auf nichts einlassen, bevor er ein erreichbares Ziel vor sich sieht.« Er half ihr in den Mantel. »Und ich glaube, er fürchtet sich vor dem Meer.«

Sie drehte sich um, schaute in seine klaren grauen Augen und dachte an die drei Brüder – auf einem winzigen Rettungsfloß im endlosen Pazifik. Davon hatte Val ihr erzählt. »Kein Wunder«, flüsterte sie und erschauerte.

Bald danach saßen sie im alten Morris, der ihr so schmerzlich vertraut war. Würde sie den Sommer 1941 niemals vergessen? Sie fuhren nach Barnt Green und aßen in einem Gasthaus am Rand des Golfgeländes. Bei der Mahlzeit erzählte Hugh von der Farm, auf eine Weise, die das beglückende Gefühl in ihr weckte, sie würde dazugehören. »Heutzutage ist die Landwirtschaft nicht mehr so problematisch. Die Regierung unterstützt die Farmer und hilft ihnen mit Zuschüssen über schwierige Zeiten hinweg, bei Überschwemmungen, Dürre und dergleichen. Außerdem finanziert sie neue Technologien. Ich glaube, Dusty und Jannie würden's schaffen.«

»Würde sich Jannie zur Farmersfrau eignen?« fragte Morag skeptisch.

»O ja. Ein geregelter Lebensrhythmus, der sich an den Jahreszeiten orientiert, wäre genau das Richtige für sie. Und was am allerwichtigsten ist«, fügte er grinsend hinzu, »Ma sieht in ihr die ideale Schwiegertochter.«

»Ich dachte immer, *Sie* würden später die Farm übernehmen.«

»Darüber wollte ich mit Ihnen reden, Morrie«, erklärte er und spießte ein Stückchen Cheddar auf das Käsemesser. »Letzte Woche hab ich mit Eric darüber gesprochen. Was halten Sie von einem Auktionator namens Hugh Reid?«

»Mit großen Augen starrte sie ihn an »Ich weiß nicht – ich meine ... Da muß man Prüfungen ablegen und eine gewisse Erfahrung besitzen. Es genügt nicht, einfach nur herumzustehen und ein Hämmerchen zu schwingen.«

»Oh, das ist mir völlig klar«, erwiderte er belustigt. »Dahinter steckt harte Arbeit. Aber sehen Sie, Mo – ich habe mich schon immer für alte Landhäuser und Antiquitäten interessiert. Erinnern Sie sich an Erics Nailsea-Glas?«

»Ja, nach Margarets Begräbnis hat er's Ihnen gezeigt.«

»Es stammt aus einem Cottage in Wales. Vor dem Ersten Weltkrieg hat es eine ältere Dame, die respektable Ehefrau eines Vikars im Ruhestand, von ihrem Liebsten als Geschenk erhalten. Bald danach starb er in einem Schützengraben. Sie wußte, daß er verheiratet war, ebenso wie sie. Von diesem Glas, einem kostbaren Erinnerungsstück, hatte sie sich in all den Jahren nicht getrennt. Aber dann erfuhr sie, die Enkelin ihres verstorbenen Liebhabers würde mit finanziellen Schwierigkeiten kämpfen – warum, fand Eric nicht heraus. Also verkaufte sie das Glas und schickte das Geld an die junge Frau.«

»O Gott«, murmelte Morag.

»Wahrscheinlich hat Eric viel mehr für das Glas bezahlt, als es wert ist. Solche Geschichten gefallen ihm.«

»Und Ihnen.«

»Sogar sehr.« Hugh schnitt seinen Käse in kleine Dreiecke. »Und Eric braucht einen Partner. In sechs Jahren wird er sich aus dem Geschäftsleben zurückziehen, und er möchte den Fortbestand der Firma sichern.«

»Deshalb hat er Sie unter seine Fittiche genommen und ausgebildet.«

»Die Prüfungen werde ich in meiner Freizeit ablegen.« Inzwischen war der Cheddar zerbröckelt. »Was halten Sie davon?«

»Ich finde es wunderbar. Werden Sie bei Eric wohnen?«

»Das hat er mir vorgeschlagen. Und die Haushälterin, die von Margaret eingestellt wurde, ist auch bereit, mich aufzunehmen.«

Morag lachte. »Dann ist ja alles geregelt. Aber warum wollten sie mit *mir* darüber reden?«

»Wenn Ihnen mein Plan mißfallen hätte, würde ich ihn natürlich aufgeben.«

»Wieso, um Himmels willen?«

»Nun, Eric hofft, Sie werden ins Redley Lodge ziehen. Er hat Mrs. Knapp schon gesagt, sie würden diese Woche ankommen und für unbestimmte Zeit bleiben. Offenbar glaubt er, Sie wollen in Clevedon eine Praxis eröffnen. Falls Ihnen meine Anwesenheit unangenehm ist, verschwinde ich sofort.«

»Aber – ich werde nur so lange bei Eric wohnen, bis ich mir über meine Zukunft im klaren bin. Warum sollten Sie mich stören? Oder haben Sie was gegen *meine* Anwesenheit einzuwenden?«

»Keineswegs!« beteuerte er freudestrahlend. »O Morrie, das ist wundervoll! Übrigens, Eric meint, wir müßten dem Tennisclub beitreten.«

Was sollte sie darauf antworten? Sie lächelte hilflos.

»Großer Gott, Ihr Käse … Bestellen Sie lieber einen neuen.«

*

Der restliche Sommer verlief sehr idyllisch. Manchmal dachte Morag schuldbewußt an Margaret, die vor einem Jahr das Regiment im Redley Lodge geführt hatte. Nun waren das Haus und der Garten von Gelächter und Aktivitäten erfüllt wie an den Wochenenden vor dem Krieg, und Eric lebte allmählich wieder auf.

Aber als Morag von einer Besprechung in Cardiff zurückkehrte, wo sie eventuell in eine Praxis eintreten würde, war der häusliche Frieden ernsthaft gestört. Hugh holte sie vom Bahnhof ab, einen von Erics alten Panamahüten in die Stirn gezogen, die Taschen voller Notizen über die Antiquitäten in einem ländlichen Herrschaftshaus, die versteigert werden sollten. »Sagtest du nicht, es würde dir nichts ausmachen, daß ich im Redley Lodge wohne, Mo?«

»Genau das habe ich mehrmals betont. Und?«

»Wenn du ausziehen willst – dann offensichtlich meinetwegen. Hör mal, *ich* gehe, und du mußt nicht …«

»Sei nicht albern! Zu dieser Besprechung wäre ich auch gefahren, wenn du *nicht* hier wohnen würdest.«

Er öffnete die Beifahrertür seines Autos, und Morag stieg ein. In der Hitze roch der Lederbezug stärker denn je. Hugh setzte sich ans Steuer, fuhr zur Strandpromenade und schaltete den Motor ab. Schweigend starrten sie zu den Holme Islands hinüber.

Schließlich fragte er: »Hast du die Stellung gekriegt?«

»Das weiß ich nicht. Demnächst werden sich die Ärzte bei mir melden. Es ist eine ziemlich große Praxis. Und ich bin nicht sicher, ob's mir da gefallen wird.«

»Aber wenn du ein Angebot bekommst – nimmst du's an?«

»Ja, doch das hat nichts mit dir zu tun. Wie kann ich dir das bloß klarmachen?«

»Du wärst nach Clevedon gezogen«, entgegnete er hartnäckig, »hättest dich eine Zeitlang um Eric gekümmert und dann in der Nähe eine Praxis eröffnet. Jetzt änderst du deine Pläne nur, weil ich im Redley Lodge wohne.«

»Also gut, deine Anwesenheit befreit mich von einer gewissen Verantwortung. Ich habe nicht mehr das Gefühl, ich würde Eric im Stich lassen, und ...«

»Sicher weißt du, wie sehr ich dich liebe«, unterbrach er sie mit gepreßter Stimme.

Verwirrt starrte sie sein Profil an. Das alles war schon einmal geschehen. An einem regnerischen Sommerabend. »Natürlich wußte ich's nicht. Wie sollte ich ...?«

»Weil ich so glücklich mit dir bin. Und weil ich dachte, du wärst glücklich mit mir.«

»O ja, ich bin gern mit dir zusammen. Das ist der schönste Sommer seit ...«

Krampfhaft umklammerten seine Finger das Lenkrad. Dann wandte er sich zu ihr. »Glaub mir, Morrie, es würde gutgehen. Gewissermaßen sind wir schon eine Familie. Eric würde sich so freuen. Und Ma hat euch drei Mädchen ins Herz geschlossen. Ich weiß, du erwiderst meine Gefühle nicht. Aber unsere Beziehung könnte sich vertiefen. Ich werde dich nicht bedrängen, denn ich liebe dich viel zu sehr, um dir weh zu tun.«

»Hör auf, Hugh! So wie alle anderen bildest du dir ein, du würdest mich kennen. Niemand auf dieser Welt kennt mich, und ich bin nicht gut genug für dich ...«

»Mo, ich weiß Bescheid über Berry.«

Beinahe hätte sie geschrien. Das ertrug sie nicht. Berry hatte seinem Bruder erzählt, was geschehen war.

»Als die Wunde an seinem Bein infiziert war, redete er im Delirium.« Verlegen wich er ihrem Blick aus. »Er rief deinen Namen. Immer wieder. Der Gedanke an dich erhielt ihn am Leben. Damals dachte ich, es gäbe keine Hoffnung für mich. Aber dann heiratete er Val. Da wußte ich, daß du ihn verschmäht hast. Auf seltsame Weise war ich dir böse. Seit ich dich zum erstenmal sah, liebe ich dich – meine Indianerprinzessin …« Er versuchte zu lachen, ohne Erfolg. »Aber nachdem ich beobachtet hatte, wie Berry ins Transportflugzeug gehoben wurde, mehr tot als lebendig, fand ich's herzlos von dir, ihn abzuweisen. Tut mir leid, Mo. Eigentlich wollte ich nicht darüber reden. Ich habe das Thema nur angeschnitten, falls diese alte Geschichte der einzige Grund ist, warum du mir einen Korb gibst. Was immer auch passiert sein mag – du hast sicher getan, was nach deiner Meinung gut und richtig für Berry war. Und wenn du nichts dazu sagen willst …«

»Gar nichts«, flüsterte sie heiser.

»Okay. Aber damit darfst du das Glück deiner Zukunft nicht zerstören. Bitte, Mo, komm mit mir auf die Farm. Machen wir Urlaub, bevor der Sommer zu Ende geht, besuchen wir Val und Berry in der Abbey. Wenn du ihn wiedersiehst, wirst du wissen, welche Entscheidung du treffen mußt.«

Sie betrachtete wieder das Meer und sah die Wellen an die Stützpfeiler des Piers schlagen, die Lampen in der Pagode am anderen Ende funkeln. »Eins sollst du wissen, Hugh – mit niemandem bin ich so glücklich wie mit dir. Aber – anscheinend kann ich die alten Geister nicht verscheuchen. Deshalb wär's besser, ich würde den Job in Cardiff annehmen und ein neues Leben beginnen.«

Nun entstand ein langes Schweigen, und sie glaubte schon, er hätte ihren Entschluß akzeptiert. Doch dann fragte er: »Begleitest du mich trotzdem auf die Farm? Nur für ein Wochenende?«

»Nicht in die Abbey«, betonte sie hastig.

»Nur in unser Haus. Du wirst Ma und Granny wiedersehen und dich mit Jannie unterhalten.«

Da schaute sie ihn wieder an. Seine Augen waren so klar, so gut – und er hatte keine Ahnung… »Ja, Hugh«, antwortete sie seufzend. »Vielen Dank.«

»Nein, mein Liebes, ich habe dir zu danken.«

*

Die Rückkehr auf die Farm war sonderbar und unheimlich. Jahrelang hatte sie sich eingeredet, sie würde nie wieder hierherkommen, nie mehr am Gallenwick vorbeiwandern und schon gar nicht die Abbey besuchen. Und jetzt sah sie die schnatternden Gänse heranwatscheln, als Hugh das Hoftor öffnete, bewunderte die rostroten Herbstfarben des Moors, wo die Bäche über Felsstufen rauschten und jener Schuppen immer noch neben dem Doone Arms stand. Zuviel war seit jenem Sommer geschehen, wo das Schicksal sie so grausam aus der Kindheit in die harte Welt der Erwachsenen gestoßen hatte. Und andererseits war nichts passiert, was sich mit jenen Monaten im Gallenwick vergleichen ließe. Vielleicht würde sie so etwas nie wieder erleben. Sie begrüßte Peggy Reid und die alte Granny Thomas, als hätten sie sich erst vor ein paar Monaten zuletzt gesehen.

Inzwischen besaß Peggy schneeweißes Haar so wie

ihre Mutter, aber immer noch breite Schultern und eine kräftige kleine Gestalt. Granny war etwas sonderlich geworden. Abends ging sie nicht mehr ins Bett, sondern schlief in ihrem hölzernen Schaukelstuhl neben dem Herd, einen dicken Stock neben sich, um das Haus zu bewachen.

Zu Morags Verblüffung verlief das Wiedersehen mit Jannie sehr erfreulich. Sobald sie sich nicht in der unmittelbaren Nähe von Durston oder irgendwelchen anderen Männern befand, war sie dieselbe Jannie wie eh und je, die hoffnungsvoll in die Welt blickte und erwartete, irgend etwas würde ihr Leben verändern. »Ist das nicht wundervoll? Wir müssen unbedingt zu Val gehen und uns in die jungen Mädchen verwandeln, die wir einmal gewesen sind. O Morrie! Weißt du noch, wie du sagtest, wir würden immer zusammensein? Nun kommen diese Zeiten zurück, das spüre ich.«

Morag umarmte sie liebevoll und fragte sich, ob es möglich wäre, die alten Fäden wieder aufzunehmen und zu verknüpfen. Dann schüttelte sie langsam den Kopf. »Jannie, Darling, ich bleibe nur übers Wochenende hier. Du mußt mich mit Val in Clevedon besuchen.«

»O ja!«

Das ganze Wochenende befürchtete Morag, plötzlich würde Berry auftauchen, und sie verdächtigte sogar Hugh irgendwelcher unlauterer Hintergedanken, obwohl sie noch nie einem so arglosen Mann begegnet war. Außer vielleicht Teddy McKinley oder Matthew Arnold. Vermutlich kannte sie nur einen einzigen arglistigen Mann – Berry Reid. Aber wie sie an ihrem ersten Tag auf der Farm feststellte, war sein Bruder Durston aus demselben Holz geschnitzt.

Erstaunt beobachtete sie die komplizierte Beziehung

zwischen Jannie und Durston. Mindestens ebenso besitzergreifend wie Marius, berührte er Jannie unentwegt, schob seine Hand unter ihre lange blonde Mähne und massierte ihren Nacken, bis sie wie eine Katze schnurrte. Aber ebenso wie eine Katze ließ sie sich nur teilweise zähmen. Manchmal fauchte sie ihn aus unerfindlichen Gründen an, was Peggy Reid gutmütig duldete, während Granny resignierend den Kopf schüttelte.

»Was für eine stürmische Liebesaffäre!« bemerkte die alte Frau, nachdem Jannie blaß vor Zorn vom Eßtisch aufgesprungen und aus der Küche gerannt war, weil Durston ihre Anwesenheit »für selbstverständlich« hielt. Dann neigte sich Granny zu ihrem ältesten Enkel. »Geh zu ihr und sag, es tut dir leid.«

»Verdammt will ich sein, wenn ich sie um Verzeihung bitte!« stieß Durston hervor. Er hatte unter dem Tischtuch eine Hand auf Jannies Knie gelegt. Früher hatte sie nie dagegen protestiert. »Sie muß endlich lernen, ihr Temperament zu kontrollieren.«

Dazu gab Morag keinen Kommentar ab. Sie wußte, daß ihre Freundin nicht jenes Temperament besaß, von dem Dusty sprach. Nur wenn Jannie wirklich verletzt wurde, geriet sie ein wenig außer Kontrolle. Morag dachte an den wesentlich älteren Marius, den Jannie von ihrer Mutter »übernommen« hatte. Und jetzt Durston Reid... Auf welche Weise taten sie ihr weh?

»Irgendwas mußt du falsch machen, alter Junge«, meinte Hugh.

»Was denn, um Gottes willen?« explodierte Durston.

»Wenn du's nicht weißt, soll *ich's* dir erklären?« Hugh grinste. »Geh zu ihr. Ich glaube, sie war den Tränen nahe.«

»Großer Gott, Hugh, sie ist kein Kind mehr, sondern

siebenundzwanzig Jahre alt und sehr erfahren. Das kann ich beurteilen.« Er wich Morags Blick aus und wandte sich zu seiner Mutter. »Ma, du kennst sie doch. Ist sie nicht furchtbar unvernünftig? Wegen nichts und wieder nichts fährt sie aus der Haut.«

Aber Peggy Reid, die das entwurzelte kleine Mädchen seit zehn Jahren liebte, gab ihm keine Antwort. Statt dessen stand sie auf und sammelte die Teller ein. »Ich werde eine kleine Schüssel mit Brombeeren füllen. Die bringst du ihr, und dann entschuldigst du dich, ganz egal, was du ihr gesagt hast. Das will ich gar nicht wissen.«

Irritiert zuckte er die Achseln. »Also gut. Aber manchmal bezweifle ich, daß sich dieses ganze Getue wirklich lohnt.«

Wie er das meinte, fragte niemand.

Am Nachmittag war der Streit offensichtlich bereinigt. Sie wanderten zu viert über die Farm, und Dusty notierte sich, wo er im Winter Hecken pflanzen und Bewässerungsgräben anlegen würde. Mittlerweile war er in die Rolle des Farmers hineingewachsen, und Jannie zeigte die gleiche Begeisterung. »Letzte Woche haben wir die Stoppeln verbrannt, Mo«, erklärte sie eifrig. »Und Cyril hat uns geholfen. Erinnerst du dich an ihn?«

»O ja. Hatte er nicht einen Bruder?«

Jannie nickte. »Kurz nach dem Krieg ist er gestorben. Aber da war Hugh wieder daheim und kümmerte sich um die Farm. Von Berry konnten Peggy und Granny natürlich keine Hilfe erwarten. Und Dusty …« Sie kicherte. »Der hat sich in London die Hörner abgestoßen. Seltsam, Mo, als wir uns nach Margaret McKinleys Begräbnis kennenlernten, stellten wir fest, wie viele gemeinsame Freunde wir haben. Marius steckte sogar ein bißchen Geld in einen von Dustys Filmen.«

»Hat er Filme gedreht?« fragte Morag verblüfft.

»Ohne den geringsten Erfolg.« Jannie lachte wieder. »Eigentlich sind alle seine Projekte ins Wasser gefallen, und schließlich überredete ich ihn, die Farm zu übernehmen.«

Morag beobachtete die beiden Männer, die in einem trockenen Bewässerungsgraben standen, um Zweige und welkes Laub zu entfernen. »Irgendwie fällt's mir schwer, das alles zu verdauen. Val kümmert sich in der alten Abbey um Berry. Und jetzt du und Durston ...«

»Ist es nicht wundervoll? Ich glaube, wir werden bald heiraten und viele Kinder kriegen und bis zum Ende unserer Tage ein glückliches Leben führen ...«

»So was hätte ich dir niemals zugetraut.«

»Aber genau das habe ich mir immer gewünscht«, erwiderte Jannie überrascht, »und ich dachte, du wüßtest es. Haben wir nie darüber geredet? Über Ehemänner und Kinder?«

»Und ...« Morag überlegte, ob die Frage indiskret klingen würde. »Und Marius?«

Lachend schüttelte Jannie den Kopf. »Den wollte ich nur auf die Knie zwingen, um Ma zu zeigen, wie dumm sie war.«

»Er war doch so – herrschsüchtig. Deshalb machten Val und ich uns Sorgen – weil wir glaubten, du wärst seiner Macht hilflos ausgeliefert. Bitte, lach nicht über mich.«

»Das tue ich nicht.« Jannie seufzte wehmütig. »In dieser Welt muß man eben wissen, wie man die Männer behandeln sollte. Val hat's rausgefunden. Und jetzt trägt sie einen Ehering.«

Nur mühsam verbarg Morag, wie schockiert sie über diese aufschlußreichen Worte war.

»Kommt her, Mädchen, und helft uns!« rief Dusty. »Legt die Zweige und das Laub aufeinander, dann zünden wir den Haufen an.«

Während die Sonne sank, loderte ein helles Feuer empor. Peggy brachte ihnen hausgemachte Würstchen, die sie später in der glühenden Asche erhitzten. Während sie in der Abenddämmerung picknickten, legte Hugh einen Arm um Morags Schultern, und sie lehnte sich an ihn, spürte seine tröstliche Nähe. Ja, ich liebe ihn, dachte sie. Er ist ganz anders als Berry und Durston. Niemals würde er das Bedürfnis empfinden, mich zu besitzen. Bei ihm wäre ich immer frei … Von plötzlicher Sehnsucht erfaßt, wandte sie sich zu ihm, und er küßte ihre Lippen.

12

Morag Anne Heyward heiratete Fitzhugh Warrender Reid am Heiligen Abend 1951. Vor fast genau sechs Jahren waren ihre Freundin und Berry vor den Traualtar getreten. Diese Hochzeit wurde nicht so exklusiv gefeiert, aber ebenso intim. Durston war Hughs Trauzeuge, Jannie die einzige Brautjungfer.

Auch Val hätte an Morags Seite stehen sollen. Erstaunlicherweise weigerte sie sich. »Berry braucht Hilfe, um in die Kirche und wieder hinaus zu gehen«, erklärte sie und wich Morags Blick aus. »Und er würde sich nur von mir stützen lassen.«

Daß Val die Wünsche ihres Mannes so widerstandslos erfüllte, beunruhigte Morag.

Zu den Hochzeitsgästen zählten außer Val und Berry

noch Mrs. Maitland und Dr. Wilkie, Juliet Mortimer, die jetzt Sanderston hieß, mit ihrem Ehemann und ihren sechsjährigen Zwillingen, Jessica White, Eric und einige seiner Bekannten aus dem Tennisclub. Peggy Reid war mit der alten Granny auf der Farm geblieben.

Eric hatte Morag vorgeschlagen, in Margarets Brautkleid zu heiraten. »Eigentlich sollte Val das Kleid tragen. Aber so kurz nach dem Krieg bestand Berry auf einer einfachen Hochzeit in aller Stille. Nun bekomme ich eine zweite Chance. Würdest du's mal anziehen? Sicher würde sich Margaret sehr darüber freuen. Wenn du willst, kannst du das Kleid ändern lassen.«

Wie Morag bei der Anprobe feststellte, waren nur geringfügige Änderungen nötig. »Ja, ich würde das Kleid sehr gern tragen. Von daheim ist nichts übrig. Nun hätte ich etwas – aus jener Zeit. Wenn es nicht zu anmaßend ist …«

»Kurz bevor ihr ins Gallenwick übersiedelt seid, flehte ich den Allmächtigen an, Margaret, Teddy und Val am Leben zu erhalten. Dieses Gebet hat er nur teilweise erhört. Dafür schickte er mir dich – und dann Hugh. Du hast deine Eltern verloren, und nun bekommst eine neue Familie. Wenn du willst, ersetze ich dir den Vater, und da ist es doch dein gutes Recht, das Kleid zu tragen.«

»O Eric!« In ihren Augen schimmerten Tränen. »Vielen Dank.«

Nach der Trauung fuhren sie zum Esplanade Hotel auf den nördlichen Klippen von Clevedon. In Margarets Pelzmantel gehüllt, stand Morag neben dem bebänderten Taxi und schaute über den grauen Kanal hinweg zu den kaum erkennbaren Waliser Bergen. Schweigend legte Hugh einen Arm um ihre Schultern. Aus dem zweiten Taxi stiegen Jannie, Durston, Berry, Val und Eric.

Fröstelnd zog Durston die Schultern hoch. »Um Himmels willen, gehen wir schnell rein und trinken wir was!«

»Einverstanden«, stimmte Berry zu.

»Wartet!« rief Jannie. »Zuerst muß das Brautpaar hineingehen. »Kommt, Morrie und Hugh! Diese Aussicht könnt ihr noch oft genug bewundern.«

Energisch ergriff Morag den Arm ihres Mannes und zog ihn ins Hotel. Alle lachten, sogar Berry.

Nach den Festreden jagte Juliet ihre Kinder unter den Tischen hervor, und Jannie bugsierte ihre beiden Freundinnen in einen Alkoven. »Ist das nicht phantastisch? Erst Val und Berry, dann du und Hugh, Morag – und demnächst Durston und ich!« Sie kicherte leicht beschwipst. »Erinnert ihr euch an jenen Sommer, an unsere erotischen Träume von den Reid-Brüdern? Jetzt ist die schöne Phantasie Wirklichkeit geworden.«

»*Ich* hatte keine erotischen Träume«, betonte Val. »Und Mo vermutlich auch nicht.«

»Also, ich schon!« fuhr Jannie in brutaler Offenheit fort. »Ich konnte es gar nicht erwarten, alles über Sex herauszufinden. In der Stadt schliefen Ma und Marius in dem Zimmer neben meinem. Da habe ich schon einiges mitgekriegt. Und nach der Schule zog ich sofort zu Marius, der mir eine ganze Menge beibrachte. Deshalb war ich für Durston gerüstet.«

»Halt den Mund, Jannie, du bist betrunken«, fauchte Val. »Ah, da ist Doc Willie.«

Dr. Wilkie und Mrs. Maitland kamen in den Alkoven.

»Was für eine wunderbare Schicksalsfügung, meine Liebe!« Mrs. Maitland küßte Morags Wange. »Als ich Hugh auf der Farm kennenlernte, dachte ich sofort, ihr beide würdet gut zusammenpassen.«

Dr. Wilkie schüttelte Morags Hand. »Nun bist du also doch noch Ärztin geworden. Das freut mich. Hoffentlich wirst du deinen Beruf ausüben, obwohl du jetzt verheiratet bist.«

»Ja, ich denke schon.« Belustigt registrierte Morag, daß die Ehe immer noch als Hindernis für die Karriere einer Frau galt. »Darüber haben wir noch gar nicht gesprochen.«

»O Maitie, Sie waren wie eine Mutter zu mir!« Jannie umarmte Mrs. Maitland überschwenglich. »Inzwischen hat Peggy diese Rolle übernommen. Meine eigene Mutter war ein hoffnungsloser Fall ...«

»Sei still, Jannie!« mahnte Val und lächelte Dr. Wilkie strahlend an. »Gewissermaßen ist auch die Ehe ein Beruf, Madam.«

»In der Tat. Aber die Medaille hat auch eine Kehrseite. Sicher kennt ihr alle die Geschichte meiner Schwester. Sie wählte die Liebe und den Tod. Aus diesem Grund gab ich meinem Beruf den Vorzug. Seltsam, daß du jetzt in diesem Haus wohnst, Val, an das ich stets mit Angst und Schrecken denke.«

»Wollen Sie uns nicht mal besuchen?« fragte Val spontan. »Wir überlegen, ob wir Malwochenenden organisieren sollen. Weil wir doch so viel Platz haben – und es wäre eine Schande, ihn nicht zu nutzen. Sie könnten mit Ihren Schülerinnen in die Abbey kommen.«

»Um alte Geister auszutreiben?«

»Das – weiß ich nicht. Schauen sie sich einfach nur um, genießen Sie die mystische Schönheit des alten Hauses und seiner Umgebung.«

»Was für eine wunderbare Idee!« meinte Mrs. Maitland enthusiastisch.

»Reden Sie mit Berry darüber, Dr. Wilkie«, schlug Val vor. »Er sitzt gerade mit Durston an der Bar und trinkt viel zuviel. Lenken wir ihn davon ab, mit einem Gesprächsthema, das ihn wirklich interessiert.«

»Hast du das gehört, Mo?« flüsterte Jannie, sobald die drei Frauen halbwegs außer Hörweite waren. »Wird diese Ehe scheitern? Er interessiert sich nicht mehr für Val, nur für seine Arbeit.«

»Da irrst du dich«, protestierte Morag hastig. »Wenn er auch ein geborener Egoist ist – Val steht trotzdem im Mittelpunkt seines Lebens.«

»Unsinn!« Jannie hickste. »Sie hat ihm die Abbey gekauft. Sonst hätte er sie nie geheiratet.«

»Offensichtlich hat Val recht. Du bist betrunken.«

»Na und? Wir feiern deine Hochzeit. Erinnerst du dich? Und du solltest was aus Vals und Berrys Beispiel lernen. Sieh zu, daß du möglichst schnell Kinder kriegst …«

»Manche Ehepaare wollen erst mal warten, bevor sie eine Familie gründen.«

»O Gott!« Jannie verdrehte die Augen. »Habt ihr das vor? Du schuftest in einer Arztpraxis, und Hugh rackert sich im McKinley-Auktionshaus ab, bis Eric stirbt, bis er den Laden allein betreiben kann …«

»Trinken wir Kaffee«, fiel Morag ihr ins Wort, »und reden wir von was anderem, okay?«

»Oh, sehr gern. Kommst du zu meiner Hochzeit? Nächsten Monat? Im Jahr *1952*?«

»Also hat Durston dir einen Antrag gemacht! Das freut mich, Jannie. Wenn es dein Wunsch ist …«

»Natürlich. Bald wird er mich fragen, ob ich seine Frau werden möchte.«

»Meinst du – er hat dich noch gar nicht gefragt?«

»Bis jetzt nicht.« Jannie lächelte verschwörerisch. »Aber wenn er's weiß, wird er's tun. Sonst bringt ihn seine Mutter um. Darling, ich bin schwanger. Unter meinem Herzen wächst der erste Reid-Enkel heran. Sicher wird's ein Junge – Dustys Erbe.«

Morag blinzelte entsetzt. Dann zwang sie sich, das Lächeln ihrer Freundin zu erwidern. »O Jannie – ich gratuliere dir ...«

»Hallo, Mädchen!« Keuchend rannte Juliet in den Alkoven. »Ich hatte gehofft, wir könnten uns endlich mal wieder unterhalten, wie in alten Zeiten. Aber Peter hat's satt, dauernd die kleinen Monstren einzufangen, und deshalb müssen wir leider gehen.«

Morag umarmte sie. »Danke, daß du gekommen bist, Ju. Die Zwillinge sind wirklich süß. Nächsten Sommer müßt ihr uns besuchen, und dann gehen wir alle an den Strand.«

»Ja, das wäre wunderbar. Laß dir bloß Zeit, bevor du eine Familie gründest, Mo. Wenn's soweit ist, hast du fast nichts mehr vom Leben und keine Zeit für irgendwas anderes.«

»Red ihr das bloß nicht ein, Ju!« klagte Jannie. »Soeben habe ich ihr geraten, möglichst schnell Kinder zu kriegen. So was können eben nur wir Frauen.«

»Was für ein Pech ...« Juliet seufzte tief auf und drehte sich um. »Hast du sie gefunden, Peter? Sind sie womöglich auf die Straße gelaufen?«

»Nein«, stöhnte ihr Mann erschöpft, »ich habe sie ins Auto gesperrt. Alles Gute, Morag – auf Wiedersehen, Jannie.«

Morag schaute den beiden nach. »O Darling, ich wünsche dir das Allerbeste. Ein Glück, daß du Peggy hast.«

»Das kannst du zweimal sagen«, erwiderte Jannie nachdenklich.

*

Seltsamerweise ging Berry bereitwillig auf Dr. Wilkies Vorschlag ein. Während sie die Gallenwick-Schule geleitet hatte, war er ihr nur selten begegnet. Aber er bewunderte sie sehr. Ihre eindrucksvolle akademische Würde wurde von einer mystischen Aura ergänzt, seit er wußte, daß sich ihre Schwester aus dem Fenster des Musikzimmers gestürzt hatte. »Da wir die Trennwände der Mönchszellen nicht abgerissen haben, gibt's mindestens zehn kleine Räume«, erklärte er, »und mittlerweile in jedem Stockwerk ein Badezimmer.«

»Sehr praktisch«, meinte Dr. Wilkie, »und ...« Ausnahmsweise fehlten ihr die Worte.

»Inspirativ?«

»In der Tat. Sicher werden die Eltern meiner Schülerinnen einer so lehrreichen Exkursion begeistert zustimmen. Und wenn sich ein so ausgezeichneter Lehrer wie Sie herabläßt ...«

»Schmeicheln Sie mir nicht, Dr. Wilkie«, unterbrach er sie lächelnd. Aber er war stolz auf seine jüngsten Erfolge. Und jetzt, wo Hugh im Auktionshaus McKinley arbeitete, müßten sich noch mehr geschäftliche Kontakte ergeben. Wenn Eric auch gute Arbeit leistete – Hugh hatte ein besseres Gespür für die Werke seines Bruders.

»Oh, ich wollte Ihnen nicht schmeicheln«, betonte Dr. Wilkie errötend, und Berry schaute seine Frau belustigt an.

Später fragte Val verblüfft: »Glaubst du, Dr. Wilkie wird deinem berühmten Charme erliegen? Mein Gott, sie könnte deine Mutter sein!«

»Darin liegt die Herausforderung, Liebling«, erwiderte er und küßte ihre Nasenspitze.

»Du bist unverbesserlich!« schimpfte sie und schlug jenen scherzhaften Ton an, in dem sie seine – Flirts zu erörtern pflegte. »Ich verbiete dir, meine ehemalige Schulleiterin zu verführen ...«

»Beruhige dich, ich will sie nur porträtieren.«

»So fing's auch mit unserer ersten Haushaltshilfe an. Und was ihre Nachfolgerin Miriam betrifft ...«

Die Augen halb geschlossen, ignorierte er ihren Tadel. »Vielleicht kann ich sie zu einer liegenden Pose überreden.«

»Untersteh dich!«

»O Val, wie gut, daß ich *dich* gekriegt habe! Jannie läßt sich schwängern, um Dusty einzufangen. Und Morag ist so überempfindlich, von seelischen Wunden erfüllt. Du bist genau richtig.«

Natürlich mußte sie ihre Rührung verbergen. »Weil ich dir alles durchgehen lasse?«

»Mag sein.« Er küßte ihre Lippen, und sie wußte, daß er sie manipulierte. »Aber das tust du nur, weil du mich so gut verstehst. Nicht wahr, Schätzchen?«

»O ja.« Entschlossen schluckte sie die Tränen ihrer Enttäuschung hinunter. So banale Worte ... »Ich verstehe dich.«

»Wie leicht du zu durchschauen bist ...« Er starrte ihr Gesicht an. »In deinen blauen Augen, deinen Babylöckchen, deinen vollen Lippen und deiner Stupsnase kann ich lesen wie in einem offenen Buch. Warum liebe ich dich?«

»Wenn du mich liebst«, erwiderte sie vorsichtig, »solltest du dich fragen, ob es hinter dem Offensichtlichen noch was anderes gibt.«

»Ja, vielleicht. Eines Tages werde ich dich malen.«

»Das bezweifle ich.«

»Warum?« fragte er verwundert. »Ich mein's ernst.«

»Trotzdem werde ich's nicht erlauben.« Sie küßte ihn. »Manchmal bist du noch leichter zu durchschauen als ich.«

*

Sie fuhren für fünf Tage nach Paris. Länger durften sich die Engländer jenseits des Kanals nicht aufhalten. Sie wohnten in einer kleinen Pension bei der Avenue Foch. In wachsendem Entzücken erforschten sie die Stadt, die von den Nachwirkungen des Kriegs nahezu verschont blieb. Daheim konnte man noch immer nicht kaufen, was das Herz begehrte. Fleisch und Brot wurden rationiert. In Bristol erinnerten zahlreiche Ruinen an die schrecklichen Luftangriffe. Und hier sahen sie zahlreiche unversehrte alte Gebäude, Gemälde und andere Kunstschätze. An einer Ecke der Rue Georges schwelgten sie in Süßigkeiten, bis ihnen übel wurde. Sie stiegen auf den Eiffelturm, bewunderten den Arc de Triomphe, wanderten durch die Tuilerien und die Rue de la Paix entlang. Als sie unter dem mächtigen Gewölbe von Notre-Dame knieten, versuchte sie, die allgegenwärtigen Bettler zu ignorieren.

Am ersten Abend sanken sie erschöpft ins Bett, und so war es ganz natürlich, nebeneinanderzuliegen und einzuschlafen.

Aber Morag hoffte voller Sehnsucht, Hugh würde sie umarmen und die Erinnerung an den Wasserfall auslöschen – an den Schuppen beim Doone Arms. Und Hugh entsann sich, wie mühsam er Morag zur Heirat überredet hatte. Geduldig wartete er auf einen Kuß oder eine andere zaghafte Liebkosung.

Am letzten Morgen fragte sie zögernd: »Wir haben unseren Honigmond ziemlich unkonventionell verbracht, nicht wahr?«

Hugh blätterte im *Guide Bleu*, um die Besichtigungstouren für diesen Tag zusammenzustellen. Mit einem beruhigenden Lächeln blickte er auf. »Wir vertiefen unsere Beziehung, Morrie. So soll es doch sein.«

»Du weißt sehr gut, was ich meine«, erwiderte sie verlegen.

»Ja, ich denke schon. Aber ich will dich nicht bedrängen, Darling. Wir haben noch so viel Zeit.«

Brennend stieg ihr das Blut in die Wangen. »Zweifle nicht an unserer Liebe, Hugh. Diese fünf wunderbaren Tage werde ich nie vergessen. Trotzdem finde ich – wir sollten …«

Er legte das Buch beiseite und ergriff ihre Hand. »Nach unserer Hochzeit hast du mit Jannie gesprochen. Ein schwerer Fehler. Deine Freundin wendet Methoden an, die nicht zu deinem Wesen passen würden. Das weißt du sicher. Ich wünsche mir, daß du dich völlig entspannt fühlst. Wenn man den Vollzug der Ehe für eine Pflicht hält, bedeutet er nichts. Laß es einfach geschehen, Mo, auf natürliche Weise.«

Wie sollte sie ihm erklären, es müßte keine Barriere durchbrochen werden und es würde nicht auf ihre Entspannung ankommen? »Das hat wirklich nichts mit Jannie zu tun. Zwischen Nymphomanie und Zölibat gibt's noch einen Mittelweg.«

Lachend schüttelte er de Kopf. »O Morrie, du bist eine bezaubernde Mischung aus Unschuld und Lebensweisheit! Glaub mir, wir werden keine enthaltsame Ehe führen. Und deine Freundin ist doch sicher nicht nymphomanisch, oder?«

»Keine Ahnung, wie ich's sonst nennen soll. Lenk bloß nicht vom wichtigeren Thema ab…«

»Okay. Ich will nichts überstürzen. Im Augenblick ist alles perfekt…«

»Und sag nicht, wir würden so gut zusammenpassen! Das haben die Leute bei unserem Hochzeitsempfang oft genug behauptet!«

»Weil's nun mal stimmt.« In seinem Lächeln schwang keine Leidenschaft mit. Aber dann zog er sie an sich und küßte sie, zärtlich und fordernd zugleich. Als er den Kopf hob, starrte sie ihn an. Langsam füllten sich ihre Augen mit Tränen.

»Alles wird gut, Liebster«, flüsterte sie. »Alles…«

An diesem Vormittag dauerte es sehr lange, bis sie die Pension verließen, um neue Sehenswürdigkeiten zu besichtigen. Und sie kehrten zurück, bevor sie sich müde fühlten. Morag behielt recht – alles wendete sich zum Guten. Zuvor war ich ein Kind, dachte sie, jetzt bin ich eine Frau.

13

1952

Am 21. Juli brachte Jannie eine Tochter zur Welt, die Julie genannt wurde. Die Geburt verlief komplikationslos. »Wie eine Zigeunerin«, meinte Durston voller Stolz. »Wenn sie auch auf einem Bett bestanden hat, statt in einem Straßengraben zu gebären…«

Val und Morag schauten weder Jannie noch einander an. Manchmal fanden sie Dustys unverblümte Art furchtbar peinlich. Als er hinzufügte, ein Junge wäre ihm lieber gewesen, protestierten sie sofort.

»Wie kannst du das sagen! Wo sie doch so süß ist!« Val beugte sich über die Wiege und gurrte ekstatisch. Nicht zum erstenmal erkannte sie, daß sie auf dieses Glück verzichten mußte – was sie kein bißchen störte. Sie hatte es von Anfang an gewußt.

»Jetzt sind kleine Mädchen in der Minderheit, Dusty«, erklärte Morag. »Das geht aus einer Statistik hervor, die ich in meiner Entbindungs- und Säuglingsklinik gelesen habe. Also müßtest du dich über dein Töchterchen freuen.«

»Seht euch diese Fingernägel an!« murmelte Hugh hingerissen, und alle gehorchten.

Zuvorkommend hob Julie die Fäuste. Nur die Daumennägel waren zu sehen. Dusty lachte. »Immerhin kann sie schon die Händchen ballen.«

Berry lehnte am Kaminsims und beobachtete, wie seine Mutter Windeln faltete. Flüchtig schaute er zur Wiege hinüber. »Mit diesen Fingern hätten die Japs einige Probleme.«

Während er von Morag und Val ignoriert wurde, fragte Jannie: »Was meinst du, Berry?«

»Nichts, Schätzchen«, sagte Dusty. »Solltest du unser Baby nicht stillen?«

»Unsere Aufpasser im Kriegsgefangenenlager konnten besonders gut mit Fingernägeln umgehen«, fuhr Berry unbeirrt fort. »Ein paar armen Teufeln wurden sie einfach ausgerissen.«

»O Gott!« flüsterte Jannie entsetzt.

»Darf ich Julie mal halten?« bat Val hastig. »Bevor du sie stillst ...«

»Sehen wir uns inzwischen auf der Farm um«, wandte sich Hugh an seine Brüder. »Ich finde es immer noch unglaublich, daß Dusty so gute Arbeit leistet. Vielleicht wäre ein bißchen konstruktive Kritik angebracht, was, Berry?«

Bereitwillig eilte Durston aus dem Zimmer, von einem widerstrebenden Berry gefolgt. Bevor Hugh den beiden folgte, warf er Morag einen Blick zu und schnitt entschuldigend eine Grimasse. Aber sie fand Berrys Enthüllungen sehr interessant. Obwohl sie sich derzeit mit Schwangeren, Wöchnerinnen und Babies befaßte, dachte sie manchmal immer noch an Matthews Seminare und überlegte, welche Symptome einer Kriegsneurose ihr Schwager aufweisen mochte.

Peggy legte das Baby fachkundig an die prallen Brüste seiner Mutter, die tief aufseufzte, und versicherte: »Gleich hast du's überstanden.« Vertrauensvoll lächelte Jannie ihre Schwiegermutter an.

Als sie Dustys Frau wurde, hat sie auch seine Ma und seine Granny geheiratet, dachte Morag belustigt, und das ist für Jannie gut und richtig... Auch sie hatte in die Familie Reid eingeheiratet. Aber sie wohnte mit Hugh immer noch bei Eric im Redley Lodge. Obwohl sie ihren Ersatzvater liebte, sehnte sie sich nach einem eigenen Heim. Dieses Ziel hatte nur Val erreicht.

Morag beobachtete, wie ihre Freundin das Baby entzückt anstarrte und verstohlen eine Träne wegwischte. Arme Val – ein unwillkommener Gedanke...

Wortreich lobte Val die kleine Julie, die so geschickt an der Mutterbrust saugte, und Granny stöhnte. »Albernes Getue! Was die Ferkel hinkriegen, dürfte den Menschen nicht allzu schwerfallen.«

Noch ein unerwünschter Gedanke ging durch Morags Sinn. *Nachdem Berry mir damals über meine Verzweiflung hinweggeholfen hat – wie kann ich ihm helfen?*

Gesättigt schloß das Baby die Augen, und Peggy entschied, nun müßten Mutter und Kind schlafen. Morag und Val küßten Jannie. Dann gingen sie zu dritt in die Küche hinunter, um »eine gute Tasse Tee« zu trinken.

»Nicht, daß du uns jemals ›schlechten‹ Tee servieren würdest, Peggy«, bemerkte Val.

»Als Berry klein war, schüttete er immer Salz in die Kanne«, erzählte Peggy lächelnd. »Da hat der Tee gar nicht geschmeckt.«

Die Tassen und Untertassen, die Val auf den Tisch stellte, klirrten unnötig laut. »Offenbar ist er dein besonderer Liebling gewesen.«

»Davon weiß ich nichts. Jedenfalls war er das Nesthäkchen. Nach den beiden Söhnen wünschte sich Will eine Tochter. Deshalb haben wir Berry anfangs wie ein kleines Mädchen behandelt und vielleicht ein bißchen verwöhnt.« Peggy schüttete kochendes Wasser in die Kanne. »Wie geht's ihm?«

»Manchmal kann er ziemlich eklig sein. Das hast du ja vorhin erlebt. Und andererseits – ist er wundervoll.« Val setzte sich an den Tisch und zuckte die Achseln. Das hängt von seinen Schmerzen ab. Im Sommer hat's sooft geregnet. Die feuchte Luft schadet ihm.«

»Und wie kommt er mit diesen Schülerinnen zurecht?« fragte Peggy und schenkte den Tee ein.

»Auch das hängt von seiner jeweiligen Verfassung ab.« Val fing einen Blick ihrer Freundin auf und lachte. »Vermutlich erinnerst du dich nicht mehr an Berrys Faible für Schulmädchen, Mo … Warum schaust du so schockiert drein? So wie's klingt, meine ich's nicht. Er malt die Mädchen gern. Natürlich abstrakt. Aber sie müssen ihm trotzdem sitzen.«

»Ich dachte, er würde sie unterrichten«, sagte Morag und nahm ihr gegenüber Platz.

»Das tut er. Und dabei porträtieren sie einander. Alle sind in ihn verliebt. So wie meine Mitschülerinnen im Sommer *1941*. Unsere Malwochenenden sind ein Riesenerfolg. Aber es gibt gewisse Probleme – er arbeitet viel zu hart, und wenn das Haus voll ist, kann er sich nicht richtig ausruhen. Nur deshalb hat er diese taktlose Bemerkung über das Baby gemacht. Weil er müde ist.«

»Spricht er oft über seine Kriegsgefangenschaft?« fragte Morag.

»Mit mir nie. Nur mit seinen Brüdern. So als wollte er sie dran erinnern. Sie haben's gut verkraftet, und das erträgt er nicht.«

Seufzend stand Peggy auf. »Im Grunde ist er ein guter Junge. Das alles muß sehr schwierig für ihn sein«, fügte sie hinzu und ging zur Tür. »Falls sie Tee trinken wollen – ich sage ihnen, daß noch genug übrig ist.«

»Sie läuft immer davon, wenn ich über solche Dinge rede, Mo«, erklärte Val. »In ihrer Welt muß alles in Ordnung sein. Von Schwierigkeiten will sie nichts wissen.«

»Das verstehe ich. Aber – Berry *muß* über alles sprechen, was er durchgemacht hat. Die grauenhafte Zeit im Kriegsgefangenenlager...Und vorher trieben sie zehn Tage lang auf einem Rettungsfloß im Meer, bis sie von einem japanischen Handelsschiff aufgelesen wurden und nach Singapur gebracht wurden ...«

»Das weiß ich«, fiel Val ihrer Freundin ungeduldig ins Wort. »Peggy hat mir die Einzelheiten erzählt. Vor allem war's die schreckliche Zwangsarbeit im Lager, die Berry zu schaffen machte.«

»Diese Dinge sollte er sich von der Seele reden. Bitte ihn doch, dir davon zu erzählen.«

»Glaubst du, das habe ich nicht getan, Mo?« Ärgerlich rührte Val in ihrem Tee. »Es ist sinnlos – über diese Zeit will er mir nichts verraten.«

»Aber ...« Morag dachte an ihre nächtlichen Gespräche mit Hugh, nach heilsamen Liebesstunden. Da berichtete er von Bandagen aus Bananenschalen, der unzulänglichen Ernährung der Kriegsgefangenen, ihrem mühsamen Versuch, Gemüse anzubauen, der eiternden Wunde an Berrys Bein ... Einmal war Durston verprügelt worden, weil er durch den Stacheldraht mit einem Mädchen geflirtet hatte. »Hugh erzählt mir sehr viel.«

»Manchmal spricht Berry im Schlaf. Er ruft einen japanischen Namen. Akiko. Oder so ähnlich.« Val stand auf, ging zum Herd und goß noch etwas heißes Wasser in die Teekanne. »Als ich's eines Morgens erwähnte, schlug er mich.«

»Großer Gott ...«

»Es störte mich nicht, und ich dachte, vielleicht würden sich danach die Schleusen öffnen. Diese Hoffnung mußte ich begraben.«

»O Val, es tut mir so leid. Daß es so schlimm ist, wußte ich nicht.«

»Du darfst keinen falschen Eindruck gewinnen«, sagte Val hastig. »Es gibt auch andere Zeiten. Und – gewissermaßen ist Berry mein Lebenswerk.« Sie versuchte einen scherzhaften Ton anzuschlagen. Aber sie meinte es ernst, was ihrer Freundin nicht entging.

*

Im rötlichen Licht des Sonnenuntergangs fuhren Morag und Hugh nach Hause, und sie betrachtete sein Profil vor einem ständig wechselnden Hintergrund. Bäume, Hecken, Felder und zerklüftete Höhen, die so aussahen, als würden sie sich allmählich zur Ruhe begeben. Der Fahrtwind wehte ihm das braune Haar ins Gesicht, und er glich beinahe einem kleinen Jungen. »Darling«, sagte sie unvermittelt, »du bist der einzige Halt in meinem Leben. Irgendwie hast du's geschafft, alle Ereignisse zu absorbieren und zu normalisieren.«

»Was hat dich zu dieser Erkenntnis geführt?« Lächelnd warf er ihr einen kurzen Seitenblick zu.

»Nichts Bestimmtes – du sollst es einfach nur wissen. Zu vieles zwischen uns bleibt ungesagt.«

»Manche Dinge sollte man besser nicht aussprechen.« Nun begann die steile Abfahrt am Porlock-Hang, mit den zahlreichen Haarnadelkurven. »Ich weiß – du findest, Berry müßte unentwegt reden und seine Seele von dem ganzen Gift befreien. So einfach ist das nicht.«

Verwundert runzelte sie die Stirn. »Wieso weißt du, daß ich an Val und Berry denke? Weniger an ihn … Sie ist so einsam. Und ich wünschte, wir könnten ihr helfen.«

»Irgendwann werden wir vielleicht Mittel und Wege finden. Wir warten hinter den Kulissen. Das weiß sie.«

»Hugh – sicher will sie nicht, daß ich dir davon erzähle. Er hat sie geschlagen. Weil sie nach irgend jemandem namens Akiko fragte. Diesen Namen hatte er im Schlaf gerufen.«

»Tut mir leid, Liebes.« Er nahm eine Hand vom Lenkrad und legte sie auf Morags Knie. Durch ihren dünnen Baumwollrock spürte sie die Wärme seiner Finger. »Für dich muß das alles sehr schmerzlich sein. Aber – hat's Val was ausgemacht?«

»Nein, angeblich nicht. Trotzdem ist es grauenhaft.«

»Sie hat ihm offenbar verziehen.«

»Klar, sie verzeiht ihm alles.«

»Glaubst du, sie ist vernarrt in ihn?«

»Nein. Kein bißchen. Seltsam... Sie sagte, er sei ihr Lebenswerk. Und das stimmt, wenn sie auch über ihre Opferrolle spottet.«

»Deshalb läßt er sie nicht an sich heran. Er will nicht ihr Lebenswerk sein.« Inzwischen hatten sie die Minehead-Straße erreicht. Die Sonne verschwand hinter den Hügeln, und Hugh schaltete die Scheinwerfer ein.

»Das verstehe ich. Die beiden sollten ein Baby bekommen. Dann würde er vielleicht nicht mehr das Bedürfnis empfinden, andere Frauen zu malen. Und sie hätte – ein neues Lebenswerk.«

Weil er ahnte, daß ihr Gedankengang noch nicht beendet war, schwieg er.

Sie begann erst wieder zu sprechen, als sie Bridgewater verließen. »Sollten wir uns auch zu einem Kind entschließen, Darling?«

Eine Zeitlang wartete er ab, ob sie sich anders besinnen würde. »Natürlich, beim Anblick eines Säuglings verspüren viele Frauen Mutterinstinkte. Aber Dr. Morag Reid?« Doch sie nahm ihre Worte nicht zurück. »Nun, meine liebste Morrie, du mußt wissen, wie du darüber denkst.«

Sie legte den Kopf auf seine Schulter. Allmählich schlief sie ein.

*

Durston kam aus dem Bad ins dunkle Schlafzimmer, eine schwarze Silhouette, und Jannie sah, wie er sich vorsichtig über die Wiege beugte. »Um Himmels willen«, flüsterte sie, »du darfst Julie nicht wecken, Darling. Ich kann sie nicht noch einmal stillen.«

Grinsend ging er zum Bett. »Irgendwann mußt du dich dazu aufraffen, mein Schatz.«

»Erst morgen. Wenn deine Mutter mir hilft.«

»Notfalls würde ich dir auch helfen.« Als er sie küßte, stöhnte sie.

»Das kann ich nicht. Noch lange nicht …«

Unbeirrt streichelte er ihre runden, mit Milch gefüllten, schmerzenden Brüste. »Wer behauptet denn so was?«

»Hör auf!« Tränen rannen über ihre Wangen.

»Schon gut. Gleich wirst du dich besser fühlen.«

Zu ihrem Leidwesen war er unwiderstehlich. Sie umklammerte die Messingstange am Kopfende des Betts und versuchte, ihre ekstatischen Schreie zu unterdrücken. Da erwachte Julie. In gewisser Weise war Jannie erleichtert. Einerseits wollte sie schlafen, andererseits die Milch loswerden.

Entzückt beobachtete Durston, wie sie das Baby stillte. »Ich liebe dich ganz wahnsinnig, Jannie, und ich finde, du bist einfach vollkommen.«

Sie lächelte zufrieden. Das hatte sie sich immer gewünscht. Bewunderung.

Später legte er das Baby behutsam in die Wiege und streckte sich neben Jannie aus.

»Macht's dir nichts aus, daß unser Kind ein Mädchen ist?« flüsterte sie.

»Gar nichts. Das nächste wird ein Junge.«

Sie lachte leise. »Wie Val und Berry wohl zurechtkommen?«

Aber er schlief bereits und erwachte nicht einmal, als Julie zu schreien begann. Diesmal stillte Jannie ihre Tochter, ohne zu klagen. Nackt und schön saß sie auf der Bettkante und verspürte die ersten Regungen mütterlicher Liebe.

*

»Sicher weißt du, wie unmöglich du dich benommen hast«, bemerkte Val in strengem Ton.

Berry saß auf dem Bett und öffnete die Riemen, die seine Aluminiumprothese mit dem Beinstumpf verbanden. »Und das wirst du mir nicht verzeihen«, erwiderte er und beobachtete verstohlen, wie sie sich vor dem offenen Fenster auszog. Dort hatte sich jenes alberne Mädchen auf die Felsen hinabgestürzt.

»Vielleicht doch – wenn du's zugibst und dich entschuldigst.«

Wie hübsch sie war – ein Botticelli-Engel mit dichten Locken und üppigen Rundungen. »Schämst du dich nicht? Jeder kann dich sehen.«

Sie betrachtete das schwarze Meer, den indigoblauen Horizont, den bleichen Mond. »Kein Schiff weit und breit. Und wenn eins kommt, müßte man ein Fernglas benutzen, um mich zu begaffen.« Sie ging zur Tür und knipste das Licht an. »Wechsle bloß nicht das Thema! Nun, gibst du zu, daß du dich heute ganz schlecht benommen hast?«

»Grauenvoll!«

»Vielen Dank. Und jetzt entschuldige dich.«

»Verdammt, warum sollte ich?« stieß er hervor, von plötzlichem Zorn erfaßt. »Dauernd drängst du mich, über meine Kriegsgefangenschaft zu reden. Und das habe ich an diesem Nachmittag getan.«

»Aber *wie* du's getan hast ... Kannst du dir das Leben nicht ein bißchen leichter machen?«

»Nicht so viel trinken, nicht so viel malen ...«

»Natürlich sollst du malen. Es mißfällt mir nur, wie verzerrt du die Frauen darstellst. Du nennst es Abstraktion. Aber ich finde es voyeuristisch – und pervers.«

»Seit wir verheiratet sind, habe ich mit keiner anderen geschlafen. Das weißt du.«

»Man kann auf verschiedene Arten sexuelle Befriedigung finden»

»Damit kennst du dich aus, was?«

Gekränkt senkte sie den Kopf und schwieg. Val, so selbstlos und liebevoll – und doch nicht... »Tut mir leid – vergiß, was ich gesagt habe.«

»Gefällt's dir nicht, wenn wir miteinander schlafen?« flüsterte sie.

»Unsinn! So was habe ich nie behauptet. Wie ich bin, kann ich nicht ändern. Aber ich liebe dich. Und ich werde dich immer lieben.«

Sie kniete sich neben ihn auf die Bettkante und küßte ihn. »Schon gut. Das weiß ich. Und ich hätte keine Entschuldigung von dir verlangen dürfen. Du sollst dich zu nichts gezwungen fühlen.«

»Warum sagst du niemals, ich soll mich glücklich fühlen?« Er schob sie ein wenig von sich und versuchte, in ihre blauen Augen zu schauen, die im Dunkel fast schwarz wirkten.

»Was ist Glück, Berry? Wenn du dich von allen Dämonen befreist, wirst du vielleicht glücklich sein.«

Sie liebten sich wie üblich, ohne Zärtlichkeit, aber mit

überwältigender Leidenschaft. Danach stützte er sich auf einen Ellbogen und musterte ihr Gesicht. »Mit einem Zeigefinger streifte er die Locken aus ihrer Stirn. »Du bist – byronesque. Meine schöne, ganz normale Val – byronesque.«

»Halt den Mund und schlaf.«

Er küßte sie – diesmal sehr zärtlich. »Tut mir leid. Heute nachmittag war ich wirklich ein Ekel. Du weißt, warum.«

»Und niemand soll's vergessen – niemals«, murmelte sie müde.

»Nein. Ich möchte ein Kind zeugen.«

Nach diesem Geständnis war sie hellwach. Berry schlief ein, völlig erschöpft. An ihrer Seite zuckte der Beinstumpf. Lautlos begann sie zu weinen.

14

1956

Peggottys monotones Geschrei weckte Jannie. Obwohl es noch dunkel war, lag Durston nicht mehr neben ihr. Also hatte er bereits die Kühe zu melken begonnen. Sie verfluchten den Tag, wo sie beschlossen hatten, die Farm in eine Molkerei umzuwandeln. Gewiß, die Schafe waren zur Lammungszeit eine Plage gewesen, aber ansonsten hatte man sich nur zu vernünftigen Tageszeiten um sie kümmern müssen. Trotzdem hatte sich Dusty stets geweigert, wegen der Mädchen aufzustehen. »Weiberkram«, behauptete er, als sie klagte, sie sei völlig erschöpft. »Und falls ich's noch nicht erwähnt habe, Schätzchen – ich mag keine jammernden Frauen.«

Inzwischen hatte sie's aufgegeben, gegen solche Vorwürfe zu protestieren. Als ihre Schwiegermutter noch im Farmhaus gelebt hatte, war alles anders gewesen. Sie verbot ihrem Sohn, Jannie zu kritisieren, genoß ihr Familienglück und verwöhnte ihre Enkelinnen Julie und Rosamund. Aber nach Grannys Tod hatte Peggy beschlossen, auf Reisen zu gehen. »Dreißig Jahre lang war ich an die Farm gefesselt. Als wir hierherzogen, feierte Berry gerade seinen dritten Geburtstag. Jetzt will ich was von der Welt sehen, bevor ich alt und klapprig werde.«

Natürlich wäre es selbstsüchtig gewesen, ihr das auszureden. Und so beteuerte Jannie nur, sie würde Peggy schmerzlich vermissen. »Tut mir leid, daß ich so ein Schwächling bin ...« Sie begann zu weinen, weil sie wußte, wie sehr ihre Schwiegermutter das haßte. »O Peggy – ich liebe doch so ...«

Ausnahmsweise übersah Peggy die Tränen. »Und ich liebe dich, mein Mädchen. Aber ich gehe auch deinetwegen fort. Du verläßt dich zu sehr auf mich, und ich untergrabe dein Selbstvertrauen. Sicher wirst du auch ohne meine Hilfe für Dusty und die Kinder und das Haus sorgen. Du bildest dir nur ein, du würdest mich brauchen. Außerdem komme ich bald zurück.«

Daran glaubte Jannie längst nicht mehr. 1954 war Peggy abgereist und letzten Sommer in Australien gelandet. Wenig später hatte sie einen Schaffarmer geheiratet, der viertausend Morgen Land besaß. Melbourne, die nächste große Stadt, lag zweihundert Meilen entfernt, und das gefiel ihr.

Sie fehlte ihrer Schwiegertochter immer noch. »Peggy,

Peggy…« Unglücklich tastete sie an diesem dunklen Aprilmorgen nach ihren Pantoffeln, voller Angst, das schreiende Baby würde Julie und Ros wecken. »Natürlich freue ich mich für dich – aber ich schaff das alles einfach nicht…«

Nach der unerfreulichen letzten Nacht schmerzte ihr Kopf. »Moment mal, Dusty, ich wollte Peggotty nicht«, hatte sie sich beschwert. »Und ich möchte nicht noch einmal…«

Wie üblich ignorierte er ihren Protest. Und sie konnte ihm nicht widerstehen. Statt dessen schrie sie vor Lust und vergaß den Kommentar ihres Arztes, sie gehöre zu den wenigen Frauen, bei denen es reine Zeitverschwendung sei, ein Verhütungsmittel anzuwenden. Darauf war sie stolz. »Ich bin nun mal fruchtbar«, hatte sie ihren Freundinnen herausfordernd erklärt.

»Um Himmels willen, Jannie!« hatte Val erwartungsgemäß gestöhnt.

Seufzend eilte Jannie ins Kinderzimmer. Als sie das Baby aus der Wiege hob, verstummte es sofort. Der kleine Mund suchte die Brüste der Mutter. Mit geübter Hand zog sie das Nachthemd nach unten, während sie in ihr Schlafzimmer zurückkehrte. Gierig begann das Kind zu saugen, und sie zuckte zusammen.

Nach wenigen Sekunden verebbte der Schmerz. Sie setzte sich auf die Bettkante und schaute sich im Zimmer um, das allmählich vom Morgengrauen erhellt wurde. Seit Will und Peggy Reid hier eingezogen waren, hatte sich nichts verändert. »Ich liebe diesen Raum, Peggotty«, murmelte sie, »die alten Möbel, das Gefühl der Beständigkeit, das Fenster mit der Aussicht auf die Felder, wo sich keine Menschenseele blicken läßt, die dicken Mauern…Wenn du hier aufwächst und nachts erwachst, wirst du Daddy und Mummy niemals hören ...« Sie küßte das Köpfchen mit dem Flaumhaar, das süß und milchig roch, und gab ihrer Tochter die andere Brust. »Leider ist nicht mehr viel da, Darling.« Sie zögerte, das Baby ans Fläschchen zu gewöhnen. Irgendwo hatte sie gelesen, in der Stillzeit könne man nicht schwanger werden.

Als die Quelle versiegte, begann Peggotty wieder zu brüllen. Resignierend schlüpfte Jannie in ihren Morgenmantel und trug sie in die Küche. Sie kochte Milch, füllte sie in ein Fläschchen und wartete, bis sie abkühlte.

Als sie den Sauger in den Mund des Babys schob, kam Dusty herein. »Großer Gott, das Geplärr war bis in den Stall zu hören.« Er hatte seine Stiefel auf der Veranda ausgezogen. Nun tappte er in Socken hin und her, um Brot, Butter und Marmelade hervorzuholen. »Konntest du kein Frühstück machen, während die Milch abgekühlt ist? Und du bist nicht einmal angezogen.«

»Wenn du das Geschrei gehört hast, weißt du ja, warum ich keine Zeit dafür hatte. Außerdem fühle ich mich nicht besonders.«

»So siehst du auch aus.« Mitleidlos starrte er sie an, dann ging er zum Herd und setzte Wasser auf. Dabei trat er in verschüttete Milch. »Du ungeschickte Kuh! Nicht einmal ein Fläschchen kannst du füllen!«

»Wie redest du denn mit mir?« Heller Zorn trieb ihr Tränen in die Augen. »Oh, ich hasse dich! Warum bringst du kein bißchen Verständnis für mich auf? Am liebsten würde ich dich mit den Kindern allein lassen und zu meiner Mutter ziehen.«

»Aber die würde dich nicht aufnehmen.« Er ahnte

nicht, wie tief er sie verletzte. »Oder ihr derzeitiger Freund hätte was dagegen.«

Den Kopf über dem nuckelndem Baby gesenkt, kniff sie die Augen zusammen. Unglücklicherweise hatte er recht. Eve behauptete zwar, sie würde sich jedesmal unbändig freuen, wenn sie ihre Tochter und ihre Enkelinnen sah. Aber in ihrem Haus in den Downs sei kein Platz für eine so große Familie, und in der winzigen Küche könne man nicht all die Mahlzeiten zubereiten.

Jannie öffnete die Augen und sah eine Träne auf die Nase des Babys fallen. Sofort ließ der kleine Mund den Sauger los, und Peggotty begann zu schreien. Ein paar Sekunden später erinnerte sie sich an ihren einzigen Lebenszweck. Ihre Lippen schnappten wieder nach dem Sauger.

»Schau dir das an, Jan!« fauchte Durston. »Sie ist halb verhungert. Da du nicht mehr genug Milch hast, solltest du sie endlich an die Flasche gewöhnen. Offenbar schmeckt ihr die Kuhmilch viel besser.«

»Dann ist ja alles in bester Ordnung«, erwiderte Jannie tonlos. »Nachdem ich eine Kuh bin ...«

Lachend zerzauste er ihr Haar. »Komm schon, altes Mädchen. Was ich am schlimmsten finde, weißt du ja – heulende Frauen.« Er strich Butter und Marmelade auf mehrere Brotscheiben und spülte sein Frühstück mit Tee hinunter. Nur zu gut erinnerte sich Jannie, daß es zu Peggys Zeiten Schinken mit Eiern gegeben hatte.

Das Mündchen geöffnet, schlief Peggotty ein. Wie ein unverwechselbarer Geruch verriet, mußte sie gewickelt werden. Aber Jannie ertrug es nicht, sie nach oben zu bringen und zu wecken. Behutsam legte sie das Baby auf das abgewetzte alte Sofa, setzte sich an den Tisch und goß Tee in eine Tasse. Durston erzählte vom Besuch des Tierarztes, der ihm an diesem Morgen das Sperma eines Preisbullen vom anderen Ende des Countys gebracht hatte. »Wäre es nicht wunderbar, wenn ich eine reinrassige Herde züchten würde?«

»Willst du bis zu deinem letzten Atemzug vor Tagesanbruch aufstehen? Jeden Abend früh ins Bett, kein Gesellschaftsleben ...«

»Großer Gott, Jannie, *du* wolltest doch unbedingt einen Farmer heiraten! Und es hat dir gefallen, früh ins Bett zu gehen. Manchmal konntest du's abends gar nicht erwarten, die Treppe hinaufzulaufen. Und jetzt jammerst du mir die Ohren voll!«

»O nein, das ist nicht wahr! Und um *uns* geht's gar nicht mehr. Ich kümmere mich nur noch um die Kinder.«

In diesem Augenblick stieß Peggotty einen markerschütternden Schrei aus, der Ros weckte.

»Was du nicht besonders gut kannst«, bemerkte Durston bitter.

»Manchmal frage ich mich, warum du mich geheiratet hast ...«

Sofort bereute sie ihre Worte. Seine schwielige Hand berührte ihren Nacken. »Soll ich's dir sagen? Oder zeigen?«

»Laß das – Peggotty – und Ros...« Aber sie war seiner Vitalität nicht gewachsen. Während sie entnervt kapitulierte, dachte sie an den Bullen am anderen Ende des Countys, der Durstons Kühe aus der Distanz befruchten würde. Genauso fühlte sich Jannie. Wie eine hilflose Kuh. Tränen rannen über ihre Wangen. »Komm schon, Schätzchen«, drängte er, »ich liebe dich – ich liebe dich ...« Erfolglos versuchte er, ihre Leidenschaft zu wecken.

*

Zu Mittag sollte die künstliche Befruchtung stattfinden. Bevor der Tierarzt eintraf, telefonierte Dusty mit Cyril, der sich sofort mit seinem Neffen Maurice auf den Weg machte. Alle Männer verschwanden im Kuhstall. Nachdem Jannie ihre älteste Tochter Julie in den Kindergarten vom Gallenwick gebracht hatte, hielten die beiden anderen ihr Vormittagsschläfchen, und sie fand genug Zeit, um einen Kuchen zu backen. Hoffentlich würde er endlich einmal richtig aufgehen. Der loyale Cyril behauptete jedesmal, ihr Kuchen würde ihm schmecken. Doch der Tierarzt hatte nur einen kurzen Blick auf das letzte Resultat ihrer Bemühungen geworfen und erklärt, zwischen den Mahlzeiten würde er nichts essen.

Ermattet sank sie auf das alte Sofa, das noch feucht von Peggottys Morgenschläfchen war, und nippte an einer Tasse Tee. Sie war so müde, daß ihr der Kopf schwirrte. In diesem Augenblick erschienen ihr das Schnattern der Gänse und ein vertrautes Hupen wie ein Himmelsgeschenk. Sie schaute durchs Fenster und sah Val in den Hof fahren. Hoffentlich saß Berry nicht im Auto – nein, Gott sei Dank.

»Welch eine wunderbare Überraschung, Darling!« Jannie schlang ihre mageren Arme um die rundliche Freundin, der dieser Kontrast sofort auffiel. »Wie schaffst du das nur, so schlank zu bleiben? Schau mich an! Das typische Fett einer Frau in mittleren Jahren.«

»Unsinn! So alt sind wir doch noch gar nicht.«

»Immerhin zweiunddreißig.« Val nahm einen von Berrys alten Hüten ab und schüttelte ihre Locken. Unter der Jacke schien sie ein Hemd und eine Hose ihres Mannes zu tragen. Wehmütig erinnerte sich Jannie, wie hübsch Val in ihrer Schuluniform aus Baumwolle ausgesehen hatte. Diese maskuline Kleidung stand ihr nicht.

»Heute fühle ich mich uralt«, klagte Jannie.

»Quatsch! Vielleicht bist du seit Peggottys Geburt ein bißchen zu dünn. Morag hat sich zu Weihnachten Sorgen um dich gemacht. Fühlst du dich nicht gut? Obwohl du so zerbrechlich wirkst, bist du zäh wie ein alter Stiefel – das weiß ich, aber …« Vals Stimme erstarb. In Jannies Augen glänzten Tränen.

»Tut mir leid, Val, in letzter Zeit muß ich dauernd heulen. Damit werde ich Dusty noch zum Wahnsinn treiben. Nimm's nicht tragisch. Jetzt werde ich erst mal Wasser aufsetzen.«

»Nein, das mache *ich.*« Val drückte ihre Freundin auf einen Stuhl und ging zum Herd. »Wahrscheinlich bist du einfach nur müde.«

Aber Jannie konnte nicht aufhören zu weinen. Sie gestand, wie schmerzlich sie Peggy vermissen würde und wie unmöglich es sei, eine Haushaltshilfe zu bekommen, weil Dusty so anspruchsvoll war. »Und ich bin zu gar nichts nütze.« Sie schluchzte und beobachtete, wie Val das kochende Wasser in die Teekanne goß, ohne einen einzigen Tropfen zu verschütten. »Wenn ich noch ein Baby kriege … Davor habe ich schreckliche Angst. Bis jetzt habe ich's dir nicht erzählt. Zwischen Ros und Peggotty hatte ich eine Fehlgeburt. Sonst hätte ich jetzt *vier* kleine Kinder. Manchmal komme ich mir wie eine Gebärmaschine vor.«

»O Darling!« Val kauerte neben ihr nieder und umarmte sie. »Kannst du Dusty nicht bitten, ein bißchen Rücksicht auf dich zu nehmen?«

»Unmöglich, er ist ein hoffnungsloser Fall.« Jannie wischte ihre nassen Lider an Vals Hemdsärmel ab und fühlte sich schon ein bißchen besser. »Diesen Mann kann man einfach nicht bremsen.«

»Soll Berry mal mit ihm reden?« Val stand auf, schenkte den Tee ein und reichte Jannie eine Tasse. Dann setzte sie sich ihr gegenüber.

»Nein, das würde nichts nützen. Vielleicht wäre das Problem gelöst, wenn wir einen Sohn hätten. Dusty braucht einen Erben ...«

»Verbrennt da irgendwas?« fiel Val ihr ins Wort. »Hast du einen Kuchen im Ofen?«

Jannies schriller Schrei drohte ihre kleinen Töchter im Oberstock zu wecken.

»Bleib sitzen«, befahl Val, »ich schau mal nach.« Sie nahm den schwarzen Kuchen aus dem Backofen und begann die verkohlten Stellen wegzuschaben.

»O Gott, er ist ungenießbar!« jammerte Jannie.

»Keineswegs. Ich belege ihn mit Nüssen und Kirschen. Dann streiche ich eine Glasur drüber. Geh hinauf und leg dich für eine halbe Stunde hin. Dann nimmst du ein Bad. Um vier kommst du zum Tee runter.«

»Aber – du verstehst nicht ... Der Tierarzt ist hier. Und Cyril und sein Neffe Maurice.«

»Tu jetzt, was ich sage!« Entschlossen schob Val ihre Freundin zur Treppe.

»Die Mädchen – Julie ...«, stammelte Jannie, »der Kindergarten ...«

»Hast du nicht gehört? Geh endlich!« Val wartete am Fuß der Treppe, bis Jannie den Oberstock erreichte. Drohend hob sie eine Faust, als ihre Freundin sich umdrehte.

Jannie gab sich geschlagen und ging ins Schlafzimmer. Kraftlos sank sie ins ungemachte Bett und schlief sofort ein.

*

Während ein paar Brötchen im Ofen aufgebacken wurden, reparierte Val den Kuchen. Ihre Lippen bildeten einen schmalen Strich. Am liebsten wäre sie hinausgelaufen, um Durston Reid gründlich die Meinung zu geigen. Doch das würde nicht viel nützen. Darin glich er seinem Bruder Berry. Was immer man den beiden vorwarf, prallte an ihnen ab wie Wasser von einem Entenrücken.

Als die Männer hereinkamen und sich über dem Spülbecken die Hände wuschen, war der Kuchen gerettet. Inzwischen hatte Val die Brötchen mit Butter bestrichen. Sie stellte Teller auf den Tisch und schenkte den Tee ein.

»Wo ist Jannie?« fragte Durston etwas verspätet. Lachend saßen sie alle am Tisch – alberne, überdimensionale Schuljungen.

Nur mühsam bezwang Val ihren Zorn. »Es geht ihr nicht gut«, erwiderte sie und lächelte Durston strahlend an. »Würdest du dich in mein Auto setzen, lieber Schwanger, und Julie vom Gallenwick-Kindergarten abholen?«

»Das macht Jannie.«

Val schnitt ein Stück Kuchen für ihn ab. »Tut mir leid, Dusty. Heute schafft sie's wirklich nicht. Übrigens, ich habe Ros und Peggotty noch nicht geweckt. Würdest du es übernehmen? Dann fahre ich zum Kindergarten.«

Sofort stand er auf. »Nein, schon gut, überlaß das mir.«

Liebenswürdig wandte sich Val zu den anderen drei Männern. »Laufen Sie bloß nicht weg! Sie müssen mir helfen, die Babies zu versorgen. Davon verstehe ich nämlich überhaupt nichts.«

Zuerst brachte sie Ros in die Küche und setzte sie auf Cyrils Schoß. Er fütterte sie mit einem Brötchen und ließ sie entzückt auf seinen Knien hüpfen. Dann machte Val ein Fläschchen für Peggotty und rannte noch einmal nach oben, um sie in die Küche zu tragen. Als Durston mit Julie nach Hause kam, waren beide Babies gefüttert und gewickelt. Der Tierarzt hatte sich verabschiedet, und Maurice und Cyril krochen mit Ros auf dem Boden herum.

»Was für eine nette häusliche Szene«, meinte Durston grinsend. Zufrieden konstatierte er, daß das Geschirr bereits gespült und der Tisch geschrubbt war. »Wie in alten Zeiten.«

Inständig hoffte Val, er würde so etwas nie in Jannies Gegenwart sagen. »Jetzt bringe ich deiner Frau eine Tasse Tee. Willst du auch noch eine, Dusty?«

»Wundervoll ...« Er schlang einen Arm um ihre Taille. »Damit meine ich nicht nur den Tee. Du fühlst dich wirklich angenehm an, Val. Da hat man was in der Hand.«

»Oh, möchtest du mit Berry die Ehefrauen tauschen?« Sie zwang sich zu einem koketten Lächeln und war froh, daß er seinen Arm sofort sinken ließ. »Natürlich nicht in jedem Sinn, teurer Schwager. Nur damit Jannie sich für ein oder zwei Wochen von ihren Mutterpflichten erholt. Diesen Monat erwarten wir keine Gäste in der Abbey. Und Mrs. Murchison kommt sehr gut mit Berry zurecht. Wenn das schöne Wetter anhält, kann Jannie auf den Klippen sitzen oder spazierengehen.« Sie ergriff Julies Hand und führte sie zur Treppe.

Die Stirn gerunzelt, schaute Durston den beiden nach. »Glaubst du, Jannie ist ernsthaft krank?«

Erfreut über diesen Beweis seiner ehelichen Liebe, drehte sie sich um. »Wenn du ihr keinen Urlaub gönnst, wird sie ganz sicher krank.«

*

Seltsamerweise war es Jannie, die den hartnäckigsten Widerstand leistete. Mit großen Augen starrte sie Val an und umklammerte ihr zerwühltes Bettzeug. »O nein, ich kann die Farm nicht verlassen.«

»Willst du mit aller Macht deine Gesundheit ruinieren?«

»Natürlich nicht. Aber die Kinder …«

»Dummes Ding, ich bin doch hier! Oder vertraust du mir nicht?«

»Doch. Sie kennen dich sehr gut. Und sie lieben dich. Nur – Berry mag mich nicht. Und er wäre furchtbar unfreundlich zu mir.«

»Deshalb mußt du dir keine Sorgen machen. Wahrscheinlich wird er meine Abwesenheit gar nicht bemerken. Wenn ich ihm seine Palette wegnehmen und ihn aus dem Musikzimmer verbannen würde, wär's was anderes.« Liebevoll wischte sie eine Träne von Jannies Wange. »Bitte, sag ja, Darling! Ich habe Angst um dich.«

»Aber – Dusty wird mich nicht gehen lassen. Er braucht mich.«

»Oh, ich habe schon mit ihm geredet, und er sorgt sich sehr um dich. Er ist mit allem einverstanden. Wenn du nur wieder ganz gesund wirst.«

»Also gut …«

Erleichtert nahm Val ihre Freundin in die Arme und überlegte, wie sie ihren Mann schonend auf die kurzfristige Änderung seines Alltags vorbereiten sollte.

15

Am 1. Mai breitete Jannie ihr Badetuch am schmalen Kiesstrand unterhalb der Abbey aus, den die Ebbe freigegeben hatte, und setzte sich. Diese kostbare Zeit hatte Val ihr aus reiner Liebe geschenkt. Wie so oft, brannten Tränen in Jannies Augen. Ich liebe sie mehr als sonst jemanden auf der Welt, dachte sie. Dann erinnerte sie sich schuldbewußt an Julie und Rosamund und Peggotty. Hastig wischte sie über ihre Lider, streckte sich auf dem Badetuch aus und versuchte, jenen Zustand völliger Entspannung zu erreichen, den Morag ihr empfohlen hatte.

Im Windschutz der Klippen war es sehr warm. Fast verstohlen schaute sie sich um, zog ihre Strickjacke aus und knöpfte die Bluse auf. Die Jacke bildete ein weiches Kopfkissen. Zufrieden legte sie sich wieder hin. Es war drei Uhr. Bis um vier würde Berry schlafen und dann bis zum Abendessen um sieben arbeiten. Vier Stunden allein – eine Ewigkeit. Sie schloß die Augen, um sie vor dem grellen Licht zu schützen, und sah dunkelrote Punkte hinter den Lidern. Sicher würde ihr die Sonne guttun. Morgen oder übermorgen würde sie mit dieser albernen Heulerei aufhören und sich wieder wie ein menschliches Wesen verhalten.

Während der nächsten Stunde legte sie beinahe ihre ganze Kleidung ab. Aber ihr war immer noch heiß. Würde die strenge Mrs. Murchison ums Haus herumgehen und sie zum Tee rufen? Wohl kaum, da sie Jannie für eine persönliche Belastung hielt und mit eisiger Ablehnung behandelte. Sie war mit einer Krankenschwester verwandt, die Berry in einem Krankenhaus am Stadtrand von Weymouth betreut hatte, und bewachte ihn wie ein Drache. Seufzend fragte sich Jannie, wie Val zurechtkam, wenn ihr nur diese Frau Gesellschaft leistete. Kein Wunder, daß sie zugenommen hatte. Hier konnte man nichts tun außer essen.

Sie drehte sich auf die Seite und zog ihren Unterrock über die Hüfte. Bald würde die Flut beginnen, dann mußte sie ihre Entspannungsübung beenden. Was sollte sie mit dem restlichen Nachmittag anfangen? Und wie würde sie beim Dinner die Konversation mit Berry verkraften? Am vergangenen Abend hatte er unentwegt über die Situation in Nord-Vietnam geredet, das immer noch von den Kommunisten kontrolliert wurde. »Wenn die Leute das wollen …«, hatte sie schüchtern eingewandt. »Immerhin gehört es zum Prinzip des Kommunismus, alles miteinander zu teilen.« Er hatte ihr einen vernichtenden Blick zugeworfen. Über seine Arbeit diskutierte er nicht, und dafür war sie dankbar. Manchmal hatte sie ins Musikzimmer geschaut. An den Wänden lehnten Gemälde von Felsformationen. Einige sahen wie menschliche Gestalten aus, aber völlig verzerrt, so als würden sie sich vor Schmerzen winden. »Erzähl mir was über dieses Bild, Berry«, hatte sie gebeten.

»Tut mir leid, Jannie, über so was rede ich nicht.« Wenigstens hatte er ihr einen vernichtenden Blick erspart.

Sie zog sich an und stieg die Klippen zur Kellertür hinauf.

Hoch über ihr saß Berry in unbequemer Haltung auf der Fensterbank, die Prothese ausgestreckt. Auf seinem Schoß lag ein Skizzenblock, in seiner Hand ein Stück Holzkohle. Mehrere Zeichenblätter waren am Boden verstreut. Im Augenblick arbeitete er an einer Gestalt mit verschwommenen Konturen, die unter Wasser zu schweben schien. Dichtes Haar verbarg ihr Gesicht, ein Hüftbein ragte grotesk empor. Ansonsten gab es keine charakteristischen Merkmale.

Berry beobachtete, wie Jannie zur Hintertür ging, und fluchte leise. Noch eine Stunde, und er hätte etwas Brauchbares skizzieren können. Er klappte den Skizzenblock zu und dachte über Jannie nach. Seit einer Woche wohnte sie in seinem Haus. Anfangs war ihm ihre ständige Heulerei auf die Nerven gegangen. Aber nun fügte er die Tränen ins wässerige Gesamtkonzept ein, und er glaubte, er würde die nächsten beiden Wochen ertragen. Länger würde der Besuch keinesfalls dauern. Das hatte Val versprochen. Gegen seinen Willen fand er Jannie interessant. Sie war mehr oder weniger mit Val und Morag aufgewachsen – und doch ganz anders als die beiden. Ihre scheinbare Zerbrechlichkeit kontrastierte auf faszinierende Weise mit ihrer Zähigkeit. Abgesehen von den jüngsten postnatalen Problemen, die Val erwähnt hatte, war sie nie krank gewesen. Val litt an Migräne und im Winter an häufigen Erkältungen, und Morag hatte einige Fehlgeburten hinter sich. »Wenn sie auch sehr stark wirkt«, hatte Val angstvoll bemerkt, »sie ist es nicht. Während der Heuernte im Sommer *1941* kam sie immer völlig erschöpft ins Gallenwick zurück.«

»Val, du kannst dich nicht dauernd um alle Leute kümmern«, mahnte er. »Du sorgst dich um mich und jetzt auch noch um Jannie. Um Gottes willen, für Morag ist *Hugh* verantwortlich.«

Sie ging zu seinem Arbeitstisch und küßte ihn. »Wieso glaubst du, ich würde mich um dich sorgen?« Da hatten sie beide gelacht und sich für einen Augenblick sehr nahegestanden.

Vor langer Zeit hatte er ihr erklärt, er sei schrecklich

besitzergreifend und eifersüchtig auf ihre anderen Interessen. Er schilderte auch seine Begegnungen mit diversen Frauen, den Kunstschülerinnen und Speichelleckerinnen, die jeden Sommer in die Abbey kamen. Manchmal las er tiefen Schmerz in ihren porzellanblauen Augen und wünschte, er könnte den Mund halten. Aber das gelang ihm nicht. Er wußte, er würde ihr von Jannie und seinem Bedürfnis erzählen, sie zu malen, von den unkomfortablen Stunden auf der Fensterbank, wo er sich krampfhaft vorbeugte, um ihren halbnackten Körper am Kiesstrand zu skizzieren.

»Ihre Fruchtbarkeit reizt mich«, sagte er laut, »ihre verdammte Fruchtbarkeit. »Jannie und Dusty – wie Karnickel…«

An diesem Abend trug sie eine Hose. Normalerweise bevorzugte sie Kleider und Röcke. Aber Val hatte ihr bei der Abreise von der Farm geraten, sich nicht mit großem Gepäck zu belasten. »Nimm dir von meinen Sachen, was du brauchst. In die Abbey kommt kein Mensch, und Berry merkt gar nicht, was du anhast.«

Die meisten Kleidungsstücke waren zu groß für Jannie. Aber sie fand ein paar Hosen aus der Zeit, bevor Val zugenommen hatte. Nun zog sie eine dünne Bluse zu der schwarzen, in der Taille enggegürteten Hose an, trat vor den Spiegel und musterte ihr ungeschminktes schmales Gesicht. Wie häßlich ich bin, dachte sie. Kein Wunder, daß Dusty so wenig von mir hält… Ungeduldig wischte sie Tränen aus ihren Augen und ging in die Küche, wo Mrs. Murchison gerade eine Vase mit Schlüsselblumen auf den Tisch stellte – ein Zeichen, daß die Mahlzeit bald beginnen würde.

»Sehr hübsch«, meine Jannie und roch an den Blumen. »Haben Sie die heute nachmittag gepflückt?«

»Ja«, lautete die knappe Antwort, in der die unausgesprochene Anschuldigung lag, genausogut hätte Jannie die Blumen pflücken können, statt stundenlang am Strand zu liegen. Sie knallte das Besteck auf den Tisch, und Jannie verteilte es.

Als Berry hereinkam, ließ sie eine Gabel fallen. Hastig bückte sie sich und hob sie auf. »Tut mir leid …« Mrs. Murchison riß ihr die Gabel aus der Hand, warf sie ins Spülbecken und gab ihr eine andere.

Mühsam kämpfte Jannie mit den Tränen. Berry sank schwerfällig auf einen Stuhl.

»Nach dem Essen helfe ich Ihnen beim Baden«, verkündete Mrs. Murchison.

»Sie wissen sehr gut, daß ich allein baden kann«, fauchte er. »Und um einem weiteren Vorschlag zuvorzukommen – ich kann auch meine Salbe allein auftragen.«

Unbeeindruckt zuckte sie die Achseln. Jannie zog sich ans Fenster zurück und betrachtete die Klippen, die im Abendrot glühten. Keine einzige Schlüsselblume in Sicht.

»Schon wieder Schmortopf?« fragte Berry. »Warum gibt's keinen Fisch?«

»Weil keiner im Gefrierschrank liegt«, erwiderte Mrs. Murchison gleichmütig, »weil ich keinen Führerschein habe und weil Mrs. Reid nicht da ist. Also kann ich nicht nach Barnstaple fahren und Fisch kaufen.«

Berry lachte. »Irgendwie gefällt mir Ihre stumpfsinnige Frechheit. Sie sind Ihrer Schwägerin im Rehabilitationszentrum sehr ähnlich. O Gott, wie wütend sie war, als sie von Val überlistet wurde …«

»Sicher sorgte sie sich nur um Ihr Wohlbefinden, Mr. Reid.«

»Ja, zweifellos. Genauso wie Sie. Deshalb verzeihe ich Ihnen fast alles. Aber was *Mrs. Reid* betrifft, irren Sie sich. Sie ist hier, und sie kann fahren, sogar sehr gut – obwohl sie sich am liebsten in einem Mauseloch verkriechen würde. Wann immer Sie wollen, fährt sie mit Ihnen nach Barnstaple.«

»Natürlich – ich wußte nicht ...«, stammelte Jannie.

Mrs. Murchison war nicht besonders erfreut, aber sie nickte und rückte einen Stuhl für Jannie zurecht. Dann setzte sie sich und verteilte das Schmorfleisch, das wie üblich ausgezeichnet schmeckte.

»Einfach wundervoll, Mrs. Murchison!« seufzte Jannie. »Leider bin ich eine miserable Köchin.«

Mrs. Murchison taute sichtlich auf. »Das glaube ich nicht, Mrs. Reid. Wo Sie doch jeden Tag Ihre Familie satt kriegen.«

Bedrückt dachte Jannie an die Brotscheiben, die Dusty mit Butter und Marmelade bestrich, an den verkohlten Kuchen, den Val gerettet hatte. »Nun ja – Familien kann man leicht zufriedenstellen.«

Berry schaute sie mit unergründlichen schwarzen Augen an, und sie war froh, daß Dustys Blick immer verriet, was er dachte.

»Willst du morgen Fisch kaufen und für uns kochen, Jannie?« schlug Berry vor. »Schau dich ein bißchen in Barnstaple um. Jetzt bist du schon eine Woche hier. Sicher langweilst du dich zu Tode.«

Ihr Atem stockte. Mußte sie tatsächlich auf den Fischmarkt gehen, einen Fisch kaufen, der sie mit toten Augen anstarren würde, und ihn dann auch noch irgendwie zubereiten?

Mrs. Murchison kam ihr zu Hilfe. »Wenn Sie wollen, fahre ich mit. Ich weiß, welchen Fisch Mr. Reid am liebsten ißt.« Ehe Berry protestieren konnte, fügte sie rasch hinzu. »Und ich würde gern einen Schaufensterbummel machen. Danach treffen wir uns beim Auto.«

»Oh, vielen Dank, Mrs. Murchison.«

»Dann bin ich ja ganz allein«, klagte Berry. Beide musterten ihn wortlos. »Absolute Einsamkeit«, lautete seine wichtigste Forderung. »Also gut«, murmelte er mißmutig.

*

Wider Erwarten genoß Jannie die Exkursion. Mrs. Murchison suchte Forellen aus. »Meistens essen wir Seefisch. Das ist eine nette Abwechslung.« Sobald sie zu den »schönen Modegeschäften« geeilt war, fühlte sich Jannie frei und glücklich.

Kein einziges Mal mußte sie weinen, als sie durch die Straßen wanderte. In einem düsteren, antiquierten Lebensmittelladen kaufte sie Mandeln und ungesalzene Butter, in einer Buchhandlung ein Kochbuch und nebenan zwei Sommerkleider mit modischen Rüschen. Sie behielt eins an und stopfte Vals Hose und das Hemd in eine Tragetüte. Dann ging sie zu einem Friseur. Während sie unter der Trockenhaube saß, blätterte sie in ihrem Kochbuch. Forelle mit Mandeln. Das Rezept erschien ihr nicht allzu schwierig.

Zur vereinbarten Zeit kehrte sie auf den Parkplatz zurück.

Mrs. Murchison wartete bereits neben dem Auto. Erstaunt hob sie die Brauen. »Oh, wie hübsch Sie aussehen, meine Liebe!«

Aus diesem Mund ein ungeheures Lob. Das wußte Jannie, und sie bedankte sich lächelnd. »Allmählich geht's mir besser. Sie sorgen so gut für mich.«

Vorsichtig legte Mrs. Murchison die Fische auf den Rücksitz. »Meine Schwägerin pflegt viele Leute, die so ähnliche Probleme haben wie Sie, Mrs. Reid. Davon erzählt sie mir manchmal.«

»Probleme?« Jannie steuerte den Wagen vom Parkplatz und ordnete sich in den Straßenverkehr Richtung Osten ein.

»Nun ja, die Nerven.«

Jannie schwieg. Krampfhaft umklammerte sie das Lenkrad. War es das, was nicht mit ihr stimmte? Verlor sie den Verstand? Seit Peggottys Geburt im Oktober mußte sie dauernd weinen. Plötzlich sehnte sie sich so sehr nach ihrem Baby, daß sie beinahe an der Gallenwick-Kreuzung abgebogen wäre. Aber sie fuhr zur Abbey. Sonst hätte sie Mrs. Murchison geärgert. Und Durston wahrscheinlich auch. Sogar die liebe Val… Nein, so viel Mißbilligung durfte sie nicht herausfordern.

An diesem Abend aßen sie sehr spät. Berry inspizierte Jannies veränderte äußere Erscheinung. »Hättest du bloß niemanden an dein Haar herangelassen! Und es dürfte dir nichts ausmachen, zweiunddreißig zu sein. Das ist ein wunderbares Alter.«

Bevor sie antworten konnte, betonte Mrs. Murchison: »*Mir* gefallen diese Locken.«

»Klar. Und die Forelle schmeckt Ihnen auch, was?«

»Sehr gut.« Mrs. Murchison lächelte Jannie freundlich an. »Vor allem die Mandeln, meine Liebe. Eine großartige Idee.«

Jannie merkte, daß sie jetzt wie eine Nervenkranke behandelt wurde. Schmerzhaft verengte sich ihre Kehle.

Berrys Augen funkelten voller Bosheit. »O ja. Im natürlichen Zustand würden die Forellen längst nicht so köstlich schmecken. Irgendwie entsprechen die Mandeln deiner Frisur und deinem neuen Kleid, Jannie.«

Früher hätten ihr solche Worte Tränen in die Augen getrieben. Aber sie mußte zu ihrer eigenen Verblüffung lachen. »Ach, halt doch den Mund, Berry!«

Er lehnte sich zufrieden zurück. »Würdest du nach dem Essen dein Haar waschen? Laß es einfach naß runterhängen. Ich will dich als Wassergeist porträtieren. Bevor wie schlafen gehen, kannst du mir eine Stunde sitzen.« Sprachlos starrte sie ihn an, bis er fragte: »O Gott, wirst du wieder weinen?«

»Nein ... So hat Hugh mich genannt. Damals war ich siebzehn.«

»Trägst du deshalb ein Rüschenkleid und Löckchen? Bist du immer noch in Hugh verliebt?«

»Heute gibt's keinen Pudding«, erklärte Mrs. Murchison hastig. »Wir dachten, Käse und Biscuits ...«

»Ausgezeichnet.« Berry schob seinen Teller beiseite. »Und Kaffee. Viel Kaffee, Murch. Bringen Sie ein Tablett ins Musikzimmer. Inzwischen wird sich Mrs. Reid die Haare waschen.«

*

Sie saß auf der Fensterbank, ein Handtuch um die Schultern, während er sie eifrig skizzierte und der Kaffee kalt wurde. Die Biscuits und der Käse blieben unberührt. Hin und wieder bat er sie, ihr Haar übers Gesicht zu ziehen oder an den Kopf zu drücken. Als es trocken war, befahl er: »Zieh das blöde Kleid aus! Jetzt ist es klatschnaß, und du kommst mir wie eine Nutte vor.«

»Also gut, ich ziehe mich rasch um«, erwiderte sie kichernd.

»Um Himmels willen, Jannie, zieh's einfach aus und setz dich vors Feuer!«

Verwirrt wandte sie sich zu dem sorgfältig aufeinandergeschichteten Scheiten im Kamin. »Aber … Das Holz brennt nicht.«

»Dann zünd's eben an, Mädchen! Auf dem Sims liegen Streichhölzer. Ich will dein Haar über nackten Schultern sehen. Würdest du's kämmen?«

Während sie Feuer machte und einen Kamm aus ihrer Handtasche nahm, stöhnte Berry ungeduldig. Mit ungeschickten Fingern bearbeitete sie ihre zerzausten Locken. Schließlich hinkte er zu ihr. Behutsam drapierte er das Haar um ihre Schultern. »So muß es aussehen, damit's das Licht einfängt.«

Jetzt war es seine Freundlichkeit, die sie zu Tränen rührte. Dusty war niemals zärtlich, wenn er sie begehrte. »Schon gut«, schluchzte sie. »Falls du ins Bett gehen willst – okay.«

Erstaunt hob er den Kopf. »Hältst du das alles für ein künstlerisches Vorspiel?«

»Ach, ich weiß nicht – ich weiß gar nichts mehr …Keine Ahnung, was die Leute von mir wollen... Allzuviel kann ich nicht … Außer Sex«

»Bildest du dir ein, du wärst nur im Bett gut?«

»Ich kann nicht kochen, ich bin eine schlechte Mutter, und ich bekomme keinen Sohn. Und du hat gesagt, ich würde wie eine Nutte aussehen.«

Plötzlich verwandelte sich seine Verblüffung in Entsetzen. »Mein Gott, Jannie, tut mir leid. Ich wußte nicht, daß du dich so unsicher fühlst. Aber das ist lächerlich. Die Forellen waren phantastisch. Und du siehst nur wie ein Nutte aus, weil ich dich gezwungen habe, in einem nassen

Kleid auf der Fensterbank zu sitzen. Wie du mit deinen Kindern umgehst, weiß ich nicht. Jedenfalls hat Val behauptet, du würdest deine Sache sehr gut machen. Was den Sex betrifft – der gehört nun mal zum kreativen Prozeß, bei jedem Künstler.«

Hilflos zuckte sie die Achseln. »Und was bedeuten deine Bilder? Warum malst du keine richtigen Menschen?«

Seine schwarzen Augen schienen Funken zu sprühen. Ein paar schreckliche Sekunden lang fürchtete sie, er würde sie schlagen. Aber dann warf er seinen Kopf in den Nacken und brach in Gelächter aus. Bis er sich beruhigte, dauerte es eine Weile. Er strich durch ihr Haar und zog ihr mit einer blitzschnellen Bewegung das Kleid über den Kopf. »Setz dich vor den Kamin.«

Als sie gehorchte, sah sie wieder wie ein Waisenmädchen aus, die Wangen voller Tränen, die Träger ihres dünnen Hemds über den kindlichen Schultern.

»Alles okay?« fragte er und sank auf den Stuhl hinter seinem Arbeitstisch.

»Natürlich. Es ist nicht besonders schwierig, vor einem Kaminfeuer zu sitzen.«

»Oh, doch.« Er griff nach einem Pinsel, betrachtete die straff gespannte Leinwand, die auf dem Tisch lag, und die Palette. »Weißt du was, Jannie Reid? Es ist eine Kunst, Modell zu sitzen. Und das kannst du sehr gut.«

»Danke«, flüsterte sie.

Mit schmalen Augen starrte er sie an. »Und ich sag dir noch was. Ich kann auch *richtige* Bilder malen. Jetzt werde ich dich so malen, daß du dich wiedererkennst und für einen realen Menschen hältst. Einverstanden?«

»O Berry ...«

Danach schwiegen sie. Berry arbeitete wie ein Besessener. Unentwegt wanderte sein Blick zwischen seinem Modell und der Leinwand hin und her.

Auf einen Arm gestützt, die Beine seitwärts ausgestreckt, eine Wange an der Schulter, entspannte sich Jannie allmählich, und die Wärme des Kaminfeuers färbte ihre Haut rosig. Die Maisonne versank im Meer. Obwohl das Licht, das durch die großen Fenster hereinströmte, zusehends erlosch, legte Berry den Pinsel nicht aus der Hand.

Es war fast dunkel, als Mrs. Murchison an die Tür klopfte, eintrat und die Lampen anknipste. »Heiliger Himmel!« rief sie und starrte das halbnackte Mädchen vor dem Kamin an. Aber dann sah sie Berry in sicherer Entfernung am Arbeitstisch sitzen und seufzte erleichtert. »Ich dachte, Sie wären schon schlafen gegangen. In dieser Finsternis können Sie doch nicht arbeiten, Mr. Reid!«

Schuldbewußt sprang Jannie auf, packte ihr Kleid und zerrte es hastig über ihren Kopf.

Berry wandte sich ärgerlich zu seiner Haushälterin. Aber dann nickte er. »Stimmt, Murch. Das kann ich nicht. Und ich bin ohnehin müde. Wie spät ist es?«

»Höchste Zeit fürs Bett!« schimpfte sie. Ihr Blick fiel auf die vollen Tassen. »Und Sie haben Ihren Kaffee nicht getrunken! Gleich bringe ich Ihnen frischen …«

»Nicht nötig. Mrs. Reid und ich trinken lieber Whisky. Gehen Sie nur.« Er wartete, bis sie zögernd die Tür hinter sich schloß. »Im Schrank, Jannie. Für mich einen doppelten. Wie schnell du dich angezogen hast… Darin bist du offenbar geübt.«

Sie zuckte mit keiner Wimper. An diesem langen Abend war etwas mit ihr geschehen, wenn sie auch kaum wußte, was. Sie stellte zwei Gläser auf ein Tablett, schenkte Whisky ein und fügte einen Spritzer Soda hinzu. Das hatte Marius ihr beigebracht. »Ja. Noch was, das ich ganz gut kann.«

»Tut mir leid, das ist mir so rausgerutscht.« Er griff nach seinem Glas und nahm einen großen Schluck.

»Dafür brauchst du dich nicht zu entschuldigen. An die Dinge, die ich beherrsche, muß ich mich ebenso erinnern wie an die anderen, die mir mißlingen.« In einem Zug leerte sie ihr Glas. »Danke, Berry.«

»Jetzt muß ich endlich ins Bett. Würdest du die Tagesdecke wegziehen, Jannie, und mir meinen Stock geben?«

Sie entfernte die buntbedruckte Decke und schlug das Bett auf, dann holte sie den Stock. »Soll ich noch irgendwas für dich tun?«

»Nein«, erwiderte er grinsend, »das wäre praktisch Inzest.«

Ihre Wangen röteten sich. »So meine ich es nicht – ich könnte dir in den Pyjama helfen ...«

»Das schaffe ich schon. Sei ein braves Mädchen und geh schlafen.« Als sie die Tür erreicht hatte, rief er ihr nach: »Du hattest keine Gelegenheit, meine Frage zu beantworten. Liebst du Hugh immer noch?«

Sie öffnete die Tür, trat an den dunklen Treppenabsatz und schaute zum schimmernden Refektoriumstisch hinunter. Warum hatte sich Winifred Wilkie nicht über dieses Geländer gestürzt und innerhalb der Abbey Selbstmord begangen. »Natürlich nicht. Was für ein lächerlicher Gedanke ...«

Wenig später stand sie im Badezimmer und starrte in den Spiegel. Es mußte geschehen sein, während Berry sie porträtiert hatte. Besaß er die Macht, die Seelen seiner Modelle zu stehlen? Das durfte er niemals erfahren. Und Val auch nicht. Val bedeutete ihr viel mehr als Berry.

Aber während sie sich auszog und ins Bett kroch, verrieten ihr die dumpfen Schläge ihres Herzens und der Schmerz zwischen ihren Schenkeln, daß sie sich in Berry Reid verliebt hatte. Und sie gewann eine weitere Erkenntnis: Es war die erste Liebe ihres Lebens.

16

Als sich die Tage im abgeschiedenen Paradies der Lyn Abbey aneinanderreihten, wurde ihr noch etwas bewußt: Das Glück glich der Gnade, weil man es sich nicht verdienen konnte. Es war vergänglich wie das Leben eines Schmetterlings. Trotzdem wuchs es, schlug Wurzeln und verklärte alle kleinen Ereignisse. Jeden Morgen nach dem Frühstück erklärte Berry, wie sie posieren sollte. »Wenn du den Kopf zehn Minuten zur Seite neigst, kann ich ihn auf die Leinwand bannen. Danach darfst du dich ausruhen, und ich konzentriere mich auf die Füße.«

Sie aßen früh zu Mittag, dann ruhte er sich aus, und Jannie hatte den Nachmittag für sich allein. Lächelnd dachte sie an die erste Woche, wo die Zeit so langsam verstrichen war. Jetzt wünschte sie, jede Minute wäre eine Ewigkeit. Sie sammelte wilde Blumen, steckte sie in Marmeladengläser und verteilte sie überall – in der dunklen Halle, auf Stufen und Fenstersimsen. Und sie erforschte die ganze Abbey. Im Keller mußten sich vor langer Zeit Schmuggler versteckt und den direkten Zugang zum Meer genutzt haben. Am hinteren Ende der Küche führte eine steinerne Treppe zum Refektorium, das nun als Lagerraum für Leinwände, Liegestühle, Regenschirme und Gummistiefel diente. Die anderen Zimmer im Erdgeschoß waren sehr schön eingerichtet. Unter dem Musikzimmer lag der Raum, in dem die Kunstschülerinnen arbeiteten. Sie wanderte oft zwischen den Staffeleien umher, und eines Tages begann sie vor Freude zu tanzen. Dann eilte sie in die Küche. Mrs. Murchison schlug ihr vor, die Mönchszellen für die Sommergäste sauberzumachen. Dagegen hatte Jannie nichts einzuwenden. Leise summte sie vor sich hin, während sie die Fenster putzte und dunkle Eichenschränke und Truhen polierte.

Nach Jannies plötzlicher »Genesung« war Mrs. Murchisons Fürsorge im Keim erstickt. Als Patientin mochte Jannie interessant gewesen sein. Die lebhafte, fröhliche Frau, die umhertanzte und Blumen pflückte, stellte nur eine weitere Last neben all den anderen Pflichten dar. Aber sie machte Mr. Reid glücklich, und nur das zählte. Ansonsten konnte sie ignoriert werden.

Davon merkte Jannie nichts. Ohne ein Wort des Dankes zu erwarten, wischte sie Staub, polierte die Möbel und schälte Kartoffeln. Manchmal rutschte sie das Treppengeländer hinab, um seinen Glanz zu verstärken, und lachte laut, die Füße über den Blumen erhoben. Mrs. Murchison ahnte eine Katastrophe voraus. Aber Jannie lebte in einer Zauberwelt.

Wenn die Sonne heiß vom Himmel schien, lag sie splitternackt am Strand und genoß die Wärme auf ihrer Haut. Ihr häßliches Gesicht störte sie nicht mehr, und sie glaubte sogar, die Liebe würde es verschönern. Unterdessen kauerte Berry auf der Fensterbank und arbeitete an seinem anderen Porträt, das Jannie niemals erkennen würde.

Jeden Abend saß sie ihm Modell und war glücklich, wenn sich ihr Nacken verkrampfte oder die Hüften schmerzten. In diesen Unannehmlichkeiten sah sie ein Opfer, das sie dem geliebten Mann bereitwillig brachte. Dabei stellte sich vor, sein Pinsel würde ihren Körper streicheln und eine neue Frau erschaffen.

»Sprich mit mir, Jannie«, bat er am vierten Abend. »Dein Gesicht soll lebendig und ausdrucksvoll wirken. Wenn du willst, beweg die Hände.«

Das widerstrebte ihr. Im tiefen Schweigen fühlte sie sich ihm besonders nahe. Und wenn sie redete, sagte sie meistens das Falsche. »Nun – ja …«, stotterte sie, »was möchtest du hören?«

»Erzähl mir, woran du gerade denkst.«

Das Blut stieg ihr in die Wangen. Wie konnte sie das gestehen?

»Schon gut«, seufzte er ungeduldig. »Erinnerst du dich an unsere Diskussion über Korea und Vietnam? Welchen Standpunkt hast du vertreten?«

»Wenn – wenn sich die Bewohner dieser Länder für den Kommunismus entscheiden, haben wir nicht das Recht, sie daran zu hindern …«

»Und wenn sie zum Kommunismus gezwungen werden?«

»Können Sie denn nicht wählen?«

»Kommunisten wählen nicht. Was sagst du dazu?«

»Gar nichts. Um solche Probleme müssen sich die Vereinten Nationen kümmern …« Sie sah den fiebrigen Glanz in seinen Augen. »Führst du irgendwas im Schilde? Willst du mich zum Weinen bringen?«

Verwirrt hörte er zu arbeiten auf. »Warum sollte ich das versuchen?«

»Um den Wassergeist heraufzubeschwören. Vielleicht bin ich für deinen Geschmack zu glücklich.«

»Ja, offenbar bist du glücklich«, erwiderte er, immer noch verblüfft. »Es macht dir Spaß, einem Maler Modell zu sitzen. Falls ich dir zuviel zumute, tut's mir leid.«

»Nein, nein – es fällt mir nur schwer, über Politik zu reden, weil ich nichts davon verstehe.«

»Das ist auch gar nicht nötig. Du lebst intuitiv, und das ist die beste Lebensweise. Reden wir über was anderes. Erzähl mir von der Bluebell School. Vor dem Krieg. Wie hast du Val und Morag kennengelernt, und wie seid ihr Freundinnen geworden?«

Lächelnd lehnte sie den Kopf an einen Schemel und schaute zur Zimmerdecke hinauf. Ihr Glücksgefühl wuchs, weil ihm ihre intuitive Lebensart gefiel. »Damals waren wir zehn. Ron wohnte noch daheim, und er wollte mich unbedingt in die Bluebell School schicken. Bei irgendeiner vornehmen Dinnerparty hatte er die Heywards kennengelernt, die er maßlos bewunderte. Mr. Heyward erklärte, seine Tochter würde die Bluebell besuchen, und das gab für Ron den Ausschlag. Er dachte, so schlau wie Morag Heyward wäre ich schon lange.

»Das warst du auch. Wer ist Ron?«

»Mein Vater. Ich nannte ihn Pops. Aber Eve hatte was dagegen. Dauernd stritt sie mit ihm und zog mich in die Debatten hinein. Sie sagte, wie wären ein Trio und müßten alles zusammen machen. Wenn sie mit anderen Männern ausging, nahm sie mich oft mit, um sich mein Wohlwollen zu erwerben, damit ich Ron nichts verriet.«

»Was dachtest du über diese Männer?«

»Anfangs glaubte ich, Eve würde nur flirten, um ihr Ego aufzupolieren. Aber dann ließ sie sich von den Männern küssen, hob mich hoch und behauptete, ich hätte auch gern einen Kuß. Wenn sie meine Wange küßten, kreischte Eve und verlangte, sie sollten richtig loslegen.«

»Großer Gott …«, murmelte Berry unwillkürlich.

»Oh, das störte mich nicht. Aber als ich in die Bluebell ging, wurde mir klar, daß da was nicht stimmte. Sicher lag's an Moraggs Einfluß. Mr. Heyward muß sie gebeten haben, mich im Auge zu behalten. Und das tat sie – bis zu jenem schrecklichen letzten Schuljahr.«

»Wieso war's schrecklich?«

»Nun ja, sie verlor ihre Eltern. Dann starb auch noch Teddy, und sie verkroch sich in einem Schneckenhaus. Soviel ich weiß, ist sie nie mehr rausgekommen.«

»Nicht einmal jetzt, wo sie mit Hugh verheiratet ist?«

»Wahrscheinlich nicht.«

»Ach, du meine Güte …« Konzentriert mischte er eine neue Farbe. »Und Val?«

»Sie war sehr beliebt in der Schule – immer offen und ehrlich, weder zu klug noch zu dumm. Manchmal kam Teddy in die Klasse und brachte uns allen Eiscreme mit.« Plötzlich schimmerten Tränen in ihren Augen. »Ich liebe sie immer noch.«

»Bitte, nicht weinen! Für heute ist die Sitzung beendet.«

»Tut mir leid.« Jannie richtete sich auf und wischte über ihr Gesicht. »Keine Ahnung, warum ich heule – wo ich doch so glücklich bin wie noch nie in meinem Leben.«

Abrupt stand er von seinem Arbeitstisch auf, kehrte ihr den Rücken und ergriff seinen Stock. »Das freut mich.« Langsam hinkte er durchs Zimmer. »Wir nehmen uns morgen frei und fahren zur Farm. Okay?«

»Ja, natürlich, du möchtest Val sehen …« Diesen Wunsch akzeptierte sie, weil sie nichts von Berry erwartete. Dann nahm ihre Stimme einen gepreßten Klang an. »Oder willst du mich zurückbringen?«

»Das mußt *du* entscheiden. Aber du hast recht, ich würde Val gern sehen – und meine Nichten.«

»Berry …«

»Was?« Er wandte sich zu ihr, und sein ausdrucksloser Blick ließ sie erschauern.

»Bitte, betrink dich nicht mit Dusty im Doone. Das würde Val nicht gefallen.«

Lachend schüttelte er den Kopf. »Jetzt nörgeln schon zwei Frauen an mir herum.«

»O nein, wir nörgeln nicht, wir kümmern uns um dich.«

Da trat er an den Treppenabsatz, umklammerte das Geländer und musterte den Blumenschmuck auf den Stufen. »Mit diesen Marmeladengläsern wirst du Murch noch zum Wahnsinn treiben.«

»Ich habe ihr versprochen, die Blumen frisch zu halten und das Wasser täglich zu wechseln. Bevor ich abreise, räume ich alles weg.«

»Okay. Jetzt gehe ich ins Bad. Gute Nacht, Jannie. Und vielen Dank.«

Sie sah ihn durch den Flur hinken. Dann ging sie in ihr eigenes Zimmer.

*

Einerseits genoß Val das Leben auf der Farm, andererseits war sie völlig erschöpft. Es war ihr ein Herzensbedürfnis, für geliebte Menschen zu sorgen. Dagegen wehrte sich Berry so vehement, daß sie's nicht zeigte. Doch die drei Mädchen, Durston und sogar die Tiere ließen sich nur zu gern betreuen. Da sie Durston nicht aus seinem Zimmer verdrängen wollte, schlief sie im Kinderzimmer auf Granny Thomas' weicher, mit Federn gefüllter Matratze. »Im Winter warm, im Sommer kühl«, hatte die alte Frau oft erklärt. Fast jede Nacht hielt sie Peggotty im Arm. Damit verstieß sie sträflich gegen moderne Erziehungsregeln. Natürlich würde sie's Jannie nicht erzählen, Morag schon gar nicht, und der Hausarzt würde einen Wutanfall bekommen. Doch das Baby – mit Kuhmilch genährt, die niemals versiegte – blühte in der Nähe seiner liebevollen, rundlichen Tante auf.

Jeden Morgen, sobald Val hörte, wie Durston sich im Nebenraum bewegte, trug sie Peggotty in die Küche hinunter. Während das Kind auf ihrer Hüfte saß, sang sie, kochte Tee und Milch. Und Durston freute sich über seine glucksende Tochter, die hausfrauliche Schwägerin, die makellos saubere Küche und nippte zufrieden an seinem heißen Tee. Nachdem sie das Baby gebadet hatte, legte sie sie's in die Wiege und weckte die beiden anderen Mädchen. Wenn Durston aus dem Stall zurückkam, war das Frühstück fertig.

Eines Morgens bemerkte er: »Eine Schande, daß du in diesem alten Gemäuer lebst! Reine Verschwendung.«

»Keineswegs«, erwiderte sie und servierte ihm heiße Rühreier mit knusprigem Speck. »Gerade du müßtest das wissen.«

Zu ihrer Verblüffung fand er keine Antwort. Sie schenkte ihm Tee ein und bat ihn, er möge um neun ins Haus kommen, um Peggotty und Ros zu beaufsichtigen, während sie Julie in den Kindergarten brachte.

»Heute schaut sich der Tierarzt die Kühe an.« Genüßlich zerschnitt er den Speck, der weder zu hart noch zu weich war. »Aber ich werde dasein.«

»Wenn ich um zehn zurückkomme, biete ich dem Doktor Kaffee an.«

Er schaute sie an. Wie seine Mutter. Nur dicker. Eine richtige Frau. Und Jannie war immer noch ein Mädchen. »Kann ich ihn zum Lunch einladen?«

»Natürlich. Es gibt Schinken und kaltes Huhn und Salat. Dazu koche ich neue Kartoffeln.«

»Klingt gut.« Dusty beendete sein Frühstück und lehnte sich gesättigt zurück. »Danke, Val.« Er beobachtete, wie sie das Frühstück für die Kinder vorbereitete. »Tut mir leid – was ich gesagt habe. Aber ich fürchte, Berry weiß nicht zu würdigen, was du für ihn tust.«

»Oh, das redet er sich nur ein. Mach dir deshalb keine Sorgen, Dusty.«

»Er will dich für sich allein haben. Trotzdem solltest du Kinder bekommen, weil du die geborene Mutter bist.«

Beinahe hätte sie ihm die Wahrheit ins Gesicht geschrien. In diesem Augenblick klingelte das Telefon wie ein warnender Alarm. »Das ertrage ich nicht mehr«, klagte Berry am anderen Ende der Leitung. »Um Himmels willen, wann kommst du endlich nach Hause? Du bist meine Frau. Hast du das vergessen?«

»Nein, Darling, das vergesse ich niemals.« Den Rücken zu Durston gewandt, fügte sie mit leiser Stimme hinzu: »Wir hatten uns auf drei Woche geeinigt. Erst jetzt weiß ich, wie dringend Jannie diese Erholung braucht. Was ich hier leisten muß, ist einfach mörderisch.«

»Können wir euch besuchen?«

Sie dachte an die Kinder und den Tierarzt und vermutlich auch noch Cyril. »Kommt zum Lunch. Wahrscheinlich geht's Jannie schon viel besser.«

»Klar«, bestätigte er mürrisch.

»Wird sie gut von unserer Murch betreut?«

»Deine Freundin macht die arme Frau ganz wahnsinnig, tanzt ständig herum und schleppt Blumen ins Haus.«

Verwundert runzelte Val die Stirn. »Das sieht Jannie gar nicht ähnlich. Bist du nett zu ihr, Berry?«

Nun entstand eine kurze Pause. Dann antwortete er mit seltsamer, tonloser Stimme: »Ja.«

»Also gut, kommt auf die Farm. Dann sehe ich selber, wie's ihr geht. Wenn du sarkastisch und unfreundlich bist, bringe ich dich um, Berry.«

»Wäre das nicht amüsant?« erwiderte er und legte auf.

*

»Warum fährst du so schnell, Tante Val?« fragte Julie. »Kommen wir zu spät in den Kindergarten?«

»Nein.« Liebevoll lächelte Val ihre Nichte an. Julie hatte Jannies glattes strohblondes Haar und die hellblauen Augen geerbt, war aber so robust wie ihr Vater. »Soll ich langsamer fahren?«

»Nein, so gefällt's mir. Jetzt ist Sommer. Ich mag den Sommer. Den Winter mag ich auch.«

»Vielleicht magst du alles.«

»Ja. Nur wenn Daddy meiner Mummy weh tut, mag ich's nicht.«

Erstaunt hob Val die Brauen. »Da mußt du dich irren, Schätzchen. Dein Daddy tut deiner Mummy sicher nicht weh.«

»Manchmal schreit sie im Bett.«

»O Gott…« Unsicher biß sich Val in die Lippen und wußte nicht, ob sie lachen oder erschrecken sollte. »Hör mal, Schätzchen – ich glaube, deine Mummy redet im Schlaf, weil sie irgendwas träumt. Das hat sie früher in unserer Schule auch gemacht. Es ist wirklich nicht so schlimm, und du mußt dich deshalb nicht sorgen.«

Julie war sofort beruhigt – Val nicht. Sollte sie mit Jannie sprechen?

Es war seltsam, die Ulmenallee vom Gallenwick hinaufzufahren. Jeden Morgen versuchte Val, Erinnerungen zu verdrängen. Teddys Tod hatte das Ende ihrer Schulzeit überschattet. Als sie das Auto in den Stallhof lenkte, scharten sich die Kinder bereits um Mrs. Pargeter. In Reih und Glied marschierten sie zum Stall, in dem die Räume des Kindergartens lagen. Val stand neben ihrem Wagen und winkte ihnen nach. An diesem Tag würden sie wilde Blumen sammeln. Die neuen Besitzer des Anwesens stammten aus Amerika, wohnten nur selten hier und erlaubten Mrs. Pargeter, das ganze Gelände zu nutzen.

Langsam fuhr Val aus dem Hof und fragte sich, ob die Nachtschwalben bei Sonnenuntergang immer noch zwischen den Bäumen umherschwirrten. Bevor sie das Brückentor erreichte, hielt sie am Straßenrand und schaltete den Motor ab, um ein paar Minuten ihrer kostbaren Einsamkeit zu genießen. Das war ein Fehler. Plötzlich sank ihr Kopf auf das Lenkrad, und sie schluchzte wie ein Kind. Warum, wußte sie nicht. »O Berry, es tut mir leid«, flüsterte sie. »Wir haben eine Vereinbarung getroffen. Die will ich nicht brechen.« Und dann fuhr sie zur Farm zurück.

*

Jannie war wie verwandelt. Verblüfft beobachtete Val ihre Freundin, die in der Küche umhereilte, den Tisch deckte und begeistert den vorbereiteten Lunch lobte – den Salat, die Schüsseln mit den heißen neuen Kartoffeln. War sie von ihrer postnatalen Misere geheilt? Oder würde sie endgültig zusammenbrechen?

Nach dem Essen standen sie nebeneinander vor der Spüle und wuschen das Geschirr ab. »O Val, ich kann dir gar nicht genug danken. Endlich habe ich Zeit für mich – nur für mich.«

Val lächelte unsicher. »Jetzt geht's dir viel besser nicht wahr? Du siehst gut aus.«

»Weil ich glücklich bin. So glücklich war ich noch nie. Nicht einmal, als ich dachte, ich wär's. Ist das nicht sonderbar?«

»O ja…« Mehr wußte Val nicht zu sagen. Sie schaute durch das Fenster in den Hof, wo Berry und Durston mit dem Tierarzt sprachen. Lässig lehnte Berry am Auto, das Gewicht auf sein gesundes Bein verlagert. Beim Lunch war er nett und freundlich gewesen. Aber sie spürte sein Unbehagen. Irgend etwas hatte sich verändert. Hing das vielleicht mit Jannies Glück zusammen? Aber wenn die beiden miteinander schliefen, wäre Jannie in Vals Gegenwart nicht glücklich, oder?

Als wollte sie die Frage beantworten, sagte Jannie plötzlich: »Val – ich liebe dich. Das habe ich in deinem Haus erkannt, als ich deine Hemden und Hosen trug und deine Bettwäsche und dein Geschirr benutzte – alles. Vor Morag hatte ich immer ein bißchen Ehrfurcht. Aber dich liebe ich.«

»O Jannie, ich liebe dich auch.«

»Das weiß ich. Sonst würdest du mir dein Leben nicht borgen. Und ich glaube, das ist es, was mich so glücklich macht. Liebe!«

»Wenn Morag uns jetzt hören könnte! Was für dumme, sentimentale Gänse wir sind!«

»O nein, wir sind nicht sentimental, nur ehrlich. Und ich bedanke mich nicht einmal bei dir. *Das* wäre sentimental.«

»Jetzt muß ich dir was gestehen, wofür du mir wohl kaum danken würdest. Nachts halte ich Peggotty im Arm, ich gebe ihr so viel Milch, wie sie nur will, und tagsüber trage ich sie auf der Hüfte herum. Ich habe dein Baby ganz schrecklich verwöhnt.«

»Liebste Val, vielen Dank, daß du mein Baby so verwöhnt hast…« Lachend unterbrach sich Jannie. »Siehst du, jetzt hast du mir doch noch ein Dankeschön entlockt.«

»So ist's einfacher. Sie schreit nicht, und ich kann schlafen. Sicher ist's falsch. Aber es funktioniert. Bist du mir böse?«

»Natürlich nicht. Wenn's euch beiden gefällt, ist's okay.«

»Danke, Jannie.« Val lächelte. »Oh, jetzt habe ich mich auch bedankt. Und da wir schon mal bei Geständnissen sind… Nein, das ist zu peinlich.«

»Was denn? Sag's doch.«

»Julie hört euch. Dusty und dich. Wenn du – im Bett schreist…«

Verwirrt starrte Jannie ihre Freundin an. Dann schien sich ein Vorhang über ihre Augen zu senken. »Seltsam – das kriegt sie mit? Obwohl die Mauern so dick sind…«

»Wahrscheinlich läßt du die Tür offen, damit du hörst, wenn das Baby weint.«

»O Gott, wie dumm ich bin!«

»Unsinn, so was ist ganz natürlich. Aber vielleicht wär's besser, wenn Julie nichts davon merken würde. Sie glaubt, Dusty tut dir weh. Und ich habe ihr erklärt, du würdet nur im Schlaf reden. So wie früher.«

»Habe ich das getan?« Jannie beobachtete durch das Fenster, wie der Wagen des Tierarztes davonfuhr. Doch sie schien etwas anderes zu sehen. »Noch zehn Tage …« Ihre Stimme klang völlig ausdruckslos. »Ah, die Jungs kommen herein … Macht's dir was aus, wenn ich mit Dusty zum Kindergarten fahre und Julie abhole? Wir müßten ein bißchen allein sein. Würdest du dich inzwischen um Peggotty und Ros kümmern?«

Schweren Herzens schaute Val ihrer Freundin nach, die sich wieder in die alte Jannie verwandelt hatte. Wahrscheinlich werde ich länger als die vorgesehenen drei Wochen auf der Farm ausharren müssen, dachte sie. Die Lynn Abbey kurierte Jannie, ohne jeden Zweifel. Doch die Genesung war noch nicht vollendet.

*

Während sie Peggotty das Fläschchen gab, schaute Berry in düsterer Stimmung zu. »Nur mehr zehn Tage – ich weiß. Aber ich hatte gehofft, ich könnte sie schon heute mit dir vertauschen.«

»Sicher, es geht ihr besser. Aber vorhin ist irgendwas geschehen, das sie in ihr Schneckenhaus zurückgescheucht hat. Tut mir leid, Darling. Ich kann sie nicht zwingen, schon jetzt heimzukommen. Offenbar legt sie großen Wert auf diese letzten zehn Tage.«

»Was ist passiert?« fragte er in scharfem Ton. »Hast du irgendwas zu ihr gesagt?«

»Glaubst du, ich habe sie gefragt, ob du sie verführen wolltest?«

»Mach dich nicht lächerlich, Val.« Die kaum verhohlene Anklage schien ihn nicht im mindesten zu stören. »Hast du ihre Mutter erwähnt?«

Vor lauter Verblüffung ließ sie das Fläschchen sinken, und das Baby schrie entrüstet. Hastig schob sie den Sauger wieder in den gierigen kleinen Mund. »Nein … Wir sprachen über Julie. Offenbar hört sie in manchen Nächten, wie Dusty und Jannie – du weißt schon …«

Schweigend starrte Berry zu Ros hinüber, die in ihrem Laufställchen saß. Eine volle Minute lang hielt das kleine Mädchen dem durchdringenden Blick stand. Dann brach es in Tränen aus.

»O Gott, schau doch, was du getan hast!« fauchte Val.

»Schon gut, beruhige dich.« Er stand auf, hob Ros mit einiger Mühe aus dem Laufställchen und setzte sie auf sein Knie. Ungeschickt wiegte er sie hin und her, und es gelang ihm, sie zu besänftigen. Bald begann sie die Taschen seines Jacketts zu erforschen. »Ist sie nicht süß?«

Val schluckte krampfhaft. »O ja …«

»Vermutlich war Eve Mears pervers. Manchmal wurde Jannie in die erotischen Aktivitäten ihrer Mutter einbezogen. Und nun dachte sie, du würdest ihr erklären, daß sich die Vergangenheit wiederholt.«

»Großer Gott …« Val stand auf, stellte das Fläschchen beiseite und drückte Peggotty an ihre Schulter. Behutsam tätschelte sie den kleinen Rücken und wartete, bis das Baby rülpste. »Früher hat sie oft im Schlaf geredet. Als wir im Internat waren … Hat sie dir von ihrer Mutter erzählt?«

»Ja. Und das klang ziemlich schlimm.«

»Morag glaubt, es würde die Seele heilen, wenn man über solche Dinge redet. Also hilfst du Jannie. Bitte, versuch's zu ertragen.«

Im Hof hielt das Auto, und Julie sprang heraus. Offenbar konnte sie's kaum erwarten, ihren Onkel Berry zu begrüßen.

»Okay, Val, es macht mir nichts aus«, erwiderte er. »Aber vergiß nicht – ich will dich zurückhaben.«

Aufgeregt lief Julie in die Küche und erzählte ihrem Onkel, was sie im Kindergarten erlebt hatte. Val setzte Peggotty ins Laufställchen und hob Ros von Berrys Knie hoch. Reglos stand Jannie mitten in der Küche und schaute sich um, als hätte sie den Raum noch nie gesehen. »Fahren wir nach Hause, Berry?« fragte sie verzweifelt.

Berry schaute Val an und erwartete, sie würde irgend etwas unternehmen.

»Trinken wir erst einmal Tee, Jannie«, schlug sie prosaisch vor. Erst danach wurde ihr bewußt, daß Jannie die Lynn Abbey ihr Zuhause genannt hatte.

17

Auf der Rückfahrt zur Abbey erkannte Berry, was Val meinte. Jannie starrte mit intensiver Konzentration durch die Windschutzscheibe. Bis sie den Klippenweg fast erreicht hatten, schwiegen sie. Dann bemerkte er: »Wenn ich meinen nächsten Scheck kriege, kaufe ich ein Auto mit Handbedienung. Was hältst du davon?«

»Warum nicht?« Ihre Stimme klang seltsam monoton. »Val fährt offensichtlich viel besser als ich, und es überrascht mich, daß du nicht schon längst so ein Auto gekauft hast.«

Verwundert schaute er sie an. Ihr Haar hatte sich teilweise aus dem Gummiband gelöst und hing ihr strähnig ins Gesicht, ohne den üblichen Seidenglanz. Wie er erschrocken feststellte, sah sie jetzt schlechter aus als bei ihrer Ankunft in der Abbey. »Was ist los? Waren die Kinder zu anstrengend? Oder ärgerst du dich, weil Val so gut auf der Farm zurechtkommt?

»Ich liebe meine Kinder. Und ich liebe Val. Wie gern würde ich mit ihnen für immer auf eine einsame Insel ziehen ...«

Meinte sie das ernst? Wie labil mochte sie sein? Vor dem Klippenweg drosselte sie das Tempo, schaltete in den ersten Gang und fuhr vorsichtig hinab.

»Val befürchtet, sie hätte dich aufgeregt. Weil Julie manchmal was hört, wenn du mit Dusty schläfst ...«

»Halt den Mund!« unterbrach sie ihn scharf. »Ihr Reids seid alle gleich – Dusty und du und Hugh vermutlich auch. So was findest du amüsant, nicht wahr? Jeden Abend zwingst du mich, dir Modell zu sitzen und was zu erzählen, während du mich auf der Leinwand praktisch vergewaltigst.«

Jetzt fuhr sie viel zu schnell. In der ersten Haarnadelkurve riß sie ruckartig das Lenkrad herum. »Bevor wir Julie aus dem Kindergarten holten, versuchte ich Dusty zu erklären, wie ich darüber denke. Die Vergangenheit wiederholt sich... Da lachte er schallend, stoppte das Auto und zerrte mich ins Gras – genau da, wo wir früher saßen und den Nachtschwalben zuhörten ...« Tränen verschleierten ihren Blick, und sie war unfähig, die nächste Biegung zu bewältigen. Hastig zog Berry die Handbremse an und schaltete den Motor aus. Das Auto geriet ins Schleudern und hielt, die Vorderräder nur wenige Zentimeter vom Rand des Abgrunds entfernt.

Schluchzend senkte sie den Kopf. Berry zog sie auf seinen Schoß, drückte sie an sich und wartete, bis die Tränen versiegten. Dann begann er langsam zu sprechen und hoffte, er würde in kein Fettnäpfchen treten. Daß er dazu neigte, warf Val ihm immer wieder vor. »Wenn Val dich im Gras neben der Ulmenallee liebt – oder wenn ich dich porträtiere, was sicher keine allzu erotische Aktion ist, fühlst du dich benutzt. Offenbar hast du eine sehr schlechte Meinung von dir selber, Jannie. Nachdem du zehn Tage in der Abbey warst, dachte ich, nun müßtest du deinen eigenen Wert erkennen. Du besitzt viele besondere Qualitäten, bist weltentrückt, interessant und geheimnisvoll. Und sehr schön.«

Sie versuchte zu lachen. Statt dessen schluchzte sie wieder. Behutsam strich er ihr die Haare aus dem Gesicht, die sich wie Seetang anfühlten, im Gegensatz zu Vals kurzen, elastischen Löckchen.

»Warum redest du nicht mit Morag?« schlug er vor. »Sie könnte dir alles erklären. Ich sage nur, was ich – empfinde.« Nach einer langen Pause nickte sie, und er fuhr ermutigt fort: »Natürlich höre ich auf, dich zu malen. Aber ich werde weiterhin mit dir schimpfen.«

Endlich gelang es ihr zu lachen. »Nein, du mußt das Porträt vollenden. Und Dusty soll mich weiterhin – lieben. Das Problem liegt bei mir, nicht bei dir oder Dusty.«

»Kleine Närrin!« Erbost schob er sie auf den Fahrersitz zurück. »Dauernd versuchst du, dich selber zu verunglimpfen. Was für ein mieser egoistischer, narzißtischer Trick! Oder bildest du dir ein, du würdest wie Jesus Christus alle Sünden dieser Welt auf deinen Schultern tragen? Mach doch, was du willst! Mir ist's egal, ob du mir sitzt oder nicht – ob du das Haus mit Blumen vollstopfst oder nicht. Aber du wirst jetzt zur Abbey runterfahren und das Dinner kochen!«

»Ich sagte doch – ich *will* dir Modell sitzen ...«

»Heute abend werden wir nicht arbeiten und dummes Zeug reden. Weil du viel zu beschäftigt sein wirst, wenn du kochst und den Tisch deckst – was du sehr gut kannst. Also sag bloß nicht, es würde dir schwerfallen!«

Gehorsam startete sie den Motor, löste die Handbremse und steuerte das Auto im Rückwärtsgang auf den Weg zurück. Dann fuhr sie langsam und vorsichtig nach unten. Vor der Veranda trat sie auf die Bremse. Die Haustür stand offen, rötliches Abendlicht fiel auf die zahlreichen Blumen, die den Refektoriumstisch schmückten und aus eigener Kraft zu glühen schienen. »Was möchtest du essen?« fragte Jannie mit ruhiger Stimme.

»Rühreier. Und dazu will ich Tee trinken. Mit viel Zucker.« Sie stieg aus, ging um den Wagen herum und öffnete die Beifahrertür. Als sie sein linkes Bein heraushob, seufzte er: »Du weißt, wie sehr ich das hasse.«

»Ja, wir alle müssen unser Kreuz tragen.«

Er sah sie ins Haus gehen und fragte sich, was an diesem Abend geschehen würde.

*

Offenbar nicht viel. Mrs. Murchison war beleidigt, weil ihr das Regiment in der Küche entrissen wurde. Aber Berry nahm sie beiseite und erklärte, dies sei eine therapeutische Maßnahme.

Das verstand sie sofort. »Hat Mrs. Reid einen Rückfall erlitten?« fragte sie mitfühlend.

»Beinahe hätte sie uns auf dem Klippenweg umgebracht. In den nächsten Tagen soll sie die Verantwortung für den Haushalt übernehmen, und ich wäre Ihnen dankbar, wenn Sie ihr nicht dreinreden würden.«

»Ich könnte meine Schwägerin in Weymouth besuchen.

Andererseits – es wäre unschicklich, Sie beide allein zu lassen.«

»Ja, zweifellos«, murmelte er, floh entnervt ins Musikzimmer und rief Val an. Doch er konnte sich nicht dazu durchringen, die letzten Ereignisse zu schildern. Statt dessen verkündete er: »Sie kocht. Anscheinend ist sie wieder normal.«

»Darling, du bist ein Engel. Deine Stimme klingt so müde. Hast du Schmerzen?«

Tatsächlich, er spürte sein Bein. Darauf hatte er bis jetzt nicht geachtet. »Ich will nur, daß du zurückkommst.«

»Das wünsche ich mir auch. Nur noch zehn Tage … Du siehst ja, wie wichtig es für Jannie ist. Bevor ich mir den Mund verbrannt habe, war sie glücklich.«

»Allerdings. Trotzdem liebe ich dich.«

*

Die Rühreier schmeckten wie Gummi. Aber Mrs. Murchison behauptete, sie seien köstlich. Aufmerksam beobachtete Jannie, wie Berry seinen Teller leer aß. Er war hungrig. Obwohl er seine Frau vermißte und dieses seltsame Mädchen am Hals hatte, war er hungrig. Mit vier Tassen Tee spülte er alles hinunter. Danach fühlte er sich etwas besser.

»Heute bin ich ziemlich müde. Macht's Ihnen was aus, wenn ich gleich in mein Zimmer gehe, Mrs. Reid? Lassen Sie das Geschirr einfach stehen, ich spül's morgen.«

Statt zu antworten, lächelte Jannie nur und begann, den Tisch abzuräumen. Mrs. Murchison protestierte nicht, und Berry fragte sich, ob sie ihre neue Rolle ein wenig übertrieb. Aber keine der beiden Frauen schien die ungewöhnliche Situation seltsam zu finden. Jannie spülte das Geschirr, er trocknete es ab, und sie deckte sogar den Tisch fürs Frühstück.

»Nun würde ich auch gern ins Bett gehen, Jannie.«

»Okay.« Sie trug ein Marmeladenglas voller Akeleien zum Spülbecken und erneuerte das Wasser. »Wie schön, daß ich wieder hier bin, Berry … Vielen Dank. Sicher falle ich dir schrecklich auf die Nerven.«

Er schaute sie nicht an, weil er ihren schwärmerischen Blick fürchtete. Oder dieser Ausdruck war inzwischen verschwunden. Dann hätte ihm ihr leidenschaftliches Zwischenspiel mit Dusty im Gras vom Gallenwick House gewisse Vorteile gebracht. Zum Glück hatte er Val nichts von alldem erzählt, obwohl er versucht gewesen war, das Problem als Waffe zu benutzen, um sie nach Hause zu locken. *Wenn du nicht sofort zurückkommst, geht Jannie mit mir ins Bett, ob ich's will oder nicht!* Nach einer solchen Drohung hätte er sich selber gehaßt.

Im Musikzimmer setzte er sich auf die Fensterbank, betrachtete die sinkende Sonne und dachte an Jannies Kindheit, verstand ihre Liebe zu Val, ihren Respekt. Wie so oft unterbrach er seine Überlegungen, sobald sie seine Gefühle für Morag einbezogen. Er schloß die Augen und verdrängte die Erinnerungen. Aber als er im Bett lag, ging ihm ein schmerzlicher Gedanke durch den Sinn. Hätte er Morrie doch vor all den Jahren geschwängert! Seine einzige Chance, Unsterblichkeit zu erringen …

*

Er schlief unruhig in dieser Nacht, und einmal hörte er Schritte vor der Tür. Um sechs erwachte er, richtete sich abrupt auf und fürchtete, Jannie hätte die Abbey verlassen. Hastig schnallte er die Prothese an seinem Beinstumpf fest, zog eine alte Flanellhose und ein Hemd an und hinkte in die Küche, wo er keine der beiden Frauen antraf. Der

Tisch war für drei Personen gedeckt und mit Blumen geschmückt. Auf dem Herd stand ein warmer Wasserkessel. Also hatte Jannie vor kurzem Tee gekocht. Besorgt trat Berry ans Fenster und starrte zur Klippe hinüber, die noch im Schatten lag. Niemand kletterte den steilen Weg hinauf. Und das Auto parkte vor der Veranda. Tiefe Stille erfüllte das alte Haus. So sollte es um sechs Uhr morgens auch sein.

»Verdammt«, flüsterte er, »was hat sie vor?« Er stieg die Treppe hinauf und humpelte zu Jannies Zimmer. Als er durch die halboffene Tür spähte, sah er das leere, frischgemachte Bett und fluchte wieder. Mühsam schleppte er sich in den dritten Stock hinauf, zu Mrs. Murchisons Zimmer. Die vielen Stufen... Er mußte endlich den antiquierten Lift modernisieren lassen. Am Treppenabsatz angekommen, hörte er ein Stöhnen und Jannies besänftigende Stimme. »Bald werden Sie sich besser fühlen. Versuchen Sie zu schlafen.« Eine Hand gegen die Wand gestützt, wartete er. Nach ein paar Minuten verließ Jannie das Zimmer und schloß leise die Tür. Bei Berrys Anblick zuckte sie zusammen, dann legte sie einen Finger an die Lippen. Schweigend stiegen sie zur Küche hinab.

»Arme alte Murch!« seufzte er. »Ist ihr schlecht?«

»Wahrscheinlich liegt's an meinen Rühreiern«, erwiderte Jannie bedrückt. »Letzte Nacht mußte sie sich mehrmals übergeben. Soll ich den Arzt rufen? Ich fühle mich für ihren elenden Zustand verantwortlich.«

»Sei nicht albern! Wenn es mit den Eiern zusammenhinge, müßte auch mein Magen rebellieren. Aber mir geht's großartig. Und die gute Murch wird sich bald erholen.«

»Mag sein. Trotzdem werde ich den Arzt anrufen – um

acht, wenn er die Praxis aufsperrt. Man hört so schreckliche Dinge über Lebensmittelvergiftungen.« Erschöpft setzte sie sich an den Tisch. »Die Ärmste – sie schämte sich so, weil sie vor meinen Augen erbrach. Mit Julie habe ich das oft genug erlebt.«

»Jetzt mache ich erst mal Tee ... Nein, bleib sitzen, du warst die ganze Nacht auf.« Berry füllte den Wasserkessel. »Weißt du eigentlich, daß nur wenige Leute stundenlang bei einer alten Frau ausharren und ihr eine Schüssel vor die Nase halten würden?«

»Nun ja...« Sie streckte sich müde. In einem von Vals Hemden, das ihr zu groß war, wirkte sie zerbrechlicher denn je – halb Kind, halb Frau.

Sekundenlang stellte er sich vor, er würde ihren zarten Körper zwischen seinen rauhen Händen halten, wie ein Bildhauer, der eine Figur modellierte. Dann wandte er sich rasch zum Herd. »Wenn du deinen Tee getrunken hast, solltest du ins Bett gehen. Ich rufe den Arzt an. Sicher bist du völlig erledigt.«

»Unsinn. An rastlose Nächte bin ich gewöhnt. Vielleicht sollte ich Vals Beispiel folgen. Sie hält Peggotty im Arm – und schläft tief und fest. Ja, das werde ich auch tun ...« Lächelnd zog sie das Marmeladenglas zu sich herüber und roch an den Blumen. »Ich will nicht mehr schwanger werden. Nie wieder.«

Da sie nicht mit ihm sprach, mußte er ihr keine Antwort geben.

*

Der Arzt diagnostizierte einen »Virus« und verordnete der Haushälterin ein paar Tage Bettruhe, viel Flüssigkeit und eine leichte Diät. Von mehreren Kissen gestützt, saß sie im

Bett und sah schon wieder etwas besser aus. »Ich will niemandem zur Last fallen«, beteuerte sie mit schwacher Stimme, lächelte Jannie dankbar an und ergriff ihre Hand. »Bleiben Sie ein bißchen bei mir? Letzte Nacht waren Sie mir ein großer Trost. Ich dachte, ich müßte sterben. Natürlich wollte ich Sie nicht stören, Mr. Reid. Aber es ging mir wirklich sehr schlecht.«

»Selbstverständlich bleibe ich bei Ihnen«, versprach Jannie. »Wenn die Zeitungen kommen, können Sie ein bißchen lesen, und ich koche Ihnen eine Suppe zum Lunch. Peggy hat mir gezeigt, wie man ein gute, nahrhafte Suppe macht. Und wie wär's mit ein bißchen Eiscreme?«

Mrs. Murchisons Augen füllten sich mit Tränen. »Wie lieb und gut Sie sind ...«

Bevor Berry zu lachen anfing, sagte er hastig: »Ich schau mal nach, ob die Zeitungen schon da sind.«

*

Am Nachmittag schlief Mrs. Murchison, und Jannie stieg mit einem Buch und ihrem Sonnenöl zum Strand hinab. Aber sie wußte, daß sie nicht lesen würde. Sie war todmüde, obwohl sie am Morgen das Gegenteil behauptet hatte. Auf der Farm konnte sie sich niemals richtig ausruhen. Hier würde sie sich mindestens drei Stunden lang erholen. Fürs Dinner war noch genug Suppe übrig, zum Dessert gab es Eiscreme, und vorerst hatte Mrs. Murchison alles, was sie brauchte. Sie breitete das Badetuch auf dem Kies aus, rollte ihre Strickjacke zu einem Kissen zusammen und schlüpfte aus Vals Hose. Fünf Minuten später war sie eingeschlafen.

Was sie weckte, wußte sie nicht. Vielleicht ein Möwenschrei – oder die Hitze. Eine Zeitlang lag sie reglos da, und verspürte endlich wieder jenes wunderbare Glück.

Nur für kurze Zeit war es verschwunden. Sie stellte das Gefühl auf die Probe, zwang sich an Julie zu denken, die Mummys beschämendes ekstatisches Geschrei gehört hatte … Andererseits schien Val das nicht so schlimm zu finden. Und es würde nie mehr geschehen. Dafür wollte sie sorgen. Würde sie für immer glücklich sein, wenn sie enthaltsam lebte?

Mrs. Murchison hatte behauptet, Jannie sei die netteste von den drei Mrs. Reids. Darüber hatte Berry sich sichtlich amüsiert.

Diese unerträgliche Hitze … Sie knöpfte Vals Hemd auf und erinnerte sich, wie Dusty sie neben der Ulmenallee ins Gras geworfen und wie sie protestierte hatte – um sich dann leidenschaftlich an ihn zu klammern. Erstaunlicherweise trieb ihr dieser Gedanke keine Tränen in die Augen, und das Glück verflog nicht. Sie setzte sich auf und streifte das Hemd von ihren Schultern, dann zog sie das Gummiband aus ihrem Haar und glitt ins Meer. Träumerisch lag sie im seichten Wasser, ließ die Brandung über ihren Körper hinwegspülen und spürte, wie das Haar hinter ihr umherschwamm. Mit jeder Welle schien Jannies Liebe zu Berry zurückzukehren, und sie gewann den Eindruck, eine wunderbare Taufe zu erleben. Blind lächelte sie in die Sonne. Vielleicht war das Glück tatsächlich eine Gnade. Würde sie ein göttliche Vision erblicken, eine Stimme hören?

Allzu angespannt mußte sie nicht lauschen. »Was zum Teufel treibst du da, Jannie?« schrie die Stimme. »Geh sofort aus dem Wasser, hörst du?«

Träge wälzte sie sich auf den Bauch. Genau diese Stimme hatte sie ersehnt. Sie hob den Kopf und sah Berry, der sich viel zu weit aus dem Fenster des Musikzimmers beugte. Strahlend winkte sie ihm zu. »Hallo, Berry!«

»Komm sofort herauf!«

»Ja, schon gut!« Ohne ihre Nacktheit zu beachten, erhob sie sich. Auf ihrer Haut glitzerten perlende Wassertropfen. Endlich durfte sie ihm wieder Modell sitzen. In diesen Stunden war sie stets am glücklichsten, weil sie sich wie ein Teil von ihm fühlte. Sie legte das Hemd um ihre Schultern, alle anderen Sachen ließ sie liegen. Ungeduldig eilte sie nach oben, durch die Kellertür, die alten Stufen hinauf, wo sich die nassen Spuren ihrer Füße abzeichneten. In wenigen Minuten würde sie trocknen und verschwinden. Nichts war von Dauer. Nur das Glück.

Berry erwartete sie am Treppenabsatz, zerrte sie ins Musikzimmer und umklammerte ihre Schultern. »Tu das nie wieder, mein Mädchen!« stieß er hervor und schüttelte sie. »Was glaubst du denn, wer du bist? Die arme Winifred Wilkie? Welche Phantasien willst du in deinem verrückten Kopf heraufbeschwören?«

Was er ihr vorwarf, bewies nur, daß er sie mochte. Deshalb war sie nicht gekränkt. Liebevoll lächelte sie ihn an. »Mir war heiß. Und ich fühlte mich so wohl im Wasser, Berry.«

»Großer Gott, also wolltest du dich gar nicht ertränken?«

»Wie Ophelia?« Sie lachte leise. »Hast du das wirklich geglaubt?«

»Was denn sonst? Gestern hast du versucht, uns beide umzubringen, letzte Nacht kaum geschlafen – und heute den ganzen Vormittag gearbeitet. Sicher bist du völlig erschöpft. Dazu kommen noch deine Depressionen. Was hättest denn du an meiner Stelle gedacht?«

»Keine Ahnung ... Aber ich wollte mir wirklich nicht das Leben nehmen. Dafür bin ich viel zu glücklich.«

Abrupt ließ er sie los, als hätte er erst jetzt ihre Nacktheit bemerkt, und wandte sich zu seinem Arbeitstisch. »Tut mir leid, Jannie. Zieh das Hemd an.«

Langsam wanderte sie zum leeren Kamin und legte Kissen auf den Boden. »Willst du mich malen?« Sie setzte sich. »Vorhin hatte ich geschlafen. Du auch?«

»Ja«, antwortete er verwirrt. »Aber – ich sagte doch, ich würde das Porträt nicht fertigstellen.«

»Nur weil ich dir – von Dusty erzählt habe. Aber als ich von den Wellen überspült wurde ... Es war wie ... Oh, ich wünschte, ich könnte es erklären.«

»Wie eine Reinigung?« fragte er trocken.

»Viel intensiver.« Das Wort »Taufe« wollte sie nicht aussprechen. Darüber würde er lachen. »Eine Verklärung ... Bitte, mach dich nicht lustig über mich.«

»Natürlich nicht.« Er betrachtete ihre schmalen Schultern, die kleinen Brüste, das Hüftbein, das vom Hemd nicht verdeckt wurde. Und dann fiel sein Blick auf das Bild, an dem er arbeitete, wenn sie unten am Kiesstrand lag. Ein Geschöpf des Meeres und des Himmels, der Sonne und der Erde. Er hob den Pinsel auf, der ihm aus der Hand gefallen war, als er geglaubt hatte, sie würde sich ertränken. »Könntest du deinen Kopf in den Nacken werfen?« bat er und begann, die Borsten zu reinigen. »Schau nach oben. Ich möchte deinen Hals über den Schlüsselbeinen sehen.«

Zu seinem Entzücken nahm sie genau die richtige Pose ein. Eine halbe Stunde lang rührte sie sich nicht.

»Okay, Jannie. Entspann dich. Richte dich auf und beweg deine Arme.«

Sie gehorchte und streckte die Beine aus. »Darf ich das Bild sehen?«

»Noch nicht.«

Sie stand auf, zog das Hemd an und knöpfte es zu. Wie ruhig und ungekünstelt und elegant sie sich bewegt, dachte er. »Da drüben an der Wand lehnt mein Porträt. Was hast du heute nachmittag gemalt, Berry?«

»Nun ja – ich…«, stammelte er wie ein Schuljunge, der beim Spicken ertappt worden war. »Ich arbeite an zwei Porträts, und eins ist – eine Art Allegorie.«

»Ein Aktbild. Warum sagst du's nicht?«

»Nein! Ich meine – es zeigt dich als Wassergeist. Das ist alles. Nicht so wichtig…«

Lautlos glitten ihre nackten Füße über die alten Bodenbretter. Sie ging zum Fenster, kniete sich auf die Bank und schaute hinaus. »Hier hast du gesessen und mich gemalt, während ich meine Sonnenbäder nahm.«

»Tut mir leid, Jannie. Ehrlich. Es ist nicht so, wie du glaubst. Kein Voyeurismus. Aber diese Kombination von deiner weiblichen Gestalt, dem Meer und den Felsen – war einfach unwiderstehlich. Bitte, geh vom Fenster weg.«

»Keine Bange, ich bin nicht verrückt. Jetzt nicht mehr. Alles ist anders geworden.«

»Nach deiner – Verklärung?«

»Ja, ich weiß, es klingt komisch und prätentiös. Für mich war es ein bedeutsames Erlebnis, weil ich nun meinen eigenen Wert kenne – und den Platz, den ich in dieser Welt einnehme, einen wichtigen Platz.«

»Das wissen wir schon lange. Mrs. Murchison und Val und ich. Wir können uns doch nicht alle drei irren«, betonte er und versuchte erfolglos zu lachen.

Verträumt schüttelte sie den Kopf. »Aber *ich* mußte es wissen.« Sie stand auf und ging zu ihm. »Was du mir erklärt und gezeigt hast, mußte ich verstehen lernen. Lauter gute Dinge. Nichts, wofür ich mich schämen müßte. Wenn ich mich Dusty hingebe, vergesse ich alle Hemmungen. Im Bett bin ich wirklich erstklassig. Von Politik und Philosophie, Büchern und Malerei weiß ich nichts. Nur wenn's um Sex geht...« Sie kicherte wie ein Schulmädchen. »Da bin ich unvergleichlich.«

In diesem Augenblick entdeckte sie das Bild, das auf dem Tisch lag, und ihr Atem stockte. Berry erwartete, sie würde sich enttäuscht abwenden. Doch das tat sie nicht. Staunend hob sie die Brauen. Zunächst sah sie nur ein aufgewühltes Meer, schwarze Felsen und Seetang – sehr viel Seetang. Und dann erblickte sie sich selbst, einen Teil der Erde, der Luft und des Wassers – eine Frau, aus den Elementen geboren.

Nach langen Minuten wandte sie sich zu ihm. »Mein Gott, also hast du's gewußt, die ganze Zeit.« Sie küßte ihn zärtlich, dann mit wachsender Leidenschaft. Weil es keine andere Möglichkeit gab, trug er sie zum Bett, hin und her gerissen zwischen Grauen und heißer Freude. Ein Teil von ihm bedauerte, was nun geschah, und trauerte um alles, was er besaß und jetzt verlieren würde. Aber ein anderer Teil schwebte hoch empor wie ein Adler, befreit von seinem verhaßten Gebrechen. Irgendwann am späten Nachmittag rief er einen Namen, den Jannie kaum verstand und der wie »Akiko« klang.

18

Die nächsten drei Tage würde sie niemals vergessen. Vergangenheit und Zukunft existierten nicht mehr. Kein einziges Mal dachte sie an ihre Kinder, ihren Ehemann, ihre beste Freundin. Im Meer neu geboren, war sie weder Jannie Mears noch Jannie Reid, sondern ein Geschöpf aus Wasser und Luft – und zu allem fähig. Sie überwältigte Mrs. Murchison mit ihrer liebevollen Betreuung, kümmerte sich um den Haushalt und bereitete schlichte, aber köstliche Mahlzeiten zu, die sie auf zwei Tabletts nach oben trug. Wenn Murch versorgt war, aßen Jannie und Berry auf der Fensterbank des Musikzimmers, hoch über dem Meer. Danach saß sie ihm Modell. Wenn er im Dunkel nicht mehr arbeiten konnte, umarmten sie sich, hielten einander fest, und später sanken sie ins Bett.

Anfangs mußte er die Ahnung eines drohenden Verhängnisses bekämpfen. Dieser Gedanke saß lauernd auf seiner Schulter und wartete, bis er seinen Schwebezustand abschütteln würde. Irgendwann in der ersten Nacht erwachte er und weinte lautlos um Val, um Jannie und sich selbst. Er wollte zu Val fahren, ihr die Schuld an den Ereignissen geben und erklären, er habe sie gewarnt und sei ignoriert worden. Aber während der Morgen graute, lasteten die Gewissensqualen schwerer denn je auf seiner Seele. Er betrachtete Jannie, die bleich und ätherisch neben ihm lag, und stöhnte: »O Gott, es tut mir so leid.«

Da öffnete sie die Augen, und alles begann von vorn. In ihrem unerschütterlichen Glücksgefühl weigerte sie sich, die Angst in seinem düsteren Blick zu erkennen. Sie strahlte, von innen her erleuchtet. Und als sie über ihm kniete, schien er in diesem Licht zu baden. »Du bist ein Engel«, flüsterte er verwundert.

»Von einem Engel geküßt… So was Ähnliches hat Juliets Mutter einmal gesagt.« Lächelnd neigte sich hinab und küßte ihn. »Gefällt dir das?«

Er nahm ihr Gesicht in beide Hände. »Wie schön du bist… Es kommt mir so vor, als würdest du mir deine Schönheit schenken.«

Und nach der ersten Nacht schenkte sie ihm alles. Für Schuldgefühle blieb kein Raum. Er vollendete die beiden Gemälde und noch ein drittes. Wenn sie im Haus umhereilte, lauschte er ihrer kindlichen Singstimme und arbeitete wie besessen. Er benutzte sehr viel Grün – alle Schattierungen von Grün. Ob er die ungewöhnliche Atmosphäre dieser Tage, die dem Wahnsinn glich, auf die Leinwand bannen konnte, wußte er nicht. Aber er wollte es versuchen. Jedenfalls mußte Grün vorherrschen.

Sie lebten in einer spirituellen und doch häuslichen Welt. Dabei spielte die körperliche Liebe nur eine kleine Rolle, war aber untrennbar mit der Gesamtheit ihrer Emotionen verbunden. Sie mußten nicht ständig zusammensein. Einen Großteil ihrer Zeit verbrachte Jannie mit Mrs. Murchison. Berry war glücklich, wenn er allein im Musikzimmer arbeitete. Solange sich beide in der Abbey oder in der unmittelbaren Nähe aufhielten, blieb das Band, das sie vereinte, unzerreißbar. Wenn Jannie ein Sonnenbad nahm, spürte sie seinen Blick auf ihrem Körper. Wenn sie mit Mrs. Murchison Scrabble spielte, sah sie in ihrer Phantasie, wie er Farben mischte, Pinsel reinigte und sich eifrig über seine Leinwand beugte – so wie jede Nacht über ihr Gesicht. Sie wußte, daß er sie für immer einzufangen suchte. Im realen Sinn würde es ihm nicht gelingen. Beide kannten die Vergänglichkeit ihres Beisammenseins.

Aber auf der Leinwand… Am dritten Abend kam sie zu ihm, betrachtete verstreute grüne Punkte und holte tief Luft. »Das gefällt mit am besten.«

Er neigte den Kopf zu ihr und atmete ihr Wesen ein. »Diesen Stil nennt man Pointilismus. Um das Bild richtig zu sehen, mußt du zurücktreten.«

»Aber *du* trittst nicht zurück.«

»Nein …« Die Augen halb geschlossen, spürte er den Schmerz, der in seinem Körper von der Taille abwärts vibrierte.

Jannie strich über seine schweißnasse Wange. »Nur du. Niemand anderer wird mir jemals wieder so nahekommen. Nun wird es zum letzten Mal geschehen. Ich glaube, du bist krank. Morgen mußt du dich ausruhen, und ich werde dich pflegen.« Sie sprach so beiläufig, als hätten sie gemeinsam eine Party besucht, die jetzt zu Ende ging.

In dieser Nacht liebte sie ihn zärtlich, dann leidenschaftlich und wieder zärtlich, und sie erklärte ihm, er habe sie geheilt. Mit fiebrig glänzenden Augen starrte er sie an. »Verlaß mich nicht, Jannie.«

Sie streichelte seine zerzausten Locken und lächelte ins Dunkel. »Als ich siebzehn war, schwor ich mir, dich eines Tages zu versklaven.« Sie küßte seine Stirn. »Und jetzt bist du mein Herr und Meister. Für dich würde ich sterben.«

»Sag so was nicht. Niemand hat das Recht, für einen anderen zu sterben.« Sprach er von Dr. Wilkies Schwester? Aber dann drückte er seinen Kopf in ihre Armbeuge und flüsterte: »Akiko.« Seine Haut fühlte sich glühend heiß an.

»Wer ist Akiko?«

Plötzlich warf er sich auf Jannie und breitete die Arme aus, als wollte er sie beschützen. Sie glaubte zu ersticken.

»Bitte, Darling – laß mich los …«

Seine Hand verschloß ihr den Mund, sein gesundes

Knie preßte sich schmerzhaft auf ihren Schenkel. Schließlich mußte die Qual in seinem Beinstumpf unerträglich geworden sein. Stöhnend wälzte er sich von ihrem Körper.

Sie richtete sich auf und musterte ihn erschrocken. »Mein Gott, Berry – sag doch was …«

Reglos lag er da, die Augen verdreht. Sie kroch über ihn hinweg, griff zum Telefon und wählte Dr. Harris' Nummer.

»Hat sich ihr Zustand verschlechtert?« fragte er. »Nicht Mrs. Murchison …? Beschreiben Sie die Symptome.«

Jannie betrachtete Berry, der im zerwühlten Bett auf dem Rücken lag. Vom Anblick seines mitleiderregenden verkrüppelten Körpers überwältigt, konnte sie kaum sprechen, und der Arzt unterbrach ihr Gestammel.

»In zwanzig Minuten bin ich bei Ihnen. Können Sie ihn lauwarm waschen? Wenn er zu sich kommt, versuchen Sie ihm etwas Wasser einzuflößen.«

Sie rannte nach unten, riß die Haustür auf, dann befolgte sie die Anweisungen des Doktors. Mit einem Glas Wasser und einer Waschschüssel kehrte sie ins Musikzimmer zurück. Inzwischen hatte Berry sich bewegt. Auf die Seite gedreht, starrte er zu seiner unsichtbaren Leinwand hinüber.

Hastig kniete sie neben ihm nieder und kühlte sein Gesicht mit einem ausgewrungenen Waschlappen. Er schwieg, aber er lächelte schwach. »Bald geht's dir wieder besser, Darling«, wisperte sie und küßte seine Lippen. Angstvoll fragte sie sich, ob er einen Schlaganfall erlitten hatte, und die Zukunft – während der letzten Tage nicht existent – lag wie ein schwarzer Schatten vor ihr. Sie begann zu schluchzen.

»Keine Bange«, sagte er mit klarer Stimme, »ich bin okay.«

»O Berry, Gott sei Dank. Was soll ich tun? Der Doktor ist unterwegs.«

»Würdest du die Leinwand auf die Staffelei stellen, damit ich sie sehen kann? Und dann müßtest du das Licht einschalten und einen Morgenmantel anziehen.«

»Natürlich ...« Sie eilte umher, erfüllte seine Wünsche und kniete wieder neben ihm nieder. Eindringlich schaute sie ihn an, als wollte sie Abschied nehmen.

»Gestern abend sagtest du, es sei das letzte Mal. Irgendwie mußt du's gewußt haben.«

»Ich spürte nur, daß du todmüde warst«, erwiderte sie und wusch sorgsam sein Gesicht. »Von deiner Krankheit ahnte ich nichts.«

In diesem Augenblick hörten sie den Ruf des Arztes, der die Treppe heraufstieg. »Mrs. Reid?«

Jannie sprang auf, aber Berry hielt ihre Hand fest. »Habe ich dir weh getan?«

»Nein. Und wenn doch, würde es keine Rolle spielen.«

*

Als Jannie auf der Farm eintraf, fuhr Val gerade mit Julie zum Gallenwick-Kindergarten. Ungeduldig zählte sie die Tage bis zum Ende der dritten Woche. Dusty benahm sich einfach unerträglich. Am vergangenen Abend hatte er gefragt: »Macht's Berry immer noch Spaß, dich zu hänseln und herumzukommandieren?«

Erbost wandte sie sich zur Spüle und begann, das Geschirr abzuwaschen. »Er respektiert mich, und ich bin nicht sein Spielzeug. Ehrlich, Dusty, ich verstehe nicht, wie Jannie dein taktloses Geschwätz erträgt.«

»Um Himmels willen, ich dachte, nur Morag wäre so prüde!« rief er irritiert. »Von dir hätte ich das nicht erwartet. Warum seid ihr beide so verkrampft? Entspannt euch, dann werdet ihr sicher schwanger. Und Morag würde sogar schwanger *bleiben.*« Er wollte nicht grausam sein, das wußte sie. Nach Morags letzter Fehlgeburt hatte er aufrichtiges Mitgefühl gezeigt. Und von der leidenschaftlichen, aber sterilen Beziehung zwischen Val und Berry ahnte er natürlich nichts. Trotzdem zuckte sie zusammen, und er entschuldigte sich zerknirscht. »Tut mir leid, altes Mädchen, ich bin nun mal ein Idiot, der nicht nachdenkt, bevor er drauflos redet. Übrigens, ich habe mit Jan darüber gesprochen, und wir finden, ihr solltet endlich eine Familie gründen, du und Berry. Wenn ihr keine eigenen Kinder kriegt, könnt ihr ja welche adoptieren.«

Ihre Gedanken überschlugen sich. Kannte er Berrys Geheimnis? War es nicht so gut gehütet worden, wie sie vermutet hatte? »Nun – vielleicht«, erwiderte sie, drehte sich um und beobachtete sein Gesicht. Nein, er wußte nichts. »Würdest du mir einen Gefallen tun, Dusty?«

»Was immer du willst«, versicherte er eifrig.

»Sei ein bißchen netter zu Jannie, wenn sie nach Hause kommt. Hilf ihr. Und führ dich nicht so auf, als wäre ihre Anwesenheit selbstverständlich.«

Sie sah ihm an, daß er protestieren wollte. Aber dann hatte er genickt. »Okay, ich versprech's dir.«

Jetzt fuhr sie durch das Brückentor von Gallenwick und überlegte, wie lange er sich an seine guten Vorsätze halten würde.

»Kommt Mummy heute nach Hause, Tante Val?« fragte Julie, so wie jeden Tag.

»Nein, Schätzchen, erst am Wochenende.«

»Du sollst nicht fortgehen.«

»Sag so was nicht. Ich muß mich um Onkel Berry kümmern. Das weißt du. Und Mummy wird wieder für dich sorgen.«

»Bleibt doch beide auf der Farm. Für Onkel Berry haben wir auch genug Platz. Ich werde ihm beim Malen helfen. Gestern hat Mrs. Pargeter gesagt, ich bin eine gute Malerin.«

»Hör mal, Julie, wenn du vier Jahre alt bist, kommst du für eine Weile zu uns in die Abbey, und dann malst du zusammen mit Onkel Berry.« Val kreuzte die Finger auf dem Lenkrad. Meistens behandelte er seine Nichten sehr liebevoll. Aber er konnte auch unausstehlich sein.

Vor lauter Begeisterung über diesen Vorschlag rutschte Julie auf dem Beifahrersitz herum, und ihre Sandale blieb am Schalthebel hängen. Val ermahnte sie und betonte, so ein Benehmen würde Onkel Berry gar nicht gefallen.

Damit beeindruckte sie ihre Nichte nicht sonderlich. Im Stallhof sprang Julie aus dem Wagen, rannte um Mrs. Pargeter herum und verkündete lauthals ihre Neuigkeiten. Hilflos zuckte Val die Achseln, lächelte der älteren Frau zu und winkte dem Kind. Während sie die Ulmenallee hinabfuhr fragte sie sich: O Gott, worauf habe mich eingelassen?

Diese Bedenken waren vergessen, sobald sie ihr eigenes Auto im Hof der Farm parken sah. Noch nicht zehn Uhr – zu früh für einen normalen Besuch. Also mußte irgend etwas geschehen sein – mit Berry, Jannie oder der armen alten Murch.

Voller Sorge eilte sie in die Küche, wo Jannie sich eifrig zu schaffen machte, als wäre sie niemals weg gewesen. Dusty saß grinsend am Tisch, Ros auf den Knien. An den Türpfosten gelehnt, holte Val tief Atem.

Offensichtlich hatte Berry ihre Freundin hinausgeworfen.

Jannie lief nicht wie üblich zu ihr, um sie in die Arme zu nehmen. Statt dessen sagte sie mit ruhiger Stimme. »Hallo, Val. Tut mit leid, daß ich einfach hereingeplatzt bin, ohne vorher anzurufen. Aber – Berry wollte dich nicht unnötig aufregen. Und anscheinend ist's schon öfter passiert.«

»Was?« Am liebsten hätte Val ihr den Hals umgedreht. Sie rannte zum Tisch. »Geht's ihr gut, Dusty? Seit wann ist sie hier?«

Jannie lachte. »Da bin ich, Val, und ich kann alle Fragen selbst beantworten. Setz dich, ich schenke dir Kaffee ein. Ja, ich bin okay, was ich *dir* verdanke. Und dein Mann ... Der Arzt hat versichert, alles sei in Ordnung. Letzte Nacht wurde Berry plötzlich krank. Dr. Harris erklärte, das sei schon ein paarmal vorgekommen. Zuviel Arbeit, die Nerven ...«

»Hatte er einen Anfall?« fragte Val tonlos und weigerte sich Platz zu nehmen, obwohl Jannie eine Tasse mit dampfendem Kaffee füllte. Krampfhaft umklammerte sie die Rückenlehne eines Stuhls. »Wie eine epileptische Attacke ... Er arbeitet bis zu Erschöpfung – und dann passiert's. Hat er dich angegriffen, Jannie?«

»Nicht direkt.« Jannie schob die Kaffeetasse zu ihr hinüber. »Trink das!«

»Wann ist es geschehen?« fragte Val und ergriff die Tasse.

»Da bin ich mir nicht sicher.«

Langsam sank Val auf den Stuhl und starrte ins Leere. Auf seltsame Weise hatten sie die Rollen getauscht. Die einst so hilflose Jannie beherrschte die Situation, und Val verlor die Kontrolle. Fröstelnd legte sie die Hände um die Kaffeetasse. Dann nahm sie einen Schluck. »Und jetzt?«

»Berry braucht erst mal Ruhe. Natürlich sehnt er sich nach dir.« Auch Jannie setzte sich an den Tisch. »Du sollst in die Abbey zurückkehren, wo du hingehörst. Und ich bin wieder da, wo *ich* hingehöre. Nicht wahr, Darling?« Sie reichte Dusty ihre Hand, die er dankbar umfaßte.

»Eigentlich hatte ich die Hoffnung schon aufgegeben, dich jemals wieder in diesem Haus zu sehen. Deshalb versuchte ich, Val zu verführen. Falls du beschließen würdest, bei Berry zu bleiben.« Das war seine Art zu scherzen, und sie spielte mit.

»Hattest du Erfolg?« fragte sie leichthin.

»Leider nicht«, seufzte er und zog ihre Finger an die Lippen. »Im Gegensatz zu dir ist sie ein kalter Fisch.«

Val hätte beinahe geschrien. »Am besten fahre ich nach Hause. So tüchtig Murch auch sein mag – manchmal strapaziert sie Berrys Nerven.«

»Oh, das habe ich ganz vergessen – sie leidet an Magenbeschwerden und liegt im Bett.« Es war fast unheimlich, wie gleichmütig Jannie alle Krisen hinnahm.

»Dann werde ich jetzt meine Sachen packen«, sagte Val, stand auf und ging zur Treppe. »Das Baby schläft noch, Jannie. Vergiß nicht, Julie vom Kindergarten abzuholen.«

»Als hätte ich jemals …« Jannie verdrehte die Augen. »Soll ich dir helfen?«

»Nein, danke.« Val nahm immer zwei Stufen auf einmal. Ob sie in die Abbey zurückkehren wollte, wußte sie nicht. Jedenfalls mußte sie die Farm – und Jannie schleunigst verlassen.

*

Während sie zur Küste hinabfuhr, schlug das Wetter um. Von Nordwesten wehte ein bedrohlicher Wind heran und zwang sie, das Fenster hochzukurbeln. Das Auto roch nach Jannie. Dieses blumige Parfum war ihr nie zuvor aufgefallen.

In der Halle ihres Hauses wehte ihr derselbe Duft entgegen. Und dann sah sie, warum. Überall Vasen und Marmeladengläser mit wilden Blumen, sogar auf den Stufen … Erstaunt schaute sie sich um, als sie die Treppe hinaufstieg. Heckenrosen, Goldklee, Wiesenschaumkraut und Schlüsselblumen in üppiger Fülle. In einer winzigen Konservendose prangten späte Veilchen, neben einer Milchflasche voll Gemeinem Kerbel, der eine einzelne Distel umgab. Die Blütenpracht betonte den dunklen Schimmer des Refektoriumstisches, des blankpolierten Geländers. Auch in den oberen Stockwerken hing dieser Duft, und Val haßte ihn. Vielleicht war es unvernünftig und kleinlich, aber sie verabscheute die Blumen und ihre aufdringliche Anwesenheit.

Die Tür des Musikzimmers stand offen, und sie trat ein, voller Angst, den gleichen Schmuck vorzufinden. Aber der spärlich möblierte Raum sah unverändert aus. Berry lag im Bett. Wie immer nach einem Anfall, wirkten seine Augen hohl, die Wangen bleich und gelblich.

»Obwohl du erst sechsunddreißig bist, hast du schon graue Haare«, sagte sie.

»Alle Genies altern vor der Zeit.«

»Und ihre Ehefrauen noch früher.« Langsam ging sie zu ihm. »Wie fühlst du dich?«

»Besser. Nur müde.«

»Das sehe ich.« Nun müßte sie ihn küssen und Tee kochen. Doch sie konnte es nicht. »Wie ist es passiert?«

»Keine Ahnung. Hat sie's nicht erzählt?«

»Sie?«

»Jannie. Murch weiß nichts davon.«

»Ja, Jannie hat's mir erzählt. Wann ist es geschehen? War sie die ganze Nacht bei dir?« Ihre blauen Augen glitzerten eiskalt, und sie glaubte, der abgrundtiefe Haß müßte ihr Herz zerreißen.

Ein paar Sekunden lang starrte er sie schweigend an. Dann streckte er eine Hand aus. »Es war eine schwierige Zeit. Was soll ich sagen?«

»Einfach nur die Wahrheit«, erwiderte sie in frostigem Ton und ignorierte seine Hand.

»Die willst du nicht hören. Ich liebe dich, und ich möchte mit dir zusammenleben, bis ich sterbe. Genügt das nicht?«

»Sag's mir, Berry.«

Seufzend drehte er sich zur Wand. Val verließ das Zimmer und räumte alle Blumen weg.

*

Daß ihre Freundin so gut in der Abbey zurechtgekommen war, mißfiel ihr gründlich. Murch lobte Jannie geradezu überschwenglich. Im Kühlschrank lagen Stachelbeerkuchen. Alles war makellos sauber. Und Jannie hatte jeden Abend ihr Haar gewaschen. Darüber ärgerte sich Val am allermeisten. »Mr. Reid porträtierte sie. Mit nassem Haar gefiel sie ihm am besten. Das nannte er Seetang«, schwärmte Murch, während sie im Haushalt allmählich wieder die Zügel in die Hand nahm.

»Ein Wunder, daß sie sich nicht erkältet hat ...«

»O ja, Mrs. Reid. Wenn sie sich den Tod geholt hätte, wäre ich gestorben. Ich glaube, sie hat mir das Leben gerettet.«

Nur mühsam verkniff sich Val einen bissigen Kommentar.

Berrys Zustand besserte sich nicht, und Dr. Harris verordnete ihm weiterhin strenge Bettruhe.

»Zu Pfingsten will Dr. Wilkie mit vier Mädchen zu uns kommen«, sagte Val. »Soll ich ihnen absagen?« Der Doktor schaute Berry an, der schweigend die Achseln zuckte und nickte. »Nun, das wäre sicher am besten.« In der Tür blieb er zögernd stehen und wartete vergeblich auf Berrys Protest. Dann folgte er Val in die Küche. »Wenn er auch viel Ruhe braucht – im Grunde ist er nicht krank, meine Liebe. Trotzdem sollten Sie ihn vorerst daran hindern, die Mädchen zu unterrichten. Es wäre ein Fiasko.«

Das konnte sich Val nur zu gut vorstellen. Außerdem hatte sie keine Lust, fünf Personen in der Abbey aufzunehmen. Nach dem hektischen Leben im Farmhaus mußte sie sich selber erholen. Jeder Tag war eine Last, und die Nächte erschienen ihr noch schlimmer. Schlaflos lag sie neben Berry und erwartete, er würde sie in die Arme nehmen. Doch das tat er nicht.

Prüfend musterte der Arzt ihr Gesicht. »Auch Sie sehen müde aus. Deshalb sollten Sie sich keine Hausgäste zumuten.«

»Am liebsten würde ich verreisen und meinen Vater besuchen«, gestand sie. »Und Morag ...«

Seine Augen verengten sich. »Wenn Sie wollen, kann ich Ihnen eine ausgezeichnete Pflegerin empfehlen, die in der Abbey wohnen würde.«

»Nein, danke, ich hab's nicht ernst gemeint. Solange er sich so schlecht fühlt, bleibe ich bei ihm. Später, wenn er wieder arbeitet, wird er gar nicht merken, ob ich hier bin oder nicht.«

Lächelnd legte er eine Hand auf ihren Arm. »Meine Liebe, Sie machen Ihre Sache sehr gut.« Dann verabschiedete er sich, und sie begleitete ihn zur Haustür.

Nach den zahlreichen Regenfällen im Mai herrschte während der beiden ersten Juniwochen strahlendes Wetter. Berry stand auf, stieg zum Kiesstrand hinab und saß stundenlang im Sonnenschein, einen alten Panamahut tief in die Stirn gezogen. Seltsamerweise nahm er seinen Skizzenblock nicht mit. In letzter Zeit erlaubte er seine Frau nicht mehr, ihm beim Baden zu helfen, und nun sah sie zum erstenmal seit April seinen nackten Oberkörper. Offenbar war er dünner geworden. Zwischen seinen Rippen zeichneten sich dunkle Schatten ab. Bevor sich ihr Herz vor Liebe zusammenkrampfen konnte, versuchte sie sich eine Leben ohne ihn vorzustellen. Berry tot. Kein Berry. Sie empfand nichts. Kein Entsetzen, keine Trauer. Es war einfach – undenkbar. Und dann wartete sie auf jene Zärtlichkeit, die ihren Puls beschleunigen würde. Nichts dergleichen geschah.

War dies das Ende ihrer merkwürdigen Liebesaffäre mit Berry Reid? Ein Abgrund? Gähnende Leere?

Zum erstenmal fühlte sie sich in ihrer Ehe gefangen. Und sie wußte noch immer nicht, was in den zweieinhalb Wochen ihrer Abwesenheit geschehen war. Vielleicht verdächtigte sie Berry und Jannie zu Unrecht. Und wenn nicht, was konnte sie tun? Sie durfte ihn nicht verlassen, weil er sie brauchte.

Eines Tages schaute sie durch das Fenster des Musikzimmers zum Strand hinunter, wo Berry saß. Nach einer Weile begann sie umherzuwandern, und ihr Blick fiel auf seine gestapelten Gemälde. Er mochte es nicht, wenn sie seine Werke allein betrachtete, denn er erklärte ihr gern die verschiedenen Techniken. »Siehst du, was ich hier erreichen wollte? Die Form eines Felsens, der im Wasser schimmert...« Ständig malte er das Meer. In jedem Stilleben gab es ein Fenster, das Meereswellen zeigte. Er fürchtete das Meer. Mit diesen Bildern glaubte er, seine Angst zu überwinden.

Sie nahm die oberste Leinwand vom Stapel und drehte sie um. Eine nackte Gestalt – zwischen Felsen – von Wasser umflossen, fast verschlungen. Jannie. Ohne jeden Zweifel. Und Berry hatte sich aus dem Fenster des Musikzimmers gebeugt, um die ersten Skizzen anzufertigen. Aufmerksam betrachtete Val die anderen Gemälde. Immer nur Jannie. Auf einem konventionelleren Porträt lag sie vor dem Kamin, mit nassem Haar. Und dann eine seltsame, geisterhafte Gestalt, in Seetang gehüllt, sehr pantheistisch... Val lehnte die Bilder nebeneinander an die Wand. Für elf Porträts hatte Jannie Modell gesessen. Eine halbe Stunde lang stand Val davor. Schließlich ging sie in die Küche und bereitete das Dinner zu.

Was sollte sie tun? Er war krank, und er brauchte sie. Während sie den Salat wusch, begann sie zu weinen. Und dann verfluchte sie ihre Dummheit. Ihre Beziehung zu Berry war etwas ganz Besonderes. Auf die körperliche Liebe kam es nicht an – auf eine Familie schon gar nicht. Sie hatte beschlossen, ihm ihr Leben zu weihen, und das tat sie. Schon vor langer Zeit hatte sie akzeptiert, daß es in seinem Leben Dinge gab, die sie nicht mit ihm teilen konnte. Zum Beispiel, was Jannie ihm gegeben hatte. Was immer es gewesen war – in diesen wundervollen Gemälden wurde es festgehalten. Hatte er Jannie von seiner Kriegsgefangenschaft in Singapur erzählt?

Sie legte Schalotten in eine Glasschüssel, und der

scharfe Geruch trieb ihr neue Tränen in die Augen. »Sei nicht albern, Vallery McKinley!« flüsterte sie wütend. »Nur weil er dich nicht gemalt hat… Schau dich doch an! Eine dicke, kleine Matrone! Wer will dich denn malen?«

*

Irgendwie gelang es ihnen, eine neue Beziehung anzubahnen. An diesem Abend zog sie ins Gästezimmer. Aber sie half ihm wieder beim Baden und bestrich seinen wundgescheuerten Beinstumpf mit Salbe. Fast unbefangen redete sie mit ihm über Bücher und Fernsehprogramme. Bei seinem letzten Besuch hatte Eric einen hochmodernen Fernseher mitgebracht. Unerwarteterweise wurde Berry süchtig danach. Um bestimmte Sendungen zu sehen, bat er Val, das Dinner früher zu servieren. Als ein TV-Redakteur ihn brieflich um ein Interview bat, freute er sich wie ein Schuljunge. Allmählich glaubte Val, sie würden zur alten Vertrautheit zurückfinden. Sie gab ihm wieder einen Gutenachtkuß, und manchmal umarmte er sie.

Am zweiten Juli trug er seinen Skizzenblock zum Strand hinunter und begann, zum erstenmal nach seiner Krankheit wieder zu arbeiten. Während Mrs. Murchison an diesem Abend das Geschirr spülte, setzte sich Val mit Berry vor den Fernsehapparat. »Soll ich heute nacht wieder bei dir schlafen?« fragte sie, so unverblümt wie eh und je.

»O ja, bitte.« Mehr sagte er nicht. Aber er drückte ihre Hand. In dieser Nacht liebten sie sich so leidenschaftlich wie früher. Die Krise war überstanden.

Am nächsten Morgen setzte er sich an den Arbeitstisch, reinigte die Pinsel, mischte die Farben, die er bevorzugte, und studierte die Skizzen vom Vortag. Dann begann er im pointilistischen Stil zu malen. Val ließ ihn in Murchs fürsorglicher Obhut zurück und fuhr nach Barnstaple, um Lebensmittel zu kaufen. Nach all den Wochen konnte sie sich noch immer nicht dazu aufraffen, auf dem Heimweg die Farm zu besuchen.

Aber als sie den Klippenweg hinabfuhr, stellte sie fest, daß sie die Begegnung mit ihrer Freundin nicht länger hinauszögern konnte. Vor der Veranda stand Jannies Auto, und sie stieg gerade aus.

Irgend etwas mußte geschehen sein. Von einer bösen Ahnung erfaßt, bog Val so schnell wie möglich um die letzten Haarnadelkurven und parkte hinter Jannies Wagen.

Atemlos stürmte sie die Treppe hinauf. Die Tür des Musikzimmers stand offen, und Berry warf seiner Frau einen schmerzlichen Blick zu.

Als Jannie sich umdrehte, glitt ein Schatten über ihr Gesicht. »O Val, es tut mir so leid. Ich weiß, es muß schrecklich für dich sein. Aber was dich einmal mit Berry verbunden hat, existiert nicht mehr, und du wirst uns sicher verstehen. Du hast immer alles verstanden. Außer Berry liebe ich dich mehr als sonst jemanden auf dieser Welt. Und jetzt habe ich das Gefühl...«, mit einem strahlenden Lächeln wandte sie sich zu ihm, »...du würdest mir deinen Mann schenken. Das erkannte ich, sobald ich auf die Farm zurückgekehrt war.«

»Halt den Mund!« stieß Berry hervor. »Halt einfach den Mund und verschwinde! Wir wollen dich hier nicht sehen.«

»Natürlich mußt du das sagen, mein Liebster. Aber ich bin zu dir gekommen, weil es Vals Wunsch war. Hast du das vergessen? Sie bestand darauf...« Flehend schaute sie ihre Freundin an. »Erzähl ihm doch, wie du mich gezwungen hast, in dein Haus zu ziehen! Du wolltest doch, daß es geschieht, nicht wahr?«

Irgendwie bewegte Val ihre Lippen. »*Was* wollte ich?«

»Bist du verrückt, Jannie?« schrie Berry. »Val und ich gehören zusammen. Begreifst du das nicht?«

»Also hast du's ihr nicht erzählt?« fragte Jannie. »Dann muß *ich's* ihr sagen ...«

»Schon gut«, fiel Val ihr ins Wort, »ich weiß Bescheid – seit ich die Bilder gesehen habe.«

»Und du bleibst trotzdem bei ihm?« Jannie runzelte verwirrt die Stirn. »Obwohl du herausgefunden hast, daß er mich mit Leib und Seele liebt?«

Val schaute ihren Mann an. Neben Jannies leuchtenden Augen sah er alt und elend aus. »Was nun geschehen soll, muß Berry entscheiden.«

»O nein!« fauchte Jannie. »Diese Entscheidung liegt bei *mir*. Seinetwegen habe ich meinen Mann und meine Kinder verlassen. Nicht nur, weil wir uns lieben, sondern weil ich sein Baby erwarte.« Dramatisch strich sie über ihren Bauch. »Von mir wird er etwas bekommen, das du ihm nicht geben kannst – oder willst, Val. Gewiß, ich bin grausam. Aber ich mußte es aussprechen.«

Tiefe Stille erfüllte das Zimmer, und Val erwartete vergeblich, Berry würde Jannie über ihren Irrtum aufklären. Sein Schweigen war der allerschlimmste Verrat. Langsam zählte Val bis zehn. Dann wandte sie sich ab und ging hinaus.

19

Hugh beschwor seine Frau, Matthew Arnolds Angebot anzunehmen und seinen Kurs zu besuchen. »Hör mal, Morrie, es ist doch sinnlos, Zeit zu verschwenden und auf ein Baby zu warten. Du hast dich immer für Psychologie interessiert und oft von den Seminaren dieses Burschen geschwärmt.«

Lächelnd nickte sie. Obwohl sie ihm recht geben mußte, hätte sie ihm am liebsten den Kopf abgerissen. Aber gegen seine Güte und sein liebevolles Verständnis kam sie einfach nicht an. Niemals Streit, immer nur Diskussionen. Dafür sollte sie dankbar sein. »Ja, ich weiß. Damit willst du sagen, ich würde wahrscheinlich niemals ein Baby austragen. Also könnte ich genausogut mein altes Leben fortsetzen …«

»Das sage ich keineswegs, Morrie.« Seine Stimme klang nicht ärgerlich, nicht einmal gekränkt, nur – vernünftig. »Ich meine nur, als Mutter und Ärztin solltest du möglichst viel über die menschliche Natur lernen und diese Gelegenheit nutzen.«

»Ja, du hast recht«, gab sie zerknirscht zu. »Es gibt keinen Grund, warum ich nicht für ein paar Wochen verschwinden sollte. Für meine Praxis und den Dienst in der Klinik finde ich leicht Ersatz, und Mrs. Knapp wird den Haushalt im Redley Lodge auch ohne mich bewältigen.«

»Ich werde dich vermissen.«

»Und ich dich.«

Aber während sie im Zug saß und die Telegrafendrähte am Fenster ihres Abteils vorbeigleiten sah, fühlte sie sich seltsam befreit. Was geschah mit ihr? Irgendwo hatte sie gelesen, wenn eine Beziehung stagniere, sei sie beendet. Konnte sie den sicheren Halt, den ihr diese Ehe gab, als Stagnation bezeichnen? Stellte sich Hugh ähnliche Fragen? Hatte er sie deshalb nach Birmingham geschickt? Weil sie beide etwas Abstand voneinander brauchten?

In Worcester stieg sie um, dann fuhr sie durch die

Lickeys. Sie würde bei Jessica White in Selly Oak wohnen. Wenn sie sich auch nur selten trafen, war die freundschaftliche Verbindung niemals abgerissen. Morag freute sich auf das Wiedersehen. Seltsam – die Aussicht auf eine Zusammenkunft mit Jannie und Val hätte sie weniger beglückt. Bei Barnt Green wurde der Zug auf ein anderes Gleis geschoben, und sie erinnerte sich, wie sie mit Hugh hier gegessen hatte, kurz nach dem Abschluß ihres Studiums. Zwischen den Bäumen sah sie mehrere neue Häuser. Aber der Golfplatz wirkte unverändert. Sie stand auf, öffnete das Fenster und holte rief Atem. Angeblich war die Luft in den Lickeys reine Medizin.

Ein Stethoskop um den Hals, im wehenden weißen Kittel, rannte Jessica aus dem Sprechzimmer ihrer Praxis und umarmte Morag. »Geh nicht ins Wartezimmer. Das Gedränge würde dich erschrecken …«

»Habe ich dir nicht prophezeit, wie innig dich deine Patienten lieben würden?«

»Ja, und es ist wunderbar – aber manchmal wird's mir fast zuviel.« Jessica öffnete eine Tür mit der Aufschrift »Privat». »Setz dich da rein. Shirley muß irgendwo in der Nähe sein und Hausaufgaben machen. Sie wird Kaffee für dich kochen und dir dein Zimmer zeigen. Danach müßte die Sprechstunde beendet sein.«

Morag ging durch die Wohnung und sah Jessicas älteste Tochter Shirley – mittlerweile fast achtzehn und eine ausgezeichnete Schülerin – an einem Schreibtisch voller Bücher. Während sie Kaffee tranken, gönnte sich das Mädchen eine Ruhepause und erklärte, das Leben sei unmöglich, wenn man ein Gewissen habe.

»Vielleicht würde dich während der Sommerferien die Luft von Clevedon aufmuntern.«

»Darf ich einen Freund mitbringen, Tante Mo?«

»Warum nicht?« erwiderte Morag lächelnd. »Ich werde mal Dr. White konsultieren.«

*

Und so begannen erfreuliche sechs Wochen. Es war angenehm, wieder mit Matthew Arnold zusammenzuarbeiten. Sie besuchten psychiatrische Abteilungen, wo Morag entsetzt beobachte, wie einige Patienten mit Elektroschocks behandelt wurden. Die heilsame Wirkung dieser Therapie konnte niemand erklären, und unerwünschte Nebenwirkungen schienen nicht einzutreten. Die experimentellen Methoden der modernen Psychiatrie verblüfften Morag. Drogen, Konfrontationstherapie, Gruppentherapie, Theater- und Maltherapie – offenbar gab es unzählige Möglichkeiten.

Eines Abends war Matthew bei den Whites zum Dinner eingeladen. »Natürlich«, stimmte er zu, als Jessica leidenschaftlich das Recht eines Patienten auf sein Privatleben verteidigte, »man muß die Privatsphäre respektieren – und trotzdem erforschen. Wenn eine Person schwerwiegende physische Symptome aufweist, könnte sie unter einem Erlebnis leiden, das sie verdrängt hat. Wenn es ans Licht geholt wird, setzt sie sich damit auseinander, lernt zu verkraften, was ihr zuvor unerträglich erschien, und die Symptome verschwinden.«

Davon ließ sich Jessica nicht überzeugen. Aber Morag nickte. Sie dachte an Berry. Soviel sie wußte, hatte er nie so offen mit Val gesprochen wie Hugh mit ihr selbst.

Während Jessica in der Küche Kaffee kochte, wandte sich Matthew zu Morag. »Wegen deiner persönlichen Verdrängungstaktik verstehst du das alles. Jess ist viel offener, und sie kann sich nicht vorstellen, ein tragischer Zwischenfall in ihrer Vergangenheit würde jemals ihre Gesundheit angreifen.«

Verwundert hob Morag die Braunen. »Meine persönliche Verdrängungstaktik …«

»Ein klassischer Fall. Du weißt nicht, daß du ein Ereignis, das dich verletzt hast, absichtlich vergißt.«

»Und wieso weißt *du's*?« flüsterte sie.

»Zu Beginn deines Studiums habe ich's deinem Bewerbungsformular entnommen. Beide Eltern tot. Bei einem Luftangriff ums Leben gekommen, wie ich vermute. Du sprichst nie über deine Eltern, Morag. Ist dir das bewußt?«

Erleichtert atmete sie auf, weil er nichts erraten hatte, was irgendwie mit Berry zusammenhängen würde. Aber Matthews Worte verwirrten sie. »Nein …« In diesem Augenblick kam Jessica ins Eßzimmer zurück und schenkte Kaffee ein. »Ja, meine Eltern wurden bei einem Luftangriff getötet. Hugh – mein Mann – kannte sie nicht.«

»Sicher hast du ihm Fotos gezeigt«, meinte Jessica.

»Alles wurde zerstört – alles.«

»Aber du mußt Hugh von deinen Eltern erzählt haben …«

Plötzlich verstummte Jessica und räusperte sich. »Störe ich eine therapeutische Sitzung?«

»Keineswegs«, erwiderte Matthew lächelnd. »Ich habe Morag nur auf gewisse Verdrängungen hingewiesen.« Dann wechselte er das Thema. »Erinnert ihr euch an Howard Greenaway? Er ist älter als ihr. Damals hatte er bereits seinen Doktor und besuchte unser Seminar, um sich weiterzubilden.« Morag schwieg, und Jessica nickte. »Inzwischen ist er berühmt geworden, mit exzellenten Abhandlungen über Kriegsneurosen.«

»Weiß er über Berry Reid Bescheid?«

»Berry Reid?«

»Mein Schwager, ein bekannter Kunstmaler. Zusammen mit meinem Mann und dem dritten Bruder verbrachte er einige Zeit in einem Kriegsgefangenenlager in Singapur … Aber wieso sollte Greenaway das wissen? Tut mit leid, jetzt zeige ich selber neurotische Symptome. Du siehst, es ist nicht immer ratsam, die Vergangenheit auszugraben.«

»Darin liegt das Problem der Analyse – man weiß nie, wie weit man gehen darf.« Sie diskutierten noch eine Weile, dann bemerkte er: »Hoffentlich kann ich dich auch noch für meinen Kriminologie-Kurs gewinnen, Morag. Der würde ebenfalls sechs Wochen dauern.«

»Worum geht's da?«

Matthew berichtete von seiner Forschungsarbeit auf dem Gebiet krimineller Neigungen und verschiedener Rehabilitationsmöglichkeiten.

»Also, ich weiß nicht recht, Matthew … Mit Allgemeinmedizin hat das wenig zu tun.«

»Da irrst du dich. Wenn solche Neigungen früh erkannt werden, kann man was dagegen tun.«

»Und wir wären noch mal sechs Wochen zusammen, Mo«, warf Jessica ein. »Dann haben wir Schulferien. Wir würden Ausflüge machen und picknicken.«

»Mal sehen«, erwiderte Morag.

Aber in der nächsten Woche, am zweiten Mittwoch im Juli, rief Hugh an und erklärte, Val sei im Redley Lodge eingetroffen.

»Ist Eric krank?« fragte Morag erschrocken. Sie hatte es längst aufgegeben, für ein eigenes Heim zu plädieren, weil sie den alten Mann wie einen Vater liebte.

»Nein, aber du müßtest uns helfen.«

»Was ist passiert?«

»Val hat Berry verlassen. Dieser Situation sind Eric und ich nicht gewachsen. Sie braucht dich.«

Mit zitternden Händen umklammerte sie den Hörer. »Und Berry? Wer sorgt für ihn?«

»Offenbar hat Jannie sich von Dusty getrennt und ist in die Abbey gezogen, um mit Berry zusammenzuleben.«

Morag hatte das Gefühl, alle Kräfte würden sie verlassen. »Am besten komme ich sofort nach Hause.«

Erleichtert atmete er auf. »Um sechs fährt ein Zug von New Street ab. Schaffst du das? Ich hole dich kurz vor acht in Temple Meads ab.« Nach einer kurzen Pause fügte er hinzu: »Wenn du nur ein paar Tage hierbleibst, Darling … Danach könntest du zurückfahren und auch den anderen Kurs belegen, den du erwähnt hast.«

»Meinst du?« Darüber konnte sie jetzt nicht nachdenken. Falls er wünschte, daß sie den ganzen Sommer woanders verbrachte, würde sie sich später mit diesem Problem befassen.

In diesem Augenblick rannte Shirley aus dem Garten herein. »Tante Mo, ich habe das Englisch-Examen geschafft!« Wie normal die junge Stimme klang … So könnte auch Val gejubelt haben, beim Abschlußexamen vor fünfzehn Jahren.

»Okay, Hugh, ich nehme den Sechs-Uhr-Zug«, sagte Morag und legte auf. Dann erklärte sie Shirley, sie würde nach Hause fahren.

*

Als sie Val auf der Veranda des Redley Lodge sitzen sah, krampfte sich ihr Herz zusammen. Vor so langer Zeit hatte

Lucy Heyward hinter der Teekanne und dem Toastständer gesessen und behauptet, ihre Tochter sei stark genug, um Val und Jannie beizustehen. Bei dieser Erinnerung verlor Morag die Beherrschung. Sie rannte zu Val, die ruhig und gefaßt aufstand, und sank schluchzend in ihre Arme.

»Darling – was tue ich dir an?« Bestürzt wandte sich Val zu ihrem Vater. » O Daddy … Vielleicht ein Glas Whisky, Hugh …«

Seltsamerweise wirkte Hugh völlig ungerührt. »Sie ist nur müde. Der anspruchsvolle Kurs, die Bahnfahrt … Außerdem mag sie keinen Whisky.«

»Setz dich erst mal, Morag«, bat Eric und führte sie ins vertraute Wohnzimmer, das seit Margarets Tod unverändert geblieben war. Fürsorglich bemühten sich Val und ihr Vater um Morag, als hätte *sie* einen Verlust erlitten.

Nur Hugh schien die Ironie der Situation zu bemerken. Er rollte einen stummen Diener mit einem Imbiß herein – Brunnenkresse-Sandwiches und Eistee. »Lassen wir die beiden Mädchen allein, Eric, und gönnen wir uns einen Drink im New Inn.«

Und so konnten die Freundinnen in aller Ruhe essen und miteinander reden. Zunächst taten sie weder das eine noch das andere. Im Zug hatte Morag genug Zeit gefunden, um nachzudenken. Nun fühlte sie sich genauso verraten wie Val – ausgerechnet von Jannie.

Schließlich begann sie zu sprechen. »Erzähl mir, was geschehen ist. Unglaublich, daß Berry auf Jannie hereinfiel – wo man sie doch so leicht durchschauen kann …«

»Ja«, seufzte Val und ergriff ihr Teeglas. »Als ich sie auf der Farm besuchte, dachte ich, sie würde unter der Arbeitslast zusammenbrechen. Sie hatte überhaupt kein Selbstvertrauen mehr. Und Dusty war so rücksichtslos.

Deshalb mußte ich was tun. Ich schickte sie in die Abbey und blieb auf der Farm, um für ihre Familie zu sorgen.« Mit tonloser Stimme schilderte sie die Ereignisse der letzten zweieinhalb Monate. »Eines Tages kam sie mit Berry zu Besuch und bestand darauf, bis zum Ende der vereinbarten drei Wochen in der Abbey zu wohnen. Und sobald Dusty mit ihr allein war, warf er sie neben der Ulmenallee von Gallenwick ins Gras. Das hat sie verletzt – und trotzdem wollte und brauchte sie's. Genauso wie Dusty. Später fand sie's grauenvoll und drehte durch. Bei der Heimfahrt hätte sie Berry und sich selber fast umgebracht, in einer dieser Haarnadelkurven des Klippenwegs. Berry war natürlich wütend. Niemals hätte ich gedacht – keine Sekunde lang …« Val nippte an ihrem Tee und fuhr in hartem, kaltem Ton fort: »Bei meiner Heimkehr wußte ich sofort Bescheid. All die verdammten Blumen – und Berry fühlte sich elend. Kurz davor hatte er einen Anfall erlitten. Vor Erschöpfung – oder wegen seiner Schuldgefühle …Keine Ahnung. Aber wir haben die Krise überwunden und wieder zueinandergefunden, auf unsere eigene seltsame Art. Dann stürmte Jannie ins Haus und behauptete, sie würde ein Baby von Berry bekommen.« Morag schrie leise auf. »Also gab es keinen Zweifel mehr. Was hättest denn *du* an meiner Stelle getan, Mo?«

»Das weiß ich nicht.« Morag preßte ihre Hände zusammen. »Um Himmels willen, was werden sie tun? Sie kann nicht bei ihm bleiben, Val, sie hat drei Töchter …«

»Für die interessiert sie sich nicht mehr. Nur für das wundervolle Kind, das bei dieser wundervollen Vereinigung entstanden ist – geboren aus einer himmlischen Liebe …«

»Denk nicht dran, Darling. Irgendwann wirst du Jannie verzeihen …«

»Das verstehst du nicht, Mo. Gewiß, Jannie hat mich betrogen. Aber sie war krank. Das ist sie immer noch. Wahrscheinlich braucht sie psychiatrische Hilfe. Nein – es ist *Berrys* Verrat, den ich nicht ertrage.«

»Was sollte er denn tun – wenn sie sich an seinen Hals geworfen hat?«

»Ich mußte ihm versprechen, sein Geheimnis zu hüten«, sagte Val leise. »Trotzdem sollst du's erfahren. Berry kann keine Kinder zeugen. Eine Infektion – im Kriegsgefangenenlager in Singapur …«

»Oh, mein Gott«, wisperte Morag.

»Begreifst du's jetzt? Er hätte Jannie nur die Wahrheit gestehen müssen. Doch das tat er nicht.« Val lächelte wehmütig. »Nun habe ich ihn auch verraten – nicht, daß ich mich deshalb besserfühlen würde.«

»Hat er dir's vor der Hochzeit erklärt?«

»Natürlich. Damals dachte ich, er könnte nicht mit mir schlafen. Und das war mir nur recht, weil ich glaubte, ich wäre frigide.« Val lachte kurz auf und schüttelte den Kopf. »Wie ich mich getäuscht habe … Es war ganz anders, und ich holte mir sogar eine Broschüre aus dem Rehabilitationszentrum. Darin stand, wie man behinderten Menschen helfen kann, am Sex Freude zu finden. Welch ein naive Närrin ich war!«

»O nein, Val, so darfst du nicht denken. Was immer du für Berry getan hast, war gut und richtig.« Morag beugte sich vor. »Hör mal, Berry wird Jannie die Wahrheit erzählen, und Dusty dürfte sie bald nach Hause holen.«

»Sicher. Berry will wohl kaum die Verantwortung für eine schwangere Frau übernehmen.«

»Nun, dann …«

»Soll ich wieder in der Abbey leben und alles unter den Teppich kehren? Das kann ich nicht.«

»Du sagtest doch, ihr hättet die Krise gemeistert, bis Jannie plötzlich ankam. Das würdet ihr auch ein zweites Mal schaffen.«

»Aber ich weiß nicht, ob ich's will.« Val griff nach einem Brunnenkresse-Sandwich. »Jedenfalls hat's meinen Appetit nicht beeinträchtigt. Daddy hat mir vorgeschlagen, mit Hugh zusammenzuarbeiten. Was hältst du davon? Er meint, ich könnte mich um Häuser und Grundstücke kümmern. Und Hugh würde sich nur noch auf die Antiquitäten konzentrieren. Wahrscheinlich wär's besser, als untätig rumzuhängen.«

»Zweifellos.« Morag starrte die Sandwiches an und beschloß, darauf zu verzichten. »O Gott, Val, ich weiß nicht, was ich sagen soll …«

»Über Jannie und Berry? Gar nichts. Erzähl mir von deinem Kurs. Morgen spielen wir Tennis. Und am Wochenende gehen wir spazieren.«

Eine Woche lang zwangen sie sich zu einem »normalen« Verhalten. Am nächsten Mittwoch ließen ihre Kräfte nach. Hugh schlug vor, sie sollten ihn am nächsten Tag zu einem Schlößchen am River Wye begleiten, wo er sich altes Tafelsilber anschauen wollte. Dankbar für seine Freundlichkeit, lächelte Morag ihn an, aber sie schüttelte den Kopf.

»Okay, wenn du lieber hierbleibst … Und du, Val? Kommst du mit? Du könntest Notizen für mich machen. Und wenn du arbeitest, findest du keine Zeit zum Nachdenken.«

»Das hat mein Vater auch gesagt«, warf Morag ein, und beide musterten sie erstaunt.

»Du erwähnst deinen Vater so gut wie nie, Mo«, bemerkte Val.

»Nein. In letzter Zeit denke ich oft an ihn.«

»Willst du nicht doch mitfahren?« fragte Hugh. »Wenn wir dich in Bristol absetzen, könntest du die alten Kollegen deines Vaters im Hospital besuchen.«

»Nein, besser nicht.«

Morag wollte das Haus für sich allein haben. Erleichtert verabschiedete sie sich von Eric, der zum Golfplatz aufbrach. Wenig später verkündete Mrs. Knapp, sie würde ihre Schwester besuchen. »Sie kommen doch zurecht, Mrs. Reid? Wollen Sie sich auf die Veranda setzen?«

»Klingt gut.« Aber Morag wartete in der Halle, bis sie in der tiefen Stille das alte Haus ächzen hörte. Dann rückte sie einen Stuhl zum Telefon und wählte die Nummer der Abbey. Sie erwartete, Mrs. Murchison würde sich melden. Erfreut und schockiert zugleich hörte sie Berrys vertraute Stimme.

»Hallo. Bist du das, Dusty?«

»Nein …« Sie holte tief Atem. »Hier ist Morag. Ich rufe aus dem Redley Lodge an.«

»Morag?« fragte Berry besorgt. »Geht's Val gut? Was ist passiert?«

»Nichts. Heute inspiziert sie mit Hugh altes Tafelsilber irgendwo am River Wye. Und ich wollte die Gelegenheit nutzen, um mit dir zu reden.«

»Falls du mir klarmachen willst, was für ein Narr ich bin – nur zu! Warum ruft sie mich nicht an? Hätte Hugh sich nicht bei mir gemeldet, wüßte ich nicht einmal, wo sie ist.«

Also hatte Hugh Verbindung mit Berry aufgenommen … »Vermutlich wartet sie auf *deinen* Anruf, Berry.«

»Dazu kann ich mich nicht durchringen. Ich bin ganz durcheinander. Mo – wenn ich dich sehen könnte – das würde mir helfen.«

»Tatsächlich?«

»Tu nicht so, als wüßtest du nicht, was ich meine. Du hast immer alles verstanden. Bitte, komm zu mir. »

»Mach dich nicht lächerlich! Wenn du glaubst, ich würde dir helfen, deine Probleme mit Jannie zu lösen …«

»Dusty hat sie nach Hause geholt. Jede Stunde rief ich ihn an … Murch ist auch nicht mehr da, weil sie das alles unerträglich fand. Natürlich hat sie recht. Bitte, Mo, komm zu mir. Ich will dich malen.«

»*Was* willst du?«

»Dich malen. Für mich wäre es die einzige Möglichkeit, die Erinnerung an dich zu verarbeiten. Sonst werde ich noch wahnsinnig. Nur du kannst mich retten.«

»Unsinn!«

»Ich fürchte, in diesem Haus spukt's. Doc Willies Schwester hat sich aus dem Fenster gestürzt. Und ich dachte, Jannie würde ihrem Beispiel folgen … Mo, ich flehe dich an, komm hierher!«

Langsam legte sie den Hörer auf die Gabel und starrte das Telefon an, bis es wieder läutete. Nur zögernd meldete sie sich.

»Komm hierher«, wiederholte Berry. Ohne zu antworten, legte sie wieder auf.

Wie leicht ihr das Täuschungsmanöver fiel … Sie rief Jessica an. »Falls ich am Telefon verlangt werde, mußt du behaupten, ich sei zu beschäftigt, um an den Apparat zu kommen.«

Jessica fragte nicht, was Morag vorhatte. »Okay. Wirst du mir später alles erzählen?«

»Ja.«

Nachdem sie den Fahrplan studiert hatte, schrieb sie einen Brief an Hugh und Val. »Ein Hilferuf von Jessica. Ich nehme den Mittagszug nach Bristol und dann den Ein-Uhr-fünfzehn nach Birmingham. Heute abend rufe ich an.« Sie legte den Zettel neben das Telefon, rannte nach oben und packte ein paar Sachen.

Um zwölf Uhr fünfundvierzig erreichte sie den Bahnhof von Bristol und stieg in den Zug nach Exeter. Dort wartete sie eine Stunde auf den Anschluß nach Barnstaple. Sie ging in eine Telefonzelle, rief die Autowerkstatt vor der Barnstaple Station an und bestellte einen Mietwagen. Bei ihrer Ankunft stand das Auto bereit.

Der Besitzer der Werkstatt verstaute ihr Gepäck im Kofferraum. Zu ihrer Verblüffung erklärte er lächelnd: »Ich erinnere mich noch gut an den Januar *1941*, als sie alle hier eingetroffen sind. Damals hat's stark geschneit, wir mußten die Straße zum Gallenwick von einem Schneepflug räumen lassen.«

Verwirrt starrte sie ihn an. »So genau weiß ich das nicht mehr ...«

»Da war ich noch Bahnhofsvorsteher, meine Liebe. Letztes Jahr trat ich in den Ruhestand und kaufte diese Werkstatt, um den Bahnhof im Auge zu behalten.« Er grinste. »Wie ich sehe, klebt immer noch das Bluebell-Etikett auf Ihrem Koffer. Niemals werde ich die Ankunft der Bluebell-Mädchen an jenem Wintertag vergessen.«

»Ich auch nicht«, erwiderte Morag, setzte sich ans Steuer und startete den Motor. Vorsichtig folgte sie den schmalen Straßen mit den zahlreichen Schlaglöchern und gewann den Eindruck, in die Vergangenheit zurückzufahren. Während sie die Abzweigungen zum Gallenwick und zur Reid Farm passierte, wurde ihr bewußt, wie schmählich sie Hugh und Val hinterging. Sie bremste und überlegte, ob sie umkehren sollte. Aber sie fuhr weiter zur Küste.

Und dann erreichte sie den steilen Klippenweg. Die halsbrecherische Abfahrt zur Abbey begann. Als sie um die letzte Kurve bog, sah sie Berry auf der Veranda stehen. Offenbar hatte er sie erwartet. Sie parkte das Auto und schaltete den Motor aus. Aber sie blieb am Steuer sitzen. Nach einer Weile kam er zu ihr und öffnete den Wagenschlag. »Ich wußte, du würdest kommen.«

Zögernd stieg sie aus und schaute in seine dunklen Augen. »Das bereue ich schon jetzt. Ich habe gelogen …«

»Tun wir das nicht alle, Morrie? Vielleicht hast du viel zu lange mit einer Lüge gelebt.«

Sie holte ihr Gepäck aus dem Kofferraum und folgte ihm in die Abbey. Zum erstenmal betrat sie dieses Haus. Auf der Treppe sah sie die Blumen, die Val so erbittert beschrieben hatte. Verwelkt und verdorrt erzeugten sie die unheimliche Atmosphäre eines Friedhofs.

Während sie hinter Berry die Treppe hinaufstieg, bemerkte sie, wie mühsam er hinkte. Offenbar litt er unter starken Schmerzen. Und in diesem Augenblick wußte sie, daß sie einander helfen konnten.

20

»Schau dir dieses Sahnekännchen an, Val!« Begeistert zeigte Hugh auf seine Entdeckung. »Die kunstvolle Kannelierung! In der georgianischen Zeit hat man's verstanden, funktionelle Qualität mit Schönheit zu kombinieren.«

Val legte ihr Notizbuch beiseite und griff vorsichtig nach dem Kännchen. »Eigentlich sagte Daddy, ich soll mich um die Versteigerung von Immobilien kümmern.«

»Nun ja ...« Zögernd hielt er inne und strich über eine silberne Teekanne. »Eric und ich dachten, wenn Morag allein zu Hause ist, würde sie vielleicht Berry und Jannie anrufen ...«

»Was?« Val stellte das Kännchen ab, und ihre Augen verengten sich. »Darüber habt ihr hinter meinem Rücken gesprochen? Wäre es nicht – zumindest angebracht gewesen, mich über eure Pläne zu informieren?«

»Wir haben gar nichts geplant – und die Besichtigung des Tafelsilbers nur auf den Tag verlegt, an dem Mrs. Knapp ihre Schwester besuchen wollte. Und zu Morag haben wir kein Wort gesagt. Wie du dich sicher erinnerst, bat ich sie sogar, uns zu begleiten. Aber das wollte sie nicht. Keine Ahnung, ob sie in der Abbey anrufen wird ...«

»Okay.« Val öffnete ihr Notizbuch und trug die Nummer des Kännchens ein. »Das akzeptiere ich – vorerst. Ich weiß, du und Daddy seid nicht so hinterhältig wie Berry. Aber warum Morag? Wieso sprichst *du* nicht mit deinem Bruder?«

Er nahm ihren Arm und führte sie in den nächsten Raum. »Weil sie Ärztin ist. Und sie interessiert sich sehr für psychologische Aspekte. Ein gesunder Geist in einem gesunden Körper. An diese Theorie glaubt sie felsenfest. Und Jannie … Nun, du kennst sie ja. Aber du kannst nicht mehr mit ihr reden. Vielleicht kriegt's Morag irgendwie hin.«

»Und sie weiß nicht, daß du und Daddy ihr eine Gelegenheit zu einem Telefonat verschafft habt? Das finde ich ziemlich zwielichtig.«

»Ob sie anruft oder nicht, bleibt ihr überlassen.« Plötzlich klang seine Stimme sehr müde. Er schaute sich im Zimmer um. »Hier gibt's nichts Interessantes zu sehen. Gehen wir essen?«

Sie warf einen Blick auf ihre Uhr. Zwanzig vor eins. »Wenn wir jetzt losfahren, sind wir um zwei daheim. Aber so früh willst du nicht zu Hause ankommen. Damit Morag in aller Ruhe ihre Chance nutzen kann.«

»Wirklich, Val, du bildest dir zu viele obskure Machenschaften ein.«

»Ach, ich weiß nicht mehr, was ich denken soll.« Sie durchquerten die mittelalterliche Halle und traten in den Julisonnenschein hinaus. »Nach Jannies Betrug – rieche ich überall Ratten.«

Auf der Zugbrücke blieben sie stehen, um das Tal zu betrachten. Die Miniaturfestung lag an der Grenze zwischen Gloucestershire und Wales, oberhalb des River Wye, und bewachte die Marches.

»Was mag hier im Lauf der Jahrhunderte geschehen sein?« seufzte Hugh. »So viele Schicksale … Und die Menschen schlagen sich immer wieder mit den gleichen Problemen herum.«

»Hugh – ich weiß, du versuchst mir zu helfen, und ich danke dir dafür. Eigentlich wünsche ich mir nur, daß Berry glücklich ist, und wenn er Jannie dazu braucht …«

»Er wird nicht mit ihr zusammenleben. Wahrscheinlich

hat sie ihn für kurze Zeit in ihre verrückte Welt entführt – mehr steckt sicher nicht dahinter. Gewisse Frauen reizen ihn. Zum Beispiel Jannie. Oder deine Doc Willie.«

»Und du meinst, letzten Endes bin ich die einzige, die ihm was bedeutet?«

Er führte sie zum Auto und half ihr, einzusteigen. An solche Aufmerksamkeiten war sie nicht gewöhnt – an jemanden, der für sie sorgte. »Das wird Morag herausfinden«, erwiderte er.

*

Als sie Morags Nachricht fanden, wuchs Vals Verwirrung. Sie wußte nicht, auf wen sie sich verlassen oder was sie glauben sollte. Ein grauenhaftes Gefühl.

Anscheinend erschrak auch Hugh über den plötzlichen Entschluß seiner Frau. Eric kam wenig später nach Hause, und sie zeigten ihm den Zettel. Voller Mitgefühl umarmte er seine Tochter. »Bis jetzt hat sie nichts Bestimmtes vor, Darling. Sie handelt intuitiv und wartet ab, welche Situation sie in der Abbey antreffen wird.«

»Also nimmst du an, daß sie hingefahren ist?« Val verstand nicht, warum ihre Freundin sie so tückisch hinterging.

»Natürlich sind Hugh und ich uns nicht sicher. Aber soviel wir wissen, interessiert sie sich für Berrys Fall – seine Kriegsneurose. Und sie weiß, daß Jannie alles hoffnungslos vermasselt.«

»Berrys Fall«, wiederholte sie. »Ist er für Morag nur ein Fall? Und Jannie auch? Oh, mein Gott!« Sie lachte bitter. »Also ist er mein Mann – und Morags Fall. Wie abscheulich! Wenn sie heute abend anruft, will ich mit ihr reden, Hugh, und genau wissen, was los ist!«

Hugh drückte sie auf ein Sofa und setzte sich zu ihr.

»Sei nicht unfair, Val. Vielleicht ist Morrie wirklich zu Jessica gefahren. Und was Berrys ›Fall‹ betrifft – du hast ihn immer wie einen Pflegefall behandelt, und du bist seine Frau geworden, um für ihn zu sorgen.«

Sie schaute in seine grauen Augen. Am liebsten hätte sie den Kopf auf seine Schulter gelegt und gestanden, sie sei todmüde und würde sich selber gern umsorgen lassen. »Warum mischen sie sich ein? Erst Jannie, jetzt Morag!« Sie sah, wie er die Stirn runzelte, und fügte rasch hinzu: »Nicht, daß ich glaube, Mo würde … Aber warum spricht sie nicht mit mir darüber? Wieso fragt sie nicht nach meiner Meinung?«

»O Val, du kennst sie doch! Wann hat sie jemals über irgendwas ernsthaft diskutiert oder ihre Gefühle erklärt?«

Nachdenklich starrte sie vor sich hin. Ging es bei diesen Worten nur um Morag? Oder auch um ihn selbst und seine Ehe?

»Mrs. Knapp hat einen Salat in den Kühlschrank gestellt«, sagte ihr Vater. »Und von gestern ist ein kaltes Huhn übrig. Wollen wir heute etwas früher zu Abend essen?«

»Gut, ich kümmere mich darum.« Val stand auf, aber Eric hob abwehrend eine Hand.

»Bleib nur sitzen, das mache ich schon.« Als er zur Küche ging, läutete das Telefon in der Halle, und er nahm den Hörer ab. Eine Zeitlang lauschte er. »Okay, ich gebe ihnen Bescheid, wenn sie zurückkommen.« Dann legte er auf und kehrte in den Salon zurück. »Alles in Ordnung«, verkündete er beiläufig, »sie ist in der Abbey.«

»Hat sie das gesagt?« fragte Hugh.

»Nein, aber im Hintergrund schrien die Möwen, und in Birmingham gibt's nicht allzu viele.«

»Ich wollte doch mit ihr reden!« fauchte Val. »Was zum Teufel ist denn los?«

Statt zu antworten, schloß ihr Vater die Tür hinter sich. Wenig später klapperte Geschirr in der Küche.

»Ich hatte gehofft, sie wäre zu Jessica gefahren«, flüsterte Hugh.

»Um Himmels willen, glaubst du, sie liebt Berry? Oder – liebt er sie?«

»Das weiß ich nicht. Vor langer Zeit explodierten heftige Gefühle zwischen den beiden. Aber solche Explosionen sind nicht von Dauer.«

»Und wann ist das passiert?« fragte Val mit erstaunlich ruhiger Stimme.

»Während des Kriegs. Bevor Berry an Bord unseres Minensuchers ging.«

Val blickte beklommen in die Vergangenheit zurück. »Ja – nach dem Tod ihrer Eltern. Nun habe ich nicht nur Jannie verloren, sondern auch Mo.« Hugh nahm sie in die Arme. Endlich begann sie zu weinen, und beiden war bewußt, daß sie den Verlust ihres Ehemanns nicht erwähnt hatte.

*

Berry zeigte Morag die Küche, das Gästezimmer, das Musikzimmer. »Im Kühlschrank findest du was zu essen. Fühl dich wie zu Hause. Du sollst ein Gespür für die Abbey bekommen.«

Nachdem sie ins Gästezimmer gezogen war, lebte sie aus dem Koffer. Den Großteil ihrer Zeit verbrachte sie in der Küche, oder sie ging an der Küste spazieren. Jeden Abend rief sie im Redley Lodge an, ohne zu erklären, wo sie sich befand – als würde die Heimlichtuerei die Niedertracht ihres Täuschungsmanövers mildern. Warum sie in der Abbey blieb, verstand sie selber nicht. Sie sah Berry nur, wenn sie zusammen frühstückten, zu Mittag und zu Abend aßen. Längst war ihre Hoffnung verflogen, sie könnten einander helfen, und er sprach kein einziges Mal über das geplante Porträt. Sie sollte zu Jessica fahren und die Lüge in Wahrheit verwandeln. Das wußte sie. Aber sie konnte sich trotz ihrer Schuldgefühle nicht dazu aufraffen, und allmählich bekam sie tatsächlich ein Gespür für das Haus. Wenn sie die Veranda betrat, berührte sie die steinerne Balustrade. Oder sie saß am Refektoriumstisch, erneuerte den Blumenschmuck und ließ die Atmosphäre der alten Halle auf sich einwirken. Manchmal schaute sie durch die Fenster und genoß die verschiedenen Aussichten. In jeder Nacht beschloß sie, am nächsten Morgen abzureisen. Doch die Tage schienen miteinander zu verschmelzen.

Am vierten Morgen briet sie immer noch Rühreier und kochte Tee, als Berry in die Küche kam. Offenbar ging er nie ins Freie und verließ das Musikzimmer nur zu den Mahlzeiten. Seine Hautfarbe erinnerte sie an eine Pflanze, die im Dunkel dahinvegetierte. »Berry...«, begann sie zögernd. »Ich will mich nicht in deine Privatsphäre einmischen. Aber – soll ich mal in deinem Zimmer saubermachen?«

»Ich habe dich nicht um deinen Besuch gebeten, damit du meine Haushälterin spielst. Natürlich bin ich dankbar für deine Kochkünste.« Dieses offenherzige, jungenhafte Lächeln hatte sie völlig vergessen. »Ich wollte dir Zeit geben. Auch ich brauche Zeit. Was mit uns geschieht, ist mir nicht ganz klar. Weißt du's?«

»Nein.« Sie schnitt eine Grimasse, schenkte den Tee

ein und setzte sich Berry gegenüber an den Tisch. »Daß ich hier bin, nur weil du's wolltest, begreife ich noch immer nicht. Hugh, Val und Eric glauben, ich wäre in Birmingham.«

»Gewiß, du mußtest deine Spuren verwischen.« Ausdruckslos schaute er sie an. »Zwei Sünder … Wenigstens das war uns von Anfang an bewußt.«

»O Berry …«

»Hilft dir die Abbey? Fühlst du dich – wie in einer anderen Welt?«

»Ja. Aber es ist eine falsche Welt. Jannie, nur zehn Meilen entfernt, erleidet wahrscheinlich Höllenqualen. Und Val und Hugh erwarten mich in Clevedon – siebzig Meilen entfernt. Mit jeder Minute, die ich hier verbringe, belüge ich die beiden.« Beschämt senkte sie den Kopf. »Ich habe sogar Jessica angerufen und um Rückendeckung gebeten. Wie schrecklich das alles ist …«

»Hör mal«, unterbrach er sie, »du mußt in der Gegenwart leben. Niemand weiß, wo du bist. Vergiß die anderen. Ich liebe dich, Mo. Seit fünfzehn Jahren versuche ich erfolglos, die Erinnerungen an dich zu verdrängen. Du bist wie ein Geist – schlimmer noch, ein Alptraum, der mir im Nacken sitzt.«

Was er meinte, verstand sie nur zu gut, denn er war *ihr* Alptraum. »Deinetwegen – spüre ich die Nähe meiner Eltern nicht mehr.«

Sein Gesicht nahm sanfte Züge an. Auch diese Seite seines Wesens hatte sie vergessen. »Wie grauenhaft, Mo … Wenn ich dich male, werde ich meinen Alptraum vielleicht los. Aber – du?«

»Keine Ahnung«, erwiderte sie hilflos.

Er ergriff ihre Hände. »Sollen wir zusammenbleiben –

miteinander leben, essen und schlafen? Ist das unser Schicksal?«

»O nein!« protestierte sie. »Ich liebe Hugh und Val. Und Jannie. Es wäre das Ende – von allem.«

»Zweifellos. Wollen wir's trotzdem wagen?« Fast schmerzhaft drückte er ihre Finger. »Wenn du mir beistehst, bin ich fähig, großartige Werke zu schaffen. Sogar Wandgemälde. Ich könnte ein richtiges Leben führen. Und mein Beinstumpf würde nichts mehr bedeuten. Alles außer uns beiden und meiner Kunst wäre unwichtig.«

Sie schaute auf ihre Finger in seinen schwieligen Händen hinab. Auch ihre waren rauh, seit sie als Krankenschwester gearbeitet hatte. War sie *deshalb* hierhergekommen? Hatte sie sich ihre wahren Beweggründe nicht einmal selber eingestanden? Wollte sie seine Hände spüren – auf ihrem Körper, so wie damals im Doone Arms-Schuppen? Doch da waren seine Hände jung und glatt gewesen… Langsam hob sie den Kopf und starrte ihn an. »Immer werde ich dich lieben. Aber es ist zu spät.«

»Warum?« fragte er drängend. »Du irrst dich. Das will ich dir beweisen. Du wirst mir Modell sitzen – und ich werde dich umwerben, indem ich dich male. Oh, ich weiß, daß ich die Zeit zurückdrehen kann…«

»Vielleicht mit Jannie… Für uns beide ist es schon geschehen, und es läßt sich nicht wiederholen. Berry – es gab einen Sommer, da hätten unsere ineinandergeschlungenen Hände nicht genügt – wir wären uns in die Arme gesunken.« Sie stand auf, neigte sich zu ihm hinüber und küßte seine Stirn. »Verstehst du, was ich meine? Nichts im Leben steht still. Auch unsere Liebe nicht. Sie hat sich zu einem intensiven Gefühl entwickelt – und es ist so stark, daß wir unsere Alpträume ertragen. Vielleicht könnten wir ohne sie gar nicht leben.«

Nachdenklich beobachtete er, wie sie zum Herd ging, um noch einmal Tee einzuschenken. »Ich hätte Val sofort von dir erzählen sollen. Schon damals im Krankenhaus. Aber es wäre unerträglich gewesen – dich an ein menschliches Wrack zu fesseln … Nicht einmal meinen Anblick wollte ich dir zumuten. Dann erzählte mir Val, du wärst mit Teddy verlobt gewesen und hättest dir eine große Familie gewünscht … Und da konnte ich einfach nicht über unsere Liebe sprechen.«

»Verstehst du's jetzt?« entgegnete sie, ohne sich umzudrehen. »Schon damals wäre es zu spät gewesen. Wir hatten uns verändert. Zuvor, in jenem Jahr *1941*, berührten wir gemeinsam den Himmel. Das wäre nicht noch einmal geschehen.« Jetzt wandte sie sich zu ihm, die Augen umschattet. »Hätte ich dich nach dem Krieg immer noch so leidenschaftlich geliebt – es wäre unerträglich für dich gewesen. Du weißt, wie schwer eine so übergroße Liebe auf der Seele lasten kann. Denk an Jannie. Vielleicht hat ihr Wahnsinn dir und mir gezeigt, welche Bürde die Liebe manchmal ist.« Morag setzte sich wieder. »Und noch etwas – ich wäre deine Pflegerin geworden. Kein liebevoller Amateur wie Val, sondern eine professionelle Krankenschwester. Hättest du das ausgehalten?«

Langsam schüttelte er den Kopf.

»Sei froh, daß es anders gekommen ist.« Nach einer kleinen Pause fragte sie: »Wann soll ich dir Modell sitzen?«

»Wie können wir so miteinander reden? Alles habe ich verloren – meine Frau, meine Brüder, meine Freunde …«

»Deshalb sprechen wir ja über diese Dinge. Trink deinen Tee. Schau doch, die Sonne kommt hinter den Wolken hervor. Wir fahren nach Barnstaple und kaufen frisches Gemüse. Dann ruhst du dich aus. Und danach fangen wir an. Komm, Liebster! Denk an unser Porträt. Sonst werden wir beide genauso leiden wie Jannie.«

»Arme Jannie …«

»Halt den Mund und trink deinen Tee!« Morag leerte ihre eigene Tasse. »Übrigens – die Behörden suchen Quartiere für die ungarischen Flüchtlinge. Denk darüber nach. Ganz allein in einem so riesigen Haus zu leben – das ist unmoralisch.«

»Heiliger Himmel …«

»Noch was – du solltest öfter an die frische Luft gehen. Morgen stelle ich einen Sessel auf die Veranda.«

»Nein, danke – ich bevorzuge meine Fensterbank im Musikzimmer.«

»Das hat Val mir erzählt. Ich schwimme gern, und ich will mich nicht von dir begaffen lassen, als wärst du ein alter Lüstling. Statt dessen wirst mit mir schwimmen.« Obwohl er blaß wurde, fuhr sie gnadenlos fort: »Und ich werde mit Val über diese Autos mit Handbedienung reden. Es ist einfach lächerlich, daß du nicht selber fährst. Du mußt Galerien besuchen. Und andere Künstler.«

»Willst du wirklich mit Val sprechen?«

»O ja.«

*

Jannie vegetierte im grauen Schleier ihres Elends dahin. Mühsam schleppte sie sich durch die Pflichten ihres Alltags und haßte Dustys Gefühlskälte genauso wie vorher seine Glut. Daß Berry sie zurückgewiesen hatte, war schmerzlich. Aber damit könnte sie leben, im Bewußtsein des kostbaren Geheimnisses, das sie miteinander verband. Natürlich mußte er sich von ihr trennen, weil er verheiratet und sie die Mutter dreier Töchter war. An diese Tatsachen hatte er sie immer wieder erinnert. Weinend hatte sie ihn umarmt und beteuert, das alles sei unwichtig, weil sie sein Baby unter dem Herzen trage. Ein Kind der Liebe. Im wahrsten Sinn des Wortes.

Dann kam Dusty in die Abbey. Als sie sah, wie Berry erleichtert und dankbar seufzte, eskalierte ihr Schluchzen zu hysterischem Geschrei. Wie ein widerspenstiges Kind wurde sie von Dusty ins Auto gezerrt. »Halt den Mund und benimm dich endlich!« schrie er. Ihr Platz sei bei ihrem Mann und ihren Kindern, erklärte er, und sie hätte niemals in die Abbey ziehen dürfen. Sogar in diesem schrecklichen Augenblick – während sie mit beiden Fäusten gegen die Windschutzscheibe trommelte und in Dustys Hand zu beißen versuchte, die sie festhielt – glaubte sie, daheim würde er ihr den üblichen Trost im Schlafzimmer spenden.

Doch das war nicht geschehen. Jetzt führte sie wieder jenes Leben, das sie vor vielen Jahren gekannt hatte – niemand liebte sie. Inbrünstig sehnte sie sich nach Berry und Dustys konstanten, manchmal unwillkommenen Avancen. Am schmerzlichsten vermißte sie Val. Eines Tages würde Dusty sie wieder begehren. Und wenn Berry allein war, wollte sie ihn besuchen. Sicher würde er ihr nicht widerstehen können. Aber sie hatte Val für immer verloren.

Außer Berry und Val wußte niemand von dem Baby. Vielleicht war es nur eine Illusion. Seit Peggottys Geburt hatte sie keine regelmäßige Periode mehr. Aber die anderen, nur allzu vertrauten Zeichen – die schwellenden, pochenden Brüste, der sanft gewölbte Bauch … Sie hatte geglaubt, eine weitere Schwangerschaft würde sie umbringen, und beschlossen, jedes künftige Baby sofort loszuwerden, bevor es ihr ans Herz wachsen konnte. Aber dieses Kind war ein Produkt der Liebe, jener magischen Zeit, die sie mit Berry verbracht hatte. Dieses Glück wollte sie niemals vergessen.

Obwohl ihr ständig übel war, informierte sie nicht einmal Dr. Harris über ihren Zustand. Eines Morgens saß sie auf dem Bett, stillte Peggotty und sah seltsame Dinge – Meerjungfrauen, die im Zimmer umherschwebten.

Als Dusty in die Küche kam, um zu frühstücken, hing sie über der Spüle und übergab sich. Mühsam richtete sie sich auf und lächelte gezwungen.

»Du siehst wie eine aufgewärmt Leiche aus, Jan. Was zum Teufel ist los mit dir?« Er nahm sich Butter, Brot und Marmelade. Wortlos blieb sie bei der Spüle stehen und schaute ihm zu. »Und ich dachte, du wärst in die Abbey gezogen, um gesund zu werden«, fügte er bitter hinzu. »Wahrscheinlich war's einer dieser klassischen Fälle – du hast Berry als deinen Arzt betrachtet und dich prompt in ihn verliebt. Kein Wunder, daß er auf dich reinfiel! Großer Gott, ein Beinstumpf, eine Ehefrau, die keine Kinder will, und dann du mit deinen albernen Possen …« Ungeduldig wandte er sich zu ihr. »Oder bist du taub? Oder nur stumm?«

»Heute – hatte ich Halluzinationen«, würgte sie hervor. »Es war so seltsam …«

»Oh, ich kann mir vorstellen, was du gesehen hast. Berry auf einem weißen Pferd, der edle Ritter, der dich vor deinem grausamen Ehemann rettet!«

Verwirrt zuckte sie zusammen. »Da waren Meerjungfrauen. Schwarze und grüne.«

»Ach, du meine Güte… Setz dich und iß was!« Er bestrich eine Brotscheibe mit Butter, legte sie auf einen Teller und schob sie zu Jannie hinüber.

»Nein, danke, ich bringe keinen Bissen runter.«

Mit schmalen Augen musterte er ihr Gesicht. Dann setzte er sich und begann, genüßlich zu frühstücken.

»Schau mich nicht so an, Dusty!« jammerte sie. »Ich weiß, ich sehe furchtbar aus. Aber ich werde mich bald wieder besser fühlen.«

Plötzlich hörte er zu kauen auf. »Du bist schwanger, mein Mädchen. Jetzt weiß ich's. Immerhin habe ich's oft genug miterlebt.« Tränen rollten über ihre Wangen. Aber er griff nicht nach ihrer Hand. »Als Val da war – und du mit Berry herüberkamst. Im Gras neben der Gallenwick-Zufahrt. Ist's da passiert?«

»Keine Ahnung.« Atemlos wartete sie ab, ob ihm eine zweite Möglichkeit einfiel.

»Muß wohl so gewesen sein. Oder es hat schon vorher geklappt.«

Zu ihrer Bestürzung brach er in Gelächter aus. Sie beobachtete ihn durch einen Tränenschleier und fragte sich, ob sie wieder halluzinierte. Wie gräßlich… Sie fühlte sich elend und verängstigt. Und er lachte.

»Mein Gott, Jannie!« Er sprang auf, zog sie von ihrem Stuhl hoch und nahm sie in die Arme. »Also deshalb hast du für Berry geschwärmt. Wenn du schwanger bist, drehst du immer ein bißchen durch.« Er küßte sie, wischte mit rauhen Fingern die Tränen von ihren Wangen und küßte sie noch einmal. »Hätte ich's bloß gewußt! Dann hätten wir uns den ganzen Ärger ersparen können. Liebste Jannie, weißt du noch, wie scharf du in diesem Zustand immer warst?«

Sie glaubte, ihre Sinne würden schwinden. Auf einmal wollte er sie wieder lieben. Das würde sie nicht ertragen. Trotzdem sehnte sie sich danach. Und dann sah sie glasklar vor sich, was ihr drohte. Sobald er in sie eindrang, würde sie den Verstand verlieren.

Aber er bezwang seine Begierde, setzte sich wieder und zog sie auf seinen Schoß. »Nun müssen wir vernünftig sein, Darling. Ich habe Val versprochen, gut für dich zu sorgen. Und genau das werde ich tun. Sei ein braves Mädchen und iß dein Butterbrot. Selbst wenn dir wieder schlecht wird – du mußt dich stärken.« Er schnitt das Brot in winzige Stücke und begann sie zu füttern. Erstaunlicherweise konnte sie einen Bissen nach dem anderen schlucken. Er hielt ihr einen Becher Milch an die Lippen, und sie trank. Nach dem Frühstück legte er sie auf das alte Sofa und breitete eine Decke über ihren Körper. »Bleib ganz ruhig liegen, Baby. Dann wirst du das Essen vielleicht bei dir behalten. Ruh dich aus. Inzwischen bringe ich Julie in den Kindergarten. Weißt du was? Wir werden eine Haushaltshilfe einstellen. Das alles schaffst du nicht mehr allein.«

»Wer will denn für dich arbeiten? Wo du doch im ganzen County verrufen bist …«

Beide lachten, und das gefiel ihr viel besser als ein Liebesakt. So nahe waren sie sich schon lange nicht mehr gewesen.

»Überlaß das mir«, erwiderte er. »Irgendwas wird mir schon einfallen.«

Nachdem er die kleineren Kinder ins Laufställchen gesetzt hatte und mit Julie weggefahren war, stand Jannie auf und begann den Tisch abzuräumen. Ein schwerer Fehler. Wenige Sekunden später mußte sie zur Spüle laufen und erbrechen. Während sie sich mit schweißnassen Händen am Beckenrand festhielt, hörte sie ein Auto vorfahren. Val. Das mußte Val sein. Und Val würde nur hierherkommen, wenn sie bereit war, ihr zu verzeihen. Dieser Gedanke trieb ihr Tränen in die Augen. Dusty glaubte, es wäre *sein* Baby. Und Val würde ihr verzeihen.

Sie wankte zum Fenster und schaute hinaus. Vor ihren Augen verschwamm alles. Die Küchentür öffnete sich, und Jannie flüsterte: »Eve ...« Dann brach sie zusammen.

Entsetzt starrte Eve Mears die verkrümmte Gestalt an, die am Boden lag, die schreienden Kinder im Laufställchen. »Tut mir leid, ich kann euch beiden nicht helfen. Als eure Mutter klein war, habe ich's auch nicht geschafft.« Sie schleppte ihre Tochter zum Sofa und zog sie darauf, wischte ihr das Erbrochene von den Lippen und tätschelte ihre Wangen, bis sie die Lider hob.

Also doch keine Halluzination ... Jannie brachte ein schwaches Lächeln zustande. »O Ma – wie gut, daß du da bist.«

Widerstandslos ließ Eve sich »Ma« nennen und küßte Jannies Stirn. Dann schaute sie sich um.

»Der Teekessel steht auf dem Herd«, murmelte Jannie. »Und im Schrank findest du einen Drink.«

»Darling, es ist halb zehn Uhr morgens. Nicht einmal ich kann so früh anfangen. Eigentlich suche ich ein Babyfläschchen oder so was Ähnliches. Damit dieses gräßliche Geschrei aufhört.«

»Setz Ros auf den Tisch. Und gib mir Peggotty.«

»Kommt gar nicht in Frage. Gerade bist du in Ohnmacht gefallen.« Eve verfrachtete Ros auf den Tisch und stellte ihre Handtasche neben das kleine Mädchen. »Da drin kannst du erst mal rumwühlen, Kleines. So was hat deiner Mutter immer Spaß gemacht.« Dann hob sie Peggotty aus dem Laufstall, setzte sich und hielt das Baby vorsichtig auf den Knien fest. » Oh, sie ist ganz naß, und sie stinkt fast genauso wie du.«

»Tut mir leid.« Jannie lächelte mit zitternden Lippen. »Kannst du sie wickeln?«

»Daran erinnere ich mich kaum. Ron hat's immer gemacht.« Aber Eve fand die Windeln und befolgte Jannies Anweisungen. Endlich wieder trocken, kroch Peggotty fröhlich auf dem Küchenboden umher. Mutter und Tochter schauten sich an. »Darling, du siehst grauenhaft aus. Bist du krank?«

»Nur schwanger. So viel ist geschehen.«

»Wenn ich hierbleibe – erzählst du mir alles?«

»Willst du *wirklich* bleiben?« fragte Jannie ungläubig.

»O ja. Wenn dein Mann nichts dagegen hat ...«

»Darüber würde sich Dusty sehr freuen.« Jannie schloß sekundenlang die Augen und bekämpfte neue Magenkrämpfe. »Aber – warum? Ich dachte, du wärst glücklich – wie hieß er doch gleich?«

»Roger Vallender. Ja, ich war glücklich mit ihm.«

»Und jetzt nicht mehr?«

»Daran bin ich selber schuld. Ich habe mich verändert. Das gefällt mir nicht. Aber ich muß mich nun mal damit abfinden.« Eve räusperte sich. »Wie soll ich das alles erklären? Jedenfalls mußte ich zu dir kommen. Weil du Rons Tochter bist.«

»Was sagst du da, Eve?« flüsterte Jannie. »Ist Pops noch am Leben? Nach all den Jahren?«

»Wir dachten, er wäre im Krieg gefallen, nicht wahr? Wenn ich mich nach ihm erkundigt hätte ... Immerhin bekam ich keine Witwenpension. Das hätte mir auffallen müssen. Nun, jetzt spielt's keine Rolle mehr. Letzten Winter starb er an einer Lungenentzündung. Er hatte mit einer Frau zusammengelebt, die nichts von seiner Familie wußte. Nach seinem Tod fand sie ein paar alte Fotos. Irgendwie stellte sie fest, wo ich wohne und schrieb mir. Um Weihnachten herum.«

»O Gott – Pops …«, flüsterte Jannie. Warum hatte er sich nicht bei ihr gemeldet und seine Enkelkinder kennengelernt?

»Also hast du's seit Weihnachten gewußt. Und du erzählst mir's erst jetzt. Im August.«

»Weil ich dich nicht aufregen wollte. Seit dem Krieg haben wir ihn nicht mehr gesehen. Und mich hat es ganz furchtbar aufgeregt. Jetzt will ich nichts mehr mit Männern zu haben. Sich herausputzen und ausgehen – welchen Sinn hat's denn?« Eve lachte wehmütig. »Vielleicht habe ich das alles immer nur gemacht, um Ron zu ärgern. So wie du mit Marius geschlafen hast, um *mich* zu ärgern.«

Jannie stöhnte. War es wirklich so simpel gewesen? Sie erinnerte sich an den letzten Winter, in dem Pops gestorben war. Eine grauenhafte Zeit. Peggotty hatte pausenlos geschrien, Julie war ständig erkältet gewesen. Und Ros' gräßlicher Ausschlag … Und währenddessen war der Großvater gestorben. »O Ma, wie traurig das alles ist …« Eve setzte sich zu ihr aufs Sofa. Schluchzend preßte sie das Gesicht an den Hals ihrer Tochter. Das hatte Jannie sich immer gewünscht. Die zärtliche Nähe ihrer Mutter. Und jetzt …

»Tut mir leid, Ma, ich muß mich wieder übergeben …«

Im allerletzten Augenblick erreichte sie das Spülbecken.

21

Mit ihrem Gespräch am vierten Morgen erzielten Morag und Berry einen beachtlichen Erfolg. Sie akzeptierten das erstaunliche Ereignis im Sommer 1941 und die nachhaltige Wirkung, die es auf ihr und sein Leben ausgeübt hatte.

»Guten Morgen, mein schöner Alptraum«, grüßte er am nächsten Tag und grinste wehmütig.

Morag begann ihre Absicht mit neuem Eifer zu verwirklichen. Also hatte ihr Instinkt sie doch nicht getrogen. Sie war in die Abbey gekommen, um etwas zu beenden, das vor fünfzehn Jahren angefangen hatte. Auf welche Weise oder ob es überhaupt enden würde, wußte sie nicht. Während der Wartezeit kochte sie, machte das alte Haus sauber und genoß die kleinen Erlebnisse des Alltags genauso wie zuvor Jannie.

Zwischen Morag und Berry entstand eine seltsame Beziehung ohne Leidenschaft. Sie saß ihm Modell und fragte niemals nach den Fortschritten seiner Arbeit. Um für sein physisches Wohlbefinden zu sorgen, nutzte sie all ihre beruflichen Qualitäten und achtete stets darauf, daß er sich nicht überanstrengte. Jeden Abend badete sie seinen Beinstumpf, bestrich ihn mit Salbe und stellte schmerzstillende Medikamente bereit. Weil sie hoffte, Berry von seinen Schuldgefühlen zu befreien, ließ sie sich seine Affäre mit Jannie schildern.

Im Gegensatz zu Jannie konnte sie nicht stundenlang in derselben Pose verharren. Jeden Morgen und jeden Abend saß sie jeweils nur eine Stunde auf der Fensterbank, die Knie angezogen. Um so unermüdlicher arbeitete sie im Haushalt.

»Du hast sehr viel mit Jannie gemein«, stellte er

seufzend fest. »Kein Wunder, daß ihr Freundinnen seid. Auch sie schuftete unentwegt in diesem alten Gemäuer. Mit einem gewissen Unterschied – sie schwärmte für Blumen, während du die verdammte Möbelpolitur bevorzugst.«

»Ja, in gewisser Weise sind wir ins ähnlich«, bestätigte sie lächelnd. »Zum Beispiel lieben wir dich.«

»Sie war verrückt. Und du, Morrie? Liebst du mich wirklich? Obwohl du deine Gefühle niemals zeigst?«

»Wenn ich dich nicht liebte, wäre ich wohl kaum hier. Jannie kennt nur eine einzige Methode, ihre Gefühle zu zeigen. Aber die Blumen waren etwas Besonderes. Damit wollte sie zeigen, wie schön und wundervoll sie eure Beziehung fand.«

»Sobald sie das Haus verlassen hatte, welkten alle Sträuße«, betonte er und mischte neue Farben.

»Natürlich.« Eine Zeitlang schwiegen sie. Morag beobachtete den Pinsel, der über die Leinwand glitt. »In einer Woche muß ich abreisen, Berry.«

»In einer Woche? Dann ist das Porträt noch nicht fertig.«

»Mit jedem Tag riskieren wir, daß was schiefläuft. Wenn Val und Hugh herausfinden, wo ich bin …«

Stöhnend verdrehte er die Augen und senkte den Pinsel. »Val kommt sicher nicht zurück. Willst du mich allein lassen?«

»Sie nicht so dramatisch. Irgendwas wird mir schon einfallen.« Sie schaute auf ihre Uhr. »Noch zwanzig Minuten. Los, mal weiter. Bevor die Flut beginnt, will ich schwimmen.«

»Mein Bein tut weh.«

»Sollen wir aufhören?«

»Nein.«

Eines Morgens fuhren sie zum Einkaufen nach Barnstaple. Unterwegs wiederholte er, was Jannie von ihrer Kindheit und der Schulzeit im Gallenwick erzählt hatte. »Du und Val – ihr bedeutet ihr sehr viel«, erklärte er und betrachtete ihr klassisches Profil. »Laß sie nicht im Stich. Sie schaut zu dir auf, und sie hat stets mit Vals Güte gerechnet. Nun muß sie befürchten, sie hätte Val für immer verloren. Aber du kannst ihr helfen.«

»Ich will mein Bestes tun. Hoffentlich ist sie okay. Auf der Farm. Mit Dusty …«

»Gewiß, er liebt sie. Leider kann er den Frauen nicht widerstehen. Wäre das in Singapur nicht passiert, würde ich mich genauso aufführen.«

Sollte sie erwidern, Singapur habe ihn nicht verändert? Statt dessen fragte sie: »Was ist denn dort geschehen?«

»Weißt du's nicht mehr? Ich habe ein Bein verloren.«

»Einfach so. Du hast ein Bein verloren.«

»Willst du die grausigen Einzelheiten hören? Objektives medizinisches Interesse?«

Inzwischen hatten sie Barnstaple erreicht. Morag konzentrierte sich auf den Straßenverkehr und gab keine Antwort. Nach der Heimkehr war Berry plötzlich erschöpft.

Sie verfrachtete ihn ins Bett und massierte ihn. Dabei hoffte er vergeblich auf eine erotische Atmosphäre. »Was für ein kalter Fisch du bist, Mo!« klagte er.

Aber sein Protest wurde ignoriert. »Du mußt lernen, dich zu entspannen. Außerdem solltest du die Symptome erkennen, die auf eine Gefährdung deiner Gesundheit hinweisen, und wissen, wieviel du dir zumuten darfst.« Mit geübten Fingern knetete sie seinen Nacken. »Gehst du morgen mit mir schwimmen?«

Er drehte den Kopf auf dem Kissen zur Seite, und sie sah seine geschlossenen Augen. »Das kann ich nicht.«

»Glaub mir, Berry, die Hydrotherapie ist sehr wichtig. Wenn du dich auch vor dem Meer fürchtest – der Auftrieb des Wassers würde deine Glieder kräftigen.«

»Halt den Mund, Morrie. Halt einfach den Mund.«

»Übrigens«, fuhr sie in gleichmütigem Ton fort, »morgen möchte ich einen Brief an Doc Willie schreiben.«

»Warum? Ich habe die Malwochenenden endgültig abgeblasen.«

»Das weiß ich.« Ihre Daumen strichen über seine Rippen. »Sei nicht so verkrampft, Berry.« Langsam bewegte sie ihre Hände über seine Rückenwirbel zu den Schlüsselbeinen hinauf. »Ich dachte, sie könnte dich betreuen, wenn ich nach Birmingham fahre.«

»Doc Willie?«

»Ja. Du solltest sie malen. Das willst du doch. Und es würde ihr sicher helfen, eine Zeitlang hier zu wohnen. Wenn sie ein Gespür für die Abbey kriegt, so wie du's mir bei meiner Ankunft geraten hast, und sich in diesem Haus wohl fühlt, würde sie die Tragödie von *1917* vielleicht verarbeiten.«

»O Gott, reitest du immer noch darauf herum? Seither sind fast vierzig Jahre vergangen.«

»Stimmt.« Morag wischte ihre öligen Finger an einem Handtuch ab und ging zur Tür. »Schlaf jetzt. Bis morgen. Denk über meinen Vorschlag nach. Ich kann dich nicht zwingen, Doc Willie in deinem Heim aufzunehmen. Aber es würde mich freuen, wenn ihr beide zusammen wärt.«

Das Kinn in die Hände gestützt, schaute er ihr nach.

»Du bist noch tückischer als ich, Morag. Was für ein großartiges Paar wir wären ...«

Lautlos schloß sie die Tür hinter sich.

*

Während der nächsten Wochen gewann Val manchmal den Eindruck, in einer neuen Welt voller Sonnenschein zu leben, wo sie geschützt und doch unabhängig war und sich zum erstenmal seit zehn Jahren nicht um jemand anderen kümmern mußte.

Sie genoß ihren angenehmen, ruhigen Alltag. Jeden Morgen fuhr sie zur Bellevue Road – in ihrem eigenen Auto oder mit Hugh und ihrem Vater – und öffnete die Fenster des großen Raums über dem Auktionssaal. Bevor die Sekretärin eintraf, eine Teilzeitkraft, sah Val die Post durch. Manchmal holte sie Kunden, sie sich für Immobilien interessierten, vom Bahnhof ab und zeigte ihnen, was Clevedon zu bieten hatte. Die kleine Stadt wurde immer beliebter. Von Bristol aus in einer halbstündigen Zugfahrt zu erreichen, war sie ein Ausgangspunkt für zahlreiche Touren ins West Country. Val konnte alle Vorzüge ihrer Heimat aufzählen und historische Kenntnisse vorweisen.

Am liebsten arbeitete sie mit Hugh zusammen. Wann immer es möglich war, begleitete sie ihn auf seinen Exkursionen in alte Häuser, wo er Antiquitäten besichtigte. Seine Begeisterung für schöne Möbel oder exquisites Geschirr veranlaßte sie eines Tages zu der scherzhaften Bemerkung, er sei ein unverbesserlicher Romantiker.

»O nein«, entgegnete er, »im Grunde bin ich ein Realist wie mein Vater – und mein Großvater. Der hat übrigens im Krimkrieg gekämpft, und er erinnerte sich gut an Florence Nightingale.«

»Erstaunlich!« meinte Val fasziniert. »Das hat Mo nie erwähnt.«

»Weil ich es ihr nicht erzählt habe.«

»Das solltest du aber ...« Abrupt verstummte sie, als ihr bewußt wurde, daß Morag immer noch bei Berry in der Abbey lebte und ihr Täuschungsmanöver fortsetzte. »Tut mir leid.«

»Schon gut. Was wir jemandem mitteilen, muß nicht exklusiv sein. Ich liebe meine Frau, seit ich sie zum erstenmal im Moor sah. Trotzdem kann ich auch einen anderen Menschen lieben.« An Berrys Hinterlist gewöhnt, war sie tief gerührt über die ehrliche Zuneigung, die sie in Hughs grauen Augen las. »Oder darf ich dich nicht lieben, Val?«

»Doch, natürlich.« Sollte sie seine Worte ernst nehmen? Vielleicht versuchte er nur, ihr Selbstvertrauen zu stärken, nach allem, was geschehen war.

Meistens fand sie gar keine Zeit, trüben Gedanken nachzuhängen. Sie half Mrs. Knapp in der Küche, besuchte zum erstenmal seit Jahren einen Friseursalon und kaufte sogar ein paar Kleider.

Darüber freute sich ihr Vater sehr. »Du siehst mit jedem Tag besser aus, Val. Und behaupte bloß nicht, das würde an deiner Frisur und der neuen Garderobe liegen.«

»O Daddy!« Liebevoll umarmte sie ihn. »Mir geht's gut, weil ihr mich so verwöhnt – du und Hugh und Mrs. Knapp.« Womit es wirklich zusammenhing wußte sie. Aber sie verdrängte diese Erkenntnis.

Mitte August wehte ein kalter Wind aus der Richtung des Meeres heran und riß welke Blätter von den Bäumen. Val trat ans Fenster des Raums, wo sie damals Tee getrunken und im *Auctioneer's Weekly* gelesen hatte, die Lyn

Abbey würde zum Verkauf stehen. »Bald beginnt der Herbst.« Unwillkürlich erschauerte sie. »Ich hasse den Winter in der Abbey.« Die Augen zusammengekniffen, spähte sie zwischen den gegenüberliegenden Häusern hindurch. »Wie gut, daß wir hier nicht soviel vom Meer sehen…« In plötzlicher Angst drehte sie sich um. »Das soll nicht heißen, ich würde mich in der Abbey unwohl fühlen.«

Er hatte einen Brief überflogen, den er nun bedächtig auf den Schreibtisch legte. »Nur zwei Wochen. Keine Ewigkeit.«

Obwohl seine Worte irrelevant klangen, wußte sie, was er meinte. Vor zwei Wochen war Morag abgereist. »Ich glaube, ich kann nicht zurückkehren, Hugh.«

Nachdenklich ergriff er einen hölzernen Brieföffner. »Je länger sie wegbleibt, desto schwieriger wird es, die Situation zu akzeptieren.«

Sie eilte zur anderen Seite des Schreibtisches, beugte sich vor und umfaßte Hughs Handgelenke. »Akzeptierst du sie denn *jetzt?* Wir können nicht wieder da anfangen, wo wir aufgehört haben. Das lasse ich niemals zu. Was Berry und mich betrifft – wir wollen nichts mehr voneinander wissen. Und Morag hat sich von dir getrennt.«

Ein paar Sekunden lang betrachtete er ihre Finger, die seine Hemdmanschetten umschlossen. Dann legte er den Brieföffner beiseite und hielt Vals Hände fest. »Ah, wenn's doch so einfach wäre… Berry und ich würden die Frauen tauschen, und die Sache hätte sich erledigt. Wolltest du darauf hinaus?«

Gewiß, das war lächerlich. Val klammerte sich an den Rest ihres Stolzes und ihrer Vernunft. »Lieber lebe ich hier als in der zugigen alten Abbey, wo dauernd graue Wellen an die Mauern schlagen.« Sie ließ seine Hände los und setzte sich auf die Schreibtischkante. »Wenn wir eingeschneit sind, können wir den Klippenweg nicht hinauffahren. Und niemand besucht uns.«

»Ja, das hat Morrie oft Sorgen gemacht.«

»Tatsächlich?« fauchte Val. »Ist sie deshalb in die Abbey gezogen? Um es am eigenen Leib zu erleben?« Er schwieg, starrte den Brieföffner an, und sie fürchtete, er würde jeden Moment in Tränen ausbrechen. Seufzend erhob sie sich. »Vergessen wir die Abbey und ihre Bewohner, wenigstens für einen Tag. Ich muß Titus, seiner unsympathischen Frau und seinen Kindern ein Haus in Kent zeigen.«

Während sie Papiere in ihre Aktentasche steckte, stand er auf. »Zieh eine Jacke an, heute ist es ziemlich kalt.«

Er verließ den Raum, und sie starrte die geschlossene Tür an. Schweren Herzens gestand sie sich die Wahrheit ein, die sie so lange verdrängt hatte. Sie liebte ihn. Weder die Abbey noch Berrys Untreue lasteten auf ihrer Seele. Sie hatte den falschen Mann geheiratet. »Höchste Zeit, daß du nach Hause fährst, mein Mädchen«, flüsterte sie, »und dich an den Status quo erinnerst.«

*

In den Bristol Downs fand alljährlich ein Jahrmarkt statt. »Du solltest dich ein bißchen amüsieren, Val«, meinte Eric. »Fahr mit meiner Tochter zum Jahrmarkt, Hugh, und sieh zu, daß sie endlich mal ihren Spaß hat.«

Schweigend schaute sie Hugh an. *Kannst du Morag lange genug vergessen, um mit einer anderen auszugehen?* schien ihr herausfordernder Blick zu fragen. Als er ihr freundlich zulächelte, fühlte sie sich kleinlich und schäbig.

»Eine gute Idee, nicht wahr, Val?« Er schlug auf Erics Schulter. »Warum kommst du nicht mit? Du bist ein Meisterschütze und könntest fabelhafte Preise gewinnen.«

Aber Eric schüttelte entschieden den Kopf. Beinahe gewann Val den Eindruck, ihr Vater wollte sie mit Hugh verkuppeln.

Obwohl es immer noch windig war, stieg die Temperatur, und sie konnten auf der Fahrt die Fenster herunterkurbeln. Als sie die Hängebrücke überquerten, brach die Dunkelheit herein, und Val glaubte, in eine andere Welt zu schweben. Morgen rufe ich Berry an, dachte sie. Diesen Abend will ich noch genießen …

»Wo soll ich parken?« fragte Hugh.

»Vor Jannies Haus. Gegenüber dem Observatorium. Ich zeig's dir.«

»Willst du Mrs. Mears besuchen?« Sie antwortete nicht und fragte sich, wieso sie auf diese Idee gekommen war … Vielleicht ein Wunsch im Hintergrund ihres Bewußtseins. »Wahrscheinlich weiß sie gar nicht, was im Moor geschehen ist«, fügte er hinzu. »Jannie und ihre Mutter sehen sich kaum.«

»Nur ganz selten.« Sie beugte sich vor, um ihm den Weg zu zeigen. »Bieg da oben links ab und bleib vor der Garage des ersten Hauses stehen. Natürlich muß ich anklopfen. Sonst wird sie sich fragen, was los ist.«

Da ihm nichts anderes übrigblieb, befolgte er ihre Instruktionen. Woanders hätte er keinen Parkplatz gefunden. Überall standen buntbemalte Pferdewagen und Autos. Von einem halben Dutzend Lagerfeuer stieg Rauch empor, in einem rötlichen Dunstschleier ging die Sonne über dem Avon unter. Kindliche Erregung stieg in Val auf. Könnte sie doch die Zeit zurückdrehen und Jannie besuchen, und sie würden sich mit Morag treffen …

Ein junger Mann öffnete ihr die Haustür, und sie wich verwirrt zurück. Sie hatte Eves Faible für Liebhaber vergessen, die ihre Söhne sein könnten. »Oh – ich bin eine Freundin von Eve. Ist sie zu Hause?«

»Leider nicht.« Lächelnd entblößte er schneeweiße Zähne. »Ich bin Roger Vallender, ihr – ihr Untermieter. Zur Zeit besucht sie ihre Tochter, und ich weiß nicht, wann sie zurückkommt.«

»Also ist sie auf der Reid Farm?« fragte Val erstaunt.

»Ja. Wenn Sie wollen, kann ich Ihnen die Telefonnummer geben …«

»Danke, die habe ich.« Sie zwang sich zu einem Lächeln. »Hören Sie, wir sind alte Freunde. Dürfen wir unser Auto ein paar Stunden vor der Garage stehenlassen? Alle Parkplätze sind besetzt.«

»Natürlich.« Roger Vallender ging zum Wagen und schüttelte Hughs Hand. »Freut mich, Sie und Ihren Mann kennenzulernen, Madam. Eve hat mir die meisten ihrer Freunde vorenthalten. Und jetzt ist sie schon seit einer halben Ewigkeit weg.«

»Wann ist sie denn abgereist?« fragte Hugh.

»Vor vierzehn Tagen.«

Hugh wechselte einen kurzen Blick mit Val. »Vielen Dank, daß wir hier parken dürfen.«

»Kommen Sie doch später auf einen Drink herein«, schlug Roger Vallender vor.« Offensichtlich fühlte er sich einsam. »Eve weiß nicht, wie lange sie auf der Farm bleiben wird. Wahrscheinlich ist ihre Tochter krank.«

»Ja, das wissen wir«, erwiderte Val.

Sie mischten sich in die Menschenmenge, die zum

Jahrmarkt strömte. Im ohrenbetäubenden Lärm der Lautsprecher und schrillen Stimmen war es unmöglich, ein Gespräch zu führen. Als Val angerempelt wurde, legte Hugh einen Arm um ihre Schultern, und ihre Gedanken schienen sich zu vereinen. Jannie seit zwei Wochen zu Hause … Morag und Berry allein … In der Abbey. Keine Jannie, keine Mrs. Murchison. Nur die beiden, im abgeschiedenen Haus am Meer.

*

Dr. Wilkie erhielt einen aufschlußreichen Brief von Morag und rief sie sofort an. »Hat Val die Abbey für immer verlassen?«

»Das glaube ich nicht. Sie weiß nicht, daß ich hier bin. Und ich finde, sie sollte möglichst schnell nach Hause kommen. Wenn Sie uns über diese schwierige Zeit hinweghelfen würden, Dr. Wilkie …« Morag räusperte sich. »Wie Sie wissen, will Berry Sie schon seit einiger Zeit porträtieren. Das wäre eine günstige Gelegenheit.«

»Und wie geht es Jannie?«

»Das weiß ich nicht. Ich kann nur ein Problem nach dem anderen lösen.«

»Natürlich.« Am anderen Ende entstand eine kurze Pause. »Geht die Einladung von dir oder von Berry aus, Morag?«

»Selbstverständlich von Berry.«

»Mrs. Maitland könnte einen Urlaub gebrauchen. Wenn sie mich begleiten würde, kämen wir sicher zurecht. Die Situation ist etwas heikel. Sicher verstehst du das, Morag.«

»O ja. Vielleicht war es aufdringlich, Sie um diesen Besuch zu bitten, Dr. Wilkie. Aber Sie haben eine besondere Beziehung zur Lyn Abbey. Und ich kann nicht länger hierbleiben.«

»Also gut. Gib mir drei oder vier Tage Zeit, damit ich meine Vorbereitungen treffen kann. Dann werden Maitie und ich zwei Wochen in der Abbey verbringen. Einverstanden?«

»Wundervoll! Vielen Dank. Berry mag Sie beide sehr gern, und er wird sich sicher freuen.«

Nachdenklich legte Morag den Hörer auf und starrte aus dem Küchenfenster. Viel hatte sie nicht erreicht. Sie glichen einem müden alten Liebespaar, lebten friedlich unter einem Dach und gingen unbefangen miteinander um. Aber das war auch schon alles. Ein armseliger Kompromiß, mit dem sie ihre Ehe aufs Spiel gesetzt hatte. Andererseits fühlte sich Berry mittlerweile viel besser, die Affäre mit Jannie bedrückte ihn nicht mehr, und der »schöne Alptraum« schien in den Hintergrund zu treten.

Eine Viertelstunde später stieg sie mit Berry zum Kiesstrand hinab, wo sie einen Liegestuhl für ihn aufgestellt hatte. Zu ihrer Freude trug er Shorts. Es störte ihn nicht mehr, wenn sie seine Prothese sah.

»Würdest du mir einen Gefallen tun?« bat er.

»Wenn ich's kann …«

»Zieh die Nadeln aus deinen Haaren. Ich möchte sie im Wasser schwimmen sehen.«

»Wie bei Jannie?«

»Du bist anders. Wenn ich Jannie beobachtet habe, mußte ich immer an Seetang denken. Und du bist ein Fels.«

»Besten Dank«, erwiderte sie trocken. Aber sie löste ihr Haar, bevor sie aus dem Bademantel schlüpfte. Hastig watete sie ins Meer. Wenn er sie im Badeanzug sah, fühlte sie sich immer noch unsicher.

Es war wundervoll, zur Spitze der kleinen Halbinsel zu schwimmen. Träumerisch ließ sie sich auf dem Rücken treiben, mit Wasser und Himmel vereint. Die Wellen umspülten ihre Schläfen, und sie ließ alle Sorgen der letzten Wochen davongleiten. Bald wird Doc Willie ankommen, dachte sie. Dann kann ich Jessica in Selly Oak besuchen. Und Val und Hugh müssen nie erfahren, daß ich in der Abbey war.

Langsam schwamm sie zum Strand zurück, genoß jede einzelne Bewegung ihrer Arme und Beine. Als sie im seichten Wasser saß, erzählte sie Berry von ihrem Telefongespräch mit Doc Willie. »Ist das nicht eine perfekte Lösung?«

»Für alle Beteiligten?« seufzte er. »Vermutlich.«

Sie starrte sein Gesicht an, das sie im gleißenden Sonnenlicht nur undeutlich sah. Irgendwie brachte sie nicht die Kraft auf, aus dem Wasser zu steigen, und sie war wie in Trance. »Früher bin ich oft mit Mummy nach Clevedon gefahren, um zu schwimmen.«

Sekundenlang war sie sich nicht sicher, ob sie die Worte laut ausgesprochen hatte. Dann fragte Berry: »Nicht mit Val?«

»Bevor ich Val kannte. Da war ich noch sehr klein. Ich glaube, Mummy konnte keine Kinder mehr bekommen. Darüber sprachen wir nicht. Aber wir waren immer gute Freundinnen. Ich erinnere mich an ihren Badeanzug. Den hatte sie selbst gestrickt. Mit kleinen Ärmeln und züchtigen langen Hosenbeinen, hoch geschlossen. Darin sah sie sehr hübsch aus.«

»Kam dein Vater nicht mit?«

»Nein, er hat immer gearbeitet. Sogar im Sommer trug er korrekte Anzüge. Manchmal picknickten wir zu dritt in den Downs. Er ging nicht gern schwimmen. Um so lieber ist er im Winter Schlitten gefahren. Das war sehr lustig. Danach tranken wir Tee, saßen am Erkerfenster und beobachteten die Leute, die auf der vereisten Park Street ausrutschten.«

Nachdem sie zu erzählen begonnen hatte, konnte sie gar nicht mehr aufhören. Sie schilderte die letzte Operation, die der Vater in ihrer Anwesenheit durchgeführt hatte, dann den Besuch ihrer Mutter und Teddy McKinleys im Gallenwick. »So als hätte sie's vorausgeahnt – und wäre zu mir gekommen, um sich zu verabschieden ... Hätte ich es doch gewußt ...« Plötzlich merkte sie, daß sie weinte.

»Bitte – nicht, Mo ...« Berry beugte sich vor und versuchte, ihr Handgelenk zu ergreifen. Doch die Wellen spülten sie vom Strand weg. Er richtete sich in seinem Liegestuhl auf, und einen Augenblick später lag er im Wasser, auf dem Bauch.

Als sie die Panik in seinen Augen las, vergaß sie ihre Tränen. »Hab keine Angst!« rief sie, kroch zu ihm und umklammerte seine Hände. Krampfhaft hielt er sich an ihr fest. Und dann merkte er, wie schwerelos er im Wasser trieb. Hier spielte sein Gebrechen keine Rolle.

»O Berry ...« Sie begann wieder zu weinen. Diesmal vor Freude. »Erinnerst du dich an John Ridds Bach? Im Wasser bist du stark und gesund. Komm zu mir!« bat sie, ließ ihn los und schwamm ins tiefere Meer. »Damals bin ich dir vertrauensvoll durch den rauschenden Wasserfall gefolgt, von einer Felsenstufe zur nächsten. Jetzt mußt du *mir* vertrauen.«

Unschlüssig schaute er zum Strand zurück, dann

schwamm er ihr nach. Mit seinen kräftigen Armen fiel es ihm nicht schwer, sie einzuholen. Er lachte und schnappte prustend nach Luft. »Wie kalt das ist …«

Morag schlang die Arme um seinen Hals und fand es ganz natürlich, ihn zu küssen. »Liebster Berry, ich freue mich so!«

»Wirklich? Ich hätte dich nicht ermutigen dürfen, über deine Eltern zu reden.«

»Doch. Ich bin in die Abbey gezogen, um dir zu helfen. Und jetzt hast du mir geholfen. So bitterlich habe ich jahrelang nicht geweint. Kein einziges Mal, seit ich von ihrem Tod erfuhr.«

Eine Zeitlang schaute er in ihre Augen. Dann küßte er sie. Es war ein zärtlicher Kuß, der die Vergangenheit begrub. Seite an Seite schwammen sie zum Strand zurück, und er ließ sich zum Kies hinaufziehen, in den Liegestuhl. Während ihre Körper in der Sonne trockneten, erzählte er von Akiko. »Sie war Krankenschwester in dem Hospital, wo mein Bein amputiert wurde. Und sie war gut zu mir. Aber sie dachten … Ganz egal, was sie dachten – Akiko wurde getötet.«

Morag schwieg. Angesichts seiner quälenden Schuldgefühle fand sie jedes Wort überflüssig.

»Danach begannen sie mit mir zu experimentieren. Das erschien mir wie eine gerechte Strafe. Aber ich wußte, ich würde dich nicht heiraten können. Und eine andere wollte ich nicht, Mo. Damals nicht.«

»Ich bin froh, daß Val deine Frau geworden ist.« Wohlig rekelte sich im Sonnenschein. Ihr knapper Badeanzug störte sie nicht mehr. »Weißt du, wie gut ihr beide zusammenpaßt?«

»O ja. Hoffentlich weiß sie das auch.«

»Mit uns hätte es nicht geklappt, Berry.«

»Meinst du – zwei Alpträume ergeben kein Paar?«

Plötzlich lachten sie, und es klang wie ein Schluchzen.

»In Zukunft werde ich täglich schwimmen. Vielleicht mit Doc Willie, wenn sie mich gut festhält ...«

»Oh, du bist unverbesserlich.« Lächelnd reichte sie ihm ein Badetuch. »Nun müssen wir dein Bein anschnallen und hinaufgehen. Sonst erkältest du dich.«

»Jawohl, Doktor«, spottete er. Aber er richtete sich gehorsam im Liegestuhl auf und legte das Badetuch um seine Schultern.

Abends half sie ihm beim Baden und trug zwei Dinnertabletts ins Musikzimmer.

»Schau nicht so traurig drein«, bat er. »Ich weiß, du wirst abreisen. Jetzt kann ich die Porträts ohne dich vollenden.«

»Ist das alles, was für dich zählt?«

»Natürlich – weil ich dich sehen werde, so oft ich will.«

»Hör mal ...« Sie unterbrach ihre Mahlzeit und zeigte mit ihrer Gabel auf ihn. »Bevor Val zurückkommt, mußt du die Bilder wegräumen. Jannies Porträts waren schon schlimm genug. Wenn sie meine sieht ...«

»Verstehst du's denn nicht? Beim Anblick deiner Porträts wird sie die von Jannie akzeptieren.« Müde lehnte er sich in seinem Sessel zurück. »Ich werde auch Doc Willie malen. Und dann Val ...« Die Augen geschlossen, lächelte er. »Ich glaube, nach so langer Zeit kann ich sie endlich malen.«

Morag betrachtete sein Gesicht. Um ihn in ihrer Erinnerung zu bewahren, brauchte sie kein Bild. Sie half ihm ins Bett, und als er eingeschlafen war, trug sie die Tabletts aus dem Zimmer.

Morgen würde sie den Mietwagen zurückbringen, nach Birmingham fahren und bald wieder daheim sein, bei Hugh.

22

Als sie am Rand der Meeresschlucht stehenblieben, verhallte der Lärm des Jahrmarkts. Val begann unkontrolliert zu schluchzen.

»Mein Liebes, es gibt keinen Grund, warum du weinen müßtest«, beteuerte Hugh ohne Überzeugungskraft.

Sie widersprach ihm nicht, und er umarmte sie. In der Tiefe funkelten die Lichter eines Schleppkahns. Offenbar hatte die Flut begonnen. Hugh dachte an Morag und Berry – ganz allein in dem alten Haus an der Küste.

In diesem Moment spürte er die Macht des Meeres. Gewaltig und ewig, ließ es die moralischen und ethischen Gesetze der Menschen bedeutungslos erscheinen. Nur der Mond beherrschte das Meer. Hugh holte tief Atem, schmeckte Salz und eine wilde Kraft. Und Morag und Berry, allein mit diesen Elementen, befreit von Mrs. Murchisons prüder Gegenwart …

Beruhigend strich er über Vals Haar. »Wir können Morag vertrauen.«

Sie hob den Kopf. Anscheinend hatte sie seine Worte nicht gehört. »Seltsam – Berry hat uns alle drei ausprobiert. Mo war die erste. Dann kam ich an die Reihe, danach Jannie. Und jetzt wieder Mo…« Sie lachte hysterisch. »Mein Gott, und wir dachten, Dusty wäre untreu! Dabei hat er mich nur ein paarmal ans Spülbecken gedrückt.«

»Wir können Mo vertrauen«, beharrte Hugh.

»O ja! Obwohl sie behauptet, sie wäre in Birmingham – während sie bei ihm in der Abbey ist!« Unglücklich starrte Val zum Nachthimmel hinauf. »Ich hätte sie sofort ans Telefon rufen und ihr sagen müssen, sie soll nach Hause kommen. Oder das wäre deine Pflicht gewesen, Hugh. Warum erlaubst du ihr diese Eskapade?« Mit beiden Fäusten hämmerte sie gegen seine Brust. »Du bist zu vernünftig – zu freundlich – zu ruhig! Kein Wunder, daß sie sich immer nach Berry gesehnt hat! Weil er ganz anders ist! Selbstsüchtig und unmoralisch und ...«

Er küßte sie. Warum er es tat, wußte er nicht genau. Er liebte sie wie eine Freundin, eine Schwester. Aber manchmal hatte sie andere Gefühle in ihm geweckt. Und nun schien Vals Verzweiflung diese Emotionen zu vertiefen. In den ersten Sekunden hielt sie sich zurück. Dann verwandelten sich ihr Zorn und ihr Kummer in heiße Leidenschaft. Sie standen unter dem silbrigen Mond – beide verschmäht, beide voll schmerzlicher Sehnsucht. Val wollte es Morag zeigen – und Jannie – und Berry. Begierig preßte sie sich an Hughs Körper, schob ihre Hände unter sein Hemd, berührte seinen flachen Bauch, die schmalen Hüften.

Als sie im Schatten der Mauer knieten, flüsterte er: »Bist du dir sicher, Val?« Und sie lachte, weil sie sich niemals in ihrem Leben so sicher gefühlt hatte.

Es war wild und stürmisch und schnell vorbei. Danach lagen sie atemlos im staubigen Gras und bereuten den Exzeß. Val hatte Hughs Respekt verloren – und er war so tief wie Berry gesunken. Wann würde er über Jannie herfallen? »Tut mir leid, Val ...«

Das war der Gipfel. Wortlos stand sie auf und strich ihr Kleid glatt.

Als sie das Auto erreichten, klopften sie nicht an Eve Mears' Tür, fuhren davon und ignorierten das Fenster, das im Oberstock geöffnet wurde. Bald blieben die Lichter des Jahrmarkts hinter ihnen zurück.

»Wirklich, Val, es tut mir leid«, begann Hugh. »Was soll ich sonst noch sagen?«

Sie schwieg. Wußte er denn nicht, daß sie ihn liebte?

»Vergessen wir's?« fragte er. »Ist das möglich? Können wir so tun, als wäre es nicht geschehen?«

»Bleibt uns denn was anderes übrig?« Sie hatte gehofft, er würde ihr seine Liebe gestehen und erklären, sie müßten zusammenbleiben.

»Wohl kaum. Wir fühlten uns betrogen und wollten einander trösten.«

»O Hugh, wir *wurden* betrogen! Blicken wir den Tatsachen ins Auge. Morag und Berry leben zusammen, ich habe ihn verlassen – und Morag ist dir davongelaufen.«

Nach einer langen Pause antwortete er leise: »Ja.«

Von neuer Hoffnung erfüllt richtete sie sich auf. »Und was soll jetzt geschehen?«

»Morgen fahre ich hin.«

»Warum? Du würdest eine unangenehme Szene heraufbeschwören, und das lohnt sich nicht …«

»Alles lohnt sich – wenn sie nur zurückkommt.«

Langsam sank Val in die Polsterung zurück. Sie sagte nichts mehr. Aber sie wischte verstohlen über ihre Augen.

*

Am nächsten Morgen traf Eric seine Tochter in der Küche an, wo sie gerade Tee kochte. Es war noch sehr früh. Auf den Blütenblättern im Garten funkelten Tautropfen. »Du siehst müde aus, Darling. Stimmt was nicht?«

»Ich habe schlecht geschlafen. Gestern abend kamen wir an Mrs. Mears' Haus vorbei. Offenbar ist Jannie auf die Reid Farm zurückgekehrt und wird von ihrer Mutter betreut. Also waren Morag und Berry die ganze Zeit allein«, fügte sie in beiläufigem Ton hinzu. »Heute fährt Hugh zur Abbey, um herauszufinden, ob sie irgendwelche Pläne haben.« Sie schenkte Tee ein und nippte mechanisch an ihrer Tasse. »Als wir noch zur Schule gingen, hatte Morag eine Affäre mit Berry. Und jetzt...« Plötzlich zerbröckelte die kühle Fassade. »O Daddy – ich weiß nicht, was ich tun soll.«

Plötzlich brach sie in Tränen aus, und er nahm sie in die Arme. »Ich kenne Morag und Hugh sehr gut.« Sanft wiegte er sie hin und her. »Was immer in der Vergangenheit geschehen ist, die beiden gehören zusammen. Und du bist genau richtig für Berry. Ich wünschte, es wäre anders – deine Ehe muß ziemlich schwierig sein. Aber ich glaube, deine Mühe lohnt sich. Letzten Endes kommt es nur darauf an.«

»Verstehst du denn nicht, Daddy? Berry liebt nicht mich, sondern Morag. Und ich liebe Hugh...«

»Pst«, versuchte er sie zu beruhigen. »Überleg doch mal – Hugh, der konventionelle Reid-Bruder, wohnt zufällig in unserem Haus. Was jetzt geschieht, ist eine ganz natürliche Reaktion auf das sonderbare Leben, das du in der Abbey führst. Hugh ist nett und freundlich, Berry nicht. Hugh ist gesund – Berry nicht. Aber du gleichst aus, was deinem Mann fehlt. Du bist seine andere Hälfte. Und darin liegt der Sinn einer Ehe.«

»So wie bei dir und Mummy«, schluchzte sie. »Aber du hast sie geliebt. Und Berry liebt mich nicht.«

»Da irrst du dich.« Er schob sie ein wenig von sich

und schaute in ihre blauen Augen. »Ruf ihn an. Jetzt gleich.«

»Und was soll ich sagen?« fragte sie erschrocken.

»Frag ihn, ob du nach Hause kommen sollst.«

»Aber – Morrie wird sich melden.«

»Das glaube ich nicht. Sonst würde sie verraten, wo sie ist.«

»O Daddy, das kann ich nicht. Wenn er nein sagt, wär's das Ende. Und wenn er einverstanden ist – ich will nicht zurück …«

»Mein armer Liebling! Soll ich ihn anrufen?«

»Mein Gott – ich weiß nicht …«, stammelte sie verwirrt.

Er ging zum Telefon, das an der Küchenwand hing, und rief die Vermittlung an. Während er sich mit der Abbey verbinden ließ, stöhnte Val leise und sank auf einen Stuhl. Sie hörte das Telefon am anderen Ende der Leitung klingeln. Dann verstummte es.

»Ist das die richtige Nummer?« fragte ihr Vater. »Hier ist Eric McKinley in Clevedon. Wer spricht da, bitte?« Verblüfft runzelte er die Stirn. »Dr. Wilkie?« Seine Stirn glättete sich. »Was für eine angenehme Überraschung! Ich hätte wirklich nicht erwartet, Ihre Stimme zu hören, Ma'am.«

Hastig winkte er Val zu sich, und sie sprang auf. Als sie neben ihm stand, hörte sie Dr. Wilkies unverkennbare Stimme. »… seit einer Woche hier. Das Wetter war einfach wundervoll. Möchten Sie mit Berry sprechen? Ich habe in seinem Zimmer den Stecker des Telefonapparats rausgezogen, damit er länger schlafen kann. Aber ich schaue mal nach …«

»Nein, wecken Sie ihn nicht, Dr. Wilkie. Wir haben uns

nur Sorgen um ihn gemacht. Und Val wollte mit Hugh hinfahren.«

»Oh, das wäre sehr nett. Mrs. Maitland und ich dachten, wir würden Vallery gar nicht sehen, wenn wir unseren Urlaub in der Abbey verbringen.«

»Mrs. Maitland ist auch da?«

»Ja. Berry porträtiert mich. Und Mrs. Maitland kümmert sich um den Haushalt.«

Val trat ans Fenster. Also hatte Berry wieder einmal seinen Willen durchgesetzt. Er malte Doc Willie, so wie er es angekündigt hatte.

Plötzlich begann sie zu lachen, dann schluchzte sie. Als ihr Vater den Hörer einhängte, lächelte sie unter Tränen. »Alles in Ordnung. Wirklich. Wollen wir wetten, daß er auch Morrie porträtiert hat? Die einzige, die er nicht malen kann, bin *ich*!«

*

Morag nahm Shirley White nach Clevedon mit. Warum, wußte sie nicht genau. Weil sie Schutz brauchte – oder weil sie dem Mädchen einen Urlaub im Redley Lodge versprochen hatte? Von dem Freund, der Jessicas Tochter ursprünglich hätte begleiten sollen, war nicht mehr die Rede.

Nun lebte Val wieder in der Abbey. Hugh war nicht nach Birmingham gekommen, um seine Frau abzuholen – was nichts Gutes verhieß.

Auch von Selly Oak hatte sie regelmäßig daheim angerufen, so wie in die Abbey. Eric hatte ihr erklärt, Hugh und Val seien zu Berry gefahren. Was sollte sie davon halten? Sie hatte Doc Willie nicht gebeten, Stillschweigen zu bewahren. Zweifellos würden Val und Hugh von jenen verheimlichten beiden Wochen erfahren. Wie würden sie darüber denken?

Auf der Bahnfahrt legte sie sich eine Erklärung zurecht. »Vor vielen Jahren standen wir uns sehr nahe. Daran mußten wir uns gemeinsam erinnern, um die Vergangenheit zu begraben. Berry war mein Alptraum – und ich seiner …« Konnte das irgend jemand verstehen? Wie vermochte sie das Wunder zu erklären, das beim Gespräch über ihre Eltern und dann beim Schwimmen geschehen war – oder Berrys kurzes Geständnis und die Sühne einer schrecklichen Schuld?

»Hättest du doch deinem Mann gesagt, daß ich mitkomme«, seufzte Shirley an ihrer Seite. »Vielleicht meint er, das wäre keine gute Idee.«

Aber Hugh hatte nicht mit ihr telefoniert. Wie so oft ließ er die Dinge einfach auf sich zukommen. »Sicher wird er sich über deinen Besuch freuen, Shirley.«

Damit behielt sie recht. Er stand auf dem Bahnsteig von Clevedon, in einem Tweedjackett und einer grauen Flanellhose, und er sah so gut aus, daß sie sich am liebsten in seine Arme geworfen und beteuert hätte, wie sehr sie ihn vermißt habe und sie würde ihn für alle Zeiten lieben. Aber als er ihr entgegenging und ihren Koffer ergriff, lächelte er unverbindlich, und sie erschrak. Hatte sie ihn verloren?

»Das ist Shirley White, Darling, Jessicas älteste Tochter. Erinnerst du dich? Ich habe sie eingeladen …«

Sofort stellte er den Koffer ab, schüttelte Shirleys Hand und lächelte strahlend.

»Tante Mo, du hast mir gar nicht gesagt, wie gut dein Mann aussieht«, bemerkte Shirley, so offenherzig wie ihre Mutter. »Hallo, Mr. Reid. Hoffentlich macht's Ihnen nichts aus, daß ich einfach hier aufkreuze.«

»Ganz im Gegenteil, Shirley, ich bin entzückt. Wo ist dein Gepäck?«

Während Shirley ihren Koffer aus dem Abteil holte, schwatzte sie unentwegt. »Mummy behauptet, ich sei eine Chaotin. Also wird Ihre Begeisterung bald nachlassen, Mr. Reid. Aber ich freue mich ganz wahnsinnig, Sie kennenzulernen. Mein Vater fiel ihm Krieg. Und die anderen älteren Männer, die ich kenne, sind nur meine Lehrer und ein gräßlicher alter Onkel in Handsworth, der nach Taubenkot riecht.«

Lachend verließen sie den Bahnsteig, und Morag spürte, daß Hugh ebenso dankbar für Shirleys Anwesenheit war wie sie selbst.

Im Wohnzimmer des Redley Lodge waren die Möbel umgestellt worden. Val hatte den alten Sessel ihrer Mutter ans Fenster gerückt. Wer immer diesen Lehnstuhl wählte, entfernte sich von den anderen. Morag sank hinein, ganz einfach, weil Eric seinen Stammplatz am Fenster einnahm und Shirley neben Hugh auf dem Sofa kauerte. Auch die Küche hatte sich verändert. Morags Topfpflanzen waren vom Fensterbrett verschwunden. Vielleicht hatten sie Val an Jannies wilde Blumen in der Abbey erinnert.

Wie Morag voller Unbehagen feststellte, herrschte nun eine ganz andere Atmosphäre im Haus. Hugh und Eric schienen ihr auszuweichen, und alle Bewohner waren dankbar für Shirleys Gegenwart.

Nicht einmal im Schlafzimmer wurde die schreckliche Barriere zwischen Morag und Hugh durchbrochen. Früher hatten sie sich spontan geliebt, wenn die Leidenschaft bei intimen Gesprächen, Gelächter und plötzlichen Küssen erwacht war. Jetzt sprachen sie über das Wetter, oder Hugh schlug vor, am nächsten Tag mit Shirley zu picknicken.

Die Luft wurde immer schwüler und heißer, und Morag sehnte sich nach einem reinigenden Gewitter, das endlich alles niederreißen würde, was sie von ihrem Mann trennte.

Shirley blieb zehn Tage. Dann mußte sie nach Hause zurückreisen, um sich über ihre Prüfungsergebnisse zu informieren. Schluchzend lag sie in Morags Armen und gestand mit der brutalen Ehrlichkeit ihrer Jugend: »Ich glaube, ich habe mich in deinen Mann verliebt, Tante Mo! Tut mir so leid. Aber ich träume jede Nacht, ich würde mit ihm fortgehen und für ihn sorgen und sein gebrochenes Herz heilen, und eines Tages schaut er mir in die Augen und erklärt ...«

»Schon gut, Darling, den Rest der Geschichte kenne ich. Wenn *ich* mit jemandem fortgehen will, werde ich dich vorher warnen. Das verspreche ich.«

»Mach dich nicht lustig über mich, Tante Mo!«

»Das tue ich ja gar nicht. Und wenn du nicht sofort zu heulen aufhörst, fange ich auch noch an.«

»Er ist so wundervoll ...«

»Ja, ich weiß«, erwiderte Morag leise.

»Nicht nur das!« Verzweifelt hob Shirley den Kopf. »Jedesmal, wenn ich ihn anschaue, zittern meine Knie.«

Morag wußte nicht, ob sie lachen oder in Tränen ausbrechen sollte. Aber sie wiederholte nur: »Ja, ich weiß.« Und sie dachte an Berry, das Meer und die Sonne. Das war ganz anders gewesen. Kein einziges Mal hatten ihr Knie gezittert.

Als sie am Abend nach Shirleys Abreise beim Dinner saßen, erzählte Eric von einem alten Herrschaftshaus, das in den Besitz des National Trust übergehen sollte. »Allem Anschein nach ist die Familie in finanziellen Schwierigkeiten. Ich nehme an, die Leute wollen ein paar Sachen privat verkaufen. Vielleicht solltest du dich darum kümmern, Hugh.«

Interessiert hob Hugh die Brauen. »Hast du nicht manchmal mit Sir Monty Golf gespielt? Du meine Güte, wenn wir an das Montagu-Silber herankämen! Und die Gemälde! Angeblich hängt ein Holbein in der Galerie. Den müßte Berry sich mal anschauen …« Er warf Morag einen kurzen Blick zu, dann fügte er hinzu: »Besser nicht. Val meint, er würde noch einige Zeit brauchen, um sich zu erholen.«

»Also hast du mit ihr telefoniert?« fragte Morag. »Warum weiß ich nichts davon? Ich hätte auch gern mit ihr geredet.«

Für einen Augenblick hörte Eric zu essen auf. Dann kaute er langsam weiter, und Hugh erwiderte: »Wahrscheinlich war sie zu beschäftigt.«

»Hat sie dich angerufen?«

»Ja.« Hugh nahm einen Schluck Wasser. »Soviel ich mich entsinne, warst du gerade mit Shirley unterwegs.«

»Aber du hast es nicht erwähnt.«

Eric räusperte sich. »Frag sie doch mal, ob Berry sich die Bilder anschauen würde, Hugh.«

Plötzlich verlor Morag die Beherrschung. »Warum fragt ihr nicht *mich* nach Berrys Befinden? Ich war's doch, die zur Abbey gefahren ist, die ihn allein und vernachlässigt und krank angetroffen und gesund gepflegt hat!«

Wenn sie hoffte, die beiden Männer zu schockieren, wurde sie enttäuscht. Eric und Hugh musterten sie erstaunt, aber keineswegs entsetzt. Also hatten sie das Täuschungsmanöver durchschaut und die ganze Zeit über Bescheid gewußt. Ebenso wie Val. Sie begann am ganzen

Körper zu zittern, und das drückende Schweigen dauerte unerträglich lange. Empfanden sie so großen Haß, daß sie die Qual genossen, die sie ihr bereiteten?

Irgendwie gewann sie ihre Fassung zurück. »Nach meiner Ansicht – aufgrund meiner ärztlichen Diagnose ist Berry durchaus fähig, hierherzukommen und die Bilder zu inspizieren. Wenn er meinen Rat befolgt, wird er sich ein Auto mit Handbetrieb kaufen und selber nach Clevedon fahren.« Ihre Worte klangen präzise und sachlich. Fast professionell. Damit beeindruckte sie Eric.

Er holte tief Atem, warf einen Blick auf Hugh, der hartnäckig schwieg, und begann zögernd zu sprechen: »Ja, wir wissen, daß du in der Abbey warst, Morrie. Deshalb fühlst du dich unbehaglich, und du wolltest nicht darüber reden. Das verstehen wir. Aber – vielleicht solltest du uns erklären, warum du Val so wehgetan hast.«

Als sie Hugh anschaute, wich er ihrem Blick aus. »Tut mir leid. Ich dachte, ich müßte mich um Berry kümmern – weil Jannie ...«

»Wie du unmittelbar nach deiner Ankunft festgestellt hast, war er allein«, fiel Eric ihr ins Wort. »Und er fühlte sich nicht gut. Darüber hättest du uns sofort informieren müssen. Statt dessen hast du uns bei jedem Telefongespräch belogen. Das war es, was Val verletzt hat.«

»Oh, mein Gott!« Morag stützte ihren Kopf in die Hände. »Zunächst ging es mir nur um Berry, der so krank und einsam und verzweifelt war ... Und Val hatte ihn doch verlassen, oder?«

Eric erhob sich und ging zur Tür. »Danke, daß du für ihn gesorgt hast, Morrie.«

Ungläubig beobachtete sie, wie die Tür hinter ihm ins Schloß fiel. Dann wandte sie sich zu Hugh, der ebenfalls aufstand. »Läufst du mir auch davon?« rief sie mit schriller Stimme.

»Sei nicht albern, Mo«, entgegnete er und stellte die Teller aufeinander. »Ich kenne deine Beweggründe.« Obwohl er in ihre Richtung schaute, konnte er ihren Blick noch immer nicht erwidern. »Du warst die einzige, die Berry helfen konnte. Offensichtlich hast du's geschafft. Val lebt wieder in der Abbey, Doc Willie und Mrs. Maitland sind nach Bristol zurückgekehrt. Alles ist in Ordnung.«

Wie immer war er ruhig und vernünftig. Plötzlich haßte sie, was sie stets an ihm geschätzt hatte. »Berry hat mir vom Kriegsgefangenenlager erzählt. Da war eine Krankenschwester namens Akiko. Weil sie gut zu ihm war, wurde sie hingerichtet. Und dann experimentierten sie an ihm herum.«

Hugh rückte die gestapelten Teller beiseite und legte die Servietten zusammen. »Ja, das weiß ich«, entgegnete er leise.

»Was?« fragte sie entsetzt. »Du weißt Bescheid? Warum hast du nie mit ihm darüber gesprochen?«

Auf den Tisch gestützt, schaute er sie endlich an. »Manche Dinge blieben besser ungesagt.«

»Aber *mir* hat er sich anvertraut. Weil er es nicht länger aushielt ...«

»Ja – *dir* wollte er es erzählen, Morag. Nicht mir – und keinem anderen.« Er wandte sich ab. »Wenn es ihm – und dir geholfen hat, bin ich froh.«

»Was soll das heißen?«

»Daß ich froh bin.«

Sie folgte ihm die Treppe hinauf. Am liebsten hätte sie ihn geschlagen. Diesem ach so vernünftigen Mann würde sie niemals erklären können, was am Kiesstrand der Lyn Abbey geschehen war.

Während er im Schlafzimmer seine Krawatte abnahm und sein Hemd aufknöpfte, fauchte sie: »Wenn du dich freust, warum benimmst du dich dann so seltsam?«

Er setzte sich, um seine Schuhe aufzuschnüren. »Begreifst du es denn nicht? Eric und ich sorgen uns um Val. Sie ist so einsam. Erst Jannie, dann du … Und natürlich Berry.«

»Um Himmels willen, dachtet ihr...« Entgeistert starrte sie seinen gesenkten Kopf an.

Ohne aufzublicken, zog er seine Schuhe aus. »Natürlich wußten wir, was zwischen Berry und dir geschehen ist. Damals im Moor …«

»Davon hatte Val keine Ahnung.«

»Aber ich wußte es. Berry liebte dich. Wäre er ein ganzer Mann geblieben, hätte er dich geheiratet.«

»O Gott – und das hast du Val erzählt?«

»Nach deiner Abreise war sie völlig verwirrt, und sie brauchte eine Erklärung.«

»Also glaubte sie, ich hätte dich Berrys wegen verlassen. Was für ein Unsinn! Und warum ist sie in die Abbey zurückgekehrt? Das begreife ich nicht. Sie war hier, sie hatte Eric – und offenbar auch dich.« Als er zusammenzuckte, erriet sie die Wahrheit. »O nein …«

Auf ihre letzten Worte ging er nicht ein. »Eric rief in der Abbey an, Doc Willie meldete sich, und da beschloß Val so- fort, nach Hause zu fahren. Noch am selben Tag brachte ich sie hin.«

Morag versuchte sich zu beherrschen. Normalerweise konnte sie sich auf ihre Selbstkontrolle verlassen. Ihr Leben lang hatte sie ihre Gefühle verborgen. Aber jetzt war der Schmerz zu groß. Sie ging zum Fenster, schaute ins abendliche Dunkel und bemühte sich, gleichmäßig zu atmen. Zur Linken lag der Tennisplatz, wo sie oft mir Shirley gespielt hatte. Jetzt war das Netz zusammengerollt. Vor ihrem geistigen Auge sah sie Val und Hugh, die nach einem Tennismatch in den Obstgarten wanderten. Mit traurigen blauen Augen blickte Val zu ihm auf, und Hugh, der geborene Tröster, versicherte ihr, alles würde sich wieder zum Guten wenden. Vielleicht legte er einen Arm um ihre Schultern, weil sie so schutzbedürftig wirkte …

»Hast du mit ihr geschlafen?« Verwundert lauschte Morag dem fremden Klang ihr eigenen Stimme. Sein Schweigen schürte ihren Zorn. Wie sie diese ruhige, abwartende Haltung haßte …

»Antworte, Hugh!« schrie sie und drehte sich um. »Um Himmels willen, sei ehrlich!«

Da stand er auf, und sie las in seinen glanzlosen grauen Augen, was sie wissen mußte. Ich habe ihn verloren, dachte sie. Weil ich ihm niemals alles gab. Und nun hat ihn Vals Offenherzigkeit erobert …

»Also gut«, fuhr sie in eindringlichem Ton fort, als wollte sie eine erboste Schicksalsgöttin beschwichtigen. »Mit siebzehn verliebte ich mich in Berry. Dann kam er nach Hause, ein gebrochener, verkrüppelter Mann, und heiratete Val. Ich wurde deine Frau und dachte, es wäre das Zweitbeste. Aber so war es nicht. Hörst du mir zu, Hugh? Es war nicht das Zweitbeste! Das erkannte ich während dieser beiden Wochen, die ich in der Lyn Abbey verbrachte. Selbst wenn es keinen Krieg gegeben hätte, wenn Berry und ich seit *1941* zusammengewesen wären – es hätte nicht funktioniert. Weil ich immer nur dich liebte.«

»Und was jetzt?« fragte er. »Ich dachte, du wärst mir davongelaufen. Und Val glaubte, sie hätte sich für immer von Berry getrennt. Also haben wir einander getröstet. Ein einziges Mal.«

Morag starrte in das Gesicht, das ihr einst so vertraut gewesen war und das sie nicht mehr kannte. »In all den Jahren waren wir Freunde, Hugh. Und unsere Freundschaft stand uns – irgendwie im Weg.« Sie lachte freudlos. »Ist das nicht komisch? Erst jetzt, wo wir keine Freunde mehr sind – jetzt weiß ich, daß wir ein Liebespaar waren.« Spontan eilte sie zu ihm, verzweifelt küßte sie seine Lippen. »Habe ich dich verloren, Hugh? Seit ich nach Hause kam, siehst du mich kaum an. Haßt du mich?«

»Wie könnte ich?« flüsterte er. »Ich wagte nicht, dir meine Augen zu zeigen – oder in deine zu schauen. Natürlich hast du mich nicht verloren. Habe ich *dich* verloren?«

Sie schüttelte den Kopf, und diesmal erwiderte er ihren Kuß. In atemloser Hast zogen sie sich aus, als würde ihnen die Zeit davonlaufen. Endlich verschmolzen sie wieder miteinander. Sie hörte sich schreien, dachte an Jannie, und die Kraft der Leidenschaft schien die Barriere niederzureißen, die Morag und Hugh einen Monat lang getrennt hatte. Irgendwann in dieser Herbstnacht wisperte sie: »So wie früher wird es nie wieder sein.«

»Ist das gut oder schlecht?«

»Keine Ahnung.«

Er versuchte nicht, sie zu trösten. Aber nachdem sie lange geschwiegen und sich verzweifelt aneinandergeklammert hatten, meinte er: »Jedenfalls wird's niemals langweilig sein, Morrie.«

Am Morgen standen sie zeitig auf und wanderten zum Meer. Erst jetzt merkten sie, daß letzte Nacht ein Gewitter getobt hatte. Seetang übersäte die Promenade. Vor den Haustüren ragten kleine Sanddünen auf. »Das war nötig, nach dieser drückenden Hitze«, meinte Morag.

»Auch für uns?«

»Wahrscheinlich.« Sie lehnte sich ans Geländer und beobachtete die Wellen. »Weißt du noch, wie sehr ich unter meinen Fehlgeburten gelitten habe? Ich fühlte mich steril. Unfruchtbar. Diesmal wird's klappen.«

»Mach dir keine zu großen Hoffnungen, Morrie. Es spielt keine Rolle, solange wir zusammen sind.« Zärtlich schlang er einen Arm um ihre Taille, und sie lächelte, weil ihre Knie zitterten. Nach dem Regen war die Luft feucht und kalt.

»Okay. Aber ich glaube, ich bin schwanger.«

*

Im restlichen Sommer und im Herbst empfand Jannie ein seltsames, wunderbares Glück. Natürlich war Eve keine Peggy Reid. Aber Julie brachte sie zum Lachen, und Rosamund vergötterte ihre Großmutter, die sie »Evie« nannte. Von zwei Drittel ihrer Kinderschar befreit, im Vollgefühl eines neuen Selbstvertrauens, übernahm Jannie wieder den Küchendienst. So eifrig wie in der Abbey bereitete sie Fruchtpuddings zu, backte Kuchen und kochte Schmortöpfe. Eve hatte es bald satt, Gemüse zu putzen und das Badezimmer zu säubern. Also rief sie eine Stellenvermittlung in Barnstaple an und engagierte Mrs. Skinner, eine tüchtige kleine Frau, die sich sofort in Durston verliebte, jeden Abend seine Gummistiefel wusch und vor dem Herd trocknen ließ.

Und was am allerbesten war – Eve redete »ein Wörtchen» mit Dusty. Was die beiden besprachen, erfuhr Jannie nicht. Aber nachdem Jannie sich in den ersten Tagen an ihre Mutter geklammert und ihr gewisse Dinge anvertraut hatte, was sie später bereute, erkannte Eve, daß Dusty seine Frau bis zur Geburt in Ruhe lassen mußte. Offenbar erzielte die Lektion den gewünschten Erfolg. Dusty übersiedelte ins Hinterzimmer und verwöhnte seine Frau wie nie zuvor während ihrer Schwangerschaften.

Fürsorglich rückte er einen Schemel zurecht, damit sie die Beine hochlegen konnte, und brachte ihr frisches Obst vom Markt in Barnstaple mit. Seit Julie die erste Schulklasse besuchte, fuhr er sie täglich in die Stadt und holte sie ab. Wann immer Jannie und Eve einkaufen wollten, chauffierte er sie von einem Laden zum anderen.

»Unfaßbar, Ma«, bemerkte Jannie eines Abends. »Er war schon immer liebevoll. Aber ich dachte, er würde sich nur um mich bemühen, weil er mit mir schlafen wollte.«

»Er glaubt, das Baby wird ein Junge. So sind die Männer nun mal. Als Ron nach deiner Geburt feststellte, daß du ein Mädchen bist, begann er sich anderswo umzusehen.«

»Pops?« Jannie wandte sich vom Herd ab und starrte Eve an, die auf dem Sofa saß und ihre gesplitterten Fingernägel zu maniküren versuchte. »Aber – ich dachte immer, du ...«

»Natürlich wollte ich nicht das Mauerblümchen spielen.« Eve streckte ihre schönen schmalen Hände und schlanken Beine aus. »Nicht übel für meine fast fünfzig Jahre, was?«

»Klar, du bist bildschön«, versicherte Jannie, ohne das wahre Alter ihrer über fünfzigjährigen Mutter zu erwähnen. »Also habt ihr euch meinetwegen auseinandergelebt?«

»O nein. Ronnie war so langweilig. Wärst du ein Junge, hätte er mich vermutlich noch mehr angeödet und sich dauernd nur mit dir beschäftigt.« Eve brach in ihr ansteckendes perlendes Gelächter aus, und Jannie stimmte ein.

»Ehrlich gesagt – ich glaube auch, es wird ein Junge.« Zuversichtlich tätschelte sie ihren runden Bauch. »Ja, ich will Dusty einen Sohn schenken und ihn glücklich machen.«

»Wirst du nach der Geburt wieder mit ihm schlafen?«

Beinahe hätte Jannie gestanden, sie würde jederzeit und überall mit ihm schlafen. »Das weiß ich noch nicht. Vermutlich. Viel länger wird er nicht darauf verzichten. Ich verstehe gar nicht, wie er den jetzigen Zustand erträgt. Glaubst du, er treibt's mit Mrs. Skinner?«

Beide lachten schallend. In diesem Augenblick betrat Dusty die Küche.

Wohlgefällig beobachtete er seine Frau und seine Schwiegermutter. »Freut mich, daß ihr so fröhlich seid.« Das schien er für sein Verdienst zu halten, und als sie's merkten, lachten sie noch lauter.

*

Kurz vor Weihnachten besuchte Morag die Reid Farm, brachte einen großen Sack voller Geschenke mit und verkündete, sie sei schwanger.

»Großartig, Morrie!« jubelte Jannie und nahm sie in die Arme. »Diesmal mußt du das Baby behalten. Ruhst du dich jeden Nachmittag aus? Ernährst du dich gesund? Trinkst du viel Orangensaft?«

»O ja.« Morag hatte nicht gewußt, was sie erhoffen durfte. Nun freute sie sich sehr über den freundlichen

Empfang. Offenbar leistete Eve Mears gute Arbeit. »Ich bin Ärztin – erinnerst du dich?«

Stundenlang unterhielten sie sich wie in alten Zeiten, ohne heikle Themen anzuschneiden – bis Jannie ihre Freundin zum Auto begleitete und die Geschenke im Kofferraum verstaute. Eve stand mit den Kindern außer Hörweite.

»Hast du Val und Berry gesehen?« fragte Jannie leise.

»Noch nicht. Seit den Ereignissen dieses Sommers verstehen Val und ich uns nicht mehr so gut.«

»Ja, ich weiß …« Jannies Lippen begannen zu zittern. »O Morrie, ich liebe sie so sehr. Natürlich will sie nie mehr mit mir reden, und das kann ich ihr nicht einmal verübeln.«

»Irgendwann wird sie sich schon wieder beruhigen» meinte Morag zuversichtlich. »Sie braucht nur etwas Zeit.«

»Mit dir wird sie sich wahrscheinlich versöhnen – mit mir nicht. Mein Baby ist von Berry. Und das weiß sie.«

Morag war eher verblüfft als schockiert, denn sie hatte angenommen, Jannie würde mittlerweile wissen, daß Berry keine Kinder zeugen konnte. Auf der Farm wirkte alles so ruhig und normal. Deshalb hatte Morag, angenommen, Jannie wäre längst von ihrer unseligen Schwärmerei geheilt. Sekundenlang fühlte sie sich versucht, durch das offene Autofenster die Wahrheit zu verraten. Doch sie besann sich anders. Vielleicht hatte Hugh recht, und manche Dinge blieben besser unausgesprochen.

»Hör mal, Jannie, wir werden immer Freundinnen bleiben. Du und Val und ich. Was auch geschehen mag.«

Jannie lächelte wehmütig. »Fahr vorsichtig. Und frohe Weihnachten. Paß gut auf dein Baby auf. Stell dir vor, jetzt sind wir gleichzeitig schwanger.«

»Wundervoll, nicht wahr?«

Als Morag den Motor startete, schnatterten die Gänse. Ein Auto fuhr in den Hof, das die beiden Frauen nicht kannten. Dann erklang eine gellende Hupe, und sie wußten sofort, wer am Steuer saß. Jannie griff sich theatralisch ans Herz, und Morag sprang aus ihrem Wagen in den Schlamm.

»Das ist Berry!« Morag stützte die wankende Jannie, der die Sinne zu schwinden drohten. »Endlich hat er sich eins dieser Spezialautos gekauft.«

»Morrie – wirklich und wahrhaftig!« rief er und kurbelte das Fenster herunter. Sein Gesicht war schmal, fast hohlwangig. Aber seine Augen leuchteten. »Val hat mich beauftragt, Dusty und Jannie etwas freundlicher zu stimmen. Aber ich wußte nicht, daß ich dich hier treffen würde. Wo ist Hugh?«

»Immer noch im Herrschaftshaus – wo du die Bilder begutachten solltest.«

»Das werde ich auch tun.« Mühsam kletterte er aus dem Auto. »Dieses magische Vehikel fahre ich seit drei Wochen. Ich war schon überall. Irgendwie kommt's mir so vor, als hätte ich Flügel.«

Jannie sagte kein Wort. Gefolgt von Morag und Berry, ging sie in die Küche. Sie sah wie ein Geist aus.

Wenig später kam Dusty herein. Erbost starrte er seinen Bruder an, dann beschloß er, über das neue Auto zu reden. Während Eve Tee kochte, verabschiedete sich Morag zum zweitenmal.

»Moment mal, Mo!« Berry schlug mit der Faust auf den Tisch, um die allgemeine Aufmerksamkeit auf sich zu lenken, und die Kinder musterten ihn mit großen Augen. »Will denn niemand wissen, warum ich hier bin?«

»Nun ja, Weihnachten und so…«, meinte Eve diplomatisch.

Lachend schüttelte Berry den Kopf. »Mit Weihnachten hat es nichts zu tun. Bis jetzt haben wir weder Karten geschrieben noch Geschenke gekauft.« Entschlossen hielt er Morags Blick fest. »Val wollte unbedingt, daß ich's euch erzähle. Im nächsten Mai wird sie ein Baby bekommen, und wir freuen uns ganz wahnsinnig.«

Dustys Seufzer klang wie eine Trompetenfanfare. »Mein Gott, wir auch! Damit ist die Familienfehde beendet, okay? Dieses lächerliche Getue um Jannies Porträts… Herzlichen Glückwunsch, alter Junge!«

Eve klatschte in die Hände. »Ist das nicht erstaunlich? Alle drei Mädchen – zur gleichen Zeit schwanger!«

»Sehr sonderbar…« Allmählich erholte sich Jannie von ihrer Überraschung. »Nicht wahr, Mo?«

»Ja.« Erst jetzt konnte sich Morag von Berrys hypnotischem Blick losreißen, und der ruhige Klang ihrer Stimme erschien ihr noch viel seltsamer.

23

Am 28. Feburar 1957 wurde Jannie mit einem Kaiserschnitt von einem Jungen entbunden.

Mrs. Merrydown, die Hebamme, hatte am Valentinstag nach ihr gesehen und war sehr besorgt gewesen. Plötzlich hatte das heftige Gestrampel aufgehört, das der werdenden Mutter wochenlang zur Last gefallen war. Mrs. Merrydown horchte mit einem Stethoskop den gewölbten Bauch ab und erklärte, die Herztöne des Babys seien schwächer geworden. Deshalb müsse man Mrs. Reid in die Klinik bringen.

»Nein, ich bleibe daheim«, entgegnete Jannie mit jenem verblüffenden Eigensinn, der diese Schwangerschaft charakterisierte. »Alle meine Kinder wurden zu Hause geboren, und dieses ist was ganz Besonderes.«

Fünf Tage später war Mrs. Merrydown unerbittlich. »Meine Liebe, wenn Sie nicht sofort einen Kaiserschnitt vornehmen lassen, riskieren Sie das Leben Ihres Babys – und Ihr eigenes.«

Wie sich bei dem Eingriff herausstellte, war die Gebärmutterwand so dünn, daß man das Baby sehen konnte. Eine weitere Schwangerschaft kam nicht in Frage. Nachdem Jannie sich erholt hatte, sollte sie sterilisiert werden. Darüber war sie froh. Hätte sie eine Möglichkeit gesehen, noch mehr Kinder von Berry zu empfangen, hätte sie protestiert. Aber so, wie die Dinge lagen, fühlte sie sich maßlos erleichtert.

»Eine andere Lösung gibt's nicht«, prahlte Durston im Doones Arms. »Obwohl wir vorsichtig sind – sobald ich in ihre Nähe komme, wird sie schwanger.«

Berry, der zur Feier des Tages auf die Farm gefahren war, bemerkte trocken: »Vielleicht hängt's auch mit Jannie zusammen.«

»Mag sein.« Nachdenklich starrte Dusty in sein Bier. »Das Mädchen ist nicht übel – wie du sehr wohl weißt.«

»Wollen wir diese unglückselige Episode nicht endlich vergessen?«

»Schon gut«, erwiderte Dusty lachend. »Du kannst ja keinen Treffer landen. Oder manchmal doch – sonst hätte Val kein Brötchen im Ofen.« Plötzlich runzelte er erschrocken die Stirn. »Ich hoffe, du glaubst nicht, *ich* hätte was damit tun. Als sie auf der Farm war, hat sie mich nur auf zehn Schritte an sich rangelassen.«

Berry grinste gezwungen und hob eine Hand, um noch ein Bier zu bestellen. »Nein, das glaube ich nicht.« War sein Bruder schon immer so unsensibel gewesen? Besorgt dachte er an die zerbrechliche kleine Jannie. »Paß gut auf deine Frau auf. Das alles muß sie ziemlich mitgenommen haben.«

Verächtlich winkte Dusty ab. »Die ist stark wie ein Ochse.«

»Eher wie eine Zwergmaus ...« Wehmütig erinnerte sich Berry an die zitternde Maus, die vor so vielen Jahren in Morags Rocktasche gesteckt hatte. Das Fleißige Lieschen. »Sieh bloß zu, daß Eve Mears bei euch bleibt. Jannie wird noch eine ganze Weile Hilfe brauchen.«

»Klar, darum kümmere ich mich«, versprach Dusty und leerte seinen Krug.

*

Voller Angst, Jannie könnte sterben, eilten Val und Morag in die Klinik. Zum erstenmal, seit Morag im Juni das Redley Lodge verlassen hatte, sahen sie sich wieder. Es war eine schwierige Begegnung. Ohne sich anzuschauen, saßen sie zu beiden Seiten des Krankenbetts und hielten jeweils eine von Jannies Händen fest. Immer noch blaß und geschwächt, aber glücklich, verkündete Jannie: »Ich werde ihn Ronald nennen, nach Pops. Damit ist Dusty nicht einverstanden. Er findet, das klingt nach einem Bandleader – Ronny Reid. So was stört mich nicht.«

»Es ist dein gutes Recht, den Namen auszusuchen«, meinte Morag, und Val nickte hastig.

»Anfangs habe ich dich gehaßt, Val«, gestand Jannie.

»Weil du ein Kind von Berry erwartest. Und dann erkannte ich, wie wundervoll das ist. Jetzt gibt's noch etwas, das wir miteinander teilen. In Zukunft werden wir uns doch wieder öfter sehen?«

»Ja, sicher«, antwortete Val tonlos.

»Wann kommt dein Baby zur Welt? Wahrscheinlich früher als im Mai. Dein Bauch ist ziemlich groß.«

»Vielleicht Ende April.« Val versuchte zu lächeln. »Erinnerst du dich nicht? Ich war schon immer etwas dicker.«

»Und wie ist's bei dir, Mo?«

»Im Mai. Bald mußt du uns ein paar kluge Ratschläge erteilen, Darling. Treffen wir uns, wenn du dich erholt hast?«

Val riskierte einen kurzen Seitenblick. »Oh, das wäre nett.«

Vier Wochen später kehrte Jannie mit Ronald nach Hause zurück. In der ersten Zeit mußte sie sich jeden Nachmittag hinlegen. Doch sie kam erstaunlich schnell zu Kräften. Stundenlang hielt sie ihren kleinen Sohn im Arm und war am glücklichsten, wenn sie ihn stillte.

Eines Tages hob Eve ihn hoch. »Was für ein schweres Kerlchen. Ein richtiger Roly-Poly*!«

»Roly! Roly!« schrie Julie, und fortan blieb es bei diesem Kosenamen.

Bald danach wurde Jannie sterilisiert. Bleicher und dünner denn je kam sie nach Hause und glich einem verirrten Kind. »Seltsam, Ma – ich kann keine Babies mehr kriegen.«

»Sei doch froh! Jetzt kannst du endlich deinen Spaß haben und mußt dir keine Sorgen mehr machen.«

---

* kugelrund

»Ja…«, stimmte Jannie skeptisch zu. Den einzigen »Spaß«, den sie sich wünschte, würde sie in Berrys Armen genießen. Seit er Vals Schwangerschaft bekanntgegeben hatte, war er nicht mehr auf der Farm erschienen. Neuerdings würde er wieder wie ein Besessener arbeiten, erfuhr sie von Dusty. Und Val würde ihn jeden Nachmittag zwingen, sich gemeinsam mit ihr auszuruhen. Bedrückt stellte Jannie sich vor, wie die beiden im Musikzimmer auf dem Bett lagen – Berry mit seinem Aluminiumbein, Val mit ihrem gewölbten Bauch. Bei diesem Gedanken hätte sie am liebsten geweint. In ihrem Leben würde es keinen anderen Mann mehr geben. Keinen, den sie wirklich liebte. Manchmal schaute sie Dusty an, wenn sie verkündete, sie würde ins Bett gehen. Aber er wich ihrem Blick aus und schlief weiterhin im Gästezimmer. Hätte Roly sie nicht aufgemuntert, würde sie sich genauso fühlen wie im letzten Sommer – elend und wertlos. Roly und Eve waren ihre Retter.

*

Seit Val von ihrer Schwangerschaft wußte, entwickelte sie mit Berry eine Beziehung, die jener vor der Hochzeit glich. Sie schrieb ihm vor, was er tun mußte, und er gehorchte widerstrebend. »Länger als zwei Stunden darfst du nicht arbeiten. Und keinesfalls ohne Frühstück – Lunch – Dinner.«

Er hatte mehrere Skizzen von Dr. Wilkie angefertigt, die er nun zu Porträts verarbeiten wollte. Einerseits fühlte sie sich geschmeichelt, andererseits neigte sie zur Vorsicht. »Meine liebe Vallery, du kennst ihn ja. Manchmal übertreibt er wenig. Ich habe einige seiner Porträts von Jannie gesehen. Deshalb verstehe ich deinen Unmut.«

Unmut? Val lächelte gequält. Welch ein milder Ausdruck für den Kampf, der immer noch zwischen allen Beteiligten schwelte. Was Jannie betraf, hätte sie Berrys Seitensprung ertragen, denn das Mädchen war nun einmal unverbesserlich. Aber Morrie … »Sicher wird Berry kein einziges Bild malen, das Sie in Verlegenheit bringen könnte, Dr. Wilkie. Dafür respektiert er sie viel zu sehr.«

»Ja, das glaube ich auch«, stimmte Dr. Wilkie errötend zu. »Und ich fühle mich – sehr geehrt.« Sie schaute sich im Musikzimmer um, das Berry verlassen hatte, sobald Val hereingekommen war. »Weißt du, meine Liebe – es war ein sonderbares Erlebnis, ihm Modell zu sitzen. Natürlich war ich schon vorher hier, mit meinen Schülerinnen. Aber Berry und ich – allein in seinem Arbeitsraum, und der Blick aufs Meer … In diesen vier Wänden herrscht eine eigenartige melodramatische Atmosphäre. Jetzt begreife ich, was meine Schwester damals getan hat. Hier werden Dinge ans Licht geholt, die zuvor in den Tiefen der Seele verborgen waren. Hin und wieder spüre ich sogar die Gegenwart von – Geistern, die irgendwo da draußen umherschweben …« Sie lachte unbehaglich. »Dabei neige ich gar nicht zur Metaphysik, mein Kind. Aber früher hat mir die Abbey Angst und Schrecken eingejagt. Und jetzt finde ich ihre Aura tröstlich. Verstehst du das, Vallery?«

Hilflos zuckte Val die Achseln. »Dafür bin ich viel zu – prosaisch, Dr. Wilkie. In meinen Augen war die Abbey immer nur ein schönes Haus, das sich gleichsam aus dem Meer erhebt.«

»War?« erstaunt hob Dr. Wilkie die Brauen.

»Natürlich ist sie es nach wie vor. Es freut mich, daß Sie sich so wohl bei uns fühlen. Bitte, besuchen Sie uns sooft wie möglich. Berry ist so glücklich in Ihrer Gesellschaft.«

Sekundenlang glaubte Val, die ältere Frau würde sie umarmen. Aber Dr. Wilkie wandte sich rasch ab. »Gut, daran werde ich denken.«

Diese gemeinsamen Tage in der Abbey linderten Vals Kummer, und sie verstand sich großartig mit Mrs. Maitland, die ihr im Haushalt half. In dieser Zeit gelang es Berry und Val, einander so höflich zu behandeln wie Gäste in ihrem eigenen Haus. Nachdem die beiden Frauen abgereist waren, sah sie ihn kaum. Sie wußte, daß er wieder einmal wie ein Besessener an seinen Skizzen arbeitete. Regelmäßig trug sie Tabletts mit seinen Mahlzeiten hinauf und wechselte seine Bettwäsche. Irgendwie gewann sie den Eindruck, sie würde einfach nur auf seinen nächsten Zusammenbruch warten. Dann konnte sie wieder die Krankenschwester spielen. In langen einsamen Stunden wanderte sie die Klippen entlang, starrte aufs Meer und wünschte beinahe, Dr. Wilkies »Geister» würden sich zeigen. War das alles, was ihr restliches Leben zu bieten hatte?

Einmal rief sie das Büro in Clevedon an, weil sie sich verzweifelt nach Hughs Stimme sehnte. Zu ihrer Bestürzung meldete sich eine Frau. Um diese Tageszeit pflegte die Teilzeitsekretärin noch nicht zu arbeiten. »Kann ich Mr. McKinley oder Mr. Reid sprechen?« fragte Val.

»Die beiden sind gerade im Herrschaftshaus. Soll ich ihnen etwas ausrichten?«

»Nein, ich will versuchen, Morag zu erreichen. Dr. Reid.«

»Heute hat sie Dienst in der Klinik. Deshalb sitze ich im Büro, weil ich mich irgendwie beschäftigen möchte. Ich wohne im Redley Lodge.«

Da erriet Val, wer mit ihr telefonierte. Eine von Jessica Whites Töchtern. In plötzlichem Mitgefühl dachte sie an Morag, die eine dritte Person in ihrer ehelichen Beziehung brauchte – ebenso wie sie selbst. »Vielen Dank. Ich rufe später noch einmal an.«

Im Oktober peitschten heftige Stürme die Gischt bis zum Fenster des Musikzimmers hinauf. Ihr Vater kam für eine Woche in die Abbey und berichtete, Morag sei wieder schwanger. Mit dieser Neuigkeit würde er seine Tochter verletzen, das spürte er. Aber sie zeigte keine Reaktion, und er sorgte sich, weil sie »verhärmt» wirkte. »Im Sommer hast du so gut ausgesehen, Darling. Stimmt was nicht?«

Schmerzlich lächelte sie ihn an. Sie saßen am Küchentisch, der im düsteren Schatten der Klippe lag, und das Halbdunkel erzeugte eine deprimierende winterliche Atmosphäre.

»Das weißt du doch, Daddy. Machen wir uns nichts vor.«

»Wie ähnlich du deiner Mutter bist...«, meinte er und ergriff ihre Hand. »Du kannst dein Herz öffnen – ein ganz besonderes Talent. Im Augenblick gibt's Probleme mit Berry, und deine Ehe ist schwieriger denn je. Du hattest es niemals leicht, Val.«

»Aber die Mühe hat sich immer gelohnt. Weil uns irgendein Gefühl verband – Liebe oder was auch immer. Jetzt bin ich nur noch die Haushälterin und Krankenschwester.«

»Warum sprichst du dich nicht mit ihm aus? Wenn du ihn haßt, sag es ihm und warte ab, was dann passiert.«

»Oh, ich hasse ihn nicht. Eigentlich empfinde ich gar nichts.«

»Und Morrie?«

»Für sie empfinde ich auch nichts. Du sagst mir, sie würde ein Baby erwarten. Deshalb müßte ich sie hassen. Aber sie ist mir egal. Jannie leidet unter ihrer Schwangerschaft. Aber das interessiert mich auch nicht. Ich liebe dich, ich liebe Hugh, und das ist alles.«

»Vielleicht solltest du für einige Zeit zu Juliet fahren – oder zu Dr. Wilkie.«

»Ich kann Berry nicht verlassen«, erklärte sie entschieden.

»Würdest du mir einen Gefallen tun und dich von Dr. Harris untersuchen lassen?«

»Ich bin nicht krank, Daddy.«

Vor der Abreise beschwor er seinen Schwiegersohn, auf Val aufzupassen, und Berry nickte wortlos.

Und dann begann ein endloser November. Diesen Monat verabscheute sie. In einem November hatten sie die Nachricht von Teddys Tod erhalten. Sie glaubte, in einem schwarzen Abgrund zu versinken.

Eines Tages sah Berry sie auf der Treppe sitzen, den Kopf ans Geländer gelehnt. »Fehlt dir irgendwas?«

Hätte sie erklärt, sie sei unpäßlich oder deprimiert, wäre er achtlos an ihr vorbeigegangen. Aber sie antwortete: »Nein, nichts.« Da erkannte er, daß er etwas unternehmen mußte.

»Komm mit mir ins Musikzimmer. Welche Gefühle ich in dir wecke, weiß ich. Aber ich bin auch nur ein Mensch. Da oben ist es heller – und die Aussicht aufs Meer phantastisch.«

Lustlos folgte sie ihm, weil es schwieriger gewesen wäre, den Vorschlag abzulehnen. Er drückte sie auf die Fensterbank und erklärte, er würde Tee machen. Inzwischen sollte sie »ihre Augen benutzen». Als er ihr eine gefüllte Tasse reichte, stieg warmer Dampf in ihr Gesicht. »Ist das nicht wundervoll?« fragte er und schaute durchs Fenster.

»Ich hasse das Meer.«

Verwundert hob er die Brauen. »Warum?«

»Grau in grau. Das bedrückt mich.«

»Sonst siehst du nichts? Schau doch mal genauer hin. Siehst du die silbrigen Punkte, die schwarzen und grünen Streifen? Ein Element voller Leben.«

Sie starrte hinaus. Natürlich, er hatte recht. Doch das machte keinen Unterschied. Das Meer erschien ihr immer noch kalt und bedrohlich.

»Und jetzt betrachte den Himmel. Nur grau?«

Sie gab keine Antwort. Offenbar schimmerten da oben Farben, die ihr verborgen blieben.

»Dort draußen hat Dr. Wilkie ihre Schwester gesehen. Willst du nicht deinen Bruder suchen?«

Der Dampf des Tees schmolz das Eis hinter ihrem Gesicht, und sie begann zu weinen. Plötzlich drehte sich ihr Magen um, ihr Blick verschleierte sich. »Oh, mein Gott, was ist denn los, Val?« Wie aus weiter Ferne drang Berrys Stimme zu ihr, dann verlor sie die Besinnung.

Irgendwie mußte er sie über den Boden geschleppt und aufs Bett gelegt haben. Als sie zu sich kam, stöhnte sie gequält. »Bleib liegen, Val«, bat er. »Ich rufe den Doktor an. Versuch ganz ruhig zu atmen.«

Sie gehorchte und schloß die Augen. Während sie mit aller Kraft gegen ihre Übelkeit ankämpfte, hörte sie Berry zum Telefon hinken.

»In einer halben Stunde ist er da, Darling.«

Seine Arme umfingen sie, und sie klammert sich an

ihn. Hatte er sie wirklich »Darling» genannt? »O Berry, Berry!« keuchte sie. »Mir ist so schlecht …«

*

»Haben Sie's noch nicht erraten, Mr. Reid?« fragte Dr. Harris erstaunt, nachdem er Val untersucht hatte. »Ihre Frau ist schwanger. Seit drei Monaten, würde ich sagen.« Er grinste breit und erinnerte Val sekundenlang an Dusty. »Ein Wunder. Manchmal passiert so was, alter Junge.«

»Aber – meine Periode ist nicht ausgeblieben«, stammelte Val.

»Bei einigen schwangeren Frauen setzt die Menstruation nicht sofort aus. Wenn Sie weiterhin Blutungen haben, verständigen Sie mich. Soweit ich es feststellen kann, ist alles in bester Ordnung. Sie brauchen nur Eisen- und Vitamintabletten. Dann werden Sie sich bald besser fühlen. Keine Bange, Mrs. Reid. Ihr Körperbau eignet sich großartig für eine Schwangerschaft.«

Als der Doktor das Zimmer verließ, um sich die Hände zu waschen, wagte sie Berry nicht anzuschauen. Nun entstand ein langes Schweigen. Nur das rauschende Wasser im Bad durchbrach die Stille.

Schließlich begann Val, stockend zu sprechen. »Berry – es tut mir so leid … Seit es geschehen ist, bereue ich's. In einem einzigen Augenblick habe ich alles weggeworfen.«

Er gab keine Antwort, und seine dunklen Augen verrieten nicht, was er dachte oder fühlte. Das Gewicht auf sein gesundes Bein verlagert, lehnte er an der Kante seines Arbeitstisches.

Als Dr. Harris zurückkehrte, grinste er immer noch. »Demnächst müssen Sie beide in meine Praxis kommen. Dann beginnen wir mit den Entspannungsübungen.«

Sobald sich der Doktor verabschiedet hatte, fragte Berry leise: »Wirst du hierbleiben?«

Sie hörte den flehenden Klang seiner Stimme, und ihr Herz schlug schneller. »Wohin sollte ich denn gehen?«

»Zu deinem Vater.«

Mühsam schluckte sie. Hugh wohnte im Haus ihres Vaters. Und sie erwartete Hughs Baby. »Das kann ich nicht«, flüsterte sie.

Seine Augen glichen schwarzen Höhlen. »Aber du liebst Hugh.«

»Und er liebt Morag. So wie du Morag liebst.«

»Vor vielen Jahren habe ich sie leidenschaftlich geliebt«, erwiderte er ruhig. »Jetzt liebe ich sie so wie ein Patient seine Ärztin, und das ist etwas anderes, Val.«

»Ich dachte, *ich* würde dich pflegen.«

»War's nicht so? Die ganze Zeit?«

»Keine Ahnung – ich weiß gar nichts mehr ...«

»Jetzt bist du schwanger. Und du wirst hierbleiben, bei mir.«

»Wenn du das willst ...« Sie stand auf, ging zur Tür, und er schwieg so lange, daß sie seine geflüsterten Worte kaum hörte.

»Was ich will – was ich mir seit Jahren wünsche, ist ein Kind.«

Sekundenlang hielt sie inne. Dann eilte sie in die Küche hinunter und machte Tee.

Nach dem Dinner fragte er: »Wenn du dich morgen besser fühlst – würdest du mir Modell sitzen?«

Sie senkte den Kopf, um ihre Tränen zu verbergen. Aber er mußte wissen, daß sie nicht vor Verzweiflung weinte.

»Bald kaufe ich mir ein Auto mit Handbetrieb«, verkündete er. »Ich muß endlich selber fahren. Vor allem wenn deine Wehen beginnen.«

*

Hugh erfuhr von Vals Schwangerschaft und wußte, was Morag empfunden haben mußte, als sie ihr an Jannies Krankenbett gegenübergesessen hatte. Auch für ihn war es schwierig. Die Freundschaft mit Eric, die ihm so viel bedeutete, nahm ein abruptes Ende. Natürlich gab Eric ihm die Schuld an Vals Zustand.

Um dieser unerträglichen Situation zu entrinnen, wollte Hugh in ein eigenes Haus ziehen. Dafür hatte Morag jahrelang plädiert. Aber jetzt war sie dagegen. »Wir würden das Redley Lodge nicht aus positiven, sondern aus negativen Gründen verlassen.«

»Offenbar willst du nicht mit mir allein sein.«

Dieser kindischen Beschuldigung konnte sie nicht widersprechen. In jener Gewitternacht war es ihr leichtgefallen, ihn rückhaltlos zu lieben und an seine Gegenliebe zu glauben. Trotz Val, trotz Berry. Aber Vals Schwangerschaft machte einen Unterschied. Unter ihrem Herzen wuchs Hughs Kind heran. Diesen Gedanken konnte Morag nicht verdrängen.

Wie immer übernahm sie die Rolle der Trösterin, die allen Menschen in ihrer Umgebung Kraft gab. »Wir müssen lernen, damit zu leben, Hugh. Und dabei wird uns Eric helfen.«

»Aber er erinnert mich dauernd an – an alles, was geschehen ist.« Erics Anwesenheit im Büro war schon schlimm genug, und Hugh wollte ihm daheim, in seiner privaten Welt, nicht auch noch begegnen.

»Warten wir, bis unser Baby geboren ist. Ich glaube,

danach wird sich die Atmosphäre im Redley Lodge ändern.«

Am nächsten Tag ließ Eric eine Bombe platzen. Nach dem Dinner setzte er sich in den Sessel seiner Frau am Fenster – weit entfernt vom Kamin, vom Sofa, wo Morag und Hugh Platz genommen hatten, um die Neun-Uhr-Nachrichtensendung zu sehen.

»Bevor ihr den Apparat einschaltet…«, begann Eric und hob eine Hand. »In der Gardens Road gegenüber dem Büro wird eins dieser großen roten Ziegelhäuser verkauft.«

Beide wußten, was er meinte. Erstaunt wandte sich Morag zu ihm, und Hugh starrte auf den Teppich.

»Sicher wäre das Haus ideal für euch. Du könntest dir im Erdgeschoß eine Praxis einrichten, Morag. Und an der Rückfront liegt ein geschützter Garten…« Eric räusperte sich. »Da wäre der Kinderwagen gut aufgehoben. Außerdem liegt das Büro in der Nähe. Nun, was haltet ihr davon?«

»Wenn es dein Wunsch ist…« Hugh konnte ihn noch immer nicht anschauen. »Selbstverständlich.«

»Willst du uns loswerden, Eric?« fragte Morag ungläubig.

»Ganz so ist es nicht«, erwiderte er. »Du weißt, daß ich dich wie eine Tochter liebe. Aber du gehörst nicht zu meiner Familie. Val ist mein Fleisch und Blut. Vielleicht will sie nach Hause kommen, und dazu wird sie sich nicht entschließen, solange du hier wohnst.«

»Natürlich, du hast recht. Ich war so selbstsüchtig. Tut mir leid, Hugh – ich hätte verstehen müssen, was du meinst.« Sie wandte sich wieder zu Eric. »Gestern hat er mir erklärt, daß er nicht mehr unter deinem Dach leben möchte.«

»Es ist wohl am besten, wenn wir in ein eigenes Haus übersiedeln.« Abrupt stand Hugh auf und lehnte sich ans Kaminsims. »Soll ich aus der Firma aussteigen, Eric?«

»O nein!« entgegnete der alte Mann überrascht. »Demnächst werde ich in den Ruhestand treten. Außerdem hast du dich vor fast sechs Jahren ins Geschäft eingekauft, also gehört es dir ebenso wie mir.«

»Keineswegs, es ist immer noch deine Firma.« Zögernd fügte Hugh hinzu: »Wie geht es Val? Ist sie sehr unglücklich?«

»Unglücklich …?« wiederholte Eric langsam. »Nicht direkt … Aber ich frage mich, was die Zukunft bringen mag, wenn die Situation – unhaltbar wird. Die abgeschiedene Abbey ist nicht die richtige Umgebung für ein kleines Kind.«

Morag stellte sich Vals Kind im Redley Lodge vor – während ihr eigenes zwei Meilen entfernt aufwachsen würde. Halbbrüder, Halbschwestern. Wäre diese Situation »haltbar«? »Schauen wir uns das Haus in der Gardens Road an, Hugh«, schlug sie betont munter vor. Eric schaute sie traurig an und gewann den Eindruck, sie würde ihre Seele hinter einem Panzer verschanzen.

*

Am 21. April gebar Val ihr Baby in einer kleinen Klinik außerhalb von Minehead. Während der zweistündigen Wehen hatte sie eine Lachgasnarkose abgelehnt. Nun saß sie in einem Lehnstuhl und beobachtete, wie Berry den Säugling wiegte.

Als Jannie, Morag und Hugh hereinkamen, prahlte sie: »Das hätte ich auch ohne ärztliche Hilfe geschafft. Es war ein Kinderspiel.«

Seltsamerweise empfand Morag den gleichen Stolz wie beim Anblick der Wöchnerinnen in ihrem Hospital.

»Kein Wunder, bei deinem gebärfreudigen Becken«, meinte Jannie. Von quälender Eifersucht erfaßt, schaute sie weder Berry noch das Baby an. Seit Rolys Geburt waren nur zwei Monate verstrichen. Wieso hatte Berry sie schon nach so kurzer Zeit betrogen? Inzwischen hatte sie kein einziges Mal mit Dusty geschlafen.

»Kleines Biest!« schimpfte Val lachend. Plötzlich konnte sie der ganzen Welt verzeihen. Hugh mochte das Kind gezeugt haben, aber es war Berrys Tochter. Auf ihren Porträts, die er in den vergangenen fünf Monaten gemalt hatte, war das Baby immer deutlicher zum Vorschein gekommen.

Erst letzte Woche hatte er behauptet: »Sicher wird es ein Mädchen, Val. Die Kleine will von mir gemalt werden, und sie weiß, daß ich nur Frauen porträtiere.«

Lächelnd stimmte sie zu. »Nur Frauen, die du liebst.«

Das bestritt er nicht. Sie hatte die Arme ausgestreckt und laut gegähnt, als wollte sie ihre Brust mit einem übermächtigen Glücksgefühl füllen.

Jetzt sah sie Morag an. Mittlerweile hatte sie akzeptiert, daß er Mo auf besondere Weise liebte, und dafür war sie sogar dankbar. Die Freundin hatte ihm immerhin über eine schwere Zeit hinweggeholfen. Nun ergriff sie Morags Hand und wünschte, sie könnte offen mir ihr sprechen und ihre Emotionen in Worte fassen. Hoffentlich würde Morag ihr die Liebe zu Hugh nicht länger verübeln.

Sie betrachtete die rauhen Fingerknöchel in ihrer Hand, drückte spontan einen Kuß darauf, und Morag brachte ein Lächeln zustande. »In solchen Augenblicken fühlt man sich euphorisch«, bemerkte sie, als versuchte sie, Vals unerwartete Liebkosung zu erklären.

»O ja«, bestätigte Jannie. »Aber das dauert nicht lange. Sobald die Milch fließt, fängt das heulende Elend an.«

»Besten Dank!« stöhnte Val und verdrehte die Augen. Nach einer kleinen Pause gestand sie: »Ich bin so froh, daß wir drei wieder beisammen sind.«

»Klar – das ist wundervoll«, murmelte Jannie skeptisch.

»Ich freue mich auch«, beteuerte Morag. Trotzdem entzog sie Val ihre Hand.

»Habt ihr euch schon für einen Namen entschieden?« fragte Hugh hastig. Bisher hatte er unbehaglich geschwiegen.

»Berry hatte eine fabelhafte Idee«, verkündete Val.

Grinsend nickte er. »Was ich meinem Sinn für Dramatik verdanke. Ich dachte an Edwina. Nach Vals Bruder und Doc Willies Schwester.« Edwina öffnete Augen, musterte ihn ernsthaft und schien seine Wahl zu billigen. »Hallo, Edwina«, flüsterte er, neigte den Kopf zu ihr hinab, und Morag erinnerte sich an die Zwergmaus.

*

Einen Monat später wurde Henry William Reid im neuen Haus an der Gardens Road geboren. Weder Val noch Jannie konnten ihre Babies lange genug allein lassen, um Morag zu besuchen. Sie war froh darüber. Noch nie hatte sie ein solches Glück empfunden, und sie fürchtete alles, was ihr die Freude verderben könnte. Hugh und Eric eilten jede Stunde aus dem Büro herüber, um nach ihr zu sehen. Regelmäßig riefen junge Mütter aus der Klinik an und erkundigten sich nach dem Befinden ihrer Ärztin. Tante Harriet quartierte sich bei ihrer Nichte ein und organisierte den Haushalt. In dieser friedlichen Zeit wurde Morag nur gestört, wenn der kleinen Harry hungrig war.

Hugh wünschte, der wunderbare Zustand würde sich niemals ändern. Doch er wußte, daß er solche Hoffnungen begraben mußte.

Nach Tante Harriets Abreise sagte er zögernd: »Berry will Val und Edwina zu Pfingsten ins Redley Lodge bringen. Eine gut Idee, nicht wahr?«

Wortlos betrachtete sie ihren Sohn, den sie gerade stillte, und preßte ihn unwillkürlich fester an ihre Brust. In ihrem offenen Haar betonten graue Strähnen den schwarzen Glanz.

»Mo«, fuhr Hugh mit sanfter Stimme hinzu, »Edwina kann Harry nichts anhaben.«

»Wohl kaum. Immerhin ist sie seine – Kusine.« Sie zwang sich, objektiv zu denken. Natürlich wollte Hugh seine Tochter sehen.

»Bitte, Darling, du darfst dich nicht dagegen wehren.« Hugh berührte ihre Wange.

»O Hugh …« Lächelnd drehte sie den Kopf zur Seite und küßte seine Handfläche. »Das klingt beinahe so, als müßte ich einen Kampf bestehen.«

Ehe Hugh antworten konnte, protestierte Harry schreiend gegen den mütterlichen Arm, der ihn fast erdrückte, und brachte seine Eltern zum Lachen.

24

1957

Am 4. Oktober, als der acht Monate alte Roly Reid gerade krabbeln lernte, starteten die Sowjets den ersten Sputnik, und das Zeitalter der Raumfahrt begann. Jannie – ihr Leben lang in eine Art Wettbewerb verstrickt, warnte Val. »Wenn du glaubst, Edwina würde dir schon jetzt schrecklich viel Mühe bereiten, wart mal ab, bis sie sich bewegt. Dann wirst du in deiner Abbey mit den unzähligen Stufen keine ruhige Minute mehr finden.«

Val hatte inzwischen vergessen, daß ihre Freundin Berry für Rolys Vater hielt. Nun lachte sie unbehaglich und betrachtete ihre Tochter, die in einer Tragetasche lag. »Oh, wir haben schon Maschendraht vors Geländer gespannt. Außerdem hat Edwina einen fürsorglichen Daddy.«

»Da kannst du von Glück reden.« Jannies Lippen verkniffen sich. »In letzter Zeit läßt sich Dusty kaum noch zu Hause blicken.«

Verblüfft runzelte Val die Stirn. »Du weißt doch, wie sehr er Roly liebt.«

»Nur weil er ein Junge ist.« Am liebsten hätte Jannie in alle Welt hinausposaunt, wie unbegründet Dustys Stolz war. Aber damit würde sie sich Vals Freundschaft endgültig verscherzen. »Außerdem rede ich von *mir*. Dusty kümmert sich nicht mehr um mich.«

Da Val im letzten Jahr zweieinhalb Wochen auf der Farm verbracht hatte, erinnerte sie sich nur zu gut an Dustys gräßliche Selbstsucht. »Wenigstens lebt deine Mutter bei dir«, meinte sie mitfühlend. »Und das ist doch wunderbar nach eurer jahrelangen Entfremdung.«

»O ja. Das einzig Gute, was bei alldem herauskam, von Roly abgesehen...« Jannie ging zu ihrem Sohn und hob ihn vom Boden hoch, bevor er sein Ziel erreichte – den Schrank, in dem die Biscuitdose verwahrt wurde. »Aber ich fürchte, sie hat bald die Nase voll«, überschrie sie das wütende Gebrüll des kleinen Jungen, »und wird das Weite suchen. Jetzt hütet ihr Freund das Haus in Clifton. Wenn er auszieht ...«

»Warum sollte er auf seine kostenlose Unterkunft verzichten?«

»Nun, vielleicht bleibt er noch eine Weile dort. Trotzdem ... Hier draußen passiert nicht viel.«

Val wußte, was Jannie meinte. Keine Nachtclubs, wo Eve interessante Männer kennenlernen konnte. »Immerhin genießt sie die Gesellschaft ihrer Tochter und ihrer Enkel.«

Darauf gab Jannie keine Antwort. Gewiß, Eve vergötterte die Kinder. Doch die Beziehung zu ihrer Tochter war immer schwierig gewesen.

Auf einen Stock gestützt, durchquerte Berry an Dustys Seite den Hof. Er trug einen Panamahut, um sich vor der Herbstsonne zu schützen, und weil er allmählich sein dichtes dunkles Haar verlor. Darüber regte er sich unerwarteterweise auf. Diesen Hut hatte Val ihm nach Edwinas Geburt gekauft. Julie und Ros hüpften hinter ihm her, gefolgt von Eve, die Peggotty an der Hand führte. Ein hübsches Bild. Entzückt griff Val nach ihrer Kamera, lief hinaus und machte einen Schnappschuß. Sie hatte schon immer gern fotografiert. Und ihr Mann ermutigte sie dazu.

Alle außer Berry stöhnten. »Nimm die Gänse auf, Val!« rief er. »Dann kleben wir die Bilder aneinander.«

Gehorsam erfüllte sie seinen Wunsch. Jannie trat in die Haustür, Roly auf ihrem Arm, und schaute neidisch zu. Wenn sie ein Hobby hätte, würde Dusty darüber spotten. Er schlief nicht einmal mehr mit ihr. Und Sex war das einzige, womit sie sich wirklich auskannte.

Nachdem sich die Besucher verabschiedet hatten, war

sie völlig erschöpft. »Kommst du allein zurecht, Eve? Ich muß ins Bett.«

»Geh nur, Darling. Dusty wird mir helfen. Und Mrs. Skinner hat das Abendessen schon vorbereitet.«

Jannie schleppte sich ins Schlafzimmer hinauf, das ihr jetzt riesig erschien. Dank der Haushälterin war alles blitzsauber und in bester Ordnung. Jannie ging zum Fenster und starrte ins Dunkel, das sich allmählich verdichtete. Schaudernd dachte sie an den Winter.

Wie sollte sie einen weiteren Winter überstehen, ohne Schwangerschaft, ohne ein neues Baby, das ihrem stupiden Dasein einen Sinn geben würde? Sie betrachtete den abendlichen Himmel. Wo mochte sich die russische Raumsonde gerade befinden? Waren all die Sterne in Wirklichkeit Sputniks? Sie fröstelte wieder. Der Gedanke an die Ewigkeit hatte sie schon immer erschreckt. Nichts konnte ewig dauern – außer diesem Vakuum, in dem sie lebte. Vielleicht war das die Ewigkeit. Sie öffnete das Fenster und zog sich in der kühlen Nachtluft aus. Dann kroch ins kalte Bett. Hoffentlich würde sie eine Lungenentzündung bekommen und noch vor dem nächsten Morgen sterben. Niemand würde sie vermissen. Früher wären Val und Morag verzweifelt gewesen. Jetzt nicht mehr.

Sie drehte sich auf den Bauch und versuchte, die trüben Gedanken zu verdrängen. Sollte sie Berry um ein Treffen bitten? Irgendwo auf dem Land, wo sie sich mit jener wilden Leidenschaft lieben konnten, die sie vor achtzehn Monaten zu neuem Leben erweckt hatte. Mittlerweile konnte er selber Auto fahren, also gäbe es keine Probleme. Aber dann erinnerte sie sich an seinen Ruf. »Nimm die Gänse auf, Val!« Nun war er gezähmt. Val und ihre häusliche Normalität hatten ihm jene wilde Magie ausgetrieben.

Plötzlich erklang Julies Stimme vor der Tür. »Soll ich reingehen und Mummy gute Nacht sagen?«

»Laß sie lieber schlafen, Darling.« Eves sanftes Gemurmel. Mehrere Schritte entfernten sich – Ros und Peggotty, die neben ihrem Vater über den Teppich des Flurs stolperten. Und Dusty, der dem Baby etwas zuflüsterte. Jannies Kinder. Alle glücklich ohne die Mutter.

Langsam verstrichen die Stunden. Ja, das mußte die Ewigkeit sein. Sie fror immer noch und sehnte sich nach Dustys Wärme, nach dem Trost, den er ihrem Körper und ihrer Seele sooft gespendet hatte. *Ihn* brauchte sie – nicht Berry, der sich meilenweit von ihr entfernt hatte. Weder Morag noch Val, die ihr einst so nahe gewesen waren. Weder ihre Mutter noch ihre Kinder. Nur ihren Mann.

Sie stieg aus dem Bett. Nackt und zitternd eilte sie auf den Flur, am Kinderzimmer vorbei, zum Gästezimmer. Die Tür stand halb offen, damit Dusty seinen Sohn in der Nacht schreien hörte. Lautlos schlich sie darauf zu, plötzlich stolz auf ihre kleine, schmale Gestalt, die ihr gestattete, sich wie ein Geist zu bewegen. Ihre Zerbrechlichkeit hatte Dusty immer gefallen. Und dann erstarrte sie. Mit trockenen, brennenden Augen spähte sie ins Zimmer. Auf dem Bett schienen zwei Körper einen Tanz zu vollführen. Keuchend wanden sie sich umher, in ständig wechselndem Rhythmus. Jannie kannte die sexuellen Mechanismen. In dieser Hinsicht war sie eine Expertin. Aber sie würde niemals die Liebeskünste beherrschen, die ihre Mutter praktizierte. Den nackten Rücken an die Wand gepreßt, beobachtete sie die Szene und erinnerte sich, daß Eve einmal zu Ron gesagt hatte: »Ich weiß, wie man einen Mann beglückt.« Und diese Worte hatten den vorangegangenen Streit beendet.

Als sich einer der Körper ekstatisch aufbäumte – ihre Mutter – , kehrte Jannie in ihr Zimmer zurück, so leise und unbemerkt, wie sie gekommen war. Hätte sie ihrem Impuls nachgegeben und gellend geschrien, wäre nichts geschehen. Niemand würde sie hören. Wahrscheinlich existierte sie gar nicht. Oder sie schwebte an der Seite des Sputniks durch das Universum.

Ermattet sank sie ins Bett. Am Morgen wurde sie gefunden. Den Daumen im Mund, starrte sie ins Leere.

*

Eine Woche später telefonierte Eve mit Val, fast hysterisch vor Angst. »Das ertrage ich nicht« jammerte sie, bevor Val auf die grausige Neuigkeit reagieren konnte. »Ich habe wahrlich mein Bestes getan. Und jetzt will mein Untermieter ausziehen. Also muß ich nach Hause fahren und nach dem Rechten sehen.«

»Meinst du, sie liegt im Koma?«

»Nein, aber sie benimmt sich wie ein Zombie, bleibt Tag und Nacht im Bett und ißt nichts …«

»Was ist passiert? Am Vortag waren wir doch bei euch.«

»Ja, und ich hoffte, ihr würdet sie aufheitern. Hast du irgendwas gesagt – und sie vielleicht aufgeregt?«

»Nein«, erwiderte Val ärgerlich, »aber sie hatte eine Affäre mit meinem Mann!«

»Damals erlitt sie einen Nervenzusammenbruch, meine Liebe. Deshalb kam ich hierher, um sie zu betreuen.«

Resignierend verdrehte Val die Augen. »Okay, ich komme später zu euch. Berry soll nichts davon erfahren.«

»Fürchtest du, er könnte dir wieder untreu werden?« Eves Stimme klang scherzhaft, aber mit einem tückischen Unterton, und Val haßte sie plötzlich.

»Keineswegs«, entgegnete sie kühl. »Er fühlt sich nicht gut. Wenn Dr. Harris seine Sprechstunde beendet hat, wird er ihn untersuchen. Und ich werde meinem Mann Bericht erstatten, sobald ich mit Jannie gesprochen habe.«

»Beeil dich! Ich kann nicht bis in alle Ewigkeit warten. Nach dem Lunch möchte ich losfahren.«

»Das solltest du lieber verschieben, bis Dr. Harris festgestellt hat, was deiner Tochter fehlt.« Bevor Eve antworten konnte, legte Val auf, zutiefst empört über die Herzlosigkeit dieser Frau. Sie schaute zu Edwina hinüber, die in ihrem Laufställchen am Fenster saß und zu den Klippen schaute.

Spontan hob Val das Kind hoch und dachte an Jannies schlaftrunkene Stimme, die vor so vielen Jahren gerufen hatte:

»Laß sie in Ruhe, Marius! Sie ist meine Mutter! Das erzähle ich Pops ...« Zärtlich küßte sie das Köpfchen des Babys und fragte sich, was Eve damals verbrochen hatte.

*

Dr. Harris schaute in Berrys Hals und tippte auf einen Virus. »Schluckbeschwerden, aber kein Fieber«, diagnostizierte er und rollte sein Stethoskop zusammen. »Am besten lassen Sie sich in Exeter gründlich checken, alter Junge. Irgendwelche Einwände?« Desinteressiert hörte er sich Berrys Protest an. »Morgen um neun werden Sie von einer Ambulanz abgeholt.«

»Eine Ambulanz!« fauchte Berry. »Haben Sie mich nicht verstanden, Doktor?«

»Zu früh? Also gut, um zehn.«

Seufzend gab sich Berry geschlagen. »Ich fahre selber hin. Wie klingt das?«

»Phantastisch!« meinte Dr. Harris grinsend. »Ich dachte mir, daß Sie sich dazu entschließen würden.«

»Raffinierter alter Schurke!« murmelte Berry, sobald sich die Tür hinter dem Arzt geschlossen hatte.

»Dann haben sich ja zwei verwandte Seelen gefunden.« Val hob Edwina von Berrys Schoß hoch. »Jetzt muß sie schlafen. Ich habe eine nahrhafte Hühnersuppe für den Lunch gekocht. Kannst du sie essen? Trotz deiner Halsschmerzen?«

»Ja. Ich liebe dich, Val.«

»Und ich liebe dich. Aber so sehr du mich auch liebst, nach dem Lunch mußt du dich ausruhen. Ich fahre weg.«

»Was für eine hartherzige Frau du bist...«, meinte er lächelnd. »Wohin fährst du?«

»Zu Roly und Co.« Sie schnitt eine Grimasse. »Da gibt's irgendwelche Probleme.«

»O Gott! Nicht schon wieder Jannie?«

»Anscheinend will Eve abreisen. Wenn ich nach Hause komme, erzähle ich dir alles. Was für eine Familie!«

»Wir alle sind eine Familie, Val«, erklärte er ernsthaft. »Vergiß das nicht.«

»Wie könnte ich?« Sie stöhnte. Aber sie lächelte. Berry hatte sie von ihrem Haß und ihrem Zorn befreit. »Bitte tu, was der Doktor sagt! Obwohl du der Jüngste bist, halte ich dich für das Oberhaupt der Familie, und wir brauchen dich.«

Verwundert hielt er ihre Hand fest. »Wie kommst du denn auf so was? Ich bin ein besessener, einbeiniger Maler, der hauptsächlich vom Geld seiner Frau lebt und seine Brüder tief gekränkt hat...«

»Nein!« Es wäre unerträglich, wenn er Morag und Jannie erwähnen würde. »So ist es nicht, Berry. Du bist das

Licht unseres Lebens. Und deshalb mußte du Doc Harris' Rat befolgen. Bitte!«

»Heiliger Himmel, Val!« Hilflos schüttelte er den Kopf und ließ ihre Hand los. »Ich liebe dich wirklich. Aber du bist verrückt.«

*

Den restlichen Tag verbrachte Val bei Jannie, während Eve in der Küche die kleine Edwina beaufsichtigte. Es war grauenhaft, die Leere in Jannies hellblauen Murmelaugen zu sehen. Inzwischen hatte Eve den Versuch aufgegeben, ihre Tochter aus der Erstarrung zu reißen. Ungekämmt und verfilzt lag Jannies Haar auf dem Kissen, und ihr Gesicht glänzte vor Schweiß. Val schleppte sie ins Badezimmer und ließ Wasser in die Wanne laufen, setzte Jannie hinein und wusch ihr das Haar. Danach rieb sie es mit aller Kraft trocken. Jannie schien das alles nicht wahrzunehmen. Hin und wieder schaute sie Val an, ohne sie zu erkennen.

Bestürzt musterte Val den Körper ihrer Freundin, der nur mehr aus Haut und Knochen bestand. Nachdem sie Jannie ins Bett gebracht hatte, eilte sie nach unten. »Diesmal hat sie tatsächlich einen Nervenzusammenbruch erlitten«, verkündete sie, ging zum Herd und schaute in einen der Töpfe. »Vielleicht ißt sie ein bißchen Suppe. Und du solltest Dr. Harris anrufen, Dusty. Irgendwas ist vorgefallen. Was, will ich gar nicht wissen. Jedenfalls mußt du die Initiative ergreifen.«

Während sie etwas Suppe erhitzte und eine Scheibe Toast röstete, beteuerte Dusty seine Unschuld. Eve schwieg. Edwina und Roly auf je einem Knie, beugte sie sich hinab und lauschte Peggottys Geplapper.

Val eilte ins Schlafzimmer hinauf und flößte Jannie die

Suppe ein. Was um alles in der Welt würde geschehen? Wenn Eve nach Clifton zurückkehrte, mußte sich irgend jemand um die Kinder kümmern. »Sag doch was, Jannie!« drängte sie. »Irgendwas!« Aber sie sprach mit sich selbst.

Hinter ihr erklang Eves Stimme. »Kann ich mit dir reden, Val?«

Val wischte Jannies Lippen ab und ergriff die leere Schüssel. »Gleich bin ich wieder da, Darling«, versprach sie munter und folgte Eve in den Flur.

»Hör mal, Val«, begann Eve, »ich weiß, du hältst mich für eine Ratte, die das sinkende Schiff verläßt. Aber ich muß wirklich nach Hause fahren. Tut mir leid.«

»Kannst du nicht wenigstens hierbleiben, bis ich ein Kindermädchen gefunden habe – und eine Pflegerin für Jannie?«

»Sie muß in eine Klinik eingeliefert werden. Ist das nicht offensichtlich?«

»Meinst du – in eine geschlossenen Anstalt?«

»Eine psychiatrische Abteilung. Heutzutage ist das keine Schande mehr.«

»Das weiß ich – aber du bist ihre Mutter.«

Eve ging zur Treppe. In der Küche schrie Dusty seine älteste Tochter an und befahl ihr, den Mund zu halten. Anscheinend war auch er am Ende seiner Nervenkraft angelangt. »Gerade *weil* ich ihre Mutter bin, eigne ich mich nicht dazu, Jannie zu betreuen. Vielleicht hat sie irgendwas gesehen – was sie lieber nicht beobachtet hätte.«

»Das verstehe ich nicht.«

»Obwohl du eine gewisse Erfahrung in solchen Dinge besitzt? Immerhin weißt du, was dein Mann mit anderen Frauen getrieben hat.«

Val blinzelte ungläubig. »Großer Gott! Du – und Dusty?«

»Genau. Je früher ich aus Jannies Blickfeld verschwinde, desto besser.«

»Ihr Leben lang hat sie unter dir gelitten ... Als sie siebzehn war, sprach sie im Schlaf von dir ...«

»Um Himmels willen, Val, jetzt sind wir alle erwachsene Frauen! Und nachdem sie es mit deinem Mann getrieben hat, dürfte sie es nicht so tragisch nehmen.«

Entrüstet schnappte Val nach Luft. »Du – du Hure!«

Lachend schüttelte Eve den Kopf und stieg die Stufen hinab. »Okay, ich bleibe hier, bis Dusty eine Betreuerin gefunden hat.« Am Fuß der Treppe schloß sie die weinende Julie in ihre Arme. »War Daddy garstig zu dir, Darling?«

*

Val kehrte ins Schlafzimmer zurück, zog Jannie an sich und wiegte sie hin und her. Aber es war sinnlos. Später erzählte sie Berry unter Tränen, was sich ereignet hatte. »Sie freute sich, weil sie nach all den Jahren so gut mit ihrer Mutter auskam. Und sie dachte, Eve hätte sich geändert.«

Zärtlich nahm er sie in die Arme und küßte ihre Stirn. »Darling, wir können die Situation nicht beurteilen. Manchmal ist der Sex stärker als die Willenskraft. Würde es eine Rolle spielen, wenn Jannie nichts bemerkt hätte?«

»Allerdings!« Aber in ihrem Protest schwang keine Überzeugungskraft mit. Stand es ihr zu, Eve zu verdammen, nachdem sie selbst den Ehemann ihrer besten Freundin verführt hatte? Hilflos begann sie zu schluchzen. »Was soll ich mit Jannie machen? Hierher kann ich sie nicht mehr holen. Und man wird sie in eine psychiatrische Anstalt bringen. Dusty ist ein hoffnungsloser Fall – und Eve kennt keine Gnade…«

»Schon gut, wir ziehen auf die Farm…« Erschrocken rückte sie von ihm ab und starrte ihn an. »Nur für kurze Zeit. Ich passe auf die Kinder auf, fahre Julie zur Schule – und so weiter. Und du kümmerst dich um Jannie. Das schaffst du schon.«

»Und wenn Jannie dich sieht – wenn ihre verhängnisvolle Schwärmerei wieder von vorn anfängt?«

»Die hat niemals aufgehört.«

»Ja, wahrscheinlich hängt ihr Zustand damit zusammen. Zumindest teilweise.«

»Sie wird sich zusammenreißen. Mir zuliebe. Was dann geschehen wird, weiß ich nicht. Jedenfalls muß ich mit ihr reden. Das ist meine Pflicht. Meinst du nicht auch?«

*

Nachdem sie drei Tage auf der Farm verbracht hatten, fuhr Berry nach Exeter und ließ sich röntgen. Seine Schluckbeschwerden besserten sich nicht. Hätte Val Zeit gefunden, um nachzudenken, wäre sie sehr besorgt gewesen. Aber die fünf Kinder, ein schuldbewußter Dusty und die kranke Jannie erforderten ihre ungeteilte Aufmerksamkeit. Außerdem machte Berry keinen kranken Eindruck. Er konnte Suppen essen und Tee trinken. Jeden Morgen brachte er Julie nach Barnstaple zur Schule, dann Ros zum Gallenwick-Kindergarten, und später holte er beide ab.

Jannies Zustand änderte sich nicht. Manchmal trug Dusty sie am Morgen in die Küche hinunter, und alle redeten mit ihr, als wäre sie die alte Jannie. Wenn ihr Blick auf Berry fiel, flackerte ein schwaches Licht in ihren Augen auf, das sofort wieder erlosch. Sie setzten Roly auf ihren Schoß. Automatisch schlang sie die Arme um ihn und hielt ihn ein paar Minuten lang fest, dann ließ sie ihn los, und er rutschte auf den Boden hinab und kroch zu seinem Vater.

Am 15. Oktober fuhr Berry nach Exeter, nachdem er Julie zur Schule gebracht hatte. Diesmal lieferte Dusty seine zweitälteste Tochter bei Mrs. Pargeter ab. Val verfrachtete die drei kleinen Kinder in ihre Betten, wo sie ihr Vormittagsschläfchen hielten, und ging zu Jannie.

»Zeit fürs Bad!« rief sie energisch, genau wie die gräßliche Krankenschwester im Rehabilitationszentrum, Mrs. Murchisons Schwägerin. »Danach trinken wir Kaffee in der Küche. Nur wir beide.« Sie bugsierte Jannie über den Flur zum Badezimmer. »Auf dem Herd brodelt gerade eine Ochsenschwanzsuppe für Berry. Willst du auch einen Teller essen?« fragte sie und drückte Jannie auf den Toilettendeckel. »Während du dich wäschst, mache ich dein Bett.« Ohne irgendwelche Hoffnungen zu schöpfen, ging sie hinaus. In einer halben Stunde würde Jannie immer noch dasitzen und das Waschbecken anstarren.

Sorgsam breitete Val die Tagesdecke über das Bett, und plötzlich kam ihr ein Gedanke. Mrs. Murchison! Was war in den letzten achtzehn Monaten mit Murch geschehen? Wenn sie Jannie verzeihen könnte, wäre sie eine ideale Pflegerin. Val hatte sich ihre Adresse notiert, falls sie ihr Briefe nachschicken mußte. Aber in der Zwischenzeit war Murch sicher woanders beschäftigt.

Sie rannte zum Telefon hinunter und nahm das Adreßbuch aus ihrer Handtasche. Eine Nummer in Weymouth. Wahrscheinlich wohnte Murch bei ihrer Schwägerin. Als die Verbindung hergestellt war, schlug Val einen unterwürfigen Ton an. »Natürlich weiß ich, was Sie denken, Murch.

Aber ich habe alles verziehen und fast vergessen. Damals war Jannie nicht sie selbst. Und ich fürchte, sie ist immer noch sehr krank. Außer Ihnen kenne ich niemanden, der die schwierige Situation in diesem Haus meistern würde. Vier Kinder – und Mr. Durston …«

Am anderen Ende der Leitung entstand ein langes Schweigen. Dann fragte Murch widerstrebend: »Kümmern Sie sich jetzt ganz allein um den Haushalt, Mrs. Reid?«

»Nein, Berry und Durston helfen mir. Aber meinem Mann geht's nicht gut, und ich möchte ihn möglichst schnell nach Hause bringen.«

»Das verstehe ich nur zu gut.« Murch würde sich nicht kampflos geschlagen geben. »Was damals passiert ist, nehme ich ihm genauso übel wie *ihr*. Hätte er sich bloß nicht von ihr verführen lassen!«

»Wenn ich es verzeihen kann, müßten Sie es auch schaffen, Murch.«

»Nun ja, eigentlich mochte ich ihn immer sehr gern. Damals wurde er von Alice im Rehabilitationszentrum betreut, und irgendwie hatte ich das Gefühl, ich würde ihre Arbeit fortsetzen.«

»Genau das haben Sie auch getan, Murch.«

»Aber diese Jannie – völlig verrückt!«

»Im Augenblick ist sie krank und hilflos.«

»Wie Sie wissen, bin ich eine ausgebildete Pflegerin. Und bei meiner Schwägerin wohne ich doch sehr beengt … Dürfte ich in Mr. Durstons Küche schalten und walten, wie es mir paßt?«

»Im ganzen Haus! Es ist fast so groß wie die Abbey – und viel komfortabler. Mrs. Skinner macht sauber, eine sehr tüchtige Frau. Und Dusty würde ein Kindermädchen einstellen.«

»Hm …« Nun war Mrs. Murchisons letzter Widerstand gebrochen. »Wann soll ich anfangen?«

»Gestern!« Val lachte erleichtert. »Nein, im Ernst, Murch – so bald wie möglich. Oh, ich kann Ihnen gar nicht genug danken!«

»Warten wir erst mal ab, wie's läuft.«

»Natürlich. Aber Sie sind genau die Richtige. Das weiß ich.«

Als Val auflegte, hörte sie einen schwachen Laut und drehte sich um. Jannie stand am Treppenabsatz, nackt und triefnaß.

Erschrocken rannte Val nach oben. Das geschah nicht zum erstenmal. Wenigstens hatte Jannie sich gewaschen.

»Gut gemacht, Darling!« lobte Val und führte sie ins Schlafzimmer. »Jetzt laß dich abtrocknen, und dann überlegen wir, was du heute anziehen wirst. Es ist ziemlich kalt – vielleicht ein hübscher Pullover und ein Rock?«

Aber Jannie kroch unter die Bettdecke, und Val versuchte erfolglos, sie hervorzulocken. »O Jannie!« seufzte sie, die Augen voller Tränen. »Ich habe getan, was ich konnte. Bald kommt Murch hierher und sorgt für dich. Reg dich nicht auf, sei ganz ruhig.«

Jannie schien irgend etwas zu beobachten, das sich in ihrer Phantasie abspielte, und nach ein paar Sekunden schlich Val auf leisen Sohlen aus dem Zimmer.

*

Bei Berrys Rückkehr spürte Val sofort, daß irgend etwas Schreckliches vorgefallen war. Dusty holte gerade Julie von der Schule ab, zusammen mit allen anderen Kindern. Inmitten schnatternder Gänse blieb Berrys Auto stehen. Aber er stieg nicht aus. Nicht einmal der Wagenschlag wurde geöffnet. Val rannte hinaus. An diesem Tag war es eiskalt. Niemals würde sie diese Kälte vergessen. Von der Hagedornhecke waren die Blätter abgefallen, und die kahlen Zweige raschelten im Wind wie rostiger Draht. Die Federn gespreizt, die gelben Augen voller Empörung, watschelten die Gänse zum Teich zurück. Val blieb neben dem Auto stehen.

Endlich öffnete Berry die Tür. »Der Wind weht von Osten her. In den Bergen ist es bitterkalt.«

»Und – der Befund?« würgte sie hervor.

Er stieg aus und hielt sich am Wagendach fest. Lächelnd erwiderte er ihren Blick. »Val, ich liebe dich.«

»Oh, mein Gott – was ist los?«

»Eine Blockierung im Hals. Um genau zu sein, in der Speiseröhre. Die wollen sie ein bißchen dehnen. Danach wird mir das Schlucken leichter fallen.«

»Eine Blockierung? Eine – Geschwulst?«

»Krebs? Sprich's nur aus, Val, hab keine Angst vor diesem Wort.« Er ergriff ihre Hand und drückte sie. »So genau wissen sie es noch nicht. Vorhin haben sie ein bißchen was rausgeschnitten, und das muß untersucht werden. Sie geben mir Bescheid, wann ich wieder in die Klinik kommen soll.«

Ein paar Sekunden lang stand sie wie gelähmt da. Dann warf sie sich schluchzend in seine Arme. Nicht zum erstenmal spürte sie, wie dünn er in den letzten Wochen geworden war. »Wenn's doch nur ich wäre!«

Er zerzauste ihre Locken und versuchte nicht, sie zu trösten. Statt dessen erwiderte er: »Unsinn. Du mußt bei Edwina bleiben.«

Durch einen Tränenschleier schaute sie zu ihm auf. »Jetzt muß ich stark sein, Berry – gib mir Kraft ...«

»Okay. Trinken wir erst mal Tee.«

Als Dusty nach Hause kam, glaubte sie, in eine andere Welt zurückzukehren. Sie erzählte ihm von Murch und erklärte, Jannie würde schlafen.

»Ich setze mich für eine Weile zu ihr«, erbot sich Berry.

»Später löse ich dich ab, alter Junge.« Dusty nahm sich noch ein Stück Kuchen und schaukelte Roly auf seine Knien. »Also verläßt du uns wieder, Val?«

»Berry geht's nicht besonders gut. Bei der Untersuchung im Krankenhaus hat man eine Blockierung festgestellt. Wahrscheinlich ist es nichts Ernstes. Aber trotzdem ...«

Obwohl Dusty erschrak, siegte sein üblicher Optimismus. »Nur weil Dad so was hatte, müssen wir nicht annehmen, Berry würde auch dran leiden.«

»Euer Vater hatte Krebs?«

»Wußtest du das nicht?«

»Nein.«

»Ist Onkel Berry krank?« fragte Julie mit zitternden Lippen.

»Natürlich nicht.« Dusty hob sie auf sein anderes Knie. »Wir Reids sind niemals krank.«

»Doch, Mummy ist krank.«

»Deine Mummy ist ja auch keine richtige Reid.«

»Vielleicht ist das sogar gut«, meinte Val, »unter diesen Umständen ...«

Lauthals verlangte Julie eine Erklärung. Dann sah sie, wie Ros und Peggotty den Schulranzen durchstöberten. Schreiend stürzte sie sich auf ihre Schwestern. Val hob ihre Tochter hoch und setzte sich mit ihr neben den Herd. Wie sollte sie das alles ertragen?

*

Berry saß bei Jannie und sprach mit sanfter Stimme auf sie ein. »So lange ist es gar nicht her, daß Ma und Pa hier geschlafen haben. Pa war ein großer, kräftiger Mann. So wie Hugh. Und dann wurde er immer dünner. So wird es mir auch gehen. Was sagst du dazu, Jannie?«

Als sie ihn blicklos anstarrte, packte er plötzlich ihre Schultern und schüttelte sie.

»Hörst du mir zu? Ich werde sterben! Ziemlich bald! Hast du nicht behauptet, du würdest mich lieben – und ich hätte dir deine Selbstachtung zurückgegeben? Jetzt müßtest du mir etwas geben, findest du nicht? Können deine hellblauen Fischaugen gar nichts mehr ausdrücken?« Er hatte sie halb aus dem Bett gezerrt, und nun sah er, daß sie nackt war. »So habe ich dich gemalt. Splitternackt. Erinnerst du dich? Lauter Schatten und grünes Wasser. Damals hast du dich deines Körpers nicht geschämt, Jannie. Und jetzt verkriechst du dich unter der Decke. Du willst dich nicht waschen, du ißt nichts. In absehbarer Zeit wird deine Schönheit verblassen. Und daran bist du selber schuld.«

Sie schwieg. Wie leblos hing ihr Kopf im Nacken.

»Großer Gott, Jannie! Du kannst was aus dir machen! Mir bleibt dieses Glück versagt.« Er packte ihr Kinn und drehte ihren Kopf zu sich herum. »Verstehst du? Meine letzten Kräfte habe ich verloren. Und du wirfst deine einfach weg!«

Unsanft ließ er sie aufs Bett fallen und hinkte aus dem Zimmer. Jannie starrte die Tür an. Und dann begann sie, lautlos zu weinen.

*

»Wie nett, deine Stimme zu hören, Val!« rief Morag am Telefon. »Dann fügte sie im Flüsterton hinzu: »Natürlich kommen wir sofort. O Val – sicher wird alles gut. Wann – ist es soweit?«

»Bald. Seine Speiseröhre wurde gedehnt, damit er trinken und Suppen essen kann. Aber der Tumor ist bösartig, und er will sich nicht operieren lassen. Also – beeilt euch.«

»Allmächtiger …«, murmelte Morag. »Jetzt sollte ich dich ermutigen, Val …«

»Sei nicht albern. Ich weiß ebenso gut wie Berry, was uns bevorsteht. Und wir fürchten uns nicht.«

»Wollt ihr nicht ins Redley Lodge ziehen? Da könnte ich euch helfen.«

»Daran habe ich auch schon gedacht. Aber das möchte er nicht. Er ist hier zu Hause, in der Abbey.«

»Ja, ich weiß.«

»Bring Harry mit, Mo. Dein kleiner Sohn und Edwina sollten sich endlich kennenlernen.«

Darauf gab Morag keine Antwort. Wenn sie den Kontakt zu Val nicht völlig abbrechen wollte, würde sie Harry nicht von Edwina fernhalten können. Seit fast sieben Monaten war sie Val nicht mehr begegnet.

Noch am selben Abend fuhr Hugh zur Abbey. Es war schwierig, den dunklen Straßen des Moors zu folgen, den steilen Klippenweg zu bewältigen. In all den Jahren hatte er Berrys Bedürfnis nach Einsamkeit verstanden. Jetzt erkannte er, warum Val diese Haus haßte, das sich vor dem düsteren Meer abzeichnete wie der Schauplatz eines viktorianischen Romans. Er parkte vor der Veranda, zog am Glockenstrang und war dankbar, als Licht in der Küche aufflammte und Vals vertraute Stimme erklang. Dem Himmel sei Dank für Val und ihren gesunden Menschenverstand. In diesen Mauern würde Morag keinen einzigen Winter ertragen.

Der elende Zustand seines Bruders erschreckte ihn. Während der letzten Wochen hatte sich Berrys Speiseröhre zusehends verengt. Er konnte nur noch flüssige Nahrung zu sich nehmen, und er hatte sehr stark abgenommen.

»Warum habt ihr uns nicht informiert?« fragte Hugh. »Das ist nicht über Nacht geschehen. Val – ich weiß, Berry ist verdammt eigensinnig. Aber du hättest Morag viel früher anrufen sollen.«

»Anfangs haben wir es nicht ernst genommen, Hugh. Nur Halsschmerzen, das war alles.«

Hugh wandte sich zu Berry, der vor dem Kaminfeuer saß. Inzwischen war der Arbeitstisch weggeräumt worden. An den Wänden lehnten mindestens zwanzig Leinwände. Bedrückt dachte Hugh an sein eigenes gemütliches Wohnzimmer. »Hör mal, alter Junge, du solltest dich operieren lassen. Und dann eine Radiumtherapie ...«

Entschieden schüttelte Berry den Kopf. »Keine Operation, keine Drogen. Der Gedanke, in diesem Raum einfach dahinzuwelken, gefällt mir. Jeden Tag wird sich die Atmosphäre ändern.« Er zeigte auf den Fernseher. »Gerade haben wir die Wetterprognose gehört. Stürme ziehen herauf. Darauf freue ich mich schon.«

Hugh schaute Val an, die neben einer Stehlampe saß und nähte. Nicht einmal für eine Sekunde hielt die Nadel inne. Lächelnd hielt sie eine winzige Latzhose hoch. »Jetzt kann Edwina schon krabbeln. Das wirst du morgen sehen.«

Vielleicht hat Morag recht, dachte er. Je weiter die Kinder voneinander entfernt sind, desto besser. Was für eine absurde Situation ... »Ein Glück, daß wir in die Abbey zurückgekehrt sind«, bemerkte Berry. »Auf der Farm ging's viel zu lebhaft zu. Und die arme Jannie sieht wie ein Gespenst aus.«

Nur mühsam verbarg Hugh seine Bestürzung. Wie um alles in der Welt war es Val gelungen, für die Frau zu sorgen, die mit Berry geschlafen hatte? »Also keine Besserung?«

»Auf Murch scheint sie irgendwie zu reagieren«, erwiderte Berry. »Nicht wahr, Val?«

Sie nickte, ohne ihre Näharbeit zu unterbrechen. »Vermutlich hatte sie Murchs Mißbilligung gespürt, und das weckte vage Erinnerungen an den vorletzten Sommer.«

»Arme alte Murch!« Berry seufzte belustigt. »Sie wußte nicht, wem sie die Schuld geben sollte. Mir oder Jannie! Letzten Endes mußte sie es uns beiden verübeln.« Nach einer kurzen Pause fügte er hinzu: »Wenn es irgend jemanden gibt, der Jannie helfen kann – dann nur Murch. Als die Frau krank war, wurde sie von Jannie betreut. Damals standen sie sich sehr nahe. Und das wird Murch nicht vergessen.«

»Demnächst wird sie zu uns kommen und mir helfen«, erklärte Val, als würde sie eine Einladung zum Tee aussprechen.

»Und dann kann Val endlich ihre Schuldgefühle loswerden, Hugh«, ergänzte Berry grinsend. »Habe ich dir erzählt, wie sie Murchs Schwägerin im Hospital herumkommandiert hat? Die arme Schwester Murchison hat ihr Bestes getan, um mich dieser Shirley Temple zu entreißen, aber …« Während er die Geschichte erzählte, hörte Hugh zu, zwang sich zu lächeln und verdrängte das Gefühl, er wäre in einen Alptraum geraten.

*

Einer nach dem anderen kam in die Abbey, um Abschied zu nehmen. Doc Willie und Mrs. Maitland. Juliet und ihr

Mann mit den gräßlichen Zwillingen. Schülerinnen, die Berry unterrichtet hatte. Morag und Eric. Und schließlich Durston mit Jannie und Mrs. Murchison.

»In Zukunft werde ich für Sie aus dem Fenster schauen, Berry«, versprach Doc Willie, die es niemals verstanden hatte, ihre Emotionen zu bewältigen.

»Gut, ich werde dasein«, erwiderte er mit seiner neuen heiseren Stimme. »Hoffentlich vertrage ich mich gut mit Winnie.«

»Ganz sicher. Ich glaube, sie ließ ich immer widerstandslos herumkommandieren.«

»Wunderbar!«

Weinend drückte Mrs. Maitland ihn an ihren üppigen Busen. »Diesen Weg müssen wir alle einmal gehen. Das weiß ich. Aber es ist so – grauenhaft!«

»Nur wenn Sie es sich einreden«, erwiderte er und küßte sie.

Für die Schülerinnen, die er begabt fand, nahm er sich viel Zeit. »Vergeßt nicht – wenn ihr ein Bild malt, das den Betrachter zwingt, die Realität mit neuen Augen zu sehen, habt ihr's geschafft.« Lächelnd begrüßte er Jannie. »Hallo, Wassergeist. Offenbar geht's dir besser.«

»Ich mußte mich doch zusammenreißen«, flüsterte sie, »um dich zu besuchen. Es ist doch nicht wahr, Berry? Sag mir, daß es nicht wahr ist.«

»Alles ist wahr, Jannie. Erinnere dich dran und nimm es zur Kenntnis. Unsere lächerliche Affäre, deine gräßliche Mutter, Dustys Betrug. Alles ist wahr. Und es wird nicht verschwinden. Du mußt lernen, mit den schlechten Dingen zu leben und die guten in deinem Herzen zu bewahren.«

»Ohne dich kann ich es nicht.«

»Unsinn. Du kannst so vieles, mein Mädchen.« Mühsam zehrte er von seiner schwindenden Kraft, um Jannie aufzumuntern. »Du bist eine gute Mutter, eine gute Köchin – und phantastisch im Bett.«

»Jetzt gibt's niemanden mehr in meinem Leben«, klagte sie. »Dusty will nicht …«In diesem Moment betrat Mrs. Murchison das Musikzimmer und beobachtete entsetzt, wie die beiden ihr altes Spiel trieben. Wo sie doch so krank waren … »Seid ihr noch immer nicht klüger geworden?« Sie eilte zu Berrys Bett und zerrte Jannie weg. »Für heute nachmittag hatte Mr. Reid genug Gesellschaft, vielen Dank, Miss! Und Ihr Mann wartet schon auf Sie. Er will Sie nach Hause bringen.« Als sie sich zu Berry wandte, nahm ihr Gesicht etwas sanftere Züge an. »Von jetzt an bleibe ich hier. Wenn Sie was brauchen, müssen Sie nur läuten.«

»Danke, Murch.« Um Vals willen war er froh. Die ganze Zeit hatte sie sich um Edwina und ihn und all die Besucher kümmern müssen. »Wirst du auf Val aufpassen, Jannie? Sie braucht dich.«

Ein paar Sekunden lang kämpfte sie mit den Tränen. Dann befreite sie sich sanft aus Mrs. Murchisons Griff und nickte. »Natürlich. Das weißt du doch.« Ohne sich auf Dustys Arm zu stützen, verließ sie das Zimmer.

*

Am 4. Januar 1958, während der erste Sputnik in der Atmosphäre verglühte, starb Berry Reid. Dr. Harris und Mrs. Murchison standen Val bei. Obwohl Berry im Koma lag, versicherte der Arzt, er würde die Stimme seiner Frau immer noch hören.

Sie hielt ihn in den Armen und sprach mit ihm, bis der schwache Puls in seinem Hals zum letztenmal pochte. Was sie sagte, wußte sie später nicht mehr. Aber sie klammerte sich an das starke Band, das sie mit ihm vereinte. Erst im Augenblick seines Todes ließ sie ihn langsam los. Und sie spürte die Antwort seiner Seele.

»Es schneit«, flüsterte Mrs. Murchison.

Vor dem Fenster wirbelten graue Flocken. Val starrte sie an und wußte, daß es irgendwo da draußen lebhafte Farben gab. Plötzlich leuchtete der Schnee strahlend weiß, dann blau, und schließlich glich er einem warmen goldenen Regen. Das überraschte sie nicht.

25

Nach dem Trauergottesdienst in der Kirche, wo Berry und Val vor zwölf Jahren geheiratet hatten, und der Beerdigung versammelten sich alle im Musikzimmer. Morag dachte an Margaret McKinleys Begräbnis. Damals hatten Val und sie selbst kaum Zeit gefunden, um nachzudenken, Sandwichplatten aufgetragen und die Gäste mit Drinks versorgt. Seit sie Matthew Arnolds Kurse besucht hatte, wußte sie, daß der Leichenschmaus ein notwendiges Ritual war. Aber sie wünschte inständig, dieser würde ein schnelles Ende finden. Sie sehnte sich nach ihrem roten Ziegelhaus an der Gardens Road in Clevedon, wo sie jeden Abend mit Harry am Fenster auf Hughs Rückkehr aus dem Büro wartete. So wie sie am Erkerfenster in Bristol auf die Rückkehr ihres Vaters aus dem Hospital gewartet hatte. Mit Val hing es nicht zusammen, oder? Irgendwie hatte die Frage, ob sie Val »verzieh«, nie eine Rolle spielt. Auf seltsame Weise waren es die beiden

Wochen in Berrys Abbey gewesen, die ihre Augen und ihr Herz für ihre Liebe zu Hugh geöffnet hatten. Und dann für Vals Liebe zu Hugh. Er mochte sie getröstet haben. Doch es wäre nie geschehen, wenn sie ihn nicht liebte.

Das akzeptierte Morag, und wegen jener Ereignisse hätte sie Val näherstehen können denn je – wenn es keine Edwina gäbe.

Val reichte ein Tablett mit acht gefüllten Teetassen herum. »Alles in Ordnung, Mo?«

»Natürlich.« Morag lächelte und fürchtete, ihr Gesicht hätte ihre Gefühle verraten. »Und wie geht's dir?«

»Gut. Es freut mich, all die Lobeshymnen auf Berry zu hören. Solange er noch lebte, haben die Leute nie so nett über ihn gesprochen, nicht wahr?«

Ohne eine Antwort auf diese rhetorische Frage zu erwarten, ging Val weiter. Morag spähte über die Köpfe hinweg und sah Hugh neben Eve Mears stehen. Offenbar versuchte er, sie von Jannie fernzuhalten, die bleich und still vor dem Kamin saß.

Morag eilte in die Küche hinunter und schnitt den Kuchen auf – was ein Fehler war, denn wenig später kam Val herein, um frischen Tee zu holen. »Mir geht's wirklich gut, Mo.« Mit sicherer Hand füllte sie die Tassen. »Ich muß dir was erzählen. Wahrscheinlich war's nur Einbildung … In Berrys Todesnacht wechselten die Schneeflocken ihre Farbe – so als wollte er mich auffordern, die Dinge stets genau zu betrachten. Erst war der Schnee einfach nur grau, dann begann er sich zu ändern …« Ihre Lippen bebten. »Bin ich so verrückt wie Jannie?«

»Unsinn! Das Licht hat sich in deinen Tränen gebrochen. Dadurch sind Farben entstanden. Erinnerst du dich an den Physikunterricht?«

Val lachte. »Hättest du das bloß nicht gesagt! Außerdem habe ich gar nicht geweint.«

»Wie auch immer, er ist bei dir. Darauf mußt du mich nicht hinweisen.«

Val stellte die Kanne beiseite und schien abzuwarten, ob Morag noch etwas sagen würde. Nachdem das Schweigen einige Sekunden gedauert hatte, bestätigte sie: »Nein, das muß ich nicht.« Das Tablett in den Händen, verließ sie die Küche.

Inbrünstiger denn je sehnte sich Morag nach ihrem Heim und wünschte, das alles wäre nie geschehen.«

*

»Ein bemerkenswerter Mann«, meinte Dr. Harris und nippte an seinem Tee. »Außer Vallery wußte niemand, daß er ständig Schmerzen hatte.«

»Und wie er sich selber immer wieder anspornte, Doktor…« Mrs. Maitland seufzte. »Nur zwölf Jahre – und unzählige Bilder…«

Dr. Wilkie gab es auf, ein Gespräch mit Jannie zu führen, und gesellte sich zu ihnen. »Vermutlich spürte er, wie wenig Zeit ihm bleiben würde. Und er hatte mit seinen Gemälden so viel zu sagen.«

»O ja.« Dr. Harris inspizierte ein abstraktes Werk, das den Titel »Hartes Lebensende» trug. »Was er uns sagte, verstehe ich nicht genau. Jedenfalls hat er unentwegt gearbeitet.«

»Er brachte mich zum Weinen«, gestand Dr. Wilkie. »Seit Winnies Tod hatte ich nie mehr geweint.«

Morag beschloß, diese letzte Bemerkung zu überhören. Plötzlich erstarrte sie, die Kuchenplatte in den Händen. Auch ihr hatte Berry Tränen entlockt, und sie glaubte, seine Stimme zu hören. »Bitte – nicht, Mo…«

»Soll ich den Kuchen herumreichen, liebe Morag?« Dr. Wilkie eilte zu ihr. »Du bist ja ganz blaß.«

Wortlos übergab Morag ihr die Platte und ging zu Hugh, der neben Jannie kauerte und ihre Hand festhielt. »Es ist so schrecklich … Wie kann Val das alles ertragen?«

»Keine Ahnung.« Er schaute zu seiner Frau auf. »Vorhin hast du doch mit ihr gesprochen … Jannie – wenn du willst, hole ich Val. Sicher würdest du gern mit ihr reden.«

»Nein«, erwiderte Jannie leise und sank in sich zusammen. »Val ist seine Witwe – das kann ich nicht sein.«

»Nein.« Sanft massierte er die schmale kleine Hand. »Deshalb könntest du ihr helfen.« Er wandte sich wieder zu Morag. »Oder du, Mo. Geh zu ihr. Laß sie nicht allein. Nicht heute.«

Sie schluckte krampfhaft, dachte an Harry und Edwina auf der Reid Farm, in Mrs. Murchisons Obhut. »Geh du zu ihr. Ich habe Jannie schon so lange nicht mehr gesehen.«

Langsam stand er auf. »Mo – das muß aufhören«, flüsterte er. »Mir hast du längst verziehen. Warum nicht ihr? Sie braucht dich mehr denn je.«

»Oh, ich habe ihr verziehen.« Unglücklich erwiderte sie seinen Blick. »Aber – Edwina …«

»Ja, ich weiß.« Er runzelte die Stirn. »Überleg doch mal – Berry hatte sich dieses Kind von ganzem Herzen gewünscht. Wenn wir aus Edwinas Existenz ein Problem machen, würde er sie gewissermaßen verlieren … Schon gut, Darling, schau mich nicht so an. Ich gehe zu Val. Bleib inzwischen bei Jannie. Sie fühlt sich elend.«

»Sorgt Mrs. Murchison gut für dich?« Morag kniete neben ihrer Freundin nieder.

»Ja«, wisperte Jannie und starrte ins Kaminfeuer. »Er brachte mich zum Weinen. Wußtest du das?« Nur mühsam unterdrückte Morag ein Stöhnen. »Als ich krank war und gar nichts mehr tat, erklärte er mir, er würde sterben, und ich dürfe mein Leben nicht wegwerfen. Da kamen mir die Tränen.«

»Uns alle hat er zum Weinen gebracht, Jannie.«

»Und danach ging es mir besser. Verstehst du das?«

»O ja.«

»Jetzt ist er tot, und es gibt niemanden mehr, dem ich was bedeute.«

»Sei nicht albern. Dusty findet vielleicht nicht die richtigen Worte. Aber jeder sieht doch, wie sehr er dich liebt.«

»Er hat mit Eve geschlafen«, murmelte Jannie und lächelte dünn. »Wahrscheinlich sind sie füreinander geschaffen. Wie ein Tanzpaar sahen sie aus.«

»O Gott …«

»Bald werden sie sich entschuldigen und in einer Mönchszelle verschwinden, und da tun sie's – immer wieder …«

»Hör auf, dich so zu quälen, Jannie. Vielleicht ist es passiert. Ein einziges Mal. Du kennst Eve – und Dustys Schwächen. Hör zu, Darling.« Morag ergriff die schlaffe, eiskalte Hand, die Hugh massiert hatte. »Möchtest du im Frühling nach Clevedon kommen? Du könntest die Kinder mitbringen und mir bei meinen Entspannungskursen für schwangere Frauen assistieren. Immerhin hast du einiges durchgemacht – drei normale Geburten und ein Kaiserschnitt. Also hättest du einiges zu erzählen.«

»Du willst mich nur auf andere Gedanken bringen.«

»Vor allem versuche ich, meinen Patientinnen zu helfen …«

»Hab ich es nicht gesagt?«

»Was?«

»Da gehen sie.«

Morag ließ Jannies Hand los, stand auf und schaute sich um. Offenbar hatten Eve und Dusty das Musikzimmer verlassen.

»Sicher helfen sie Eve in der Küche. Bilde dir bloß nichts ein.«

»Berry würde mir glauben. Alles habe ich ihm erzählt. Wie sie ihre Freunde mit mir teilte.« Jannies Lippen verzerrten sich zu einem grotesken Lächeln. »Jetzt teile ich meinen Ehemann mit ihr.«

»Ich suche die beiden, Darling. In fünf Minuten bringe ich sie zu dir.« Und wenn ich sie ertappe – was dann, fragte sich Morag bedrückt.

*

»Tut mir leid, Val«, begann Hugh, »ich weiß nicht, was ich sagen soll …«

Sie stand an dem Spülbecken vor dem Fenster, das zu den Klippen hinausging, und wusch Teetassen ab. Immer wieder schaute sie ins Dunkel und hoffte, es würde schneien. »Du hast bereits versichert, es würde dir leid tun, und wenn ich irgendwas brauche, wärst du jederzeit bereit …«

»Um Berry geht es nicht, sondern um Morag. Ich dachte, sein Tod würde euch wieder zusammenführen. Offenbar wurde meine Hoffnung enttäuscht.«

Val stellte eine seifige Tasse in den Abtropfständer. »Ja, sie entfernt sich immer weiter von mir.«

»Edwinas wegen.«

»Daran kann ich nichts ändern. Ich habe dich verführt, weil ich deine Güte schätzte – und weil Berry oft unfreundlich war. Vielleicht war ich auch ein bißchen in dich verliebt. Mit Edwina habe ich nicht gerechnet.«

Lächelnd wandte sie sich zu ihm. »Aber ich bereue nichts, denn ich konnte Berry ein Kind schenken und seinen sehnlichsten Wunsch erfüllen. Das bedeutet mit sehr viel, und dafür verzichte ich gern auf Moragas Freundschaft.« Fast leidenschaftlich fügte sie hinzu: »Edwina wird immer Berrys Tochter bleiben. Verstehst du das?«

»Natürlich, aber – ihr müßtet wieder zusammenfinden, du und Mo und Jannie.«

»Erzähl deiner Frau, was ich gesagt habe. Vielleicht nützt es was.«

»Darauf habe ich sie schon hingewiesen«, erwiderte er, griff nach dem Geschirrtuch, das sie ihm reichte, und begann, die Tassen abzutrocknen. »Irgendwas müßte geschehen – damit Morag erkennt, wie wichtig ihr drei füreinander seid.« Er seufzte. »Mir hat sie so mühelos verziehen.«

»Weil man dir nicht böse sein kann.« Voller Zuneigung legte die den Kopf auf seine Schulter. »Mo kann von Glück reden ...«

In diesem Moment schwang die Tür auf, und Dusty kam herein. Mit einem Blick glaubte er die Situation zu erfassen. »Keine Bange, ich hab nichts gesehen. Tut mir leid, ich gehe sofort woandershin. Ich muß mich vor Jannies gräßlicher Ma verstecken.«

»Verdammt, Dusty, mußt du dauernd ins Fettnäpfchen treten? Val und ich reden über Morag. Und was Eve betrifft – die ist schon weg. Vor einer halben Stunde kam dieser Vallender an, holte sie ab, und sie verschwand, ohne sich zu verabschieden. Sie fand, das wäre taktvoll.«

Erleichtert sank Dusty auf einen Stuhl. »Gott sei Dank! Und ich dachte, sie wäre hinter mir her. Ein kurzer Augenblick der Schwäche, und die Frauen glauben, sie hätten einen für immer versklavt.« Er schaute Val an. »Entschuldige, altes Mädchen, ich bin wieder mal geschmacklos. Da fällt mir ein – willst du mit uns auf die Farm kommen. Du kannst nicht allein hierbleiben. Sicher hätte Berry was dagegen.«

Sie setzte sich an den Tisch. »Heute nacht schlafen Daddy, Hugh und Morrie in der Abbey. Ich werde noch einige Zeit hier wohnen und mit Murchs Hilfe alles in Ordnung bringen. Dann ziehe ich zu meinem Vater. Ich weiß, wie Morag darüber denkt, Hugh. Doch es läßt sich nicht ändern – ich möchte wieder im Redley Lodge leben.«

»Natürlich.«

»Gute Idee«, meinte Dusty. »Wir würden Murch gern bei uns behalten. Oder nimmst du sie mit, Val?«

»Nein, ich glaube, sie bleibt lieber bei Jannie.«

Die Tür öffnete sich wieder, und Morag betrat die Küche. Bei Dustys Anblick atmete sie auf. »Nun solltest du Jannie heimbringen, bevor es völlig dunkel wird, Dusty. Sie wartet auf dich.« Unsicher biß sie sich in die Lippen. Von Anfang an hatte er sie in Verlegenheit gebracht. Sie konnte ihm noch immer nicht unbefangen begegnen. »Und – sie braucht dich.«

Ausnahmsweise fand er die richtigen Worte. »Ich brauche sie auch.« Dann stand er auf und tätschelte Morags Arm. »Ihr Mädchen sorgt euch um Jannie. Das weiß ich. Jetzt geht's ihr besser. Ihr beiden wart die reinen Engel.«

Zu viert kehrten sie ins Musikzimmer zurück. Einige Leute gingen bereits zur Garderobe im Flur, um ihre Mäntel zu holen, und Jannie stand allein in der Mitte des Raums.

»Jannie!« rief Val.

Aber Jannie hörte sie nicht. Zielstrebig ging sie zur Fensterbank, und Morag erriet, woran sie dachte. An Winifred Wilkies und Jannie Reids verlorene Liebe.

Morag schwankte ein wenig, dann stürmte sie zu ihr und schob Mrs. Maitland beiseite, die ihr im Weg stand. Inzwischen war Jannie auf die Fensterbank geklettert und hatte das Fenster geöffnet.

»Jannie!« schrie Morag.

Langsam drehte Jannie sich. Die hellblauen Augen voller Verzweiflung, erwiderte sie Dr. Wilkies erstaunten Blick. »Ich kann Winnies Gefühle nachempfinden, und es war vernünftig, was sie tat. Kein bißchen verrückt. Halt mich nicht zurück, Morrie …« Abrupt blieb Morag stehen. »Oh – endlich nimmt jemand Rücksicht auf meine Wünsche. Danke, Morrie. Val, Darling, er liebte auch dich. Aber ich schenkte ihm einen Sohn. Wußtest du das, Dusty? Roly und Edwina sind Berrys Kinder. Ihr müßt gut für die beiden sorgen. Und sie sollen sich lieben …« Träumerisch wandte sie sich zum offenen Fenster. Morag ging vorsichtig zu ihr.

»Hör zu, Jannie!« befahl Val mit klarer Stimme. »Weder Roly noch Edwina sind Berrys Kinder. Seit dem Krieg war er zeugungsunfähig – das ist eine medizinische Tatsache. Also ist Roly der Sohn deines Mannes.«

Jannie drehte sich wieder um. Jetzt glich sie einem kleinen Mädchen, dem man alles genommen hatte, was es liebte. Sie richtete sich auf, packte den Fensterrahmen und stieß einen gellenden Schrei aus.

Als Morag vorsprang, löste sich ihr Haar aus den Nadeln und fiel in langen Wellen auf ihren Rücken. Sie umschlang Jannies Taille, riß sie zu Boden, und im nächsten Augenblick warf sich Val auf die beiden. »O Jannie, es tut mir so leid …«

Die drei knieten dicht voreinander, die Gesichter vom Vorhang verborgen, den Morags Haar bildete. Hastig schloß Hugh das Fenster.

»Nun sollten gehen wir gehen, Maitie«, seufzte Dr. Wilkie.

Wie gelähmt stand Dusty da und starrte die drei Frauen an.

»Ja, das wäre am besten«, antwortete Hugh. »Ist die Außenbeleuchtung eingeschaltet? Komm, Eric, begleiten wir die Gäste zu den Autos.«

»Können wir sie allein lassen?« fragte Eric und zeigte auf die drei Freundinnen.

»Dusty wird auf sie aufpassen.«

Ehe die Leute zögernd aufbrachen, warfen sie einen letzten Blick auf die Frauen, die reglos voreinander knieten. Schließlich entfernten sie sich, ließen Zigarettenrauch, den Geruch von Farben und Pinselreinigern und tiefe Stille zurück. Dusty sank erschüttert in den Sessel vor dem Kamin.

Mit leiser Stimme begann Morag zu sprechen. »Wir gehören zusammen. Das haben wir eine Zeitlang vergessen.« Sanft berührten ihre Lippen Jannies Stirn. »Hugh ist Edwinas leiblicher Vater.«

Tränen rannen über Jannies Wangen. »Arme Morrie …« Sie zog beide Frauen an sich, und sie legten die Köpfe auf Jannies schmale Schultern. Beinahe entstand der Eindruck, sie würde unter dem Gewicht zusammenbrechen. Doch sie hielt der Belastung stand.

Nach einer Weile richtete Val sich auf. »Eins sollt ihr wissen – obwohl Berry keine Kinder zeugen konnte, werde ich ihn immer für Edwinas Vater halten.«

»Danke, Val«, flüsterte Morag.

Sie standen auf, und Jannie eilte zu Dusty. »O Darling, ich bin so froh, daß Roly unser Sohn ist!«

Zum erstenmal in seinem Leben fehlten ihm die Worte, und so nickte er nur.

»Jetzt kann ich Berry loslassen. Ich muß ihn loslassen, nicht wahr, Mo?«

»Ja, Jannie.«

*

Im Sommer wurde die Lyn Abbey in die Berry Reid-Kunstschule umgewandelt. Dr. Wilkie übernahm die Direktion und bezog mit Mrs. Maitland das Erdgeschoß. Der Unterricht sollte im Musikzimmer stattfinden, und die Schülerinnen würden die ehemaligen Mönchszellen bewohnen.

Wenn ein Gewitter tobte, schaute Dr. Wilkie manchmal durch die Fenster in die Gischt, die bis zu den Mauern heraufsprühte, und glaubte, geisterhafte Gestalten darin zu erkennen.

*

Val sah nie mehr, wie die Schneeflocken ihre Farbe wechselten. Aber sie berichtete ihrer Tochter von dem Ereignis in Berrys Todesnacht, damit Edwina – sollte sie dieses Phänomen jemals beobachten – wissen würde, wie es dazu kam.

Als Edwina zehn Jahre alt war, erzählte sie ihren Vettern davon. Roly lachte schallend. Nach seiner Ansicht waren die Clevedon-Reids ziemlich verweichlicht. Die konnten nicht einmal Hasen häuten und Mausefallen aufstellen.

Aber Harry nickte ernsthaft. »Das kommt drauf an, wie man's sieht, Roly. Sicher glaubst du, ein Löwenzahn wäre gelb.«

»O nein!« spottete Roly und schnitt eine Grimasse. »Der ist aus reinem Gold.«

»Quatsch!« erwiderte Harry, nicht im mindesten gekränkt. »Wenn du genau hinschaust, siehst du nicht nur Gelb, sondern auch Orange.« Er pflückte einen Löwenzahn und hielt ihn hoch. »Sogar Weiß.«

Edwina war fasziniert. Doch das wollte sie vor Roly nicht zeigen. Harry war einen Monat jünger als sie, Roly fast zwei Monate älter. Und er konnte Fallen stellen und Hasen das Fell abziehen und sich ans Exmoor-Wild heranpirschen. »Ja, aber der Schnee ...«, begann sie.

»Der ist einfach nur weiß«, behauptete Roly.

»Aber was ist Weiß? Keine richtige Farbe. Es wartet auf Farben ...« Hilflos zuckte Harry die Schultern und wandte sich zu seiner geliebten Kusine. »Du weißt, was ich meine.«

Ja, sie wußte es, aber in Rolys Gegenwart wollte sie es nicht zugeben. Deshalb schüttelte sie ihre Locken so heftig, daß beide Jungen lachten. Warum verstand sie sich mit Harry so gut, wenn sie allein waren, und mit Roly ebenfalls? Nur wenn sie alle drei miteinander spielten, gab es Schwierigkeiten.

*

Im November 1968 hörte Val von der Ausstellung eines jungen amerikanischen Malers in einer winzigen Galerie in Chepstow und rief Jannie an. »Gib die Kinder übers Wochenende in Murchs Obhut und komm her. Diese Ausstellung müssen wir uns zu dritt anschauen.«

»Wozu?« Jannie verließ die Farm nur ungern. Immer wieder schrieb Peggy Reid, Dusty und seine Frau sollten endlich nach Australien fliegen und »eine richtige Farm» kennenlernen. Aber Jannie fühlte sich in ihrem kleinen Exmoor-Winkel sicher und geborgen. Sie ging in Barnstaple einkaufen, und manchmal verbrachte sie einen Tag bei Doc Willie und Maitie in der Abbey. Das genüge ihr. Warum sollte sie eine dreistündige Bahnfahrt nach Clevedon auf sich nehmen?

»Weil mir irgendwas an diesem Maler komisch vorkommt. Er ist noch keine dreißig Jahre alt, stammt aus den Staaten und heißt Prosser Stevenson.«

»Ein typisch amerikanischer Name…« Verwundert hielt Jannie inne. Diesen Namen sollte sie kennen. Stevenson. Die Stirn gerunzelt, schaute sie aus dem Küchenfenster und sah Dusty durch den schlammigen Hof waten. Seit drei Wochen regnete es ununterbrochen. Sie stellte sich das Redley Lodge vor. Zentralheizung und dicke Teppiche. Und Edwina war so ein braves Kind, im Gegensatz zu ihren eigenen. »Okay, ich komme mit der Bahn. Genau das richtige Reisewetter…«

»Ich mag den November auch nicht«, seufzte Val. »Aber vielleicht hat er diesmal eine angenehme Überraschung zu bieten. Doc Willie braucht neue Lehrkräfte in der Abbey, und ich glaube, wir können ihr helfen.«

Danach rief sie Morag an, die sofort verstand, worauf ihre Freundin hinauswollte. »Es wäre möglich, nicht wahr?«

»Finden wir's doch einfach heraus.«

*

Die dreistöckige kleine Galerie lag an der Castle Street, und das graue Novemberlicht beeinträchtigte die Wirkung der ausgestellten Gemälde. Trotzdem war der ausgeprägte Farbensinn des Künstlers deutlich zu erkennen.

»Ziemlich grell, nicht wahr?« meinte Morag.

»Keineswegs«, widersprach Val. »Er malt das Licht – intensives Sonnenlicht. Achtet auf die Schatten! Seht ihr den imposanten Kontrast?«

Jannie blätterte im Katalog. »›Mexikanische Pampas‹.«

»Und die Nummer vierundzwanzig?« fragte Val.

»›Tafelberg‹«, murmelte Jannie. »In Südafrika, nehme ich an.«

»Was würde er wohl aus dem Exmoor machen?« überlegte Morag.

»Willst du ihm eine Stellung in der Berry Reid-Schule anbieten, Val?« erkundigte sich Jannie.

»Wäre das nicht eine gute Idee?« Val schaute zur Treppe, wo gerade ein junger Mann herabstieg und sich mit einem etwa zwanzigjährigen Mädchen unterhielt. Hochgewachsen, breitschultrig und schwarz gelockt, sah er Berry verblüffend ähnlich. »Caroline Prosser, unsere Mitschülerin im Gallenwick«, sagte Val langsam. »Im Herbst zweiundvierzig verschwand sie von einem Tag auf den anderen. Ihre Eltern schickten sie zu Verwandten nach Amerika, um sie vor dem Krieg zu retten – und vielleicht vor der Schande.«

Unwillkürlich lächelte Morag. »Soviel ich mich erinnere, hat Berry ihre Figur bewundert.«

»Mein Gott!« hauchte Jannie. »Und er wollte mit ihr tanzen gehen …«

Val musterte den jungen Maler entzückt. »Ist das nicht wundervoll, Mädchen? Berry hatte nicht nur einen Sohn, sondern auch eine Tochter.« Aufgeregt ergriff sie die Hände ihrer Freundinnen, während sie beobachteten, wie Prosser Stevenson den Raum durchquerte und einen Katalog aufschlug.

Beinahe hätten sie geweint. Statt dessen begannen sie laut zu lachen. Verwundert starrte er sie an.

»Dürften wir kurz mit Ihnen reden?« fragte Morag. »Wenn Sie Zeit haben …«

Grinsend entblößte er schneeweiße Zähne. »Für schöne Frauen habe ich immer Zeit.«

Während der sechziger Jahre arbeiteten vier junge Frauen in einem exklusiven Juweliergeschäft. Eine enge Freundschaft verband Natasha, Prudence, Rachel und Maisie.
Viele Jahre später kehrt Natasha, frisch geschieden, mit ihrer fünfzehnjährigen Tochter aus Amerika zurück und beschließt, ein Wiedersehen zu organisieren. Prudence, stets von Geheimnissen umgeben, schlägt eine Zusammenkunft in ihrem Haus in Malvern Hill vor. Nur zu gern verläßt Rachel – mit ihrem ehemaligen Chef verheiratet – eine problematische häusliche Situation, um ihre Freundinnen wiederzusehen. Nur Maisie, vielleicht die verletzlichste der vier, Mutter von fünf Kindern und Ehefrau des unberechenbaren Edward, erscheint nicht in Malvern Hills. Ihr dramatisches Verschwinden hat schwerwiegende Folgen für Leben und Schicksal der drei anderen.

ISBN 3-404-14284-5

BASTEI
LÜBBE